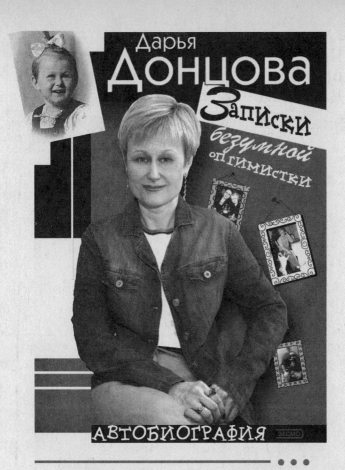

Дарья
ДОНЦОВА
Записки
безумной
оптимистки

АВТОБИОГРАФИЯ

"Записки безумной оптимистки"

«Прочитав огромное количество печатных изданий, я, Дарья Донцова, узнала о себе много интересного. Например, что я была замужем десять раз, что у меня искусственная нога... Но более всего меня возмутило сообщение, будто меня и в природе-то нет, просто несколько предприимчивых людей пишут иронические детективы под именем «Дарья Донцова».
Так вот, дорогие мои читатели, чаша моего терпения лопнула, и я решила написать о себе сама».

Дарья Донцова открывает свои секреты!

Читайте романы
примадонны иронического детектива
Дарьи Донцовой

Дарья Донцова

Бриллиант мутной воды

Москва

ЭКСМО

2 0 0 3

ИРОНИЧЕСКИЙ ДЕТЕКТИВ

УДК 882
ББК 84(2Рос-Рус)6-4
Д 67

Разработка серийного оформления
художника *В. Щербакова*

Донцова Д. А.
Д 67   Бриллиант мутной воды: Роман. — М.: Изд-во Эксмо,
2003. — 432 с. (Серия «Иронический детектив»).

ISBN 5-699-00786-5

Никогда не сдавайся! По этому принципу живет богатая бизнес-
леди Элеонора, прикованная к инвалидному креслу. Иван Подушкин,
ее личный секретарь, тоже вынужден следовать этому лозунгу. Все бы
ничего, но Нора вообразила себя великой сыщицей, и Иван гоняет по
городу, закинув язык на плечо, выполняя ее поручения. Дело в том, что
с Нориной подругой Соней произошло несчастье. Ее обвинили в жес-
током убийстве невесты сына. Все свидетельствует против нее, она
арестована, но Нора не верит, что интеллигентная Соня может обидеть
даже муху. Иван мечется по знакомым убитой и сам не замечает, как
выходит на убийцу, который уже приговорил незадачливого сыщика...

УДК 882
ББК 84(2Рос-Рус)6-4

_____ роман
_____
_____

ИРОНИЧЕСКИЙ ДЕТЕКТИВ

Глава 1

«Даже если вас съели, у вас остается два выхода. «Русское радио», все будет хорошо», — донесся с подоконника бодрый голос. Я рассмеялся и уронил тост с джемом. Естественно, он шлепнулся намазанной стороной вниз, но этот маленький казус не испортил моего веселого настроения. Все будет хорошо! Молодцы работники «Русского радио», правильно придумали. Мне приходится довольно часто разъезжать по Москве на машине, фраза «Все будет хорошо», звучащая из динамика, придает бодрости, а грубоватые шутки вызывают улыбку. Конечно, почти все они, как говорится, ниже пояса, но смешные. «Даже если вас съели, у вас остается два выхода». А ведь правильно! Никогда не сдавайся!

Именно по этому принципу живет моя хозяйка Элеонора, и надо сказать, что добилась она поразительных успехов в бизнесе. Ей не мешает даже отсутствие ног. Нет, неверно, ноги у Норы есть, но, после того как в нее выстрелил нанятый конкурентами киллер, они больше ей не подчиняются. Элеонора прикована к инвалидному креслу. Однако, поверьте, ровно через пять минут после общения с ней вы забываете о том, что судьба обошлась с вашей собеседницей более чем жестоко. Может быть, дело в том, что коляска Элеоноры супернавороченная, умеющая шагать по лестнице, а может, сама Нора, одетая в элегантный костюм и украшенная раритетными бриллиантами, совсем не вызывает желания ее пожалеть.

— Ваняша, — донесся резкий голос, — ты что, заснул? Иди сюда! Сколько звать можно!

Ну вот, кто черта помянет, а он уже тут! Я подобрал липкий кусок хлеба, вытер плитку бумажным полотенцем и поспешил на зов. Нора сидела у письменного стола. Увидав меня, она отложила бумаги и с плохо скрываемой иронией поинтересовалась:

— Что не заходишь, если проснулся?

Я вздохнул. Именно поэтому люди никогда не проявляют к Элеоноре жалости. Сплошное ехидство и яд, капающий с языка, — вот отличительные ее черты. Сама она встает каждый день в шесть. Сначала делает специальную гимнастику, надеясь на то, что недвижимые ноги оживут, а потом садится работать. Я же могу проспать до десяти, и моей хозяйке об этом великолепно известно. Вместо того чтобы велеть горничной Лене растолкать лентяя, Нора поджидает момент, когда секретарь наконец-то выползет из спальни, и начинает издеваться над ним с самым невинным видом.

Вот и сегодня она удивленно округлила умело накрашенные глаза и с деланым участием спросила:

— Ты не заболел? Скоро обед.

— Нет, — ответил я, — просто забыл завести будильник.

— Да? — Нора вскинула брови вверх. — Он тебе нужен? А я, к счастью, обхожусь без часов. Всегда просыпаюсь вовремя сама.

И это правда. Иногда мне кажется, что Элеонора наполовину робот: ну не может нормальный человек работать, как она.

— Садись, — велела хозяйка, — сегодня проверишь парочку адресов. Сначала Челышеву Людмилу Федосеевну. Она имеет кучу детей мал мала меньше, работает уборщицей. Старшему сыну требуется операция...

Начав зарабатывать большие деньги, Нора основала фонд «Милосердие» и порой дает нуждающимся крупные суммы. Письма мы получаем пачками, я отбираю те, где факты выглядят более или менее правдоподобно, и отдаю хозяйке, а она уже решает, кому сколько. Но перед тем как отправить человеку деньги, Нора посылает меня проверить состояние его дел. Я еду по указанному адресу и беседую с претендентом на материальную помощь. Человек может говорить о своем положении что угодно, мне же достаточно посмотреть на его квартиру, детей и под благовидным предлогом попросить открыть холодильник.

Никогда не забуду бабушку с хитро поблескивающими глазками, плачущую около дребезжащего допотопного «ЗИЛа». Но когда я попросил стакан холодной воды, сказав, что от теплой у меня начинается приступ астмы, бабуся распахнула обшарпанную дверцу, и перед моими глазами возникло восхитительное зрелище: баночка черной икры, кусок осетрины горячего копчения, палка колбасы, сыр, масло, майонез, яйца... Одним словом, очень вредные для старческого организма продукты, купленные явно не на нищенскую пенсию.

— Ты меня слушаешь? — прервала поток моих воспоминаний Нора.

Я кивнул:

— Конечно, много детей, а сама зарабатывает копейки...

И тут ожил телефон. Хозяйка схватила трубку:

— Привет, Николаша, как дела?

Я откинулся на спинку стула. Николай — это сын Софьи Чуевой, ближайшей приятельницы Элеоноры. Парень недавно отметил двадцатипятилетие и собирался жениться.

— Что?! — закричала Нора, неожиданно бледнея. — Что?!

Я подскочил на стуле. Николай явно сообщил Элеоноре какое-то не слишком приятное известие. Моя хозяйка положила трубку, молча вытащила сигареты, почиркала золотым «Ронсоном», потом отшвырнула не желающую работать зажигалку, схватила со стола копеечный пластмассовый «Бик», закурила и сказала:

— Соню арестовали.

Я чуть не свалился на пол.

— Что?!

— Соню арестовали, — повторила Элеонора. — Николаша сообщил. Он, как понимаешь, от всего произошедшего в невменяемом состоянии.

— Но за что? — только и сумел спросить я.

Конечно, в нынешнее время мало кого удивишь тем, что приятеля посадили в тюрьму. Половина страны отсидела, а у второй в местах заключения находятся родственники. Но Соня Чуева! Интеллигентная дама, справившая не так давно шестидесятилетие, кандидат филологических наук, всю жизнь преподававшая в институте русскую литературу девятнадцатого века? Очаровательная Софья Михайловна, добрая и отзывчивая, никогда не ставившая двоек?

— Соня убила Беату, — процедила Нора.

— Кого?!

— Невесту Николаши, неужели забыл?

Я молча смотрел на Нору. Софья Михайловна разошлась с мужем в незапамятные времена и жила с тех пор одна, в своем мирке. Наверное, в ее жизни были мужчины, но о них никто не знал, и студенты искренне считали свою преподавательницу старой девой. Представьте всеобщее удивление, когда стало известно, что Соня беременна. Правда, сначала на кафедре решили, что Чуева просто стремительно толстеет, настолько все были уверены в ее одиночестве. Но потом она ушла в декрет, и у изумленных коллег появилась животрепещущая тема для предположений: «Кто сделал ребенка Чуевой?»

К слову сказать, правды так и не узнали. Сонечка свято хранила тайну, отвечая на неделикатные вопросы:

— Перед вами случай непорочного зачатия, он уже был описан в мировой литературе.

Народ посудачил и замолк, а Сонечка стала воспитывать сына.

Сказать, что она любила Николашу, значит не сказать ничего. Умная, трезвая Соня совершенно неадекватно оценивала мальчика. По ее словам, он начал проявлять задатки гениальности еще в младенчестве.

— Николаша разговаривает, — сообщила она Норе, едва выйдя из роддома.

Та удивилась безмерно:

— Да ему только месяц! Не придумывай.

— Нет, — стояла на своем Сонечка. — Приходи, сама услышишь.

Заинтересованная Элеонора поехала к подружке. Младенец увидел ее и заулыбался.

— Те-те-те, гу-гу-гу...

— Вот! — гордо заявила Соня. — Он тебе говорит: «Тетя, здравствуй!»

Нора рассмеялась:

— Ну ты даешь! Это детский лепет, случайное сочетание звуков, что свойственно всем младенцам.

— Гу-гу-гу, — завел Николаша.

Соня решительно ответила:

— Не знаю, как все, а мой говорит очень хорошо, я его понимаю.

Нора не стала спорить с подругой, поняв, что у той на почве материнской любви пропала адекватная оценка реальности. Многие женщины, прижимая к груди бело-розовое крохотное существо, проходят эту стадию, потом, через какое-то время, трезвость рассудка возвращается к ним, но Соня сохранила «розовые очки» навсегда.

О сыне она говорила только в превосходной степени: самый умный, красивый, талантливый, воспитанный, душевный, заботливый...

Больше перечислять не стану, потому что не хватит книги, чтобы сообщить о достоинствах Николаши. Уверенность матери в исключительности сына не могло поколебать ничто, и Соня хотела, чтобы все окружающие относились к нему так же, как она.

Когда воспитательница детского сада не дала Коленьке роль в новогоднем спектакле, разгневанная мать явилась выяснять отношения.

— Но у нас музыкальная пьеса, — отбивалась Марья Ивановна, — с пением и танцами.

— И что? — побагровела Соня.

— У Коли нет ни слуха, ни голоса...

Разъяренная Соня кинулась к заведующей, потом в отдел народного образования, затем в горком партии. Она добилась своего. Марью Ивановну уволили, а Коленька стал исполнять во всех постановках главные роли.

— Вот видишь, — удовлетворенно сообщила Соня Норе, — какие дряни попадаются среди тех, кто работает с детьми! Зажимала моего Николашу, зато теперь его справедливо оценили.

Нора всегда говорит людям правду в лицо, поэтому ответила подруге:

— У мальчишки пока талантов не видно, просто в садике боятся твоего вздорного характера.

Соня промолчала. Нора единственный человек, которому позволялось критиковать Коленьку.

В школе словно из рога изобилия посыпались проблемы. Оказалось, что Коленька плохо пишет, не слишком бойко рассказывает стихи и отвратительно решает задачки. Он сменил пять учебных заведений, пока Соня не нашла такое, где преподаватели ставили детям пятерки просто так, не учитывая качества приобретенных ребятами знаний.

В двенадцать лет Соня отправила Николашу

учиться живописи. В музыкальную школу его, несмотря на все усилия матери, не приняли, впрочем, в балетное училище тоже. Сначала Соня приуныла. Она-то видела сына на сцене, среди рукоплещущей толпы, за роялем или со скрипкой в руках, на худой конец исполнителем роли принца в «Лебедином озере», но педагоги, как один, заявляли:

— У ребенка нет данных.

Погоревав пару дней и рассказав Норе, какие омерзительно предвзятые люди занимаются отбором детей для профессиональной сцены, Соня утешилась и обратилась к живописи. Николаша начал ходить в небольшую платную студию, расположенную в подвале одного из домов. И с этого момента Соня просто потеряла разум.

— Гениальный рисовальщик, — нахваливала она всем гостям сына, — вы только посмотрите!

Слабо сопротивляющихся приятелей хватали за руки и вталкивали в гостиную, стены которой были увешаны полотнами в дорогих резных рамах.

— Какая композиция, перспектива, краски... — восхищалась Соня.

Гости смотрели на листы ватмана, где неуверенная детская рука запечатлела елочку, кособокий домик, горбатую корову, и робко произносили:

— Потрясающе!

Вот так они и жили, Соня с Николашей. Паренек получал все, что хотел, у него у первого среди приятелей появился компьютер, музыкальный центр, мобильный телефон. При этом учтите, что зарплата преподавателя вуза, пусть даже и кандидата наук, очень маленькая, и Сонечке приходилось заниматься репетиторством, чтобы удовлетворить потребности избалованного сынули.

— Вот увидишь, — качала головой Нора, собираясь к Николаше на очередной день рождения, — ничего хорошего из принца не получится. Ты знаешь, что он придумал? Составил список и велел матери обзвонить всех гостей со словами: «Николаю лучше подарить деньги».

— А вы как отреагировали? — улыбнулся я.

— Купила копеечный брелок для ключей, — фыркнула Нора, — по-моему, это отвратительно, так выкручивать людям руки. Знаешь, Николаша захотел купить автомобиль, вот и решил потрясти знакомых матери. Понимает, стервец, что меньше ста долларов люди постыдятся положить в конверт. Ты бы видел, как он поджал губы, увидев брелочек. — Нора звонко рассмеялась и продолжила: — Небось думал, глупая Элеонора, с ее капиталами, тысячу «зеленых» отвалит. Ан нет, он уже в таком возрасте, когда можно и самому зарабатывать. Брелок ему в самый раз.

Я тяжело вздохнул:

— Вы, наверное, еще не преминули сообщить, что он хорошо подойдет к ключам от «Мерседеса».

— Именно так, — хихикнула Нора, — капризных следует учить.

Но урок не пошел впрок, и на Новый год Соня опять позвонила и заявила:

— Николаше лучше деньгами. Ах, он такой рачительный, такой аккуратный! Все тратит только на дело.

Впрочем, не стоит говорить о парне только плохое. Да, он инфантилен, крайне несамостоятелен, беззастенчиво эксплуатирует материнскую любовь и вряд ли добьется в жизни успеха. Но вместе с тем он очень любит Соню. Когда та заболела и оказалась в больнице, сын ни на шаг не отходил от ее постели. Давил сок из гранатов и моркови, носился на рынок за парной телячьей печенкой. Готовил какие-то экзотические блюда, чтобы возбудить у мамы убитый антибиотиками аппетит. Правда, деньги он насобирал в долг, и Сонечка, едва оправившись после операции, взяла в два раза больше учеников, чтобы расплатиться с кредиторами.

Еще Николаша не гуляка, он не курит, не пьет, девушками не увлекается. Свободное время проводит у компьютера. Он окончил Полиграфический и сейчас подвизается в одном небольшом издательстве художником. Оклад его невелик, все тяготы материального обеспечения семьи по-прежнему лежат на не слишком крепких плечах Сонечки, но она не жалуется. Она готова день-деньской носиться по городу, только бы ее сокровище получило на ужин бутерброд с черной икрой. Когда-то в детстве анализ крови показал, что у Николаши низкий гемоглобин, и Соня взяла за правило подавать парню в кровать бутерброд с икрой. Где она добывала сей продукт в годы тотального дефицита и как расплачивалась за него, для меня оставалось загадкой. Но, несмотря ни на какие коллизии, Николаша обязательно получал лакомство.

Понимаете теперь, в какую истерику впала Соня, когда сын сообщил, что хочет жениться!

Чуева принеслась около полуночи к Норе, упала на диван и забилась в рыданиях. Ей было так плохо, что Нора, перепугавшись, вызвала своего домашнего доктора, который вколол Соне успокоительное.

— Нет, ты только послушай, — всхлипывала она, отпихивая дрожащей рукой рюмку с валокордином, которую я услужливо пытался ей подать, — нет, какой ужас!

— Что стряслось? Объясни наконец, — велела Нора.

И Соня наконец рассказала, в чем дело.

Николаша нашел девушку, ужасную особу, настоящую шалаву, без роду и племени. У девчонки есть только одно: редкое имя. Любимую Николаши звали Беата.

— Она сирота, — всхлипывала Соня, — воспитывалась теткой, которая умерла.

— Так это хорошо, — влез я, — у Николаши не будет тещи, огромный плюс!

Но Сонечка не оценила моего здравого замечания.

— Живет сия особа в трущобе, не имеет даже пары сменного белья, зарабатывает копейки, а главное, она старше Николаши, уже была замужем и воспитывает дочь. Ужас! Катастрофа! Я никогда не допущу этого брака!

Через некоторое время выяснилось, что все не так жутко, как казалось вначале.

У Беаты есть собственная квартира, правда, крохотная, однокомнатная, расположенная в одном из самых дешевых районов Москвы — Капотне. Но Соня с Николашей обитают в Бескудникове, в панельном доме улучшенной планировки.

Побывав один раз у них в гостях, я страшно удивился и спросил Нору:

— Чем же эта квартира отличается от обычной? О какой «улучшенной планировке» идет речь? Кухня крохотная, санузел совмещенный, потолок давит на макушку.

— Ну с твоим метром девяносто пять везде низко, — ухмыльнулась Нора, — а насчет «улучшенности»... Думаю, речь идет о шкафе.

— О чем? — изумился я.

— Ну, у Сони прямо возле входной двери сделали встроенный шкаф, такой небольшой отсек, куда можно запихнуть два пальто. В обычных домах это не предусмотрено!

Я не нашелся что ответить. Но нас сейчас не интересуют жилищные условия Сони. Главное, что она не обладала тридцатикомнатным дворцом на Рублевском шоссе и не могла сказать, что Беата польстилась на жилищные условия жениха. В конце концов, однокомнатная квартирка в Капотне и «двушка» в Бескудникове не слишком отличаются друг от друга.

Потом выяснилось, что никакой дочери у Беаты нет, просто ей иногда подсовывает своего ребенка младшая сестра.

Вот насчет возраста чистая правда. Избранница оказалась старше жениха и замужем успела побывать.

В семье Чуевых разгорелась настоящая война. До сих пор Николаша никогда особо не спорил с матушкой, даже подростковый период он миновал без особых скандалов и отстаивания собственного мнения. На мой взгляд, это говорило о его полнейшей несамостоятельности и глубочайшем инфантилизме, но Соня, закатывая глаза, говорила:

— Мой мальчик просто чудо. Как послушаешь, что другие парни в пятнадцать лет творят, дурно делается, родителей ни в грош не ставят! А Николаша, чуть что, за советом бежит.

Но, познакомившись с Беатой, Николай кардинально переменился, я даже начал испытывать к парню нечто похожее на уважение. Он заявил матушке:

— Мы поженимся в декабре.

Соня пыталась отговорить его, но сын стоял на своем. В дело были пущены все женские уловки: фальшивый обморок, вызов врача, причитания: «Вот умру, пожалеешь обо мне, да поздно будет». Но все оказалось напрасно. Николай был тверд в своем желании иметь жену. В прошлую пятницу мы с Норой получили две розовые открытки с изображением целующихся ангелочков. На них золотыми буквами было написано: «Николай Чуев и Беата Быстрова приглашают вас на свое бракосочетание, которое состоится в 12 часов дня 30 декабря по адресу: Пименовский проезд, дом 2».

Я посмотрел на календарь. 29 декабря. До свадьбы оставалось ровно сутки.

— Вот что, — резко сказала Нора, — поезжай к Чуевым и узнай, что у них произошло.

Я кивнул и отправился к машине.

Глава 2

До Бескудникова я добрался через два часа, угодив во все возможные пробки. Ездить по Москве становится все более проблематично, иногда мне кажется, что удобнее пользоваться метро, но, к сожалению, в нашем городе полно мест, где нет станций подземки. Автовладельцы согласятся со мной в том, что перед праздниками на дорогах столицы наступает полный паралич. В Москву караванами съезжаются гости. Люди хотят сделать покупки или просто погулять по городу. Но большинство шоферов, чьи машины украшены иногородними номерами, не имеют опыта вождения в огромном мегаполисе, не знают улиц, переулков и путают Бульварное кольцо с Садовым. Из-за их нерасторопности, нерешительности и плохой реакции количество пробок возрастает. И потом, пусть простят меня милые дамы, но кое-кому из них просто противопоказано браться за руль.

За примером далеко ходить не надо. Вот сейчас передо мной в потоке шел шикарный джип «Лексус». На водительском месте с сосредоточенным лицом сидело очаровательное белокурое существо, очень похожее на ожившую куклу Барби. Внешне девчушка была хороша, как ангел. Но природа любит равновесие. Наградив представительницу женского пола красотой, она, как правило, забывает про ум.

«Лексус» заморгал левым поворотником. Хорошо, что я не раз попадал в подобные ситуации и знал, что последует далее. Моргая левым задним фонарем, джип резко взял вправо. Девица явно задумала повернуть к магазину из третьего ряда. Я притормозил и пропустил дурочку. И тут же раздался такой звук, словно вспороли гигантскую банку со шпротами. Шедший в соседнем ряду «жигуль» врезался в «Лексус». Я сочувственно

вздохнул, парень не москвич, на номерном знаке у
него стоит цифра 17, и он явно не привык к тому,
что моргающие левым фонарем машины сворачи-
вают направо. Поток автомобилей в очередной раз
встал. Я молча наблюдал, как из джипа выскочила
разъяренная девушка в лаковых туфельках. Зато-
пав эксклюзивной обувью по грязи, она выхватила мобильный и, потрясая копной белокурых волос, явно уложенных элитным парикмахером, затараторила в трубку так громко, что звук достиг
моих ушей сквозь закрытые стекла:

— Вовчик, блин! Тут один... в мой автомобиль!.. Немедленно приезжай и убей его!

Я покачал головой. Да уж, не повезло парню.
На дороге действует неписаный закон: кто ударил
сзади, тот и виноват. Интересно, сколько стоит
починить этот «Лексус»?

Во дворе Сониного дома машины стояли так
плотно, что мне пришлось бросить свою «вось-
мерку» на проспекте. Дверь мне открыл незнакомый парень.

— Вам кого? — буркнул он без тени улыбки на
лице.

— Николай дома?

— К нему нельзя.

— Все же пропустите, меня прислала Элеонора, лучшая подруга Сони, позвольте представиться...

— Я вас, Иван Павлович, сначала не признал, — вздохнул парень, — вы меня, впрочем,
тоже.

— Извините, что-то не припомню...

— Андрей, сын Анны Михайловны.

Я всплеснул руками:

— Андрей! Бог мой! Совершенно невозможно узнать, я видел тебя последний раз лет десять назад, подростком!

Племянник Сони улыбнулся:

— Входите, только Колька спит, мы ему с Олей коньяка слишком много налили. Оля — это моя жена. Вы слышали, что я женат?

Я кивнул:

— Конечно. Соня рассказывала Норе о твоей супруге, говорила, какая прелестная девушка тебе досталась, и очень переживала, что ее сестра не дожила до свадьбы своего сына. Все сокрушалась: «Бедная Анечка! Так и не увидела Андрюшиного счастья». Мне кажется, она очень завидовала тебе, ведь Беата...

— Знаете, Иван Павлович, — вздохнул Андрюша, подавая мне тапки, — если бы Колька захотел жениться на Ольге, она бы мигом вызвала ненависть тети Сони. Впрочем, любая женщина, окажись она невестой Николая, пробудила бы не самые добрые чувства у его матери.

— Ты прав, — кивнул я и прошел в комнату, которая служила одновременно спальней Сони и гостиной.

На довольно потертом велюровом диване сидела полноватая девушка в круглых очках, делавших их обладательницу похожей на сову. Увидав меня, она встала и вежливо произнесла:

— Добрый день.

Я осторожно пожал пухлую ручку с нежной кожей и грустно сказал:

— Ну, учитывая обстоятельства, из-за которых

мы тут очутились, эту пятницу нельзя назвать доброй. Сделайте милость, расскажите, что случилось?

Оля развела руками:

— А мы сами ничего не знаем.

— Николай позвонил в полной истерике, — перебил ее Андрей, — в среду.

— В среду? — удивился я.

Андрюша кивнул:

— Ага, около трех часов дня мне на мобильный. Я с трудом понял, в чем дело...

Я внимательно слушал парня. В отличие от Николаши ему не слишком повезло в жизни. Анечка, младшая сестра Сони, умерла, когда сыну исполнилось шестнадцать лет, и Андрею пришлось самому заботиться о себе, потому что отца у него не было. К слову сказать, Соня не слишком помогала племяннику. Правда, пару раз она пыталась дать ему денег, но Андрей твердо сказал:

— Нет, я мужчина и сумею самостоятельно выплыть.

Его позиция вызывала уважение, и мне этот мальчик всегда нравился больше избалованного Николаши. Андрей весьма успешно окончил школу, но высшего образования не получил, пошел в художественное училище, выучился на ювелира и сейчас неплохо зарабатывает, делает серьги, броши и кольца. Насколько я знаю, с Николаем он не особо дружен, встречается только на семейных праздниках.

В среду Андрей поехал к клиенту с готовым заказом. В пробке при выезде на Минское шоссе его застал звонок. Сначала парень не понял, кто кричит в трубку:

— Скорей, сюда, ко мне, помогите!

Да и номер на определителе высветился незнакомый. Но потом мужчина на том конце провода немного успокоился и вполне внятно сказал:

— Андрей, это я, Николай. Случилось несчастье, немедленно приезжай по адресу...

Парень сразу понял, что дело серьезно. Двоюродный брат практически никогда не обращался к нему, делал дежурные звонки в Новый год и на день рождения...

Кое-как развернувшись, Андрей помчался в Капотню. Дверь открыл абсолютно серый Николай. Увидев двоюродного брата, он вцепился в него ледяными пальцами и забормотал:

— Господи, что делать-то? А? Что делать?

Андрей оглядел родственника, отметил, что тот вполне цел и здоров, и, слегка успокоившись, спросил:

— Ну? В чем дело?

Николаша ткнул пальцем в сторону комнаты:

— Там...

Андрей шагнул внутрь тесной, заставленной мебелью каморки и зажал рукой рот, пытаясь заглушить рвущийся наружу вопль.

Помещение напоминало бойню. Все вокруг: палас, обои, даже занавески — было покрыто каплями бурой, засохшей крови. Запах, стоявший в комнате, сладкий, приторный, вызывал тошноту. Но кошмарнее всего выглядел диван. На пушистом, некогда бежевом, а сейчас ржаво-коричневом от пролитой крови велюре лежало тело женщины. Вернее, то, что от него осталось. Труп покрывали пятна, кругом были реки крови, а лицо несчастной, с широко раскрытым ртом, выпученными глазами и жуткой предсмертной гримасой испугало Андрея почти до потери сознания.

Он добрел до кухни, выпил стакан ледяной воды и спросил:

— Это кто?

— Беата, — шепнул Николай. — Пришел к ней утром, звоню, звоню, не открывает. Решил, что она в ванной сидит, ну и открыл дверь своим ключом. — Потом он помолчал и добавил: — Я в обморок упал, головой о косяк приложился.

Андрей опять начал глотать воду, он сам едва удержался от того, чтобы не грохнуться.

— Делать-то теперь что? — шептал Николай, ломая пальцы.

— Ты милицию вызывал?

— Нет, — растерянно ответил двоюродный брат, — тебя ждал.

Андрей молча взял телефон. Инфантильный Николаша привык в трудных ситуациях рассчитывать на других.

Вскоре приехала бригада, и началась обычная в подобных случаях процедура. Дома Николай оказался только в девять вечера. Соня, причитая, уложила его в кровать и принялась поить Андрея чаем, приговаривая:

— Боже, ты себе представить не можешь, какой это стресс для моего мальчика!

Андрей пропустил мимо ушей бестактное замечание тетки. Если разобраться, он тоже испытал стресс, к тому же, называя сына «мальчиком», Соня явно забыла, что Андрей младше двоюродного брата на два года.

На следующий день Николаша не встал, лежал в кровати, Соня вызвала к нему армию врачей. Она ни на секунду не отходила от сына, забыв сообщить о жутком событии Норе и другим подругам. Но в пятницу утром, около восьми, случилось невероятное. В дверь позвонили, Соня открыла дверь, увидела группу милиционеров... А потом ее увели, и Николаша опять, впав в истерику, позвонил Андрею.

— Где же сейчас Соня? — спросил я.

— Была в районном отделении, — ответила Оля, — я бегала туда, думала, увижу ее.

— Ну и?..

— Сказали, что отправят на Петровку, в изолятор временного содержания. Вроде она убила Беату.

— Бред, — фыркнул я, — Соня не способна мухи обидеть. Да, ей не нравилась будущая невестка, но такое происходит с тысячами женщин.

Оля мрачно сказала:

— Я то же самое заявила милиционерам, а они ответили, будто там, на месте преступления, осталось столько улик против нее, что следствие — это лишь проформа.

— Ты не запомнила фамилию человека, который с тобой беседовал?

— Никонов Дмитрий Константинович, — ответила девочка.

Глава 3

Вечером, около восьми, к нам приехал Максим Иванович Воронов. Макс работает на Петровке, он имеет звание майора. Мы познакомились совершенно случайно, во время очень неприятных событий, связанных с внучкой Элеоноры Ритой[1]. Когда ситуация, о которой я даже не хочу тут вспоминать, разрешилась, Нора отправила Маргариту от греха подальше. Сейчас Риточка учится в Лондоне, в очень дорогом закрытом колледже. Студентов выпускают за его пределы только три раза в год: на Рождество, Пасху и летние каникулы.

Максим прошел в комнату и сел в кресло. Он один из немногих, кого я зову просто по имени и на «ты».

— Хочешь чаю? — заботливо поинтересовалась Нора.

— Лучше бутерброд с колбасой, — попросил Макс, — весь день ничего не ел.

— Одно не исключает другого, — хмыкнула Нора, — только извини, сегодня на самом деле угощу тебя бутербродами, ужина нет. Впрочем, завтрака и обеда тоже не было. Ну нельзя же считать едой ту тошниловку, что приготовила Ленка. Ладно, велю ей соорудить сандвичи, надеюсь, хоть на это она способна.

Нажав на кнопку, спрятанную в ручке кресла, Элеонора выкатилась в коридор.

— У вас же вроде была кухарка, Туся? — недоуменно спросил Максим. — Готовила вполне прилично...

Я кивнул.

— Точно, была такая, но вчера Нора ее выгнала.

— За что?

— Хозяйке первый раз за год пришла в голову

_____
[1] См. роман Дарьи Донцовой «Букет прекрасных дам». М.: Эксмо.

идея проверить счета, и выяснилась интересная вещь.

— Какая?

— Десяток яиц в нашем городе стоит сто рублей, а батон хлеба — тридцать. Я уже не говорю про мясо, рыбу, чай и кофе.

— Где она нашла такие цены? — изумился Максим.

— Вот и Нора задала себе такой же вопрос, — ухмыльнулся я, — а потом выставила наглую воровку за дверь. И теперь мы живем в условиях, приближенных к фронтовым. Горничная Лена хорошо убирает, чудесно гладит, но ее варево пахнет так отвратительно, что и пробовать не хочется.

Не успел я закрыть рот, как в гостиную вкатилась Нора, держа в руках поднос, заставленный тарелками. Максим подскочил к ней.

— Спасибо, право, мне неудобно, что вы...

— Намекаешь на то, что я немощный инвалид, неспособный подать гостю чай? — прищурилась Нора.

Максим слегка растерялся:

— Нет...

Элеонора ухмыльнулась. Вот всегда она так! Сконфузит человека и довольна. Я ринулся на помощь Максиму:

— Нора всегда сама угощает тех, кого любит.

Хозяйка дернула плечом, но промолчала. К слову сказать, она совсем не сентиментальна и терпеть не может дамские присюсюкивания и причмокивания. Плачущей я видел ее только один раз, ревела моя хозяйка не от отчаяния или горя, а от злости.

Максим мигом проглотил бутерброды, залпом выпил чай и машинально вытащил из кармана сигареты, потом спохватился и засунул пачку обратно. Кабы я не знал, что Макса растила мама-алкоголичка, трезвевшая только после ночи, проведенной на морозе, подумал бы, что он получил отличное воспитание. Майор ведет себя как светский человек: встает, когда в комнату входит дама, ловко говорит комплименты, улыбается окружающим и не дымит вам в нос. До знакомства с Максом у меня было иное мнение о представителях закона.

— Кури, кури, — разрешила Нора и вынула золотой портсигар, набитый папиросами «Беломор».

Где она достает омерзительные цигарки, для меня остается загадкой, мне ни разу не поручали их покупать. Впрочем, иногда у Норы на столе можно увидеть упаковку «Казбека», она не переносит ничего другого, даже крепкий «Житан» кажется ей слишком легким.

— Давай, — велела Элеонора, — рассказывай.

Макс спокойно произнес:

— Да ничего хорошего. К сожалению, гражданка Чуева совершила действие, наказуемое законом. Может, она была в состоянии аффекта, что слегка облегчит ее участь, но не избавит от ответственности.

— Ты не можешь нормально говорить? — взвилась Нора.

— Запросто, — ответил Макс, — значит, так. Ваша Соня прирезала эту Беату с особой жестокостью. Ой, простите, снова на свой суахили скатываюсь. Она искромсала бедную девушку кухонным ножом, нанесла ей двадцать четыре раны, что, в общем, слегка облегчает ситуацию.

— Не понима-аю, — протянул я.

— Хуже было бы, ударь она точным движением, ну, допустим, прямо в сердце, хотя нетренированному человеку трудно с одного раза точно попасть в него, — абсолютно спокойно объяснял приятель, — и уж совсем было бы нехорошо, принеси она с собой опасную бритву или пистолет. А так, кухонный нож, множество ранений. Суд может проявить снисходительность.

Я удивился:

— По-моему, ты несешь чушь! Двадцать четыре ранения лучше, чем одно?

— Ну конечно! — неожиданно ответила Нора. — Сам посуди. Если бы она прихватила из дома кинжал, ловко ударила и сразу убила, следовательно, планировала преступление, тщательно готовилась. А ежели схватила ножик для резки хлеба и била им во все попадающиеся под руку места, значит, находилась в состоянии аффекта. Временное помрачение сознания облегчает участь виновного. Ведь так?

Максим кивнул. Я покачал головой.

— Извините, но Соня совершенно не похожа на человека, способного кинуться на девушку с ножом. Она интеллигентный, воспитанный человек...

— Знаешь, Ваня, — вздохнул Макс, — я могу тебе такого порассказать про образованных и милых. Вот недавно взяли одного доктора наук и профессора, большого ума человек, то ли двадцать, то ли тридцать книг написал, по его учебникам армия студентов выучилась. Этакий благородный отец семейства: седые волосы, очки, костюм, речь великолепная, ну вроде тех экземпляров, что ходят к твоей матери на вечеринки.

— Ну и что? — спросил я.

— Любовницу убил, — спокойно сказал Макс, — двадцатилетнюю девчонку. Позвал к себе на дачу, придушил, потом в ванне на части разрезал, в мешочки упаковал, в саду в разных уголках зарыл. И спокойно пошел работать. Он, понимаете ли, ни дня без строчки прожить не может. Кстати, и в СИЗО пишет, очень уважаемый в камере человек.

Меня затошнило. Очевидно, Макс понял, какую реакцию вызвал его рассказ, потому что добавил:

— Хороший человек, плохой, добрый, злой... Это слова, а есть улики.

— Какие? — напряженным голосом поинтересовалась Нора.

— Извините за каламбур, убийственные.

— Ну! — поторопила его Элеонора. — Говори.

— Время смерти Беаты было определено достаточно точно, — ответил приятель. — Она скончалась во вторник, между девятнадцатью и двадцатью часами.

— Откуда это известно? — не утерпел я.

Макс спокойно пояснил:

— Установление давности смерти проводится по многим показателям. Когда известно время последнего приема пищи, то судят по особенностям содержимого желудка, имеются энтомологические исследования, касающиеся развития насекомых, преимущественно мух, уже спустя пару часов после кончины личинки...

Я сглотнул слюну и быстро сказал:

— Хорошо, хорошо, я тебе верю. Значит, между семью и восьмью часами вечера?

— Да, — кивнул Макс, — именно в это время Соня приехала к Беате. Ее видела соседка, у которой Чуева спросила: «Двадцать девятая квартира на каком этаже?» Девушка ответила: «На третьем», — и потеряла всякий интерес к тетке, потому что ее ребенок начал засовывать в рот снег.

Мы с Норой молча слушали. Следующим свидетелем оказалась пенсионерка Коростылева из тридцать пятой квартиры. Она несла из магазина тяжело набитую сумку, притомилась и остановилась на лестничной площадке третьего этажа передохнуть. Свою торбу она плюхнула около двери Беаты. Не успела бабуська перевести дух, как из недр квартиры донеслись звуки скандала. Ругались две женщины, одна, судя по звонкому, резкому голосу, довольно молодая, другая — в возрасте. Двери в пятиэтажке как картонные, стены словно из бумаги, поэтому старушка великолепно услышала перепалку.

— Оставь в покое моего сына, негодяйка, — злилась пожилая.

— Пусть он сам решает, с кем быть, — парировала молодая.

— Ты стара для него, испорченный продукт!

— Отвяжись и вообще убирайся из моего дома!

— Дрянь, сволочь! — взвилась дама постарше. Только о деньгах и думаешь! Имей в виду, моего материнского благословения на этот брак нет!

— А оно нам надо? — захихикала молодая. — Подавись им, кретинка старая. Я, между прочим, нормально к вам относилась, но раз так себя веде-те... Сегодня же велю ему ко мне перебираться с вещами.

— Только посмей!

— И что? — издевалась молодая. — Что вы сде-лаете? Накажете? В угол поставите? Материнское порицание выскажете? Держите меня, сейчас скон-чаюсь!

— Я тебя убью! — заорала пожилая.

Послышался дикий грохот. Бабушка Коросты-лева испугалась, что дверь квартиры распахнется, подхватила торбу и побежала к себе. Дома она очу-тилась без пятнадцати восемь.

— Так точно помнит время? — тихо спросила Нора.

— Да, потому что успела быстренько запихнуть продукты в холодильник и сесть смотреть «Вес-ти», — пояснил Макс. — Евдокия Петровна Ко-ростылева никогда не пропускает эту программу, ну привычка у нее такая — ровно в восемь вклю-чать второй канал.

Пока Евдокия Петровна сидела перед голубым экраном, события продолжали развиваться своим чередом. Мамонтова Катя, та самая девушка, ко-торая подсказала Соне, на каком этаже находится нужная ей квартира, мирно пасла своего малыша около подъезда. Внезапно тяжелая железная дверь распахнулась, чуть не пришибив молодую мать.

— Эй, — возмутилась та, — нельзя ли поосто-рожней дверью шваркать!

Из подъезда вылетела тетка, толкнув дитя. Ребенок упал, ударился головой о землю и зарыдал. Катя кинулась к сыну и заорала:

— Ты, дура! Ребенка уронила!

Но женщина даже не подумала извиниться.

Она стремглав бежала по дорожке, ведущей к метро. Незастегнутая шуба развевалась у нее за спиной. Катя хотела было помчаться вдогонку и как следует пнуть беспардонную бабу, но сынишка продолжал хныкать, и ей пришлось утешать малыша, у которого на лбу быстро наливался темно-фиолетовый синяк. Катерина подхватила сына, вошла в подъезд и увидела на полу крохотную сумочку.

Внутри обнаружился паспорт на имя Чуевой Софьи Михайловны, носовой платок, дешевая губная помада, кошелек и ключи. Обрадованная Катя прихватила добычу с собой. Сумку явно потеряла обидевшая ребенка тетка, вот теперь-то она попляшет! Катя вычислит ее телефон и потребует хорошую денежную сумму за возврат документа.

Макс замолчал, потом спросил:

— Достаточно?

— А что, еще имеются улики? — осведомилась Нора.

— Да, — ответил Максим. — Соня ехала домой на машине. Поймала бомбиста, пообещала ему двести рублей. Мужчина согласился.

Он довез Чуеву почти до дома, когда она попросила притормозить у продовольственного магазина:

— Подождите минуточку. Только хлеб куплю.

Шофер послушно остановился у входа, но через пару минут он заметил, что его пассажирка пересекает улицу. Очевидно, она вышла через второй выход и хотела убежать, не заплатив. Водитель выскочил из «Жигулей», поймал нахалку и стал требовать деньги. Та решительно отказывалась отдавать обещанные две сотни, заявляя:

— С ума сошел? Ни с кем я никуда не ехала! Вы меня перепутали с другой женщиной!

От подобной наглости водитель даже растерялся, но потом взял себя в руки и собрался надавать мерзкой обманщице пощечин. Вся сцена разворачивалась на глазах у сотрудника ГИБДД, стоявшего на перекрестке. Поняв, что в двух шагах от него закипает скандал, постовой двинулся в сторону ссорящихся. Соня увидела милиционера, испугалась и быстро сказала:

— Я потеряла сумку с деньгами, на, возьми.

Шофер посмотрел на симпатичные дамские часики, смахивающие на золотые, и буркнул:

— Давай.

Потом, правда, он пожалел о том, что взял безделушку. Ни продать, ни подарить ее своей любовнице он не мог. С внутренней стороны имелась гравировка: «Сонюшке в день рождения».

— Это я ей подарила, — вздохнула Нора.

В гостиной повисло молчание. Приятель опять закурил и сказал:

— Уж извините, я забыл упомянуть сущие мелочи. На столе в кухне остались стоять две полупустые чашки с чаем. На одной полно отпечатков пальцев гражданки Чуевой, а вот на ручке ножа, которым убили Беату, их нет. Кто-то стер, что очень подозрительно. Очевидно, сначала беседа развивалась вполне мирно, и жертва выпила со своей убийцей чай. Еще учтите, что все знакомые Софьи Михайловны в один голос твердят, будто она ненавидела будущую невестку и не упускала возможности сказать о той гадость. Думаю, дело обстояло просто. Соня приехала к Беате незадолго до свадьбы. Наверное, хотела заставить ее отказаться от бракосочетания, а когда разгорелся скандал, не справилась с собой и схватилась за нож.

— Чем мы можем ей помочь? — тихо спросил я.

Макс пожал плечами:

— Наймите хорошего адвоката, но дело тухлое, лет на десять тянет. Хотя, учитывая возраст, состояние аффекта и первую ходку, может отделаться «семеркой».

Глава 4

Около семи вечера Нора вкатилась ко мне в спальню и сказала:

— Не верю.

— Чему? — поинтересовался я, откладывая томик Дика Фрэнсиса.

— Соня не способна убить человека, она до сих пор ничего такого не совершала.

Я улыбнулся:

— Ну, этот аргумент звучит весьма странно. Мало кто начинает уничтожать себе подобных с детства. Все-таки серийные маньяки достаточная редкость. Как правило, люди, не принадлежащие к криминальному миру, хватаются за нож один раз в жизни. Соню просто довели до этого. Наверное, Беата начала издеваться над матерью Николая.

— Соня не могла втыкать нож в тело более двадцати раз, — протянула Нора.

— Она находилась в состоянии аффекта, не понимала, что творит.

— Нет, — упорно качала головой Нора, — тут что-то явно не так! Я слишком хорошо знаю Соню!

— Иногда из человека вылезает такое, — вздохнул я, — помните историю с Ритой? Вы могли предположить, кто автор затеи?[1] Если бы мне сказали, что...

— Иван, — ледяным голосом произнесла хозяйка, — я запретила произносить в моем доме ЭТО имя.

— Хорошо, не сердитесь, бога ради, просто я хотел напомнить, что, даже общаясь с человеком на протяжении всей жизни, иногда трудно узнать, что творится у него в душе.

— Вечером в понедельник, где-то около полуночи, мне позвонила Соня, — тихо сказала Нора, — сначала плакала, жаловалась на судьбу, говорила, что не хочет жить, потому что сын решил вычеркнуть мать из своей жизни.

Я внимательно слушал Нору. Беспощадная к коллегам по бизнесу, железная леди, спокойно разоряющая конкурентов, которая ради выгодного контракта равнодушно «утопит» десяток коллег, расчетливая, холодная Элеонора, живущая не эмоциями, а рассудком, никогда не предает своих товарищей. Впрочем, тех, кого она может назвать

---

[1] См.: Дарья Донцова. «Букет прекрасных дам». М.: Эксмо.

друзьями, очень мало, хватит пальцев на одной руке, чтобы их пересчитать. Нет, вы не подумайте, будто вокруг Норы никого нет, в доме частенько собирается толпа приятелей, партнеров и просто симпатичных ей людей, но друзей мало. Собственно говоря, их всего трое: Соня Чуева, Светлана Кадышева и Марина Акопова. Они сдружились еще в юности, в студенческие годы, когда ничто не предвещало солидного богатства Норы. Кстати, ни Соня, ни Светлана, ни Марина никогда не просят у Элеоноры денег в долг, хотя все три дамы живут более чем скромно. Когда моя хозяйка стремительно обзавелась капиталом, она решила помочь подружкам. Для начала задумала подарить Марине просторную квартиру. У Акоповой трое детей, муж-бюджетник, и переехать из крошечной «двушки» она даже не мечтала.

Нора думала преподнести сюрприз, просто положить на стол связку ключей и купчую, но потом все-таки решила, что квартиру должна выбирать хозяйка, и поговорила с Акоповой. А та наотрез отказалась, воскликнув с обидой:

— Не хочу, чтобы наша дружба омрачалась денежными расчетами.

Нора поняла свою ошибку и больше никогда ее не повторяла. На дни рождения и праздники она не дарит подружкам дорогие подарки, приносит милые сувениры, чаще всего копеечные.

Правда, квартиру Акоповой она все-таки пробила. Поговорила в муниципалитете с людишками, отвечающими за распределение жилплощади, раздала немаленькие взятки чиновникам... В результате Акоповы получили от государства четырехкомнатные хоромы с огромной кухней. Марина, стоявшая в очереди на улучшение жилья больше десяти лет, ничего не заподозрила. Один из ее детей астматик, а муж, доктор наук, имеет право на дополнительные метры. Акопова до сих пор рассказывает всем, что и в нашем государстве может победить справедливость, но я-то знаю, кто «подмазал» рельсы, по которым прикатил к ней вагон счастья.

Помогла Нора и Свете, когда ее дочь решила поступать на юрфак МГУ. Наученная ситуацией с жильем Марины, моя хозяйка обстряпала дело тайно, просто-напросто заплатив пронырливой тетке-преподавательнице, обещавшей, что девочка всенепременно попадет на первый курс. Так и вышло. Танечка получила на вступительных экзаменах сплошные пятерки, и Света без устали нахваливала дочь.

Нора помолчала пару секунд и добавила:

— Поплакав от души, Соня неожиданно сказала: «Знаешь, когда ситуацию изменить нельзя, с ней следует примириться. Я приняла решение».

— Какое? — поинтересовалась Нора.

— Если буду продолжать противиться браку, то потеряю сына, — печально ответила подруга, — ночная кукушка дневную перекукует. Николаша уйдет к этой особе, и все. Нет, теперь я изменю свое поведение. Сделаю вид, что люблю Беату, может, и впрямь привыкну к ней, хотя она явно не пара моему мальчику, возраст очень смущает, да и развод за плечами.

— Может, это и неплохо, — спокойно сказала рациональная Элеонора, — обожглась на молоке,

начнет дуть на воду. Зачем Николаше двадцати-
летняя свиристелка? Готовить не умеет, домашнее
хозяйство никогда не вела, профессии не имеет...
Станет ждать, что муж ей в кровать кофе таскать
начнет. Тебе хочется посадить себе на шею еще
один рот? А Беата самостоятельная женщина,
вполне состоявшаяся, нормально зарабатываю-
щая, скорей всего понимающая, что брак — это не
только бурные семейные радости, но и нудные хо-
зяйственные обязанности. Знаешь, на твоем месте
я бы радовалась, а не плакала. И потом, ты столько раз твердила о своей всепоглощающей любви к
сыну, что сейчас странно наблюдать твое поведение.

— Почему? — удивилась Соня.

— А как ты понимаешь любовь? — вопросом
на вопрос ответила Нора. — По-моему, если ис-
пытываешь к человеку глубокие чувства, то сдела-
ешь все ради его счастья. Николай полюбил эту
женщину, и ты должна к ней хорошо относиться.
Зачем создавать сыну лишние трудности. Представляешь, как ему трудно метаться меж двух огней? На мой взгляд, ты сейчас демонстрируешь не
материнскую любовь, а глубокий эгоизм и собст-
веннические чувства.

Соня швырнула трубку, а Нора расстроилась.
Наверное, не следовало так резко разговаривать с
подругой. Но через полчаса телефон снова зазвонил, и из трубки донесся нервный голос Сони:

— Нора, ты права. Я вела себя, как дура! Надо
немедленно исправлять ситуацию, надеюсь, еще
не поздно! Сейчас же беру серьги Калерии Сергеевны и еду к Беате. Отдам ей украшение, скажу,

что они переходят в нашей семье от матери к дочери, обниму ее, попрошу прощения, предложу дружбу. Как ты думаешь, она пойдет на контакт?

— Конечно, — обрадованно воскликнула Нора, — очень правильное решение!

— Мне так жаль, что Николаша стал взрослым, — пробормотала Соня.

— Ничего, — засмеялась Элеонора, — небось скоро получишь младенца и снова будешь счастлива.

— Все, все, — затараторила Соня, — уже несусь.

— Лучше завтра, — посоветовала Нора.

— Нет, только сейчас, — заявила подруга и отсоединилась.

— Ну и о чем это свидетельствует? — осторожно осведомился я, видя, что Нора замолчала.

— Она поехала к Беате с огромным желанием наладить хорошие отношения, даже дружбу. Соня никак не могла убить невесту Николаши, — отрезала Нора.

— Вы не правы, — покачал я головой. — Желаемое — это одно, а действительность — совсем другое. Небось вошла в квартиру, полная светлых чувств, а потом разгорелся скандал!

— Беату убили во вторник, — напомнила хозяйка, — между девятнадцатью и двадцатью, а Соня приезжала к ней накануне. Ты когда-нибудь видел серьги Калерии Сергеевны?

Я кивнул. Конечно, единственная драгоценность, имевшаяся у Сони, — это дорогие подвески с бриллиантами редкой чистоты. Они достались ей от матери, и даже в самые тяжелые, голодные годы Соня не продала их. Впрочем, она редко надевала украшение.

— Вот, — протянула мне Нора ключи, — поезжай, посмотри.

— Куда? — удивился я.

— На квартиру к Беате.

— Зачем?

— Внимательно осмотрись там, меня интересует, лежат ли где-нибудь серьги Сони. Судя по всему, квартира несчастной невелика, особо тайных мест там не будет.

— Но...

— Собирайся.

— Дверь, скорей всего, опечатана.

— И что?

— Как же я войду?

— Ваня, — ухмыльнулась Элеонора, — «печать» — это всего лишь полоска бумаги, оторви — и вперед.

Я только покачал головой. Конечно, Элеонору подобное препятствие не остановит, но для меня оно представляется значительным, потому что я законопослушный гражданин, хотя... Пару раз и мне приходилось совершать предосудительные поступки. Я посмотрел на связку ключей и запоздало удивился:

— Откуда они у вас? Неужели Беата дала? Когда и зачем?

Нора рассмеялась:

— Нет, конечно, я никогда не видела эту девушку.

— Но ключи?

— Это отмычки. Какая-нибудь обязательно подойдет. Скорей всего, на двери там самый простенький, примитивный замок.

Я уставился на изогнутые железки.

— Это же противозаконно.

— Действуй, Ваня, — велела хозяйка и, не слушая моих возражений, выкатилась в коридор.

Сами понимаете, что мне пришлось подчиниться.

Жила Беата в не слишком приятном месте, в пятиэтажке первого образца, в доме, который явно был предназначен на снос. Единственное преимущество жилья было в тишине. Здание стояло вдали от больших магистралей, в глубине квартала, и летом тут, наверное, было как на даче. Но сегодня, накануне Нового года, пейзаж выглядел уныло. Как всегда, перед самым радостным праздником потеплело, снег мигом исчез из дворов, превратившись в серо-черную грязь, деревья стояли голые, покосившаяся лавочка у подъезда пустовала. Перед домом не было ни единой живой души: не гуляли собаки, не кричала ребятня, не сплетничали старухи. В промозглый, сырой день все предпочитали сидеть дома, пить чай. Только в самом дальнем углу развевалось на ветру чье-то белье: ситцевые застиранные пододеяльники и наволочки, устрашающего размера розовые атласные лифчики, необъятные панталоны и бесчисленное множество детских разноцветных колготок.

Радуясь, что не встретил никого на лестнице, я дошел до нужной квартиры, с удовлетворением отметил, что на соседних дверях нет «глазков», оторвал узкую белую полоску бумаги и всунул одну из отмычек в скважину.

Нора оказалась права, замок был примитивен до предела. Железный штырь легко повернулся, чик-чирик — и дверь открылась.

Я вошел в прихожую и огляделся. Да, похоже, Беата была не слишком обеспечена. Самая простая сосновая вешалка, крохотная калошница, зеркало в железной раме, кусочек паласа на полу... Кухня была обставлена более чем дешевой отечественной мебелью, купленной, скорей всего, в конце восьмидесятых. Бело-серые шкафчики из пластика, дверцы которых украшает орнамент из розочек. Никакой бытовой электротехники, кроме чайника «Тефаль», тут не нашлось. Впрочем, и довольно большая комната была обставлена скудно. Обеденный стол, гардероб, четыре стула, два продавленных кресла. Черно-белый телевизор «Рубин» на обшарпанной тумбочке и диван, при взгляде на который по моей спине побежали мурашки. Светлый велюр покрывали буро-коричневые пятна.

Стараясь не смотреть на то место, где нашла свою смерть несчастная девушка, я открыл шкаф и начал осматривать полки. Насколько я знаю, женщины держат бархатные коробочки либо в тумбочках, либо среди белья.

Поворошив пару свитерков, я вздохнул. Беата была не слишком аккуратна. Вещи оказались скомканы и в беспорядке засунуты в шкаф. Колготки лежали вместе с трусиками, лифчики соседствовали с шерстяными кофточками, брюки валялись на дне шкафа, впрочем, юбки тоже. На плечиках висели пиджак и три блузки. Кстати, все вещи были мятыми, заношенными. Единственное, что выделялось, — это комплект нижнего белья, явно очень дорогой: лифчик и кружевные трусики. Даже странно, что нищая девушка позволила себе купить такое белье. Но набор был всего один, может, подарок?

Я еще раз потрогал скомканные вещи и немедленно сообразил: тут ведь явно был обыск. Небось «порядок» в гардеробе навела милиция.

Серьги я нашел в небольшом ящичке, среди маленьких коробочек, набитых дешевой бижутерией. Подвески лежали на черном бархате, когда на бриллианты попал электрический свет, они заискрились, заиграли разноцветными огнями. Не зря правила велят дамам надевать эти камни только вечером, бриллиант «оживает» лишь при искусственном освещении. Странно, однако, что их не забрала милиция. Хотя, наверное, сотрудники МВД не имеют права просто так изымать вещи, а эти серьги не улика — ведь они не знали, чьи эти подвески. Я поколебался и положил серьги себе в карман. Дорогие украшения принадлежат Николаю. Соня привезла их Беате, думая, что вещи все равно останутся в семье, перейдут внукам... Но свадьба не состоялась, и драгоценности надо отдать Николаю, пусть он распоряжается фамильным достоянием по своему усмотрению, это память о его матери и бабушке, да и, кстати, стоят больших денег.

Я еще раз окинул взглядом комнату, стараясь не натолкнуться глазами на ужасный диван. Все тут осталось таким, как в день убийства. Никто не позаботился о том, чтобы убрать квартиру, похоже, у Беаты не было ни заботливых родственников, ни хороших подруг.

Увидев коробочку, Нора воскликнула:

— Вот видишь! Я была права! Соня тут ни при чем!

— На мой взгляд, наличие серег ничего не доказывает.

— Ваня! Ну посуди сам, это же совершенно нелогично! Сначала подарить девушке драгоценности, а потом вернуться на следующий день и убить ее?

— Могло быть не так!

— А как?

— Соня передумала ехать к Беате вечером, все-таки уже было поздно, перенесла визит на следующий день. Подарила будущей невестке серьги, попила у нее чай, а потом вспыхнула ссора, закончившаяся убийством.

— Нет!!!

Я пожал плечами. С Норой спорить бесполезно, если вобьет что-то себе в голову, пиши пропало.

— Ладно, — хлопнула по столу Элеонора, — оставим пока вопрос открытым. Давай начинай собираться. Насколько я понимаю, ты в девять вечера должен заехать за Николеттой.

Я кивнул и пошел в свою спальню. Сегодня 31 декабря, и Новый год мы с хозяйкой встречаем в разных местах, впрочем, и она, и я идем в ресторан. Семейные посиделки у елки над тазиком «Оливье» и жареной курицей нас не привлекают. Тем более что у меня нет жены, которая бы приготовила соблазнительные новогодние яства, а кухарку Нора выгнала. Конечно, можно отправиться в супермаркет и накупить готовой еды или заказать пару блюд из ресторана. Честно признаюсь, моя давнишняя мечта — услышать бой курантов в полном одиночестве, облачившись в халат и тапки. Опрокинуть рюмочку коньяка... Сладкую газированную воду, которую у нас выдают за шампанское, я терпеть не могу. Потом можно посмотреть пару минут телевизор, ужаснуться глупости телепрограмм и спокойно лечь спать. Но «мечтать не вредно», как говорил иногда мой папенька, отбиваясь от очередных претензий маменьки. И мне придется сейчас натягивать смокинг, застегивать бабочку, засовывать ноги в тесные лаковые ботинки, чтобы сопровождать Николетту в ресторан «Желтая мельница». Порой мне кажется, что к времяпрепровождению с Николеттой и ее подружками следует приговаривать преступников. Украл деньги? Получи три часа. Избил жену? Изволь отсидеть пять вечеров в гостиной. Уж поверьте, зная, что за следующее нарушение закона грозит вновь очутиться с глазу на глаз с милейшими дамами, преступники испугаются до потери криминальных наклонностей.

Глава 5

Тем, кто еще не знает, сообщу, что Николетта — моя матушка. Вы легко подсчитаете, сколько лет маме, если узнаете, что ее единственный сын не так давно справил сорокалетие. Но, столкнувшись с моей маменькой в гостиной, никогда не дадите ей более пятидесяти, это при ярком, дневном свете, а в лучах электроламп Николетта кажется моей ровесницей, иногда выглядит даже моложе. К слову сказать, она прилагает массу усилий, чтобы не потерять форму. Редко кто из женщин, имея взрослое чадо, сохранил талию в шестьдесят сантиметров. Николетта никогда не ест мучного, сладкого, жареного... Салат, крекеры, белое отварное куриное мясо, овощи, кроме авокадо, фрукты, исключая виноград и бананы, — вот ее меню, практически неизменное на протяжении многих лет. Расслабиться Николетта не позволяет себе никогда, справедливо считая, что стоит лишь один раз отпустить вожжи, и повозка стремительно покатится с горы.

Когда в шестьдесят лет ей стало понятно, что диеты недостаточно и бедра стремительно начинают терять былую стройность, матушка мигом записалась на массаж. Теперь три раза в неделю к ней приходит улыбчивый массажист Игорь Федорович. Результат налицо, вернее, совсем на другом месте. Противные жировые отложения исчезли, и Николетта спокойно продолжает носить брюкистрейч. О круговых подтяжках лица, шеи и бюста я вам здесь рассказывать не стану. В конце концов, каждый человек имеет право на маленькие тайны.

Но это были не единственные операции в ее жизни. Два года тому назад Николетта обнаружила, что плохо различает предметы. Врачи велели ей носить очки. Маменька пришла в ужас, в ее системе координат очки — это признак дряхлости. Решительным шагом она отправилась в центр к

Федорову и без долгих раздумий легла на операцию. Ради внешности Николетта готова на все!

Ровно в девять вечера я позвонил в дверь родительской квартиры. Мне открыла Таисия, домработница Николетты.

— Ох, Ваняша, — запричитала она, беря у меня пакет с подарком, — ну балуешь просто! Зачем тратился!

— Носи на здоровье, — улыбнулся я, — там теплый халат.

— Ой, ой, ой, — покачала головой Тася, вытаскивая подарок, — какая красотища, прямо мерить страшно, пусть пока повисит.

— Свадьбы подождет, — хмыкнул я.

— Скажешь тоже, — всплеснула руками Тася, — я уже старая, шестьдесят пять стукнуло, какие женихи!

— Смотри, чтобы тебя не услышала Николетта, — ухмыльнулся я и снял пальто, вновь вызвав шквал восторгов.

— Ваня, какой ты красивый вырос, высокий, плечики широкие, прямо принц, тебе жениться самая пора!

Я обнял горничную. Тася когда-то была моей няней, и иногда в ней оживают воспоминания о крохотном Ваняше, которого она сажала на горшок и водила гулять.

— Не беспокойся, найдется супруга.

— Да уж давно бы надо под венец, — зудела Тася, — холостяк — пустоцвет, ни деток, ни радости.

Я молча причесывался у зеркала. Ну, с последним заявлением можно поспорить. Основная масса моих приятелей женаты и имеют наследников подросткового возраста. Честно говоря, глядя на их семейную жизнь, я тихо радуюсь, что избежал ярма. Впрочем, я имею подругу, к которой питаю самые добрые чувства. Мне кажется, что Люси отвечает мне взаимностью, но к официальному оформлению наших отношений мы пока совсем не готовы.

— Отстань от него, — велела Николетта, влетая в прихожую. Я оглядел матушку и совершенно искренне сказал:

— Ты ослепительна!

Николетта подскочила к огромному, от потолка до пола, зеркалу, встала к нему боком и недовольно процедила:

— А мне кажется, что разжирела, как корова!

— Да что вы такое говорите, — всплеснула руками Тася, — талию двумя пальцами обхватить можно! Ни у кого из ваших подруг такой нет!

— Ты полагаешь? — протянула маменька.

— Кока чистая лошадь! — воскликнула Тася.

— Фу, как грубо, — сморщилась маменька.

— Зато справедливо, — улыбнулся я, накидывая ей на плечи пахнущую дорогими духами норковую шубку. — Кока и впрямь смахивает на водовозную клячу. Ей худоба совершенно не к лицу.

Услыхав, как мы с Тасей критикуем ее заклятую подругу, матушка мигом пришла в чудесное расположение духа и улыбнулась домработнице.

— Ладно тебе, гуляй тут, пей шампанское, смотри телевизор. Мы вернемся около шести.

Я вздрогнул, услышав эту информацию. Честно говоря, я надеялся, что вечер в ресторане закончится не позже двух, все-таки основному составу компании давно перевалило за шестьдесят, и вот теперь выясняется, что Николетта собирается веселиться до тех пор, пока администрация не начнет выталкивать гостей за ворота.

В самом радостном настроении матушка вышла из подъезда, увидела мои «Жигули» и мигом забрюзжала:

— Господи, Ваня, ну когда ты наконец купишь приличный автомобиль?

— Какой ты имеешь в виду? — спокойно поинтересовался я, распахивая перед ней дверцу.

Николетта села на заднее сиденье, она никогда не устраивается спереди. Ведь всем известно, что возле шофера сидит не хозяйка, а непонятная личность, подобранная водителем на дороге в целях пополнения собственного кошелька. Владелица машины всегда находится сзади. Эту мысль внушила матушке другая ее обожаемая подружка — Лёка.

Расправив необъятную юбку, Николетта ответила:

— Какую, какую, понятия не имею! А на какой зять возит Коку?

— На «Мерседесе», — обреченно ответил я, великолепно зная, что сейчас последует.

— Вот видишь! — кинулась в бой маменька. — И нам надо такую купить!

Я молча завел мотор.

— Отчего мы стоим? — негодовала Николетта.

— «Жигули» должны прогреться, на улице сильный мороз.

— «Мерседес» едет сразу, — безапелляционно заявила маменька.

Я не стал с ней спорить, это бесполезно, Николетта перекричит любого, у меня нет никаких шансов победить.

— «Мерседес» не трясется, в нем не воняет бензином, и выглядит он шикарно, — гнула свою линию Николетта. — Отчего тебе не купить его?

— Дорого очень, — проронил я и тотчас сообразил, что привел неправильный аргумент.

— Дорого?! — взвизгнула Николетта. — Почему? Как ответить на подобный вопрос?

— Потому что я столько не зарабатываю.

— А вот зять Коки может купить «Мерседес», — заявила Николетта.

Я попытался сосредоточиться на дороге, слава богу, она была почти пустынна. Основная масса москвичей сейчас толчется на кухнях, упоенно режет «Оливье». Конечно, зять Коки может позволить себе и не такие покупки. Кока долго выбирала муженька для своей апатичной дочурки и, надо сказать, преуспела. Жора — владелец сети автозаправочных станций и богат до неприличия. Правда, его нельзя назвать светским человеком, и к тому же он «лицо кавказской национальности», которое держит жену в состоянии постоянной беременности, но Кока теперь ездит на «Мерседесе» и имеет шубу-недельку. Знаете, что это такое? Представьте, что в вашем шкафу висит семь манто и вы меняете их, как трусики, каждый день. В понедельник надеваете каракулевое, во вторник — норку, в среду — бобра... Ну и так далее.

Я с моим секретарским окладом никогда не смогу достичь благополучия зятя Коки, но Николетта не задумывается, откуда берутся деньги на ее содержание.

Честно говоря, мой папенька избаловал жену до безобразия. Он был писатель, достаточно обеспеченный человек, много издававшийся в годы советской власти, а маменька всю жизнь отличалась вздорным характером и умением превратить тихий семейный вечер в жаркий скандал. Поэтому отец просто откупался от жены. Ему было проще дать ей денег на новую шубу или бриллиантовые серьги, чем выслушивать упреки. С тех пор у Николетты сложилась твердая уверенность: стоит только потребовать нечто, как оно само падает ей в руки. При этом учтите, что моя матушка — бывшая актриса, не реализовавшаяся до конца на сцене.

Когда Павел Подушкин, мой отец, скончался, на сберкнижке осталось двести пятьдесят тысяч рублей. Тому, кто забыл, какие цены были при большевиках, напомню, что самая дорогая в коммунистические времена машина «Волга» стоила десять тысяч, поэтому в материальном плане для Николетты ничего не изменилось, и она со спокойной душой созывала гостей и устраивала файф-о-клоки и журфиксы[1].

Я же после окончания Литературного института мирно писал первую книгу стихов и работал в журнале редактором. Не случись перестройки, перестрелки и стремительного обнищания страны, мы бы с Николеттой прожили вполне хорошо. Скорей всего, я бы вступил в Союз писателей по

---

[1] Файф-о-клоки и журфиксы — чаепитие и день приема. *(Искаженный англ. и фр.) (Прим. автора.)*

отделению поэтов, а матушка продолжала бы по-прежнему блистать в свете. Но вы сами знаете, что произошло с нами после 1992 года.

Сбережения отца сгорели на костре экономических реформ, мы превратились в нищих. Я, честно говоря, растерялся. А вот Николетта совершенно не пала духом. Ей и в голову не пришло, что можно продать бриллианты или съехать в меньшую по площади квартиру. Нет, маменька продолжала закатывать вечеринки и приказывала Тасе покупать на рынке в декабре оранжерейный виноград. Честно говоря, я удивлялся, откуда у нее деньги. А потом решил, что Николетта просто тратит некий валютный запас, существование которого было от меня ранее скрыто.

Но вскоре ситуация прояснилась самым неприятным образом. Мне позвонил мужчина и, назвавшись банкиром, без всяких обиняков заявил:

— Когда собираетесь отдавать долг?

— Какой? — безмерно удивился я. — Разве я брал у вас деньги?

— Приезжайте в офис, — велел парень.

В полном недоумении я явился по указанному адресу и уставился на кучу бумажек, подписанных Николеттой.

— Ваша мать сказала, что вы расплатитесь, — буркнул барыга.

Я онемел. Сумма казалась фантастической. Выпросив у ростовщика неделю отсрочки, я рванул к Николетте и потребовал ответа.

Маменька спокойно отставила в сторону баночку с неприлично дорогим кремом для лица и заявила:

— Да, я брала в долг. А что делать? На сберкнижке пусто.

Проглотив фразу: «Следует жить по средствам», я ошарашенно спросил:

— Ну и где взять эту жуткую сумму?

Николетта повернулась к зеркалу и, похлопывая по щекам подушечками пальцев, невозмутимо сказала:

— А мне какое дело, где ты достанешь деньги!

Я растерялся окончательно.

— Но ведь их тратила ты!

— Между прочим, — «объяснила» маменька, — я делала тебе подарки. Кстати, мужчина не должен впутывать даму в финансовые расчеты. Я трачу — ты зарабатываешь, нормальная позиция.

Не буду вам рассказывать, как выкрутился из сложной ситуации, но до сих пор львиная доля денег, которые платит мне Элеонора, уходит на капризы Николетты. Так что «Мерседес» мне не купить никогда, если только решусь ограбить банк, что, учитывая мой характер, совершенно невозможно.

Наш столик в ресторане «Желтая мельница» был расположен у самого подиума, на котором выступали артисты. Компания разодетых мужчин и женщин поглощала напитки. Я понюхал содержимое своего бокала. Ярко-красный цвет жидкости смущал, пришлось подозвать официанта и спросить:

— Что это?

— Наш подарок клиентам, — ответил халдей, — коктейль «Огни Москвы»!

— Из чего он сделан?

— Шампанское, водка, клюквенный сироп, — услужливо перечислил ингредиенты парень.

Я с тревогой посмотрел на Николетту, прихлебывавшую жидкость ядовитого цвета. Шампанское с водкой! Во времена моей молодости такая гремучая смесь называлась «Северное сияние» и валила с ног здоровенных мужиков.

Я осторожно тронул маменьку за локоть:

— Не пей.

— Почему? — удивилась та. — Очень вкусно.

— Это не слишком хорошая штука.

— Господи, вечно ты всем недоволен, — процедила Николетта, поставила на скатерть пустой бокал и схватила мой, полный до краев. — Хоть в Новый год не занудничай. Не нравится — не пей, а мне по вкусу.

Я положил себе на тарелку салат и взял приборы. Ладно, посмотрим, что она запоет утром.

Праздник катился своим чередом. Сначала три девушки, что называется «унисекс», исполнили нечто вроде канкана. Затем они же вышли в кокошниках, потом в перьях и, наконец, в расшитых шароварах. Девицы старались изо всех сил. Мне стало их жаль. Судьба обошлась с ними жестоко. Народ бодро празднует Новый год, а они задирают вверх тощие ножки, старательно изображая веселье.

Затем настал кульминационный момент, одна из танцорок расстегнула бюстгальтер. Я вздохнул, вот уж, право, жалкое зрелище. Грудь у несчастной девочки просто отсутствовала, к тому же ей явно холодно, кожа покрылась пупырышками. Не знаю, как остальных мужчин, но меня это зрелище не возбуждало. Голая девица не вызывала никакого желания положить ее к себе в койку. Хотелось подать ей пальто и по-отечески предложить: «Прикройся, милая, так и воспаление легких схватить можно».

Правда, другая танцорка выглядела аппетитно, этакий розовый молочный поросенок, слишком тучный для плясок на сцене.

Я отвернулся и занялся жюльеном. Празднество катилось к финалу. Появилась престарелая эстрадная дива в парике, с накладными ресницами и слишком торчащим бюстом. Я украдкой глянул на часы: ровно четыре. Может, намекнуть Николетте на то, что пора домой? Но раскрасневшаяся маменька весело хохотала и ковыряла вилкой жареную картошку. Очевидно, Николетта решила сегодня забыть все запреты, потому что вкусные и питательные клубни она не ест очень давно, даже в отварном виде.

Я промаялся еще с полчаса и пересел на небольшой диванчик, стоящий у стены. В конце концов, попробую подремать, что, учитывая громкую музыку, весьма проблематично. Все же мои глаза закрылись, усталость взяла верх над грохотом. Я совсем было отбыл в царство Морфея, но тут раздался восторженный вопль:

— Вау!!!

Кое-как разлепив веки, я глянул на сцену и вскочил на ноги.

В ослепительно белом свете прожектора танцевал молодой парень. Из одежды на мальчишке были только кожаные трусики, вернее, фиговый листочек, держащийся на тоненьких ремешках.

Справедливости ради следует признать, что выглядел паренек, словно молодой греческий бог, наверное, большую часть своей юной жизни он провел в тренажерном зале и солярии. Накачанная фигура дергалась в разные стороны, нагибаясь к лежащей на полу партнерше. Я в полном негодовании дошел до подиума.

Только не подумайте, что я ханжа и вознегодовал при виде мужского стриптиза. Вовсе нет, меня совершенно не смутил голый мальчишка, просто не понравилось, что его партнершей была Николетта.

Маменька лежала на спине, безостановочно смеясь. Стриптизер изображал эфиопскую страсть, зал выл. Я в недоумении наблюдал за действом. Как поступить? Утащить Николетту со сцены? Это глупо. Но смотреть на «спектакль» было невыносимо. Представляю, что завтра станет рассказывать всем Кока.

Проснувшись этак часов в шесть вечера, она схватится за трубку и начнет всем названивать: «Ах, ах, только представь себе картину! Николетта Адилье лежит на полу, а над ней скачет стриптизер!»

Но, переведя взгляд на Коку, я увидел, что светская дама, законодательница моды, женщина безупречного поведения, в полном восторге бьет в ладоши. А когда она, засунув в ярко накрашенный рот два пальца, унизанные бриллиантовыми кольцами, издала свист, которому позавидовал бы и Соловей-разбойник, до меня внезапно дошло: Кока пьяна. Впрочем, Николетта и другие дамы тоже. Фирменный коктейль свалил с ног всех.

Наконец музыка стихла. Николетта села и, продолжая хохотать, принялась засовывать пареньку в трусики зеленые бумажки. Я только дивился, глядя на представление. Откуда маменька знает, как расплачиваются со стриптизером?

Около шести утра полупьяные кавалеры подхватили совершенно раскисших дам. Я довез Николетту до дому и сдал на руки Тасе.

— У нее завтра будет болеть голова, — предупредил я домработницу.

— Да уж ясное дело, — ответила та, укрывая хозяйку одеялом, — похмелье скрутит. Зачем она столько выпила?

Я спустился к машине. Николетту сгубил коктейль. Зачем она столько выпила? Затем, что никогда никого не слушается и всегда поступает по-своему.

Глава 6

Около часа дня меня разбудила Элеонора. Просто вкатилась в мою спальню, отдернула занавески и заявила:

— Хватит дрыхнуть.

Я сел и спросил:

— Почему?

— Вставай, — велела хозяйка, выезжая в коридор, — брейся и иди в гостиную.

Через полчаса, отхлебнув кофе, я услышал:

— Сейчас поедешь к Беате, найдешь там этих свидетелей, ну Катю Мамонтову, ребенка которой толкнула Соня, потом бабку Евдокию Петровну...

— Зачем?

— Побеседуешь, потолкуешь...

— Но...

— Иван Павлович, — сурово заявила Нора, — ты мой секретарь и обязан подчиняться.

— Но я никак в толк не возьму...

— Соня не убивала Беату!

Я чуть не пролил отвратительно сваренный кофе.

— А улики?

— Бред, я хочу доказать, что они сфабрикованы.

— Но...

— Собирайся. И помни, я — Ниро Вульф, ты — Арчи.

Чувствуя, что голову сжимает железным обручем, я безнадежно кивнул. Понятно, Норе опять приспичило поиграть в детектива.

Моя хозяйка страстная любительница детективных романов. Все шкафы в ее спальне забиты соответствующей литературой. На полках стоят тома Дика Фрэнсиса, Нейо Марш, Чейза, Макбейна, Картера Брауна, Агаты Кристи. Естественно, представлены тут и отечественные писатели: Леонов, Адамов, братья Вайнеры, вся Маринина, Дашкова, Полякова... Но самым любимым автором хозяйки является Рекс Стаут, придумавший толстяка Ниро Вульфа и его помощника Арчи Гудвина.

Ниро никогда не выходит из дома, он расследует преступления, сидя в кресле. Сведения для него добывает Арчи, без устали носящийся по городу. Когда у нас случилась пренеприятная история, связанная с внучкой Элеоноры Ритой, хозяйке пришла в голову «замечательная» идея. Она сама найдет преступника, станет как Ниро Вульф. Неблагодарная роль мальчика на побегушках отводилась мне.

Я был не большой охотник до криминальных историй. Мой литературный вкус развивал отец, поэтому на тумбочке у кровати я всегда держал книги кого-нибудь из поэтов Серебряного века и качественную фантастику. Но Нора, чтобы поставить «чистый эксперимент», заставила меня прочитать более чем тридцатитомное собрание Рекса Стаута. Сначала я с огромным трудом «жевал» страницы, старательно преодолевая отвращение. За спиной у меня пять лет обучения в Литературном институте, а педагоги этого вуза более чем пренебрежительно отзываются об авторах криминальных историй. Но примерно на четвертой книге я поймал себя на том, что с нетерпением жду развязки событий. Конечно, среди детективов много низкопробных поделок, но есть классика жанра и писатели, создающие великолепные вещи, написанные сочным языком, с лихо закрученными сюжетами. С тех пор я начал почитывать томики из библиотеки Элеоноры, и она об этом знает, но никогда не ехидничает.

К слову сказать, в истории с Ритой «Ниро Вульф» и «Арчи» достойно выдержали испытания, мы нашли того, кто задумал дьявольскую историю. Другое дело, что это оказался совсем не тот человек, которого хотелось бы видеть на месте убийцы, и мы с Норой испытали настоящий шок, поняв, каких огромных и мрачных псов случайно разбудили своими действиями. Но это другая сторона вопроса.

И вот теперь Норе хочется повторить опыт. Очевидно, ей не хватает адреналина. Конечно, она сейчас абсолютно уверена, что Соня безвинно страдает на нарах. Моя хозяйка слегка идеализирует своих подруг. Но, с другой стороны, ей страстно хочется вновь попробовать себя на ниве детективных расследований. Она выстояла в дефолт и преодолела финансовые неурядицы, ее бизнес катится по хорошо накатанной колее, да еще Нора обладает замечательным умением создать отлично работающую команду. Так что на данном этапе она может месяцами не появляться в офисе, дело великолепно крутится без хозяйки, что, безусловно, свидетельствует о великолепных организаторских способностях Элеоноры. Но ей, очевидно, стало скучно, Нора не привыкла, как моя маменька, порхать с вечеринки на вечеринку, она терпеть не может тусовочный образ жизни и свободное время любит проводить у камина с детективом в руках.

Только вот беда! Свободного времени стало чересчур много.

— Ладно, Ваня, — сбавила тон Нора, — отправляйся. Если удачно справимся с ситуацией, выдам тебе премию. Насколько помню, зарплата Арчи сильно зависела от того, каким делом занят Ниро. Так что и тебя поджидает конвертик.

Я хмыкнул. Ниро Вульф зарабатывал себе на жизнь частными расследованиями, да, он платил деньги Арчи, своему секретарю. Получал от клиентов гонорар и вручал часть его Гудвину. Но у нас-то другая ситуация! Нора собирается тратить собственные средства. Просто смешно! Хотя она очень богата, а обеспеченные люди могут себе позволить дорогие игрушки и бессмысленные развлечения.

— Что ухмыляешься? — обозлилась хозяйка.

Я, естественно, не стал излагать ей мысли, которые только что крутились в голове, а сказал совсем иное:

— Ну, для полноты сходства нашего дуэта с Ниро и Арчи не хватает многих деталей.

Нора, направившаяся к двери, притормозила и обернулась.

— Каких, например?

— Начнем с того, что у толстяка имелся великолепный повар Фриц, готовивший умопомрачительные деликатесы, а я сегодня сам варил кофе на кухне и, честно говоря, приготовил отвратительную бурду.

— Твоя правда, — пробормотала Нора, — надо срочно искать кухарку, мне тоже поперек горла встала стряпня Ленки. Квартиру она убирает хорошо, но готовит мерзко, теперь мне стало ясно, отчего ее бросил муж.

Вдохновленный успехом, я продолжил:

— А еще Ниро разводил орхидеи, а у нас даже кактусов нет.

— На кухне стоит алоэ, — напомнила Нора.

Я отмахнулся:

— Столетник давно умер, и горшок отнесли на помойку. Среди нас не нашлось цветоводов, даже неприхотливый алоэ не выжил в спартанских условиях, по-моему, его года три никто ни разу не полил.

— Вот что, — обозлилась хозяйка, — немедленно поезжай куда велено, остальные проблемы я решу без тебя.

Я взял ключи и спустился к машине. В конце концов, я наемный служащий и обязан подчиниться тому, кто выдает зарплату.

Катю Мамонтову удалось отыскать легко. Когда я запарковал «Жигули» во дворе, возле подъезда Беаты прохаживалась девушка, одетая в цигейковую шубу и валенки. Чуть поодаль от нее, почти у самой двери, ведущей в подъезд, копошилось крохотное существо в комбинезоне.

— С Новым годом, — улыбнулся я, подходя к молодой матери. — Уже выспались после праздника?

Девушка весьма дружелюбно ответила:

— Да я его и не встречала, легла спать сразу после полуночи.

— Чего так?

— Ребенок в шесть утра будит, ему все равно, что Новый год, что Пасха, маленький очень.

Я хотел спросить, не знает ли она, где живет Катя Мамонтова, но тут железная дверь подъезда стала медленно приоткрываться. Сообразив, что тяжелая створка сейчас ударит малыша, я подхватил его, переставил в безопасное место и спросил:

— Что же вы дочку тут оставили? Ведь ушибут девочку.

— Это мальчик, впрочем, спасибо. Ему уже один раз досталось. Вылетела ненормальная да как толкнет! Вон, видите на лбу и щеках ссадины? До сих пор не сошли.

— Так вы Катя Мамонтова?

— Мы знакомы? — изумилась девушка.

Я поколебался секунду и бодро соврал:

— Разрешите представиться, Иван, брат Беаты Быстровой. Вы ее знали?

— Господи, — воскликнула Катя, — ужас-то какой! Прямо кошмар! Меня свекровь тоже терпеть не может, все зудит, придирается: рубашки не погладила, котлеты не приготовила! Между прочим, у меня ребенок! А помощи ни от кого нет! Муж целыми днями на работе, явится и на диван перед теликом плюхается. Сказала тут ему: «Сходил бы в супермаркет, принес бы овощи». Такой хай поднял: «Я тружусь как каторжный, хочу вечером отдохнуть. А ты весь день дома!» Видали таких, а? Я за двенадцать часов ни разу не присяду, кручусь по хозяйству. Маменька его только ноет: «Ах, давление, ой, радикулит, ай, сердце». Упадет на диван и указания раздает: Катя туда, Катя сюда...

— Вы женщину, которая вашего мальчика толкнула, хорошо разглядели? — прервал я поток жалоб.

— А то! Конечно. Вот уж стервятина, ребенка с ног свалила.

Я хотел для порядка возразить, что не следует сыну разрешать играть прямо у входа, изнутри-то не видно, что творится на улице, но проглотил замечание. Катя же тем временем продолжала злиться:

— Ну уронила ребенка, так подними, отряхни, извинись. Нет, унеслась, словно ей хвост подожгли, бегом к метро кинулась, еще и Ленку снесла.

— Кого?

— У нас тут за углом лоток стоит с газетами.

Эта ненормальная выбежала из двора, подошла к продавщице и говорит: «Дайте «Семь дней». Ленка ей журнальчик протянула, а эта идиотка на столик оперлась, и все в снег опрокинула. Ну не дура ли?

Действительно, странно. Соня, убив Беату, выскочила в невменяемом состоянии из квартиры несостоявшейся невестки, пролетела мимо упавшего ребенка... Я хорошо знаю госпожу Чуеву, это интеллигентная, хорошо воспитанная женщина. Если бы она случайно толкнула крохотного мальчика, то мигом бы бросилась поднимать его с извинениями.

Но Соня пролетела, чуть не затоптав ребенка. Впрочем, зная, что она только что пережила, я не удивляюсь. Странно другое. Отбежав пару метров в сторону, Соня притормозила у газетного ларька и преспокойно решила купить программу телевидения. Я покачал головой:

— Так вы ее запомнили? Можете описать?

Катя не удивилась просьбе.

— Шуба коричневая каракулевая, с воротником из норки, шапка в тон...

— А лицо?

Девушка засмеялась.

— Ну очки такие, старомодные, коричневые, квадратные, у моей бабушки похожие, родинка на щеке, вот тут, возле носа.

— Спасибо, — сказал я.

Старомодные очки и родинка — это точно Соня. Не понимаю, на что надеется Элеонора. У Кати отличная память, она мигом узнает госпожу Чуеву.

— Знаете, кто это был? — немедленно спросила девушка.

— Нет, — на всякий случай ответил я и вздрогнул.

Как все автомобилисты, я не ношу теплое пальто, и мороз пробрался сквозь демисезонную куртку.

— Убийца! — сообщила Катя.

— Да ну? — подскочил я.

— Вы не в курсе?

— Нет.

— А еще брат!

— Извините, я только приехал из-за границы.

— Тогда понятно, — затарахтела Катя. — Слушайте, я все-все знаю, главный свидетель! Сестра ваша замуж собиралась, а будущая свекровь ее ненавидела!

— Кто это вам сказал? — поинтересовался я, лязгая зубами.

Честно говоря, ботинки у меня тоже не предназначены для длительных прогулок, замшевые, на тонкой подошве...

— Да сама Беата!

— Вы дружили?

Замотанная в толстую шубейку и обутая в теплые валенки, Катя совершенно не испытывала холода, поэтому принялась весьма словоохотливо прояснять ситуацию.

Как-то раз, примерно месяц тому назад, мать мужа довела девушку до слез, и она гуляла во дворе с сыном в отвратительном настроении. Неожиданно из подъезда вышла Беата и улыбнулась.

— Здравствуйте, какой сегодня день замечательный, солнечный.

— Ничего хорошего, — буркнула Катя.

Она немного удивилась. Беата появилась в их доме не так давно и держалась со всеми вежливо, но отчужденно.

— Вы расстроены? — спросила соседка.

— Свекровь доконала, — пожаловалась Катя, — прямо запилила до смерти, все ей не хорошо.

— Вот и у меня такая же будет, — вздохнула Беата, — еще в загс заявление не отнесли, а уже терпеть меня не может.

Около получаса девушки простояли возле подъезда, обсуждая милых родственниц, и расстались весьма довольные друг другом. Катя и думать забыла об этом разговоре, но пару дней назад ее вызвали повесткой в милицию, провели в комнату, где стояло пятеро женщин в каракулевых шубах, и попросили:

— Посмотрите внимательно, никого из присутствующих ранее не встречали?

Девушка прищурилась и воскликнула:

— Вот эта из нашего подъезда вылетела! Я ее сразу узнала, по родинке на щеке.

Потом молодой милиционер, провожавший Катю на выход, разболтал, что эта тетка убила накануне свадьбы невесту своего сына.

— Вот оно как, — причитала Катя, — теперь они нас уже ножами резать начали. Я прям боюсь в ванну пойти, моя запросто утопить может.

— Почему вы сказали, что Беата недавно появилась в доме? — удивился я.

— Так Евгения Львовна умерла, — невпопад ответила Катя.

— Кто? — совсем растерялся я.

— В ее квартире раньше баба Женя проживала, а примерно год назад ее похоронили. Ну затем Беата въехала, вроде ей по наследству площадь отошла.

— Где же она раньше жила?

— Понятия не имею.

Я лязгнул зубами и осведомился:

— Не знаете, случайно, Лена эта, что газетами торгует, где обитает?

— А здесь, — пояснила Катя, — в нашем подъезде, на пятом этаже, ее квартира самая последняя.

— И Евдокия Петровна тут?

— Эта старая жаба? Точно.

Я поблагодарил Катю и на негнущихся, словно поленья, ногах двинулся в подъезд.

Внутри обшарпанного помещения невыносимо воняло кошачьей мочой, но мне было все равно. Сняв перчатки, я взялся за батарею и почувствовал, как тепло проникает сквозь ладони. Внезапно на лестнице показалась старуха и заругалась:

— Ишь, устроился, ступай отсюдова во двор ссать. Нечего из подъезда сортир делать!

— Я греюсь.

— Брехун, — выплюнула милая старушка, — навонял тут.

Ее толстое, помятое лицо излучало гнев, маленькие глазки злобно поблескивали из-под набрякших век. Я оторвался от батареи и пошел вверх. Сначала заглянул к Лене, которая первого января в такой мороз явно сидит дома.

Дверь без всяких вопросов распахнула девочка лет двенадцати. Лениво двигая челюстями, она, обдав меня запахом мятной жвачки, поинтересовалась:

— Что надо?

— Можете позвать Лену?

— Маманька на работе.

— Ужасно, — совершенно искренне возмутился я, — в такой жуткий холод торгует на улице.

— Жрать-то завсегда охота, — философски пояснила девчонка, — мамашке семьдесят рублей в день дают, не выйдет на точку — ни фига не получит! Да вы, дяденька, ступайте за угол, она там кукует.

— До которого часа?

— В восемь свернется.

Я вздрогнул. Стоять на пронизывающем ветру десять часов, не имея возможности нормально поесть и согреться, получая за каторжный труд семьдесят рублей? Ей-богу, мне здорово повезло в жизни.

— Не подскажете, Евдокия Петровна в какой квартире живет?

— Жаба? Прямо под нашей, — ответила отроковица и с треском захлопнула дверь.

Я пошел по ступенькам к той, кого Катя и дочь Лены называли жабой.

Глава 7

Надо сказать, что Евдокия Петровна и впрямь напоминала лягушку. У нее были слегка выпученные глаза и большой рот, сходство довершал темно-зеленый халат, в который куталась бабушка. Скорей всего, у нее проблемы со щитовидкой, я бы на месте родственников старухи сводил ее к эндокринологу.

— Тебе чего, милок? — весьма приветливо осведомилась Евдокия Петровна. — Чем торгуешь?

Внезапно я ляпнул:

— Милиция, разрешите войти?

— Конечно, — засуетилась хозяйка, — скидавай ботинки, держи тапки. Экая у тебя куртенка жидкая, прямо на рыбьем меху; платят небось мало, хорошую вещь не купить. Замерз, поди, хочешь чайку с мороза?

Я влез в засаленные шлепанцы и с благодарностью ответил:

— С удовольствием.

Бабулька препроводила меня на кухню, капнула в огромную чашку заварки, щедро долила кипятку и, поставив перед мной светло-желтую жидкость, велела:

— Клади сахар, не стесняйся.

Я обхватил кружку озябшими ладонями. Я пью всегда очень крепкий чай, почти черный, на худой конец красно-коричневый. К такому, который сейчас радушно предлагает Евдокия Петровна, не притронулся бы ни за что, но он был горячий, а я заледенел до самого желудка. Глотнув пахнущее веником пойло, я строго спросил:

— Можете рассказать, что слышали, стоя под дверью квартиры Беаты Быстровой?

— Вот страсть господня! — всплеснула руками бабуся. — Просто жуть! Убили девку-то! Зарезали! Ножом! Всю истыкали!

— Откуда вы знаете?

— Так Петька рассказал, участковый наш, он в квартиру входил! Кровищи вокруг, говорил, море!

Я молча глотал слегка подкрашенный напиток.

Очевидно, этот Петька не очень заботился о такой вещи, как тайна следствия!

— Жуть страшная, — продолжала балабонить старушка, как все пожилые люди, она обожала быть в центре внимания, — ни отмыть, ни оттереть. Теперича людям ремонт делать придется.

— Кому?

— А не знаю, тем, кто туда въедет, наследникам. Уж не останется комната без хозяина, — выпалила на едином дыхании Евдокия Петровна. Потом она наклонилась ко мне и зашептала, крестясь: — Сейчас молодые не сильно-то в нечистую силу верят. Все у них компьютер да телевизор, а я тебе так скажу: в той квартире нехорошо, дьявольское место!

Понимая, что бабушка не остановится, пока не выговорится, я спросил:

— Почему вы так думаете?

— Сам посуди, милок, — затараторила хозяйка, — жила там семья, Евгения Львовна, Семен Андреевич и детки ихние, Паша и Галя.

— Вчетвером в одной комнате?

— Так квартирку Семен получил от завода. Еще неженатый был, вместе с отцом и въехал. Ох, с Андрея Семеновича все началось, про него забыла!

— Что началось? — Я начал терять нить разговора.

— Ты не перебивай, экий торопыга, право слово! — рассердилась бабка. — Дай по порядку-то изложить! Значитса, только они въехали, года не прожили, мебелю еще хорошую купить не успели, как Андрея Семеновича машина сшибла. Аккурат в нашем дворе. Он на лавочке скучал, курил себе спокойненько, а тут мусорщик вылетел и задом скамеечку обвалил. Шофер пьяный оказался, посадили его потом, только что толку? Мужика не вернуть.

Я внимательно слушал старуху. После смерти отца Семен женился, у него родились дети-погодки, казалось, все хорошо, но неожиданно грянуло несчастье. Заболел сын. Мальчика пытались лечить, но он умер, не успев справить пятый день рождения. Семен Андреевич и Евгения Львовна просто почернели от горя и всю свою любовь отдали дочери. Мать ни на шаг не отходила от девочки, водила везде за руку, но не уберегла. Галя скончалась в восемь лет от лейкоза. После всех обрушившихся на семью несчастий Семен начал пить горькую и однажды зимой просто замерз на улице, упал пьяный в сугроб, заснул и не проснулся. Евгения Львовна превратилась в истовую богомолку. В любое время года она носила черное пальто до пят и повязывала голову платком. Мимо соседей бедняжка проскальзывала тенью, никогда не здоровалась, но люди не осуждали, а жалели несчастную женщину. Впрочем, она пережила мужа на двадцать лет. Умерла совсем недавно.

Устав от ненужных сведений, я довольно резко спросил:

— Ну и что?

— Как это? — возмутилась старуха. — Чего глупость спрашиваешь? Не успела она на тот свет перекинуться, как в квартиру Беата въехала, и что вышло? А? Нет, точно дьявольское место! Надо бы батюшку позвать и молебен заказать.

— Вы лучше вспомните, о чем Беата говорила со своей гостьей, — потребовал я.

Евдокия Петровна попыталась сосредоточиться и довольно связно передала диалог, подслушанный под дверью.

— Случайно вышло-то, — оправдывалась она, — сумки руки оттянули, вот и встала у чужой квартиры. Мне бы и в голову не пришло любопытствовать, что у людей происходит.

Я кивал, пытаясь сохранить на лице самое милое выражение. Похоже, Евдокия Петровна, как все женщины, никогда не упустит возможности сунуть нос в чужие дела.

— А уж как я перепугалась, когда она Беату убить пообещала! — квохтала бабуля. — Откуда только силы взялись, мигом на свой этаж взлетела.

Ага, наверное, решила, что сейчас дверь распахнется и разъяренная соседка, обнаружив на коврике прильнувшую ухом к замочной скважине Евдокию Петровну, надает ей зуботычин.

— Значит, последнее, что вы слышали, была фраза про убийство?

— Точно, — ответила информаторша и перекрестилась.

— Почему же вы решили, что это Беате грозят? Людей-то вы не видели, вдруг, наоборот, девушка будущую свекровь пугала?

— Э, милок, — напряглась старушка, — ну не совсем же я из ума выжила! Соображение имею, по голосу скумекала. Один бодрый такой, высокий, а другой глухой, с кашлем. Нет, пожилая грозила, да с таким чувством, меня аж до костей пробрало!

— Больше ничего не вспомните?

— Нет, милый, — покачала головой Евдокия Петровна, — убегла от греха к себе. Да, собака как раз залаяла. Бабы на секунду свариться перестали, так пес загавкал, ну я и подхватилась.

— У Беаты жила собака?

— Нет.

— Тогда кто лаял?

— Сама удивилась сначала, а потом докумекала: небось убийца с шавкой пришла.

Я встал, поблагодарил за чай, вышел в прихожую и, завязав ботинки, уточнил еще раз:

— Твердо уверены, что лай несся из квартиры Беаты? Может, у соседей песик «разговаривал»?

— Так у нас в подъезде ни одной собаки, — быстро пояснила Евдокия Петровна, — кошки здеся, а в тридцатой попугайчики. Идешь по лестнице, остановишься передохнуть, а они так бойко чирикают, прямо музыка.

Да уж, похоже, самое любимое занятие бабули — это напряженно вслушиваться в звуки, доносящиеся из квартир соседей.

На улице похолодало еще сильней. Подняв воротник, я порысил за угол дома. Интересно, каким образом Нора хочет оправдать Соню? На мой взгляд, и Катя, и Евдокия Петровна дали просто убийственные для Чуевой показания! Единственное, что мне непонятно, это откуда в квартире Беаты взялась собака и куда она делась потом.

Лоток с газетами стоял не у дома, а чуть поодаль, на перекрестке. Я подошел к торговке и, приветливо улыбаясь, спросил:

— Простите, вы Лена?

Женщина подняла голову:

— И чего?

Она походила на гору, вернее, на холм, низенький и толстый. Рост газетчицы почти совпадал с объемом талии. Неожиданно Лена стащила огромную варежку, на свет показалась маленькая, совсем детская ладошка, и до меня внезапно дошло: она не полная, просто из-за холода нацепила на себя куртку, а сверху еще натянула безрукавку из цигейки.

— Что вам надо? — шмыгнула носом продавщица. — Газету или журнал?

Чтобы расположить ее к себе, я вытащил сторублевую банкноту и попросил:

— Наберите изданий на эту сумму.

Обрадованная женщина зашуршала бумагой, потом спросила:

— Пакет дать?

— Сделайте милость.

— Тоже мне милость, — фыркнула баба, — пять рублей гони, и все дела.

Я вынул монетку, протянул ей и поинтересовался:

— Как бизнес идет?

— Нет никого, вы первый, народ от холода дома прячется.

— Зачем вы тогда стоите?

— Хозяин велит, ему наплевать, что мороз, если не выйду, денег не даст, а нам с дочкой жрать надо.

— И сколько получаете?

— Семьдесят рубликов за смену.

Я вновь открыл кошелек, снова добыл оттуда розовую бумажку и положил ее на газеты.

— Это что? — напряглась Лена.

— Берите, премия.

Но бедная женщина твердо усвоила истину про сыр и мышеловку. Не прикасаясь к деньгам, она протянула:

— Что вам от меня надо?

— Да вы не бойтесь, — улыбнулся я.

— Что лыбишься, словно гиена, — неожиданно рявкнула Лена, — говори живо, в чем дело!

— Помните женщину, которая несколько дней назад налетела на ваш лоток?

— Кто ж такую дуру забудет!

— Описать ее внешность сумеете?

— Это все?

— Да.

Лена осторожно взяла деньги, помяла в руках, потом сунула сторублевку в карман и вполне дружелюбно сказала:

— Так ничего особенного в ей не было. Шуба из каракуля, воротник норковый, шапка такая, круглая, меховая, очки в коричневой оправе. В общем, сильно старомодная, сейчас так не одеваются. Вышла она из-за угла, подбежала ко мне и потребовала: «Дайте «Семь дней».

Лена отпустила товар, получила купюру, положила на тарелочку сдачу. Тетка оперлась рукой с ярко-красными ногтями на столик, и тот по непонятной причине опрокинулся. Журналы и газеты попадали в снег. Лена разозлилась:

— Ну за каким фигом на столик навалилась? Подбирай теперь!

— Сама соберешь, не барыня, — огрызнулась тетка. — Где моя сдача?

— Вона, в сугроб укатилась, когда ты лоток снесла!

— Давай деньги.

— Так они в сугробе.

— Выкладывай другие.

— ... совсем! — взвилась продавщица. — Лезь за ними, один раз уже дадено...

— Дрянь!

— Гадина!

Они препирались пару минут, и тетка ушла к метро.

— Вот ведь падла какая! — возмущалась сейчас Лена. — Специально сапожищами по газетам потолклась, все изодрала. У меня хозяин потом из зарплаты вычел. Я эту скотину на всю жизнь запомнила! Морда противная, родинка у самого носа, очки, челка седая до бровей висит. Сама старая, а хулиганка, да и маникюр как у проститутки, ногти красные-красные, словно она их в кровищу окунула.

— Вы уверены, что это были ногти?

— А что у людей на пальцах? Волосы? Слава богу, с глазами у меня полный порядок. Увижу еще раз, сразу узнаю и морду отполирую.

Еле двигая совершенно заледеневшими ногами, я дошел до машины, открыл дверь, воткнул ключ в зажигание и застонал от злости, услышав столь неприятный для любого автомобилиста звук: цык-цык-цык. Мотор не заводился, очевидно, не слишком новый аккумулятор не вынес мороза.

Конечно, многие мужчины шутя справляются с подобной проблемой, но не я. Техника ставит меня в тупик, максимум, на что я способен, — это ввернуть лампочку.

С тоской захлопнув дверцу, я со всей возможной скоростью понесся к метро. Сейчас доберусь до дома, позвоню механику Георгию Васильевичу, уж он-то быстро оживит умерший «жигуленок».

В подземке я был последний раз году этак в девяносто первом, поэтому страшно удивился, когда вместо жетона мне в кассе выдали картонный прямоугольник. Я попытался запихнуть его в щель автомата, но он не пролезал. Сзади напирала толпа.

— Эй, дядька, — крикнула размалеванная девица, — дрыхнуть дома надо, поворачивайся живее!

— Наверное, автомат сломан, — растерянно протянул я.

— Он в порядке, — взвизгнула девка, — это у тебя голова не работает! Ну как ты карточку суешь? Повернул жопой вперед! Давай сюда!

Цепкой ладошкой с короткими пальцами она выхватила карточку.

— Смотри, деревня, тут для таких, как ты, козлов, стрелка нарисована, ясно?

Автомат хрюкнул, втянул внутрь карточку, потом выплюнул ее назад. Я указал на красный огонек.

— Видите? Он все же неисправен.

— Ну, блин, ты откудова в столицу заявился? Из какого Зажопинска? — веселилась девчонка. — Вытащи пропуск и шагай.

— Чего над человеком потешаешься? — сурово

сказала женщина лет пятидесяти. — Небось и впрямь впервые в метро, объясни нормально.

— Понаедет провинция, — не сдалась девушка, — все метро заполонили.

— Сама-то ты москвичка? — хмуро осведомилась тетка, выдергивая мой талон на вход.

— Да, а шо? — скривилась девчонка.

— Ой, не могу! Шо! Ни шо, — захихикала тетка. — Езжай в свое общежитие, лимита убогая, ишь когти раскрасила, срам смотреть!

Я не стал слушать их ругань, а, быстро пройдя турникет, спустился на платформу и стал ждать поезда. Если признаться честно, живу словно рыба в аквариуме, плаваю в закрытой системе и редко общаюсь с народом. Может, это к лучшему?

Поезд с ревом подкатил к перрону, я вошел в вагон, который, к моей радости, оказался полупустым. Сел на сиденье и принялся бездумно разглядывать пассажиров, большинство из которых держало в руках книги.

Недавно «Литературная газета», которую я продолжаю по привычке покупать, затеяла целую дискуссию на тему, кого из современных литераторов считать гениями. Назывались совершенно неизвестные мне фамилии, в результате победил некто Слонов с повестью «Душевная рана». Интересно, журналисты «Литературки» когда-нибудь ездят в столичном метро? Сейчас в вагоне находилось примерно двадцать человек, и я насчитал три томика Марининой, два — Колычева, четыре — Литвиновых и один — Агаты Кристи. Остальные уткнулись в учебную литературу, Слонова не было ни у кого.

— Следующая станция... — ожил динамик.

В вагоне началось шевеление. Часть пассажиров вышла, им на смену вошли другие. У вновь прибывших тоже оказались книги: парочка любовных романов, Дашкова и грамматика немецкого языка. Двери начали закрываться.

— Эй, погодь, — донеслось с платформы.

К вагону спешил дядька с двумя обшарпанными чемоданами в руках. Он подлетел к двери, всунул между створками голову, украшенную кожаной кепкой, и в эту же секунду они хлопнули, зажав несчастному шею. Все произошло в секунду, вагон дернулся и медленно пришел в движение.

— ... — заорал бедный мужик, делаясь похожим на огнетушитель, — отъездился!

Я вскочил и ринулся к бедолаге, еще пара мужиков кинулись на помощь. Объединив усилия, мы отжали двери. Поезд, вздрогнув, остановился. Потный, тяжело дышащий мужик ввалился внутрь.

— Вот так ..., — сказал он.

— Послушай, дед, — возмутился один из парней, открывавший двери, — если в следующий раз попадешь в такое положение, бросай свои баулы и раздвигай створки, так и погибнуть можно.

— Еще чего, — огрызнулся дядька, — чтоб мой багаж сперли!

— Вот дурья башка, — взвился юноша, — если голову оторвет, ничего уже не понадобится.

— Не скажи, — отдувался дядька, вытирая лицо рукавом болоньевой куртки, — у меня в узлах полно всего хорошего, за деньги купленного, а в вашей Москве одни воры. Меня шурин крепко предупредил: «Ты, Василий, чемоданы без присмотра не оставляй, мигом ..., ...!» Ох и натерпелся я страху! Метро-то дурацкое! Виданное ли дело, поезд двери закрыл и поехал! Чуть не убил меня.

— Надо было другой поезд подождать, — вступила в разговор женщина в голубой шапке из мохера. — И незачем метро ругать, просто следует аккуратно им пользоваться!

— Дрянь, а не транспорт, — решительно сказал дядька, подхватывая чемоданы, — а вы все в этом городе психи — бегом, скачком... Орут все, пихаются, бутылка пива семнадцать рублей стоит! Это кто же себе такое позволить может? Ваще, блин, сдурели.

Поезд мирно докатил до следующей станции. Двери распахнулись, я вышел на платформу. Вообще-то, провинциал был прав, окружающие сограждане толкают со всех сторон.

Глава 8

Нора взяла у меня диктофон, на который я, не надеясь на собственную память, записал рассказы тех, кто видел Соню, и удалилась в кабинет. Я прошел к себе и лег на диван. Следовало пойти на кухню и заварить чай, а еще лучше порыться в холодильнике и соорудить пару бутербродов. Но, во-первых, я терпеть не могу хозяйничать, во-вторых, во рту прочно поселился вкус «чая», которым потчевала меня Евдокия Петровна, в-третьих, у плиты сейчас колдует над очередным несъедобным блюдом горничная Лена, она явно захочет мне услужить, но даже сыр, просто положенный на хлеб, в руках Леночки превращается в нечто отвратительное. Я натянул на себя плед и начал медленно засыпать, сказывались последствия бессонной ночи. Ноги наконец-то согрелись, тело расслабилось. В комнате было тепло, пахло моим любимым табаком. Пару месяцев назад я начал курить дома трубку. В город по-прежнему беру сигареты, но в свободную минуту устраиваюсь в кресле, раскрываю книгу, набиваю...

Вдруг зазвонил телефон.

Я нехотя приоткрыл глаза. Ни за что не встану, аппараты стоят во всех комнатах, Лена подойдет. И точно, вскоре телефон замолчал. Я опять начал проваливаться в сон, и тут оглушительно заиграл мобильный. Поняв, что отдохнуть не удастся, я взял «Нокиа» и буркнул:

— Да?

— Ванечка, — раздался голос Таисии, домработницы Николетты, — будь другом, приехай поскорей.

— У вас что-то случилось?

— Так Николетта заболела, орет дурниной, — ответила Тася, — видать, плохо ей совсем. Велела тебе явиться.

Я встал и открыл шкаф, машины нет, следует одеться потеплей. Можно, конечно, никуда не ехать. Вам кажется, что я плохой сын? Может, и так, но если Николетта, по выражению Таси, «орет дурниной», значит, ей не так уж плохо. По моим наблюдениям, когда человек собрался умирать, он молчит. И потом, сдается мне, что маменьку треплет похмелье.

Ботинки на меху почти спасли меня от холода. Тася приняла дубленку и жарко зашептала:

— Врача велела вызвать.

— А ты как поступила?

— «Ноль три» позвонила!

Я укоризненно покачал головой, сейчас придется объясняться с озлобленными медиками.

В спальне было очень душно и пахло валокордином. Я решительно распахнул форточку, морозный воздух мигом ворвался в помещение.

— Вава! — взвизгнула маменька. — Ты решил меня убить! Немедленно закрой!

Я усмехнулся. Вава! Еще не так давно матушка постоянно звала меня этим детским именем, и пришлось приложить немало усилий, чтобы отучить ее от идиотской привычки. Правда, сейчас кличка «Вава» отчего-то перестала меня злить. Наверное, я в сорок лет пережил кризис подросткового возраста и стал смотреть на мир иными глазами. Впрочем, Николетта теперь редко обращается ко мне так, только когда злится.

— У тебя болит голова?

— О-о-о, — простонала маменька из-под пухового одеяла стоимостью пятьсот долларов, — умираю! Слушай внимательно! Я привела в порядок весь архив, разобрала фотографии, письма. Тебе после моей смерти будет интересно посмотреть! Мне признавались в любви такие люди! Поэт Филимонов! Ты, надеюсь, слышал эту фамилию! Еще генерал Бобрин...

Я кивал. Николетта в своем репертуаре. Примерно два раза в год она устраивает спектакль под названием «Близкая смерть» и торжественно пишет завещание. Затем призывает меня и начинает отдавать приказания. Ей и в голову не приходит, что чемодан, набитый пожелтевшими письмами, в случае чего будет мигом отправлен в печь. Мне совершенно неинтересно читать обращенные к маменьке любовные послания, я очень уважал отца и предпочитаю думать, что матушка ему никогда не изменяла.

— Вава, ты меня не слушаешь! — взвизгнула Николетта.

— Нет-нет! Я очень внимательно слушаю.

— Тогда почему ты молчишь?

А что я должен делать, по ее разумению? Заламывать руки, падать на пол и биться затылком о паркет?

— Извини, я борюсь со слезами, не каждый день теряешь родную мать!

Николетта села, с подозрением глянула на меня, потом вновь обвалилась в подушки.

— О-о-о, моя голова, тошнит!

— Не следовало пить коктейли, предупреждал ведь.

— Какой ты зануда! О-о-о... Врача вызвали?

— Сейчас придет.

— Тася!!! — завопила маменька.

Домработница материализовалась на пороге.

— Немедленно смени постельное белье, дай розовое, то, новое, с вышивкой. И сорочку другую, голубую, нет, красную. Стой, дура, куда пошла?

— За бельем.

— Лучше пижаму, — рявкнула Николетта, — бежевую, с рюшами! Духи принеси. «Миракль».

— Ладно.

— Щетку для волос.

— Сейчас.

— Губную помаду и пудреницу!

— Ты зря так стараешься, — усмехнулся я, — скорей всего приедет замороченная вызовами бригада, которой будет без разницы, какая на тебе рубашка.

Николетта подскочила на ортопедическом матрасе, за который я выложил такую сумму, что до сих пор тошнит при воспоминании.

— Вы не позвали Сергея Федоровича?

— Так он уехал с семьей отдыхать, — сообщила Тася, — в горы, на лыжах кататься. Позвонила ему на мобильный, а он говорит: «Извините, не могу, в Альпах сейчас, на подъемнике сижу».

— Кого же ты пригласила? — побагровела маменька.

— Ноль три набрала.

Николетта на секунду потеряла от гнева голос, но потом он к ней, к сожалению, вернулся, и матушка завопила так, что труба, от звука которой пали стены Иерихона, почернела бы от зависти.

— Ты обратилась в муниципальную службу!!!

— Так вы говорили, что умираете, — отбивалась Тася.

— Не настолько, чтобы звать бесплатного доктора!!! Боже!!! Ужас!!!

Она бы, наверное, растоптала глупую Тасю, но тут раздался резкий звонок в дверь. Домработница, радуясь, что легко отделалась, ринулась в прихожую. Николетта шлепнулась на кружевную наволочку и трагическим шепотом просвистела:

— Ну вот! Сейчас подумают, что к нищей приехали! Белье мятое, сама в несвежей сорочке!

Я не успел ничего ответить, потому что в спальне появились две хмурые тетки. Одна, чуть постарше, мрачно спросила:

— Что у нас?

— Умираю, — простонала Николетта, — инсульт разбил! О, скажите, сколько осталось жить? Мне нужно знать правду, у меня ребенок...

Врач молча вытащила тонометр, закрепила манжету и через секунду ответила:

— Нечего притворяться. Давление, как у космонавта, сто двадцать на восемьдесят. Да в вашем возрасте у людей давно гипертония!

Николетта села. По лицу было видно, что она растерялась. Конечно, маменька привыкла к ласково улыбающемуся Сергею Федоровичу, который охотно подыгрывает пациентам. Закатывает глаза, качает головой, цокает языком, потом, заговорщицки улыбаясь, вытаскивает аспирин, растворяет таблетку в воде и уверяет, будто это волшебное американское средство от инсульта, инфаркта, гепатита, СПИДа, словом, от всех болячек, которые придумала себе матушка. Потом берет конвертик и исчезает. После его ухода у Николетты остается сладкое ощущение, что она избежала неминуемой смерти. А сейчас у нее в спальне стоят две злые бабы, которые не сняли уличной обуви, не помыли рук и не собираются возиться с «больной».

— Пили? — отрывисто поинтересовалась одна.

— Только коктейль, — пролепетала маменька, — розовый такой, вкусный.

Докторица сморщилась:

— Фу! Потому и болит голова. Надо бы сооб-

щить диспетчеру, что ложный вызов сделали! На-
говорили ей: умирает, сердце! А у самой птичья
болезнь!

— Какая? — прошептала Николетта, бледнея. — Какая у меня болячка?

— Перепел, — отрезала врач. — Как не стыдно,
оторвали людей от дела, за такое полагается нака-
зывать.

Маменька разинула рот, но звук не шел. Оно и
понятно, будучи светской дамой, Николетта вра-
щается в таком обществе, где не принято выплес-
кивать эмоции. Столкнувшись с нормальной че-
ловеческой реакцией на свое поведение, матушка
оторопела.

— Отвратительно, — кипела тетка, пряча тонометр.

Я быстро вытащил кошелек. Врачи сменили
гнев на милость и, посоветовав принять две таблетки анальгина вкупе с чашкой кофе, удалились
было прочь.

Но тут Николетта пришла в себя и решила не
сдаваться.

— У меня дикие боли в спине!

Получив энную сумму, врачи считали себя не
вправе отказать в помощи, поэтому развернулись
и изучили позвоночник охающей матушки.

— Ерунда, — вынесли они вердикт, — остео-
хондроз, он у всех, даже у маленьких детей.

— Может, мне массаж поделать, физиотера-
пию? — ринулась в бой Николетта.

Медички притормозили на пороге, потом более молодая женщина с неподражаемой интона-
цией произнесла:

— А смысл?

Все замерли, словно герои финальной сцены бессмертной пьесы Н.В. Гоголя «Ревизор». Врачи отмерли первыми и, громыхая железным чемоданом, удалились.

— Что она имела в виду? — растерянно протянула маменька. — Намекала, будто нет никакого смысла меня лечить?! Тася!!! Немедленно открой балкон и пропылесось пол! Вава, шагом марш в гостиную!!!

Я усмехнулся и пошел в указанном направлении. Через секунду в комнату принеслась Николетта, размахивавшая конвертом.

— На!

— Что это? — удивился я.

— Мой подарок тебе на Новый год.

Обычно маменька на все даты дарит мне одеколон, а я, не раскрывая упаковку, передариваю парфюм кому-нибудь из приятелей. Дело в том, что Николетта обожает тяжелые, душные, восточные, «роковые» ароматы, а мне нравятся свежие, чуть горьковатые запахи. Но на этот раз она не пошла по проторенной дорожке.

Я вытащил розовый листок.

— Извини, не понимаю...

— Дурачок! Я купила годовой абонемент в фитнес-клуб.

— Куда?! — выронил я от ужаса бумажку.

— В самое дорогое и престижное место во всей Москве, — затараторила маменька. — Знаешь, сколько стоит? Ах, не скажу! Это ведь подарок. Там такие условия! Бассейн, тренажерные залы, баня, сауна, джакузи, массаж — всего и не перечислить.

— Но я терпеть не могу заниматься спортом!

— Вава!!! Сейчас весь свет ходит в фитнес-клубы. Зять Коки каждый день там. Кстати, я и себе взяла абонемент, будем ездить вместе, очень удобно!

Перспектива отправляться рука об руку с маменькой в зал, набитый тренажерами, повергла меня в транс, но Николетта была настроена серьезно:

— Вот завтра...

Но ей не дал договорить звонок в дверь.

— Это кто? — изумилась Николетта.

— Понятия не имею, — пожал я плечами, — может, у соседей соль закончилась!

У Николетты исказилось лицо.

— У нас приличный дом, тут не ходят по квартирам, а посылают прислугу в магазин! Тася!!!

Раздалось шуршание, и в комнату вплыла целая корзина алых роз.

— Вот, — сообщила Тася, — курьер принес, тут еще и письмо лежит!

Маменька с хрустом разорвала конверт, потом швырнула прочитанную открытку на стол и зарылась лицом в цветы.

— Какой аромат!

— Дорогущие небось, — покачала головой Тася. — Кто же столько деньжищ на ветер выбросил?

Я взял послание. «Для самой красивой женщины на свете. Осмелился прислать цветы, число которых совпадает с прожитыми вами годами». Далее следовала неразборчивая подпись.

Я быстро пересчитал цветы, их оказалось двадцать девять. По-моему, это слишком. Неизвестному поклоннику следовало раскошелиться по крайней мере еще на три десятка розочек, чтобы слегка приблизиться к истине.

— Ты знаешь, кто прислал корзину? — поинтересовался я у Николетты.

Маменька повернула ко мне совершенно счастливое лицо.

— Нет, но это неважно. Ах, какие розы!

Потом она увидела, что я хочу выйти в коридор, и заявила:

— Ваня, у меня кончились деньги!

— Как? Только двадцать девятого декабря я тебе передал конверт, там было...

— Сама знаю, — отмахнулась маменька, — тебе не стыдно попрекать меня жалкими копейками?

— Извини, я вовсе не хотел тебя обидеть, просто удивился, как ты ухитрилась истратить все за пару дней.

— Это совсем не трудно, — ответила Николетта, — ты же не даешь мне миллион долларов!

Я только вздохнул. Маменька любой сумме в два счета приделает ноги.

Увидав мое озабоченное лицо, Николетта попыталась оправдаться:

— Я купила тебе подарок! Поверь, абонемент в фитнес-клуб — дорогое удовольствие. Можно было, конечно, обойтись в два раза меньшей суммой, взять фиксированные два дня в неделю, но я не хотела экономить на тебе, это гадко!

Ну что можно ответить на такое заявление?

Глава 9

Не успел я войти в квартиру, как на меня наехала Нора, в прямом смысле этого слова, толкнула коляской и гневно поинтересовалась:

— Где шлялся? Почему не брал трубку?

Поскольку я постоянно провожу время в обществе милых дам, то научился терпению и кротости.

— Извините, я вынужден был отправиться к Николетте, ей стало плохо с сердцем, а мобильный я оставил в спальне.

— Ладно, ступай в кабинет.

Я прошел к Элеоноре и сел в кресло.

— Значит, так, — заявила хозяйка, — слушай внимательно. Теперь я уверена на все сто, что Соня не виновата. Ее подставили. Осталось выяснить, кто и зачем.

— Что натолкнуло вас на эту мысль?

Нора довольно рассмеялась:

— Всего лишь простые размышления и одно случайное обстоятельство. Помнишь, эта девка, ну та, что торгует газетами, заявила, будто Соня оперлась на столик рукой с красными ногтями?

— Да.

— Так вот! Соня никогда не пользовалась лаком!

— Ерунда, может, в этот раз она изменила своим привычкам.

— Нет, невозможно.

— Почему?

— У Сони аллергия, она в молодости очень переживала, мы делали маникюр, а ей нельзя было даже посмотреть на пузырек с лаком, сразу руки покрывались пятнами и чесались.

Я призадумался:

— Может, она купила накануне накладные ногти, решила пофорсить перед будущей невесткой.

— Ваня, — возмутилась Нора, — ты издеваешься, да? Ну-ка, вспомни Соню.

Пришлось мне согласиться с хозяйкой. Госпожа Чуева была вовсе не похожа на модную даму. С одной стороны, ей, скорей всего, было просто наплевать на то, что весь мир влез в широкие брюки, с другой — у нее элементарно нет денег. Соня носит те вещи, которые висят в шкафу лет десять. Не рваные, и ладно. Нет, она очень аккуратна, вся ее старомодная, весьма ветхая одежда чисто выстирана и тщательно отглажена. Вы, наверное, не раз встречали на улицах таких женщин, не слишком полных или худых, одетых в безликие юбки и кофты, волосы этих дам уложены на бигуди и начесаны, а туфли они предпочитают на толстом, практичном каблуке. Под стать костюму и сумка: нечто среднее между чемоданом, портфелем и хозяйственной торбой. В такую при случае влезут все необходимые вещи: телефонная книжка, тетрадь с лекциями, батон хлеба, пакет молока, гроздь бананов и упаковка памперсов для внуков. Впрочем, с другой стороны, может быть, госпожа Чуева и хотела бы хорошо и модно одеться, я не верю, что на свете найдется хоть одна женщина, совсем лишенная этого желания, но у нее не было таких возможностей. Все деньги Соня тратила на Николашу, вот ее сынок — завсегдатай элитных магазинов, на рынок парень никогда не пойдет. Не царское это дело.

Нора права. Увидеть Соню с накладными ног-

тями так же невероятно, как встретить на московских улицах медведя на коньках. Хотя, учитывая
нынешнюю погоду, коньки просто необходимая
вещь. Ладно, представим на секунду, что Соня лишилась разума и приобрела пластмассовые ногти.
Но она бы ни за что не выбрала кроваво-красные,
скорей уж нежно-розовые и бежевые...

Словно подслушав мои мысли, Нора сказала:

— Пурпурный маникюр давным-давно не в
моде. Людей моего положения привлекают ней-
тральные цвета, молодежь предпочитает экстре-
мальные варианты.

Я вспомнил хорошенькие ручки Риты, укра-
шенные самым невероятным образом. Внучка Норы рисует на отполированных ноготках целые
картины, а ноготь на указательном пальце у нее
проколот, и в дырочку вставлен колокольчик.

— Теперь следующее, — продолжала Нора, —
сначала...

Вдруг она замолчала и, пробормотав: «Лучше
покажу», — покатила к двери.

— Вы куда? — удивился я.

— Хочу тебе кое-чего продемонстрировать, —
загадочно ответила хозяйка, — никуда не уходи!

Я остался в кабинете и вновь начал бороться со
сном. Часы показывали девять вечера, мой организм, измученный встречей Нового года и шата-
нием без машины по ледяным улицам, требовал
отдыха.

— Ну как? — раздалось за спиной.

Я обернулся, и сон слетел с меня мигом. В инвалидном кресле сидела... Соня. Нет, Нора с лицом своей подруги.

— Ну как? — повторила очень довольная хозяйка.

— Потрясающе, — пробормотал я, — каким образом вы достигли подобного эффекта?

— Элементарно, Ватсон. Нахлобучила на голову парик, сверху нацепила шапку, выпустила челку до бровей, на нос водрузила жуткие очки, а родинку сделала из куска черного хлеба. Падает все время, зараза. Думаю, что та дрянь, которая затеяла эту историю, придумала нечто более удобное. Понимаешь, прикинуться Соней очень легко. Все внимание приковывается к этим кретинским очкам, седой челке и родинке. Люди просто не обращают внимания ни на что другое, ни на цвет глаз, ни на форму рта. Ленка купила мне парик у метро, вот с очками, правда, проблема, таких давно не выпускают. Поэтому я надела слегка другие.

— А фигура?

Нора хмыкнула:

— А вот это третье обстоятельство, которое окончательно убедило меня в том, что Соня тут ни при чем.

— Почему?

— Понимаешь, на ней была каракулевая шуба.

— Ну и что?

— Меховое манто скрадывает очертания фигуры, это не коротенькая кожаная курточка. Если на женщине мех, трудно сразу сообразить, что под ним: точеные формы или обрюзгший кусок мяса.

— Но у Сони не было ничего кожаного, — вклинился я в монолог, — сколько помню, она всегда носила эту шубу.

— Ты не дал мне договорить! — возмутилась

Нора. — Именно так! Соня лет двадцать таскала каракуль, который, честно говоря, уже потерял приличный вид. Шубку она купила в тот период, когда пристроилась почасовиком в Академию МВД. Денег там платили с гулькин нос, зато прикрепили ее к распределителю. Помнишь, что это такое?

Я кивнул. Подобное не забывается. В годы тотального дефицита основной мечтой советского человека было попасть в закрытые для широких масс населения магазины, где на прилавках лежали вожделенные продукты и вещи.

— Соня тогда дешево пошила шубу, — продолжила Нора, — причем не черную, а коричневую, достаточно редкого цвета. Не поверишь, на улицах на нее пальцем показывали.

— В то время любая выбивающаяся из общего фона вещь вызывала неуемный восторг населения, но я никак не возьму в толк, при чем тут шуба?

— Иван Павлович, — сурово сказала Нора, — я ту шубенку знаю лучше, чем свои манто. Ну-ка, скажи, как описывали ее свидетельницы?

Я напрягся.

— Коричневая, каракулевая, длинная, широкая, с воротником из норки.

— Вот, — подскочила Нора, — вот оно!

— Что?

— У Сони никогда не было норки! Воротничок сделан из песца.

— Ну, эти меха похожи.

— Вовсе нет, — отрезала хозяйка, — впрочем, не спорю, вполне вероятно, что мужчина и перепутает песца с норкой, но женщина никогда. Уж поверь, любая девочка с ходу отличит одно от другого! Знаешь, как обстояло дело? Некто затеял маскарад и подставил Соню!

— Зачем?!

— А вот это мы и должны узнать, — отрезала Нора.

— По-моему, надо позвонить в милицию и изложить им свои соображения.

— Нет, сами станем искать того, кто устроил этот спектакль. Соня моя подруга, и я обязана ей помочь.

— Но...

— Ваня! — И Нора стукнула кулаком по подлокотнику кресла.

В то же мгновение сиденье, тихо поскрипывая, взметнулось вверх, и глаза хозяйки оказались на одном уровне с моими. Став инвалидом, Элеонора покупает себе самые современные модификации колясок. Последняя снабжена механизмом, который позволяет увечному человеку стать такого же роста, как и собеседник. Сиденье поднимается вверх. В этом есть смысл, очевидно, очень некомфортно разговаривать с людьми, когда они смотрят на тебя сверху вниз.

— Иван Павлович, — сурово отчеканила хозяйка, — изволь взять ноги в руки и отправиться к Николаю.

— Но уже начало одиннадцатого. — Я попробовал сопротивляться. — Наверное, парень спит, и потом, моя машина сломана...

— Дело не терпит отлагательств! — рявкнула Нора. — Соня небось сходит с ума в камере. Значит, разбудишь ее сыночка. А насчет автомобиля... Возьми мой «мерс».

— Ни за что, — испугался я, — я не умею управляться с иномаркой, тем более с «шестисотым». Да ваш шофер мне потом руки оторвет!

— Не бойся, — усмехнулась Нора, — Шурик в отпуске. Как-нибудь разберешься, что к чему. Действуй. Живо!

Я вздохнул. Элеонора умеет разговаривать с людьми таким тоном, что отказать ей просто невозможно. Наверное, поэтому она и заработала невероятные миллионы.

— Что мне спросить у Николая?

Нора улыбнулась:

— Запоминай, Ваняша.

Если кто-то будет уверять вас, что «Жигули» лучше «шестисотого», не верьте. Я с некоторым страхом сел за руль дорогой автомашины и оглядел педали с рулевым управлением. Кажется, ничего особенного. Вот только непонятно, что это за рычажки. Ясно, они включают кондиционер.

Тихо шурша шинами, «Мерседес», словно голодный тигр, понесся по дороге. Да уж, бывают машины, бывают очень хорошие машины, бывают потрясающие машины, а бывает «Мерседес». Даже радио тут звучало по-другому, чем в моей «восьмерке». Руль реагировал на легкое движение пальцев, педали ходили упруго, и никакой ручки переключения скоростей. Я впал почти в эйфорическое состояние, еле удерживаясь от желания понестись по проспекту с недозволенной скоростью. Вот уж не предполагал, что способен на такие эмоции, всегда считал себя глубоко равнодушным к технике человеком, а машину — просто средством передвижения.

Не желая парковать «Мерседес» в тесном дворе, я оставил его на проспекте и пошел в сторону дома Сони. Внезапно что-то словно толкнуло меня в спину. Я обернулся. Темно-синяя лаковая иномарка смотрела на меня огромными «глазами». Вы не поверите, создавалось впечатление, что автомобиль улыбается, глядя мне вслед.

Николай долго не открывал дверь. Наконец она распахнулась, встрепанный парень удивленно глянул из прихожей.

— Иван Павлович? Что случилось?

— Извини, разбудил тебя, можно зайти?

Он угрюмо посторонился. Я вошел в большую комнату и невольно присвистнул. Бардак там царил феерический. На столе навалена посуда, не убиравшаяся, очевидно, несколько дней: чашки, тарелки, миски, пара сковородок, грязные столовые приборы, несколько пустых консервных банок, картину дополняли смятая газета и черный кружевной лифчик. На спинках стульев висели пиджаки и рубашки, в кресле валялись скомканные джинсы, поверх которых устроились не слишком свежие трусы и носки. На диване громоздилась гора видеокассет, в углу, на письменном столе, моргал экран компьютера. Внезапно донеслось мяуканье.

— У вас есть кошка? — удивился я. — Давно завели? Вроде твоя мать больше любит собак.

— Это заставка такая, — сладко зевнул Николаша, — компьютер мяукает. Все сначала удивляются, а мне прикольно показалось. Давно такую хотел, все недосуг было, вот сегодня время нашел.

— Как мама?

Николай пожал плечами:

— Не знаю.

— Ты не ходил в СИЗО?

— Зачем?

Я осторожно подвинул гору из кассет и компьютерных игрушек, сел на диван и ответил:

— Меня бог миловал, никогда не имел дело с тюрьмами, но, насколько наслышан, в следственных изоляторах большие проблемы с едой, и родственники передают туда продукты, носильные вещи. Ты бы поинтересовался, что матери надо.

— Ладно, — буркнул Николаша и опять зевнул, — будет время, сбегаю и узнаю, между прочим, я работаю.

Я не стал педалировать тему и попросил:

— Покажи, пожалуйста, шубу матери.

— Зачем? — насторожился парень.

— Понимаешь, Нора хочет сделать ей подарок на день рождения, задумала купить манто, а как померить?

— Ей оно не понадобится, — буркнул сын, — она в тюрьме сидит, какой день рождения! Потом на зону отправят. Ватник приобретать надо.

— Вижу, ты хорошо знаешь порядки в лагере, — не удержался я от ехидства. — Все же сделай одолжение, дай шубу на пару дней. Понимаешь, я человек подневольный, что хозяйка приказала, то и делаю. Элеонора будет ругаться, если вернусь с пустыми руками.

Николай закашлялся, потом сказал:

— Ладно, хотя не понимаю, зачем Элеоноре зря деньги тратить.

— Каприз у нее такой.

— Сейчас принесу, — кивнул он и скрылся в маленькой комнатушке.

Я быстро встал и взял лифчик. Да уж, сей предмет туалета никак не может принадлежать госпоже Чуевой. Даже если представить на секунду, что под потерявшие всякий вид бесформенные кофты Соня надевала дорогое эротическое белье, даже если отмести в сторону тот факт, что лифчик стоит больше ста долларов, все равно он ей не подойдет. Соня женщина полная, с объемной грудью, а я держал в руках крохотный бюстгальтер самого маленького размера.

Пару месяцев назад Николетта поволокла меня в «Дикую орхидею», где стала самозабвенно выбирать белье. Пока она наслаждалась его разглядыванием, я пошатался по залу, удивляясь невероятным ценам. Впрочем, должен признать, комплекты выглядели красиво, а я принадлежу к той основной массе мужчин, которые любят глазами. Приятно, когда дама, сняв платье, предстает перед вами в чем-нибудь этаком, кружевном и воздушном.

Да уж, непонятно, куда забрели мои мысли. Я положил лифчик и сел на диван. Помнится, маменька в «Дикой орхидее» выбрала именно такой бюстгальтер, стоимостью как космический корабль. И о чем это говорит? Да только о том, что в маленькой комнате сейчас скрывается девушка. Оставшись без родительского надзора, Николай воспользовался свободой. Такое поведение не показалось бы мне странным, если бы не тот факт, что его невеста, женщина, с которой он собирался связать жизнь до могилы, лежит сейчас в морге, в холодильнике...

Я вытащил сигареты. В комнате так отвратительно воняло остатками прокисшей еды, что запах табака показался божественным ароматом. Насчет жизни до могилы я загнул. Мало кто сейчас идет в загс, предполагая, что его разлучит с партнером гробовая доска. Женщины стали самостоятельными, частенько они зарабатывают больше, чем представители мужского пола. Бабка Элеоноры терпеливо сносила побои своего супруга-пьяницы, боясь остаться одной, без средств, с детьми. А Норе наплевать на то, сколько мог бы принести в дом муж, она сама кого хочешь может содержать... Мужчины же во все времена славились полигамностью. Не стоит удивляться поведению Николаши. Любовь — это одно, а секс — совсем другое. Женщинам кажется, что, оказавшись в постели с кавалером, они получили его целиком. Это огромное заблуждение. Для большинства из нас постель — не повод для знакомства. В сексуальном плане мы просты и...

— Вот, — пробормотал Николай, входя в комнату, — держите. Хотя, по-моему, Норе пришла в голову дурацкая затея.

— Спасибо. Теперь скажи, где очки твоей матери?

— Как это? — удивился юноша. — У нее на носу. Она без них ничего не видит, прямо сова.

— А какие очки Соня взяла с собой? Меня интересуют те, старомодные, в коричневой оправе.

— Они у нее одни, — пожал плечами Николай, — зачем ей две пары-то?

Я оглядел кучу видеокассет, дорогой плоский экран компьютера, неисчислимое количество рубашек и брюк, висящих на спинках стульев... Действительно, зачем Соне две пары очков? Одной обойдется, не барыня.

Натягивая в прихожей куртку, я все же сказал:

— Ты матери продукты передай. На вот, тут деньги, Нора прислала.

— Будет время, схожу, — буркнул любящий сынок, пряча купюры.

Я пошел по лестнице вниз. Вот оно как! Соня всю себя отдала этому гаденышу и что получила взамен!

Впрочем, стоит ли ждать от детей благодарности? Наверное, встретить в наше время любящего двадцатипятилетнего сына такая же редкость, как увидеть медведя на коньках.

Я выбрался во двор. Что меня так заклинило на топтыгине? Второй раз приходит в голову это сравнение. Раньше я отличался более богатым воображением.

Я свернул на проспект, подавил желание помахать «Мерседесу» рукой, глянул вбок и онемел. Возле дома стоял... Нет, вы не поверите! Вам просто не придет в голову, что я увидел!

В двадцати метрах от меня покачивался на задних лапах... медведь на коньках.

Пару секунд я тупо смотрел на бурое животное, которое должно в зимнюю пору мирно спать в берлоге, потом с силой ущипнул себя за руку. Наверное, от усталости заснул на ходу.

— Не бойтесь, — раздался сочный бас. — Ваня мирный, никого не трогает.

Тут только я заметил на мишке ошейник и тянущуюся от него довольно толстую никелированную цепь, на другом конце которой обнаружился дядька примерно моих лет, превосходивший размерами своего подопечного.

— Извините, — улыбнулся он, — Ване гулять надо, он у нас в цирке выступает, целыми днями работает, а ближе к ночи я вывожу его воздухом подышать. Наши местные знают его и не боятся, ну а посторонние, вроде вас, пугаются, конечно. Да вы идите, он не тронет.

Я перевел дух. Слава богу, любое чудо имеет материальное объяснение, и вовсе не коньки на мишке, а просто кожаные ботинки. Предусмотрительный хозяин обул животное, чтобы оно не поранило лапы.

— Идите, идите, — улыбался мужчина, — он у меня приветливый, летом в кино снимался. Смешной случай тогда вышел. Ну, представьте: лес, зелень, птички поют... Вот в моем парне и взыграла ностальгия. Всегда послушный, а тут взял и удрал. Только его ведь в цирк медвежонком привезли, ничего о своем детстве в берлоге он не помнит, поэтому далеко не ушел, лишь до проселочной дороги добрался. А по ней, как на грех, почтальон на велосипеде катил. Увидал дядька, что из оврага косолапый вылезает, упал со страха, лежит, не шевелится, решил, бедолага, смерть его пришла. Мишутка к велику подобрался, схватил его... сел и поехал. Беднягу почтальона потом в дурдом отправили! Нет, прикиньте, какая штука! Мало того,

что с медведем повстречался, так тот еще и вело-
сипедист!

Дядька захохотал, демонстрируя большие крепкие желтые зубы, здорово смахивающие на медве-
жьи клыки. Отгрохотав, он закончил:

— Уж я в больницу ездил, объяснял: «Пойми
ты, дурья башка, мой мишка дрессированный, на
велосипеде отлично катается, любит он это дело».
Еле-еле дядьку вразумил. Идите, идите, не тронет
вас медведь, он в наморднике.

Я сел в машину, повернул ключ зажигания, отметил, что стояние на морозе никак не отразилось
на способности «Мерседеса» заводиться с пол-
оборота, потом опустил стекло и уточнил:

— Как зовут вашего талантливого подопечного?

— Ваня, — ответил хозяин. — А как еще медведя звать? Самое имя для него.

Здорово, оказывается, я не ошибся, мы с ним
еще и тезки.

Автомобиль покатил по ледяным улицам. В жизни порой случаются чудеса. Как бы вы отреагировали, скажи я вам, что встретил на московской
улице медведя, прогуливающегося перед сном?
Сам ни за что бы не поверил такому рассказу. Но
приходится признать: с нами порой происходят
невероятные истории и случаются головокружи-
тельные события.

Глава 10

Не успел я войти в дом, как Нора буквально
вырвала шубу из моих рук. Она быстро встряхнула
ветхое манто и пробормотала:

— Что за черт?

Я уставился на серый воротник.

— Это песец? Ну неудивительно, что все путают его с норкой. У Николетты шубка точь-в-точь как...

— Это и есть норка, — угрюмо сообщила Нора.

— А где же песец? — спросил я.

— Не знаю, раньше был другой воротник, — рявкнула хозяйка, — давай, звони Николаю и поинтересуйся, не отдавала ли мать манто в реставрацию. Хотя шуба странно выглядит! Обшлага пообтерлись, борта также не в лучшем состоянии. Если уж переделывать ее, то всю. Кто же хороший воротник на такую основу сажает. Ваня, действуй, не умирай на ходу.

Я вспомнил черный лифчик и попробовал оказать сопротивление:

— Уже поздно, кстати, парень спал, пришлось разбудить его. Может, завтра позвонить?

— Сегодня, — отрезала Нора, — сейчас, немедленно, срочно!

Делать было нечего, пришлось звонить.

— Да, — пробурчал Николаша.

— Извини, дорогой, это опять я.

— Кто?

— Иван Павлович.

— Господи, — вздохнул парень, — ну что я вам плохого сделал, покоя не даете. Только лягу — в дверь трезвоните, не успел глаза закрыть — по телефону достаете!

Стараясь не замечать его хамства, я самым дружелюбным тоном поинтересовался:

— Скажи, любезный, Соня отдавала шубу скорняку?

— А зачем?

— Ну чтобы обновить вещь, придать ей более достойный вид.

— Да нет, она ее редко надевала, только в мороз, в куртке обычно ходила.

Николая совсем не трогало, что мать, перешагнувшая пенсионный порог, носилась репетировать оболтусов в дешевом, не подобающем ее возрасту пуховике. Но я не собирался воспитывать парня, да и поздно уже это делать, поэтому задал следующий вопрос:

— Откуда тогда на шубе новый воротник?

— Мопс съел, — загадочно ответил Николай.

После встречи с медведем меня трудно было чем-то удивить, поэтому я продолжил диалог:

— Объясни, в чем дело?

Николай противно захихикал:

— Мать нового ученика нашла, все ей охота было заработать, прямо неуемная! Ну пришла...

— Дай сюда. — Нора выхватила у меня из рук трубку и стала слушать, изредка вставляя: — Ага, ага, ага, ясно, ага, понятно... — Затем она велела: — К матери съезди, купи ей...

Неожиданно из трубки понесся гневный крик. Я вздрогнул, слов разобрать я не мог, но было ясно, что Николаша выражает глубочайшее негодование.

Нора молчала, ее лицо из бледного стало розовым, потом красным, затем бордовым. Сравнявшись по цвету со спелой свеклой, Элеонора очень вежливо произнесла:

— Хорошо, каждый имеет право на собственное мнение.

В ту же секунду она швырнула трубку на диван и уставилась в окно. Я испугался: моя хозяйка невоздержанна на эмоции, порой из ее рта вылетают такие выражения, что портовый грузчик засмущается. Но это полбеды. Настоящая катастрофа наступает, когда Элеонора делается сахарно вежливой, приторно любезной... Пока она плюется огнем и швыряется предметами, можно не беспокоиться, но, ежели принимается разводить китайские церемонии, следует спасаться бегством.

Нора повернула ко мне голову:

— Мразь!!!

— Кто? — оторопел я.

— Ну не ты же! Николаша! Знаешь, что он заявил? Софья Михайловна, не мама, не Соня, а именно так, Софья Михайловна убила человека, без которого я не мыслил своей жизни. Ни за что не поеду в СИЗО, пусть сдохнет с голоду, впрочем, надеюсь, ее удавят сокамерницы. Не смейте больше напоминать мне про отправку харчей и денег не присылайте!

Я онемел. Конечно, я знал, что Николай законченный эгоист, но такого все же не ожидал!

— О каких деньгах он толкует? — взвилась Нора.

— Я дал ему двести долларов, думал, он купит Соне...

— Сказал, что от меня?

— Да.

— Никогда не смей так поступать, — процедила Нора, — я этому «Митрофану» копейки не подам, даже если приползет на коленях с простреленной головой.

Я вздохнул, Нора страшный человек, ее не следует доводить до крайности, а Николаша преуспел, разозлил ее до последней степени.

— Так откуда на шубе воротник из норки? — Я решил сменить тему.

Неожиданно Нора спокойно ответила:

— Глупость получилась. Соня пришла впервые к ученику, повесила шубу на крючок, вешалка оторвалась, манто свалилось на пол, и на нем устроился спать щенок мопса, совсем маленький, полугода еще нет. Пока шел урок, собачка сгрызла воротник. Естественно, Соня расстроилась, но родители ученика мигом исправили неприятность. Взяли шубу и через день привезли ее с воротником из норки. По моему мнению, могли бы и все манто отреставрировать.

— Не все такие бессребреники, как вы, — пожал я плечами, — наверное, решили: собака сожрала только песца, зачем тратиться? И когда это произошло?

— За пару дней до убийства Беаты, — грустно ответила Нора, — получается, что она первый раз надела шубу с новым воротником для визита к будущей невестке.

В комнате повисла тишина. Пару секунд никто из нас не произносил ни слова, потом Нора побарабанила пальцами по подлокотнику и резко сказала:

— Ладно, спокойной ночи.

Я откланялся и удалился к себе.

Денек выдался суматошным, среди забот я не

успел как следует поесть, поэтому сейчас заглянул в кухню, обрадовался, когда обнаружил отсутствие Лены, и быстро соорудил себе бутерброды. Два с бужениной и маринованными огурцами и два с колбасой. Знаю, что вы сейчас скажете! Мясо вредно, а съеденное на ночь просто смертельно. Но мой организм устроен таким образом, что не может жить без белковой пищи. И не надо уверять меня, будто творог, йогурт и сыр тоже полны белка. Творог — это одно, а кусок хорошего мяса — совсем другое.

Взяв еду, я пошел к себе.

Путь лежал мимо комнаты Лены. Я поравнялся с дверью и вдруг услышал раздраженный мужской голос, несущийся из-за светло-коричневой двери.

— Дорогая, одевайся, нас давно ждут!

В ответ раздался веселый смех.

Я чуть не уронил тарелку с бутербродами. Ну ничего себе! В комнате горничной — мужчина! Интересно, знает ли о его присутствии Нора? Впрочем, хозяйка вполне могла разрешить домработнице позвать кавалера. Лена, как и я, живет в одной квартире с Элеонорой и, наверное, хочет иметь личную жизнь. Мне Нора пару раз намекала, что не будет против, если я приведу в дом даму, но почти все мои избранницы имели личную жилплощадь, а с остальными мы ходили в гостиницу, теперь у прелюбодеев нет никаких проблем. Так что совсем не странно, если Нора благосклонно отнеслась к кавалеру прислуги, изумляет другое! Как на Лену вообще хоть кто-нибудь обратил внимание! Ей всего сорок один год, но вы запросто дадите ей все шестьдесят. Бесформенная фигура напоминает куль с мукой, жидкие волосы всегда стянуты на затылке черной аптекарской резинкой, лицо не знает косметики, и, естественно, она никогда не употребляет духов.

— Тебе лучше распустить кудри, — продолжил мужчина, — мой отец считает, что это мужская прическа...

Я настолько изумился, что не смог шагнуть дальше по коридору. Кудри? Седые патлы, чаще всего сальные, это локоны?! Ну и ну! У парня просто помрачение рассудка! Хотя... может, он слепой?

Внезапно мне пришло в голову, что подслушивать под дверью неприлично, и я решил все же добраться до своей спальни, но тут из комнаты Лены донесся громкий лай, и мужчина с невероятной обидой произнес:

— Господи, если бы ты любила меня, как эту псину, я был бы счастлив до конца дней. Готов стать левреткой, чтобы лечь у твоих ног.

Моя голова пошла кругом. Мало того, что у горничной в комнате непостижимым образом оказалась собака, так она еще ухитрилась, как говорит Рита, «закадрить» человека из светского общества. «Готов стать левреткой, чтобы лечь у твоих ног»! Так изъясняются на вечеринках у Николетты!

Невероятное любопытство овладело мной. Я открыл книжный шкаф, стоящий в коридоре, сунул туда тарелку с бутербродами, решительно постучал в дверь к Лене.

— Входите, — донеслось из комнаты.

Я влетел в комнату и огляделся. Никого! Лена,

одетая в не слишком чистый байковый халат, удивленно спросила:

— Случилось что, Иван Павлович?

— Нет, — буркнул я, чувствуя себя полным идиотом, — сахар найти не могу! Хотел чайку попить.

— В шкафчике у окна, в красной банке, — пояснила горничная, вставая, — давайте покажу. В следующий раз сами не хозяйничайте, меня зовите, я за двоих, пока Элеонора кухарку не найдет.

— Спасибо, — пробормотал я, — сам возьму. Скажи, пожалуйста, ты собаку завела? Иду по коридору и слышу лай!

Лена улыбнулась.

— Нет, конечно, какие животные! Норе небось не понравится, она собак не слишком любит, это видик.

— Кто? — медленно спросил я.

Горничная щелкнула пультом. На экране телевизора появился мужчина в безукоризненном костюме.

— Ты ждешь моей смерти, — занудил он, протягивая руки к сногсшибательной брюнетке в темно-красном костюме.

— Днем-то не поглядеть сериал, — вздохнула Лена, — крутишься как белка в колесе, вот, записываю очередную серию, а перед сном наслаждаюсь.

— Тебе собака дороже меня, — слышалось из динамика.

Гав, гав, гав...

Внезапно в моей голове словно взорвалась сигнальная ракета. Развернувшись, я понесся в кабинет к Норе, провожаемый недоуменным восклицанием Лены: «Иван Павлович, вам нехорошо?»

Когда я влетел к Норе, она писала что-то в толстой тетради. Увидев меня, хмыкнула и сказала:

— Последний раз такой безумный вид у тебя был, когда Николетта взяла у Крутиковой шубу. Что на этот раз? Матушка приобрела «Мерседес»?

Подивившись на прозорливость Норы, ну как она догадалась, что Николетта мечтает именно об этом автомобиле, я ответил:

— Нет! Помните, Евдокия Петровна, старуха, подслушивающая под дверью квартиры Беаты, говорила, будто слышала лай собаки? Мы еще удивились, откуда у девушки она взялась? Все вокруг твердили, что у нее нет животных...

— Короче...

— Это был телевизор! Или видеомагнитофон!

— С чего тебе это пришло в голову? — изумилась Нора.

Я рассказал про то, как ворвался к Лене. Глаза Элеоноры заблестели, уголки рта тронула легкая ухмылка.

— Ты, оказывается, любопытный, — сказала хозяйка. — Значит, видик! Ну-ка, поройся в газетах, найди старую программу!

Я принес из гостиной давно ненужный журнал «ТВ-Парк».

— Вот видишь, — удовлетворенно пробурчала Элеонора, перелистывая мятые страницы, — очень хорошо, что Ленка неряха. Другая бы горничная давным-давно выкинула сие издание. Ага, вот, подходит! Смотри — в тот злополучный день показывали лишь один сериал, странно, но факт!

— Почему один? — удивился я. — Вот криминальный фильм из серии про Пуаро, опять же лента про ментов...

— Это детективы, — отмахнулась Нора, — а нам требуются сладкие слюни, вот «Расставание во мгле» очень подходит! Зови сюда Лену.

Через секунду горничная предстала перед хозяйкой.

— Ты смотришь такую дрянь, как «Расставание во мгле»? — поинтересовалась Нора.

— Почему дрянь? — возмутилась домработница. — Нормальное кино, очень душевное, прямо плакать тянет! — Потом она увидела смех в глазах работодательницы и понеслась в атаку: — А чего глядеть прикажете? Ваши новости? Так от них страх берет, лучше уж я над любовной историей порыдаю!

— Ладно, смотри что хочешь, только скажи, о чем там речь шла?

— Разве упомнишь, — пожала плечами горничная, — а вы гляньте сюда, вот под фото, там краткое содержание всегда дают.

Нора приблизила журнал к глазам и медленно прочитала:

— «Селена уходит из дома. Фелиция в гневе, она хочет убить Розалию. Свекровь уже начала душить невестку, но тут залаяла любимая собачка девушки. Продолжение смотрите в среду».

— Очень подходит, — обрадовался я.

— Но сериал показывают-то в полпятого, — покачала головой Нора, — а Евдокия Петровна услышала диалог спустя несколько часов.

— Может, девушка записывала серии на видео-магнитофон? — предположил я. — Ну, как Лена.

— А что Лена? — испугалась горничная. — Между прочим, я разрешение спросила, днем-то не успеть, колбасой кручусь!

— Ну, пожалуй, ты преувеличиваешь свое служебное рвение, — заявила Нора. — Вон, под письменным столом клоки пыли мотаются.

— Где? — возмутилась Лена. — Быть того не может!

— Ладно, ладно, — отмахнулась Элеонора, — ступай к себе, завтра уберешь.

— Я пылесосила!

— Хорошо, иди.

— Но...

— Лена...

Домработница испарилась, Нора повернула ко мне разгоряченное лицо:

— Поедешь опять на квартиру Беаты и полазаешь в тумбочке под теликом.

— Мне кажется, у нее телевизор стоит в стенке.

— Неважно, поищешь кассету с записью, действуй.

— Сейчас?

Нора бросила быстрый взгляд на старинные часы, висящие над письменным столом.

— Я не настолько жестока, завтра. Кстати, что с твоей машиной?

— Боюсь, не смогу объяснить, механик звонил, сообщил, что починит ее через две недели.

— Хорошо, — кивнула Нора, — вернее, плохо, завтра куплю тебе новую.

— Нет, спасибо.

— Почему?

— Я вполне способен обзавестись сам другим мотором, если захочу.

— Ну извини, если обидела, — сказала Нора. — На чем ездить будешь?

— На метро.

Хозяйка поджала губы, потом заявила:

— Если гордость не позволяет тебе принять подарок, тогда выполняй мой приказ — бери «Мерседес».

— Ни за что, — испугался я.

— Иван Павлович, — процедила Нора, — извольте подчиняться, напоминаю: вы являетесь моим секретарем.

Ну и как прикажете мне поступить?

— Тебе не кажется, — совсем иным тоном осведомилась Элеонора, — что в этой комнате неуютно?

— По-моему, как всегда.

— Нет, чего-то не хватает... Давно хотела купить красное кожаное кресло. Мне кажется, оно изумительно встанет у стены. И вообще, тут требуется осуществить перестановку, передвинуть стол...

Я постарался сдержать улыбку. Норе очень хочется походить на Ниро Вульфа, а у толстяка в кабинете стояло красное кожаное кресло. Просто смешно, до чего ребячливо порой ведет себя моя хозяйка.

Глава 11

Когда я шел по коридору, дверь комнаты открылась и домработница свистящим шепотом произнесла:

— Иван Павлович, подите сюда.

Я вошел в ее спальню и спросил:

— Вы заболели? Нос красный, и глаза припухли.

— Да плакала я.

— Что случилось?

— Иван Павлович, — затарахтела Лена, — вы же знаете, у меня никого, кроме вас и Норы, нет, какая-никакая, а все же семья.

— Я тоже считаю вас родственницей, — галантно ответил я. — Если обидел чем, извините.

— Лучше скажите, небось знаете, Элеонора меня уволить хочет?

— С чего вам такая глупость пришла в голову?

— Да уж, — буркнула Лена, — вступило в мозги. Сегодня она меня упрекнула, будто я плохо убираю, а вчера звонила в бюро по трудоустройству и просила прислать кухарку... Чем ей моя стряпня не угодила? Между прочим, третью повариху увольняет, воровки попадаются, а я никогда лишнего кусочка масла не съем. Вот скажите, на днях были плохие котлеты?

Я содрогнулся при воспоминании о странных комках непонятного состава, которые она предложила за обедом на второе, и бодро воскликнул:

— Изумительно вкусные биточки.

— Вот, а ей не по душе! — захныкала Лена.

Мне стало жаль бабу, она достаточно милая, но жуткая неумеха.

— Понимаете, Леночка, Нора теперь пытается изобразить из себя Ниро Вульфа, поэтому хочет нанять кого-то типа Фрица.

— Не понимаю...

Как мог, я постарался рассказать ей о гениальном сыщике и его окружении.

— И где у ней эти книжки стоят? — напряженным голосом поинтересовалась Лена.

— В кабинете, — ответил я и ушел спать.

Около одиннадцати утра я вновь вошел в квартиру Беаты и начал рыться на полках. Кассет оказалось немного, в основном мелодрамы и фильмы про любовь. Наконец под руку попалась одна кассета без названия, я всунул ее в старый видеоплеер и чуть не захлопал в ладоши. Вот оно! Беата и впрямь записывала сериал, чтобы насладиться им после работы.

— Что вы тут делаете? — раздался за спиной возмущенный голос.

От неожиданности я слишком резко повернулся и ударился головой о полку.

— Как вы вошли сюда? — настаивала женщина, стоявшая между кухней и комнатой.

— Открыл дверь ключом.

— Откуда он у вас? — наседала дама, нервно встряхивая ярко мелированной головой. — Отвечайте немедленно, а то милицию позову.

Но я уже пришел в себя и сам пошел в атаку:

— Интересное дело! Мне ключи дала Беата, а вот вы каким образом проникли на чужую жилплощадь?

— Ох и ни фига себе! — заорала бабенка. — Это моя квартира!

— Здесь жила Беата!

— Правильно.

— Тогда вы при чем?

— Так я владею жилплощадью, Беатка ее у меня снимала!

Я медленно сел на диван.

— Снимала? Всегда считал, что эта квартира принадлежат Быстровой. И соседи так уверяли.

— Соседи! — возмутилась вошедшая. — Им-то откуда знать! Квартира досталась мне после смерти родственников, вот и сдаю ее, чтобы финансовое положение поправить.

— Где же Беата жила?

— Тут.

— Я имею в виду, где ее собственная квартира? Простите, как вас зовут?

— Олеся, — ответила женщина. — А вы кто Беате будете?

Я нацепил на лицо самую сладкую улыбку и пропел:

— Разрешите представиться, Иван Павлович Подушкин, дальний родственник несчастной. Вот, мать Беаты попросила забрать кассеты, хочет...

— Разве ее мать жива? — удивилась Олеся. — А мне Беата сказала, что давно лишилась родителей.

Сообразив, что сморозил глупость, я начал выкручиваться, словно собака из лап тигра:

— Вы не так меня поняли. Я имел в виду свою мать, она приходится Беате пятиюродной теткой. Девушка оставила у нее ключи, ну на случай форс-мажорных обстоятельств.

— А мне она говорила, что в случае чего следует обращаться к Лере, — протянула Олеся, разглядывая мой костюм.

Я чуть было не спросил, кто это такая, но вовремя прикусил язык и изобразил полнейшее недоумение.

— Извините, я говорю только о том, что знаю! Я возьму кассету?

— И вещи заберите, — велела Олеся, — мне они ни к чему, буду квартиру вновь сдавать.

— Хорошо, — растерялся я, — давайте прямо сейчас позвоню Лере и попрошу забрать одежду.

— Видик тоже ее!

— Ладно, ладно, но у меня с собой нет записной книжки, телефон Леры я не помню, может, подскажете?

Олеся кивнула и вытащила довольно большой блокнот.

— Вот, Лера Есина, звоните.

Я набрал номер, потом незаметно разъединился и воскликнул:

— Лерочка, здравствуй, Ваня беспокоит...

Очевидно, Олеся совершенно успокоилась, потому что исчезла в ванной. Я продолжал «говорить», затем положил трубку на стол и крикнул:

— Олеся!

Женщина вошла в комнату.

— Лера в ближайшие дни не сумеет приехать, — бодро соврал я.

Олеся кивнула:

— Ладно, так и быть, подожду.

Боясь забыть номер телефона, я шагнул к двери.

— Погодите-ка, — опомнилась Олеся, — Беата осталась мне должна за месяц, заплатите, пожалуйста, раз вы ее родственник.

— Ну, мы в дальнем свойстве. — Я решил отмести наглые притязания. — Лера возместит убыток.

— Еще чего, — надулась Олеся, — тогда кассету оставьте. Сами знаете, ваша Лера голь перекатная, зимой в плаще ходит, откуда у нее деньги. Видела я девушку, глаза голодные... Отдавайте деньги!

Мне очень не хотелось, чтобы начался скандал. Предположим, я уйду, не заплатив. Олеся явно бросится следом, поднимет крик, тут же выглянут любопытные соседи во главе с Евдокией Петровной. Представляю, как она удивится. Дело может закончиться вызовом милиции.

Пришлось достать кошелек, Нора дала мне довольно большую сумму на непредвиденные расходы. Сначала я протянул Олесе сто долларов. Но она не сдалась:

— Двести.

Я дал еще одну купюру.

— Скажите Лере, чтобы приезжала в пятницу, — деловито сказала Олеся, пряча деньги.

Сев в «Мерседес», я сначала записал номер телефона Леры, а потом соединился с Норой.

— Звони этой девчонке, — велела хозяйка, — если она дома, езжай к ней, ох, кажется мне, что убийцу следует искать в окружении Беаты.

Я послушно исполнил приказ.

— Фирма «Брбрбрмент», — раздалась скороговорка в трубке.

Решив, что по неаккуратности попал пальцем не на ту кнопку, я, ничего не ответив, отсоединился и повторил попытку. Но снова услышал недовольный голосок:

— Фирма «Брбрбрмент».

— Позовите, пожалуйста, Леру.

— Которую?

— Есину.

— Она уволена.

Я не успел продолжить диалог, потому что «Нокиа» начал издавать частые гудки. Решив не отступать, я повторил попытку.

— Фирма «Брбрбрмент».

— Извините, Лера Есина...

— Сказала же, уволена! — И вновь гудки.

На секунду я растерялся, но затем снова схватился за телефон.

— Фирма «Брбрбрмент».

— Городское управление пожарной охраны, — рявкнул я.

— Слушаю. — Наглая секретарша мигом стала сладкой.

— На вас поступила жалоба!

— Какая?

— Зачем вчера сообщили о пожаре?

— Мы?!

— Вы, вы.

— Да быть такого не может!

— Очень даже может! Адрес фирмы — Тверская улица, дом один?

— Нет, — радостно ответила девица, — мы в другом месте находимся.

— И где же?

— На Петровской аллее.

Я отсоединился и взял атлас. Вот она, аллея, тянется за Ленинградским проспектом.

Нужный дом стоял на углу, он выделялся среди других зданий своей монументальностью и мрачным серым цветом. Возле подъездов висели вывески и таблички. Я побрел вдоль фасада, словно ребенок, только вчера научившийся читать. «Аэлита», «Корона-тур», «Аптека», вот, наверное, то, что нужно, — «Барбара Барбовская Эксперимент».

Прямо у входной двери за столом сидела размалеванная девица в обтягивающей кофточке ядовито-розового цвета. Интересно, отчего это многие женщины считают, что килограммы штукатурки, нанесенные на лицо, должны привлекать мужчин? Все-таки не следует считать нас равными по уму мотыльками, которых манят яркие цветы. Конечно, неумытая рожа, всклокоченные волосы и запах пота — это ужасно, но тонна туши, румян и пудры тоже мало кого привлекает. И потом, на вкус эти косметические штучки просто отвратительны. Вы пробовали целовать даму, губы которой накрашены помадой? Специфическое удовольствие, создается ощущение, что съел кусок сливочного масла, слегка подпорченного и оттого особо гадкого.

Не успел я открыть рот, как у девицы на столе зазвонил телефон.

— Фирма «Брбрбрмент», — рявкнуло очаровательное создание, и я понял, что попал по адресу.

Отпугнув очередного клиента, девчонка злобно глянула на меня и осведомилась:

— На инструктаж?

Я кивнул. Все равно с этой малолетней гарпией разговаривать совершенно бесполезно.

— Вторая комната, по коридору налево.

В указанном кабинете сидела дама совсем иного вида: холеная брюнетка лет сорока пяти с умеренным макияжем и неприлично огромными бриллиантами в ушах. Впрочем, вполне вероятно, что камни — банальные фианиты или даже горный хрусталь, я не умею отличать одно от другого. Вот, окажись на моем месте Николетта, она бы точно сообщила не только стоимость украшений, но даже назвала бы и магазин, где они куплены.

— Добрый день, — обрадованно воскликнула женщина, — меня зовут Роза Львовна, сделайте одолжение, садитесь!

Ее лицо выражало неподдельную радость, так мать встречает своего сына, вернувшегося после длительного отсутствия. Я умостился во вполне комфортабельном на вид, но очень жестком кресле и протянул служащей свою визитку.

— Прекрасно, Иван Павлович, — заявила Роза Львовна, — вы решили заняться распространением косметики «Барбара Барбовская Эксперимент». Правильный выбор. Наша продукция делается только из экологически чистого сырья на лучших заводах Франции.

Я постарался не рассмеяться. Однако, пытаясь сойти за французскую фирму, они выбрали не слишком подходящее название «Барбара Барбовская»! Попахивает Польшей, наверное, все эти помады, лаки и пудры, образцы которых Роза Львовна сейчас щедро выставляет на свой стол, производят где-нибудь на задворках Варшавы. Хотя, как говаривал Остап Бендер, вся контрабанда производится в Одессе.

Роза Львовна токовала, как глухарь. Мне надоело зря терять время, и, чтобы расставить точки над i, я спросил:

— Значит, я должен сейчас отдать вам тысячу долларов?

— Не мне, дорогой Иван Павлович, — заулыбалась служащая, — а фирме, и не отдать, а купить нашу косметику, а потом заниматься ее распространением.

— И в чем моя выгода?

— Но это так просто! — воскликнула хитрюга. — Собственно говоря, ничего и делать не понадобится. Вы приобретаете у фирмы продукцию по льготной цене, а реализуете по рыночной, разницу кладете в карман. Очень удобный, легкий заработок!

— Если я не сумею все продать, то остаток возвращаю вам?

— Нет.

— И надо сразу набрать косметики на тысячу долларов?

— Таковы условия.

Интересно, сколько в России дураков, попавшихся на эту удочку?

— Многие наши агенты зарабатывают по паре тысяч баксов в месяц, — журчала Роза Львовна. — Попробуйте, ну чем вы рискуете?

— Ничем, кроме тысячи долларов!

— Я и сама занимаюсь распространением, — покачала серьгами дилерша.

Очевидно, она была неплохим психологом, потому что поняла, что меня не вдохновила перспектива бегать по этажам с корзинкой, набитой мылом, гелем и шампунем. На секунду Роза Львовна замолчала, потом с еще большим энтузиазмом воскликнула:

— Совсем забыла рассказать вам об очень важном аспекте! Если приведете с собой одного желающего заниматься продажей «Барбара Барбовская Эксперимент», получите бесплатно косметики на двести долларов, пришлете двоих — на четыреста, и так далее.

— Можно взять деньгами? — Я прикинулся сибирским валенком.

— Нет, — отрезала Роза Львовна, — только продукцией.

Затем она вновь мило улыбнулась.

— Вот вас, например, кто к нам отправил?

— Лера Есина.

Роза Львовна мигом изменилась в лице. С ее губ пропала даже тень улыбки.

— Извините, но сейчас наша агентская сеть заполнена до предела, — сурово заявила она, — оставьте свои координаты, с вами свяжутся, когда освободится место.

Я удивился. Что же сделала незнакомая мне госпожа Есина, если представитель этой фирмы отказывается от такого куша? Решив успокоить Розу Львовну, я произнес:

— Очевидно, вышло недоразумение, я никогда не хотел работать в вашей компании.

— Зачем же тогда заставили меня тут распинаться?

— Извините, но я не могу прерывать женщину.

— Вы издеваетесь?

— Конечно, нет! Мне просто нужен адрес Леры Есиной.

— И при чем тут я?

— Она же работала здесь.

— Воровка, — прошипела Роза Львовна, — ваша Лера набрала у всех в долг, кучу народу обманула, даже меня, и исчезла. Естественно, ей стали звонить, и что бы вы думали?

— Она оставила неправильный телефон и неверный адрес, — вздохнул я.

— Именно, — вскипела Роза Львовна, — вот дрянь! Ее здесь многие хотят найти. А вам она зачем?

— Я работаю частным детективом, — завел было я «правдивую» историю, но Роза Львовна перебила меня:

— Она сделала нечто противозаконное и ее ловят?

— Ну, — замялся я, — сами понимаете, положение обязывает меня хранить тайну.

— Господи, — дама взмахнула ручкой с перстнем, — меня совершенно не волнуют чужие тайны, просто скажите, ее на самом деле разыскивают?

— Естественно, не понарошку же!

— Тогда погодите, — оживилась Роза Львовна и выбежала за дверь.

Я не успел удивиться, как она принеслась назад и ткнула мне в руки бумажку.

— Вот, поезжайте. Это адрес Гали Шадриной, она привела к нам Леру и явно в курсе, где эта тварюга прячется.

Я поблагодарил Розу Львовну и направился к двери.

— Постойте! — крикнула дилерша.

Я оглянулся.

— Если обнаружите нору крысы, очень прошу, сообщите ее координаты. Больше никому, только мне, я ей в долг дала большую сумму, — попросила Роза Львовна.

Глава 12

Галя Шадрина проживала в Теплом Стане, хорошем районе, который москвичи перестали считать спальным. Чтобы сэкономить время, я решил поехать через Минское шоссе, но застрял в Ново-Переделкине на переезде. В тот самый момент, когда шлагбаум наконец поднялся, зазвонил мобильный. Я бросил взгляд на определитель номера. Ладно, Николетта может подождать пару минут, пока я перееду через рельсы. Но моя маменька очень упорна. Бедный «Нокиа» просто закипал в держателе, пока я парковался возле непрезентабельного магазинчика. Обычно я спокойно общаюсь по мобильному, не снижая скорости, но сейчас сижу за рулем чужого «Мерседеса», поэтому следует быть осторожным.

— Вава! — взвизгнула Николетта. — Ты заснул?!

— Нет, конечно.

— Тогда почему не берешь трубку?

— Прости, искал место парковки.

— Отвратительно, — кипела матушка. — А если у меня плохо с сердцем? Так и ждать, пока ты выберешь минуточку и соизволишь протянуть руку к телефону?

— Извини, виноват, исправлюсь.

Наверное, вам кажется, что мне надо бы разораться, сказать Николетте все, что о ней думаю, отключить сотовый и спокойно катить по своим делам?

Вот тут вы ошибаетесь! Николетта способна превратить в ад жизнь любого, кто посмеет поднять восстание рабов. Пару раз мой отец пытался вразумить супругу, но потом начинался такой спектакль! Матушка валилась на кровать, хватаясь за сердце, отец кидался к телефону... Через полчаса по квартире бегали дивизионы врачей и роты медсестер, в воздухе витали слова «стресс», «инфаркт», «кардиограмма». Конечно, батюшка понимал, что перед ним разыгрывают спектакль, но в его душе жил все же червячок сомнения: а вдруг жене и впрямь стало плохо?

Наученный семейным опытом, я никогда не спорю с Николеттой. Непротивление злу насилием! Насколько помню из курса русской литературы, к нему призывал великий Лев Николаевич Толстой. Матушка продолжала гневаться. Я молча ждал, пока буря пронесется над головой. Если не ошибаюсь, сейчас Николетта устанет. И точно.

— Надеюсь, ты не забыл, что должен заехать за мной в семь? — совсем другим тоном осведомилась матушка.

— Зачем?

— Так я и знала! — вновь пришла в негодование Николетта. — А фитнес-клуб?

— Что?

— Господи, Вава! Мы же теперь ходим заниматься спортом!

— Какой ужас! — вырвалось у меня.

— Не идиотничай, — окончательно рассвирепела маменька. — Ровно в девятнадцать ноль-ноль стой у подъезда.

И она мигом отсоединилась. Я покатил в Теплый Стан. Значит, теперь у Николетты новое увлечение — посещение тренажерного зала. Впрочем, маменька и раньше находила себе хобби. Сначала

вязала. За год она вдохновенно создала небольшой шарфик и торжественно преподнесла его мне.
Самое ужасное, что пришлось носить это отвратительное кашне с чудовищно вытянутыми петлями.
Потом Николетта разочаровалась в рукоделии и
занялась разведением кактусов. Крайне неприхот-
ливые растения, весьма комфортно ощущающие
себя в пустыне, скончались у нее через месяц.
Очевидно, они не вынесли усиленной заботы, которая, по моему мнению, намного хуже, чем не-
внимание. Затем в доме ненадолго появилась
черепашка, уползшая от крика Николетты в неиз-
вестном направлении. Может, трогательное зем-
новодное и живет где-нибудь в дебрях огромной
квартиры, но только оно не рискует попадаться
хозяйке на глаза, потому что черепахе не нравится, когда ее без конца хватают крепко надушенны-
ми ручками и с жаром целуют. Наверное, бедняга
подумала, что Николетта хочет ее проглотить, вот
и предпочла испариться.

Спустя некоторое время бомонд увлекся здо-
ровым образом жизни: сыроедение, вегетарианст-
во, раздельное питание, прием целлюлозы. Каждой забавы маменьке хватало примерно на месяц,
и вот теперь появилась новая: фитнес-клуб!

Я свернул во двор дома, аккуратно приткнул
«Мерседес» возле подъезда и поднялся на двенад-
цатый этаж, не особо надеясь на успех. Часы показывали пятнадцать ноль-ноль, все нормальные
люди в это время тоскуют на работе.

Но Галя Шадрина оказалась исключением.
Дверь распахнулась сразу, на пороге замаячило
маленькое, худенькое, бесцветное существо, при-

нятое мной сначала за десятилетнего ребенка. Но потом я увидел печальные глаза, накрашенные губы и сказал:

— Ну разве можно сразу открывать дверь? Вдруг грабители на лестнице?

Девушка спокойно ответила:

— А чего им у меня брать? Это богатые люди бояться должны, входите.

Я хотел было сказать, что у молодой женщины можно отнять не только деньги и золото, но не стал вступать с Галей в дискуссию. Просто втиснулся в неудобную, кишкообразную прихожую и с ходу взял быка за рога:

— Извините, я, наверное, помешал вам заниматься делами, но долго вас не задержу. Собственно говоря, вопрос пустяковый, вы ведь подруга Леры Есиной?

Внезапно Галя попятилась.

— Нет, я не имею к ней никакого отношения!

— Но как же! Ведь именно вы привели Леру в фирму, торгующую косметикой! Очень прошу, дайте мне координаты Леры, надо срочно ее найти.

— И не только вам! — неожиданно зло сказала Галя. — Думаете, вы первый приходите? Ко мне сначала многие из фирмы ломанулись, обманщики! Людей за нос водите, а когда самих кинули, не понравилось? Только я при чем? Ну набрала Лерка у всех в долг, и что? Какой ответ могу я за нее держать? Хотите совет? Забудьте про свои доллары, считайте, что потеряли их! Есина никогда долгов не отдает, кстати, она у меня два платья взяла и косметику... И ку-ку!

— Дело не в деньгах, — вздохнул я, — разрешите представиться: частный детектив Иван Павлович Подушкин.

— Вас наняли, чтобы выколотить из Лерки долги?

— Разве я похож на человека, который способен поставить кому-либо раскаленный утюг на грудь?

Галя покачала головой:

— Нет.

— Вот видите. Мне просто надо с ней поговорить!

Галя продолжала упорно молчать. Чтобы слегка «разморозить» ее, я сказал:

— Понимаете, меня совершенно не волнует, у кого и сколько денег выпросила Есина, просто она единственная, кто может рассказать о Беате. Я ищу убийцу этой женщины и не собираюсь уличать в непорядочном поведении Леру, очень прошу мне поверить!

— Беату убили? — Галя вновь шарахнулась от меня в сторону.

Я удивился:

— Вы были знакомы?

— Естественно, я в курсе того, что у Леры есть старшая сестра, мы ведь с Леркой в одном классе учились!

— Беата сестра Леры?

— Ну да! Разве вы не знали?

— Нет, — от неожиданности честно ответил я, — даже не предполагал ничего такого, думал, они просто дружат. Хозяйка квартиры, которую снимала Быстрова, сообщила, что жиличка в случае каких-либо неприятностей в ее отсутствие просила связываться с Лерой, только дала не домашний, а рабочий телефон. Постойте, как же девушки могут быть сестрами? У них разные фамилии! Одна Быстрова, другая Есина?

— Ничего странного, — пожала плечами Галя. — Беата замуж вышла, потом развелась, отсюда и фамилия, у нее было несколько мужей, вот только который по счету Быстров, не скажу.

— Ну и сколько раз она была замужем?

— Не знаю точно, но Лера, конечно, в курсе. Хотя я могу кое-что про Беату рассказать, но лучше спросите Лерку, она-то все про сестрицу выложит. Ладно, дам вам адрес, только пообещайте никому на фирме его не сообщать! Кстати, Лерка не обманщица, она просто хотела свою тысячу долларов назад вернуть. Знаете, как дело было?

— Нет, — ответил я и привалился к вешалке.

Но Галя не собиралась приглашать меня в комнату, она продолжила разговор в прихожей:

— Лерка взяла у моей мамы тысячу баксов и отнесла в фирму, честно говоря, это я ее подбила заняться продажей косметики, поэтому мамочка и одолжила денег.

Я внимательно слушал девушку. Совсем недавно я задавал себе вопрос: сколько же в нашем городе идиотов, попавшихся на удочку сетевого маркетинга? И вот, пожалуйста, одна представительница этого племени передо мной.

Три месяца понадобилась глупышкам, чтобы понять: ни губная помада, ни пудра никому не нужны. Девчонки пытались сначала пристроить ассортимент по знакомым, но их подружки презрительно усмехались при виде продукции «Барбара Барбовски Эксперимент». Потерпев неудачу, дурочки начали бегать по организациям, они даже останавливали женщин на улицах, но ухитрились избавиться только от одного косметического набора, который подслеповатая бабушка взяла для своей внучки.

Поняв, что их обманули, Галя приуныла, а Лера обозлилась, ей-то надо было отдавать долг! Девушка мигом придумала, как поступить. Пробежалась по кабинетам и набрала у сотрудников фирмы долларов в долг, причем поступила хитро, у каждого просила понемногу, обещая отдать через два дня.

— Она собрала тысячу, — пояснила Галя, — ровно столько, сколько вложила в фирму, и ни копейкой больше. Я была против ее затеи, но Лера меня живо заткнула, просто спросила: «Твоей маме деньги не нужны?»

Галя мигом примолкла, мамочка много лет мечтает о даче и каждую непотраченную копейку прячет в кубышку, тысяча долларов для нее огромная сумма, скопленная тяжелым трудом.

Лера вернула деньги, а для Гали настали тяжелые деньки. Ушлая подружка, покидая фирму, подменила в картотеке бланк со своими данными, а координаты Гали оставила. Пришлось Галочке отбиваться от кредиторов, хорошо знавших об ее дружбе с Есиной. Шадрина даже придумала историю о взятых у нее платьях, чтобы предстать перед людьми обиженной. Порой ей очень хотелось ткнуть в окно рукой и сообщить: «Да вот дом, мы соседи с Лерой, ступайте в семнадцатую квартиру, небось она на диване валяется, с ней и разбирайтесь».

Останавливала от этого поступка только мысль о том, что пронырливая Лерка не забрала деньги себе, а отдала долг. Кстати, отношения между девушками испортились, и они практически перестали встречаться.

— Лера не работает?

Галя покачала головой:

— Не-а.

— На что же она живет?

Девушка пожала плечами:

— Так, где раздобудет копейку, то и рада. Беатка ей за ребенка приплачивает. Лерка у нее нянькой служит. Хотя цирк прямо! Один раз выхожу во двор и вижу, девочка капризничает. Лера ей по щекам как нафитиляет, та мигом заткнулась. Я не утерпела и говорю: «Зачем маленькую бьешь? Все-таки племянница твоя». А Лерка в ответ: «Ну и что? Детей всегда лупят, чтобы послушные были».

— Погодите, — вклинился я в поток слов, — уж извините, но я плохо пока понимаю ситуацию. У Леры имеется дочь?

— Нет, — с раздражением отозвалась Галя, — Лизу родила Беата, а сама воспитывать не смогла и спихнула Лерке. У младшей сестры заработков никаких, вот она и согласилась, ясно теперь?

Я напряг память. Кажется, Элеонора рассказывала, якобы Соня считала, что у будущей невестки есть ребенок от первого брака, а потом выяснилось: это дочь ее сестры.

— Почему же Беата сама с девочкой не занималась?

— У Беатки хорошая работа, — пояснила Галя, — она переводчицей служит в фирме и нормально зарабатывает, а у Лерки пшик. Дети постоянно болеют, во всяком случае, у Лизы то и дело сопли текут, что совершенно не странно, ее Лерка зимой в кургузой курточке прогуливает. Месяц назад их во дворе видела, прямо оборвыш какой-то! Лера ее на руках несла, ножки болтаются, сапожки в дырках... Увидела меня, положила девчонку прямо в снег и давай объяснять: «Вот, опять простыла, к врачам ходили, а девчонка по дороге задрыхла, теперь волоки ее, а тяжело».

— Неужели Беата не видела, что сестра плохо обращается с девочкой? — искренне изумился я. — Или ей было все равно? Она не любила дочку?

— Беатка все время по командировкам моталась, — пояснила Галя, — ее тут по три месяца не было. Она Лерке деньги на Лизу оставит, а сестричка все мигом спустит, вот и сидят на каше и картошке. Стоило Беатке приехать и к дочке прийти, так Лера ребенка очень даже хорошо одевала — шубка, шапочка, валеночки — и отдавала матери. А на следующий день опять Лизу в рванине вела.

— Неужели девочка не рассказывала матери, как с ней поступает тетя? — продолжал недоумевать я.

Галя засмеялась:

— Может, и рада бы сказать, да не умеет пока. Хотя, сдается мне, Беата все распрекрасно знала. Лиза-то только в прошлом году появилась, как раз мы из фирмы ушли.

— Как это?

— А так, — захихикала Галя, — вот слушайте.

Примерно в ноябре прошлого года Галочка возвращалась домой из магазина и увидела возле подъезда Леру с коляской. Вначале Галя не удивилась, мало ли кто из соседей мог попросить ее подругу посторожить младенца. Но потом события развернулись самым удивительным образом.

— Галка, — обрадовалась бывшая одноклассница, — здорово, что ты мне встретилась. Ну-ка помоги, подхвати Лизку, а я коляску покачу.

Ничего не понимающая Галочка донесла до квартиры Леры кряхтящего ребенка, увидела в комнате детскую кроватку и изумилась:

— Откуда у тебя малышка?

— Это Беатина, — отдуваясь, пояснила Лера, — я у нее в няньках.

— У Беаты дочь? Когда же твоя сестра успела? И где девочка была до сих пор? — не успокаивалась Галя.

Лера хмыкнула:

— От бывшего мужа она родила, разошлась с ним, а потом обнаружила беременность, аборт сделать время упустила, пришлось рожать. Только на работе нельзя было с животом показываться, вот и затягивалась, чтобы не выгнали. Рожать поехала к бабушке.

— К кому? — совсем удивилась Галя.

Она очень хорошо знала, что Леру и Беату воспитывала только мама, никаких других родственников у девушек не имелось. Их отец давнымдавно женился на другой женщине и не общался с первой семьей. После смерти матери сестры разделили трехкомнатную квартиру. Лерке досталась крохотная «двушка» в соседнем доме, а жилплощадь Беаты оказалась на другом конце города. Галя не знает где, она никогда не бывала в гостях у Быстровой.

— К матери нашего папеньки, — объяснила Лера, — в деревню. А потом старуха померла, и пришлось Беатке девку забирать.

Галя замолчала, я переменил позу и спросил:

— Она что же, думала, что дочка всегда будет жить у Леры?

Галя ехидно сказала:

— Насколько я знаю, Беата очень хотела выйти замуж за богатого, все время жениха искала, не с руки ей было признаваться, что у нее есть ребенок. Сами понимаете, подпорченный товар никому не нужен, не станут мужики чужих спиногрызов растить, своих-то еле терпят!

Глава 13

Попрощавшись с Галей, я пошел к Лере. Беата мне нравилась все меньше и меньше. Сначала подсунула ребенка бабке, потом безответственной сестре... Может, я не прав, но всегда считал, что основная функция женщины на земле — это материнство, все остальное от лукавого. В идеале представительница слабого пола должна бы родить троих детей, но, чтобы они не испытывали нужды, их обязан обеспечить отец, если он, конечно, мужчина, а не просто самец. Хотя что-то в последнее время редко встречаются настоящие мужчины и женщины, все больше странные, двуполые существа, этакие духовные гермафродиты, и не понять с первого взгляда, то ли это мужики, то ли бабы.

Вон, в соседней с Элеонорой квартире проживает железная бизнесвумен. Дама курит сигары, говорит хриплым басом и ругается матом. На работу она отбывает каждый день рано утром, возвращается за полночь, частенько сильно подшофе. Остается добавить, что это милое существо слабого пола весит почти центнер, а размер туфель у нее, скорей всего, сорок три. Муженек же этой особы, хрупкое, субтильное существо по кличке Лелик, с волосами, вытравленными пергидролем, выползает на улицу к полудню с хозяйственной сумкой в руках. Он нигде не работает, ведет хозяйство, говорят, изумительно готовит. И теперь скажите, кто в этой парочке мужчина, а кто женщина?

В квартиру Леры вела обшарпанная дверь, я позвонил, но в ответ не раздалось ни одного звука. Может быть, она спит? Я продолжал держать палец на кнопке, надеясь разбудить соню, но тут распахнулась дверь соседней квартиры, и вышла дама лет шестидесяти, самого неприступного вида. Седые волосы уложены в старомодную прическу, а располневшее, но еще сохранившее формы тело затянуто в темно-синий старомодный костюм из трикотажа — узкую юбку, прикрывающую колени, и пиджачок, воротник и лацканы которого украшали светло-голубые полоски. Много лет назад отец привез похожий костюм Николетте из Финляндии, но маменька скривилась и отдала обновку домработнице, мотивировав свое поведение просто:

— Это у Вавы в школе носят все учительницы.

Очень точное замечание. Уж не знаю, где наши преподавательницы доставали эти «двойки», вряд ли у них были мужья, разъезжающие по заграницам, но и «русалка», и математичка, и биологичка ходили в этих, как тогда говорили, «джерсовых» обновках.

— Молодой человек, — весьма нелюбезно сказала дама, — отчего вы подняли такой шум?

Я быстро окинул ее взглядом, пожилые женщины — самый мой контингент. С молодой девушкой я могу не найти взаимопонимания, но с пятидесятилетней мигом договорюсь.

— Простите, — потупился я, — но я не сделал ничего плохого. Не кричал, не стучал, не курил...

Соседка оглядела меня и слегка сбавила тон:

— Вы нажимаете на звонок уже минут десять, он у меня в мозгах тренькает!

— Бога ради, извините, не хотел вас обеспокоить, но, вообще говоря, я пытался найти Леру и звонил к ней.

— В этом доме стены сделали из ситца, — вздохнула дама. — Слышно абсолютно все, что творится у соседей!

— Еще раз прошу прощения!

В эту минуту в ее квартире ожил телефон. Дама вернулась в прихожую, взяла трубку и воскликнула:

— Так и знала! Зачем тогда обещал! — Потом она повернула ко мне растерянное лицо и, не в силах сдержаться, сказала: — Вот она, современная молодежь, никакой ответственности!

— Что-то случилось? — озабоченно поинтересовался я.

Пожилая женщина чуть ли не со слезами в голосе ответила:

— У моей подруги юбилей, я звана в гости. Но погода ужасная, на улице очень скользко, вот я и попросила внука, чтобы отвез. Он заверил меня, что прибудет вовремя, а теперь звонит и сообщает, будто его с работы не отпускают! Поставил бабушку в кошмарное положение! Машенька обидится, и совершенно справедливо. Она потратилась, собрала стол, а меня нет! Но я просто не дойду до метро.

— И где живет ваша подруга?

— На Планетной улице.

Я заулыбался:

— Очевидно, меня сюда послал ваш добрый ангел. Ровно в девятнадцать ноль-ноль я должен забрать свою матушку из дома, который расположен в пару минутах езды от Планетной улицы. Давайте подброшу вас на день рождения.

На лице дамы отразилась неприкрытая радость, но потом она спохватилась:

— Это неудобно!

— Отчего же? Все равно я поеду в ту сторону.

— Но мы незнакомы!

Я протянул даме визитку.

— «Секретарь общества «Милосердие», — медленно прочитала она и подала мне свою визитку.

«Буряк Надежда Владимировна, доктор физ.-мат. наук, заведующая кафедрой».

Ага, значит, я угадал, она преподаватель. Я терпеливо ждал, прислонясь к перилам, пока Надежда Владимировна запрет все замки. Конечно, мне свойственно изредка совершать альтруистические поступки, но в данном случае я произвел простой расчет. Госпожа Буряк живет через стену от Леры. Дама справедливо заметила, что качество звукоизоляции оставляет желать лучшего, следовательно, она может рассказать кое-что о Лере, которой сейчас явно нет дома. Проникшись благодарностью к доброму самаритянину, Надежда Владимировна не откажется ему помочь.

Наконец все запоры были закрыты, ручки подерганы, и я помог своей спутнице добраться до «Мерседеса».

— Никогда еще не ездила на такой шикарной машине! — с детской непосредственностью воскликнула Надежда Владимировна.

Я хотел было ответить: «Сам на ней всего пару дней катаюсь», но вовремя прикусил язык и небрежно произнес:

— Неплохой автомобиль, весьма комфортабельный.

Не успел «шестисотый» проехать пару сотен метров, как Надежда Владимировна спросила:

— Простите, я, конечно, лезу не в свое дело, но кем вы приходитесь Лере? Вы очень не похожи на тех людей, которые ее окружают.

— Общество «Милосердие» оказывает помощь людям, попавшим в тиски безденежья. — ответил я. — Мы получаем много писем от тех, кто просит ту или иную сумму, а мне в обязанности вменяется проверить, так ли нищ кандидат, как прикидывается.

Кстати, я сказал абсолютную правду, пока Норе в очередной раз не взбрела в голову идея играть в Ниро Вульфа, я мирно работал в «Милосердии», вылавливая обманщиков, желавших поживиться за чужой счет.

Надежда Владимировна помолчала, потом со вздохом сказала:

— Не в моих принципах сплетничать о соседях. Но, учитывая особые обстоятельства нашего знакомства... Мне кажется, Лере не следует давать деньги, хотя она в них, безусловно, нуждается.

— Почему? — спросил я, впервые радуясь, что угодил в «пробку». — Она написала нам такое жалостливое письмо! Живет одна, с крошечной дочкой на муниципальное пособие, не имеет ни работы, ни родственников...

Надежда Владимировна нахмурилась.

— Все так, да не совсем! Дочка есть, только не ее, а Беаты, старшей сестры.

— Да-да, она сообщила, что воспитывает племянницу, — подхватил я.

— Воспитывает! — фыркнула дама. — Вот уж совсем неподобающий глагол. Да Лера на девочку никакого внимания не обращает! Знали бы вы, как она на несчастного ребенка орет! Кровь в жилах стынет! Какие выражения употребляет! Только не подумайте, будто я подслушиваю, у нас на кухне все через вентиляционное отверстие слышно. Иногда хочется к ней пойти и отнять несчастное дитя. Но самое ужасное — это то, что она вечером убегает на танцульки.

— Дело молодое, — подначил я доктора наук, двигаясь черепашьими шагом в плотном потоке машин, — когда же еще повеселиться, если не в ее годы. Меня уже не тянет прыгать в душном зале, в толпе вспотевших людей.

— Уважаемый Иван Павлович, — мигом стала возражать Надежда Владимировна, — есть такое понятие, как ответственность. У Леры на руках девочка, маленькое, беззащитное существо. Знаете, что она делала, желая развязать себе руки?

— Запирала ребенка одного в квартире?

Надежда Владимировна вздохнула:

— Это бы еще полбеды, хотя я никогда не оставляла своего сына, боялась, что проснется и испугается. Нет, Лера поступала по-иному. Вот, послушайте, что она придумала.

Примерно в октябре Надежде Владимировне неожиданно предложили поработать репетитором в богатой семье. Сначала она хотела ответить решительно: «Нет». Она давно не ходит по частным ученикам, но родители недоросля предложили совершенно невероятную плату — сто долларов за урок — и дали шофера, который привозил и увозил преподавателя. Зарплата ученого невелика, и Надежда Владимировна дрогнула. Возвращалась она домой около десяти, водитель, веселый, говорливый Павел, без конца рассказывал «охотничьи» истории. Но Надежду Владимировну болтливый, не слишком обремененный умом парень не раздражал. Он оказался услужливым, охотно тормозил у супермаркета, где Надежда Владимировна тратила часть гонорара на вкусности, и даже нес ее сумки, приговаривая:

— Ох и затарились! Небось всей семье праздник устроить решили!

Привыкнув к покладистому Павлу, Надежда Владимировна один раз попросила его:

— Голубчик, не сочтите за труд, зайдите со

мной в магазин, хочу минеральной воды купить, а бутылки тяжелые, мне их до кассы не дотащить.

— Без проблем, — ответил шофер и пошел в супермаркет. На этот раз в огромном магазине работало отчего-то только две кассы, возле которых клубилась толпа покупателей. Павел и Надежда Владимировна пристроились в хвост очереди.

— Уж извините, — пробормотала дама, — задерживаю вас.

— Ерунда, — отмахнулся шофер, — работа у меня такая.

Пару секунд они стояли молча, потом Павел воскликнул:

— Вот шалава!

— Кто? — изумилась Надежда Владимировна.

— А вон, девка стоит у соседней кассы, в красном пальто!

Дама повернула голову и увидела Леру в компании двух размалеванных девиц и трех слегка подвыпивших парней. Молодые люди держали корзинку, в которой теснились бутылки с водкой, пивом и омерзительным дешевым портвейном.

— Вот уж безголовая, — возмущался Павел, — я бы своей жене за такое ноги повыдергивал! Ребенка бросила и хвост задрала.

— О чем ты толкуешь? — спросила Надежда Владимировна.

— Так эта «прости господи» с вами в одном подъезде живет, не признали?

— Узнала, конечно, мы соседи. Но ты откуда с ней знаком?

— Я как вас в первый раз отвез, — ответил шофер, — сразу не отъехал, хозяевам позвонил, чтобы узнать, куда направляться, можно домой или еще работать. А тут эта девица с ребенком из подъезда выскакивает, увидела мою машину и давай просить: «Будь человеком, подвези, тут близко, через пару улиц, только денег нет».

Павел добрый парень, к тому же у него дома жена и трехлетняя дочка, вот он и посадил Леру, естественно, не удержался и спросил:

— Куда на ночь глядя с ребенком? С мужем поругалась?

— Я мать-одиночка, — ответила девушка, — медсестрой работаю, а дочку везу к няньке, у меня ночное дежурство. Хорошо, ты попался, а то тащить бы мне ее на горбу, туда ни один автобус не ходит!

Павел сочувственно вздохнул. Правда, он немного удивился, увидав дом, куда мать понесла ребенка. Жуткий барак, просто сарай, и впрямь стоящий в удалении от шумных улиц. Но, с другой стороны, откуда у бедной медсестры средства на элитную няню? Небось нашла убогую пенсионерку и рада.

С тех пор жалостливый Павел несколько раз подвозил Леру. Девушка уже знала, когда приезжает Надежда Владимировна, и выскакивала из подъезда буквально сразу после того, как соседка входила в дом. У Павла просто разрывалось сердце, когда он видел крошечного, плохо одетого ребенка. Началась осень, зарядили дожди, а дочка Леры была в ситцевом платье, тоненькой ветровке и разбитых ботиночках. Как-то раз он и прихватил из дома сумку с вещами, которые стали малы его дочери, приехал за Надеждой Владимировной раньше назначенного времени и поднялся в квартиру к Лере.

Его неприятно поразила грязь и полное отсутствие уюта. Девочка ползала по полу в одних измазанных трусишках, и, похоже, у нее совсем не было игрушек. Во всяком случае, в присутствии Павла она играла с пустыми коробками из-под видеокассет. В голову не слишком далекого шофера закрались сомнения: ну какая медсестра позволит, чтобы дома у нее творилось такое.

Лера взяла сумку с вещами, но не обрадовалась, а просто буркнула:

— Спасибо. — Потом добавила: — Может, отвезешь нас сейчас к няньке? Меня на работу раньше вызвали.

— Ладно, — согласился Павел.

И вот теперь он, оглядывая пьяную компанию, искренне возмущался:

— Она меня просто обманывала! Ну и дурака я свалял! Небось постоянно на гулянки мотается, а ребенка матери подсовывает! И ведь даже не посмотрела, что за вещи ей привез! Выволокла свою девчонку под дождь в кофтенке, а в сумке куртка теплая лежала! Да таких стерв материнских прав лишать надо!

Надежда Владимировна вздохнула, потом добавила:

— Мне раньше непонятно было, ну отчего это у Леры по ночам дым коромыслом стоит, шум, порой драка начинается, а ребенок молчит. А после этого разговора стало ясно, она его куда-то уводит, чтобы гулять беспрепятственно. Уж не знаю, как к такому положению вещей относилась Беата.

Хотя она могла и не знать ничего. Я один раз столкнулась с сестрой Леры во дворе, та шла вместе с дочкой к машине, и должна вам сказать, что девочка выглядела расчудесным образом: отлично одета, умыта, причесана... Впрочем, Беата тут бывала очень редко, а может, просто я ее нечасто видела!

Высадив даму у высокой кирпичной башни, я, словно невзначай, поинтересовался:

— И когда вы возвращаетесь домой с урока?

— Езжу к мальчику в понедельник, среду и пятницу к семи, — ответила она, — ну а домой попадаю около десяти.

Глава 14

Подъехав к подъезду, я позвонил Николетте и отрапортовал:

— Карета подана.

— Сейчас иду, — прочирикала матушка.

Я сделал радио погромче и вытащил из «бардачка» «Литературную газету». Раньше чем через полчаса маменьку и ждать не стоит. Она ни за что не высунется на улицу, пока не приведет себя в полный порядок.

Расслабившись, я попытался увлечься статьей «Куда заводят нас авторы детективов», но чуть не сломал челюсть от зевоты. Да уж, по-моему, лучше писать криминальные романы, чем заводить нудную дискуссию об их месте в литературе. И потом, о чем спорят высоколобые критики? Имеет ли право на жизнь жанр криминального романа? Так ответ известен давно, весь мир с упоением читает

Агату Кристи и иже с ней. С таким же успехом «серьезные» писатели могли бы обсуждать вопрос, стоит ли пить по утрам кофе? Сколько ни объясняй о вредности кофеина, все равно народ с наслаждением глотает напиток чашку за чашкой...

Резкая трель мобильника заставила меня вздрогнуть.

— Вава! — в полном негодовании затараторила маменька. — Ну как прикажешь тебя понимать?! Стою у подъезда! Никакой машины и в помине нет! Хороши шутки!

Я выскочил из «Мерседеса».

— Извини, бога ради, я забыл предупредить, что приехал в другом авто.

Глаза Николетты медленно округлились, очевидно, матушка испытала самый настоящий шок, потому что из ее груди вырвался совершенно несвойственный ей вульгарный вопль:

— Вау! Ваняша! Ты купил мне «Мерседес»!!!

— Это не...

Но маменька не дала мне договорить. В развевающейся норковой шубке, со сверкающими от счастья глазами, она продолжала восторгаться:

— Ах, вот теперь видно, что у меня любящий сын!

Я подавил смешок. Николетта запретила мне звать ее матерью лет двадцать пять назад, сообразив, что двухметровый юноша наносит сокрушительный удар по имиджу молодой женщины. О том, что я ее сын, она вспоминала крайне редко, а в присутствии посторонних просто никогда.

Всю дорогу до переулка, где расположилось здание спортивного клуба, матушка пребывала в эйфорическом состоянии. Ей нравилось абсолютно все: сиденья, автоматические стеклоподъемники, зажигалка, подголовники, коврики, «бардачок», дворники... Словно ребенок, она нажимала на кнопки и открывала все, что открывалось, приговаривая:

— Ну шикарно!

Когда мы въехали в подземный паркинг, Николетта велела:

— Погоди, давай посидим.

— Почему?

— Кока еще не прибыла, хочу, чтобы она увидела, как я выхожу из этой машины.

Я вздохнул. До сегодняшнего дня матушка ненавидела подземные паркинги. Как правило, она, прикрывая лицо надушенным платочком, мигом выскакивала из «Жигулей», бормоча:

— Фу, ну и запах! Сплошной бензин.

Но сейчас Николетта смирно сидела на заднем сиденье. Ждать, правда, пришлось недолго. Не прошло и пяти минут, как показался черный «Мерседес», из глубин которого выбралась Кока со спортивной сумкой. Маменька мигом выскочила и закричала:

— Ваняша! Не забудь форму.

Заклятая подруга обернулась и не удержалась от вопроса:

— Как? Вы приобрели «шестисотый»?

— Да вот, — небрежно бросила Николетта, поправляя надушенной ручкой идеальную прическу, — Ваняша сменил авто. Хотел, правда, «Феррари», но я его уговорила на «мерс». Конечно, старомодный вариант, зато надежный.

Лицо Коки перекосилось, и она бросила на меня взгляд, которым запросто могла убить. Но я выдержал удар и подыграл Николетте:

— «Феррари» не адаптирован к нашим дорогам, а на «мерине» спокойно можно проехать везде.

Кока пошла пятнами. Увидав, что милая подружка заработала от зависти желтуху, матушка пришла в великолепное настроение и, подпрыгивая, словно девочка, сбежавшая с уроков, понеслась к лифту.

Внутри клуба наши дороги разошлись. Милые дамы, считающие себя совершенно здоровыми и молодыми, ринулись прямиком в раздевалку, я же решил вначале проконсультироваться с врачом и, поднявшись на второй этаж, постучался в кабинет.

— Войдите, — раздался голос, и я предстал перед молодой и симпатичной женщиной.

Целый час она тестировала меня при помощи различных приборов и пришла к неутешительному выводу: физической подготовки никакой.

— Очевидно, вы ведете сидячий образ жизни, — вздохнула доктор, — очень хорошо, что вовремя спохватились! А как питаетесь?

— Нормально, — пожал я плечами, — мясо, яйца, хлеб, овощи...

— Ужасно! — воскликнула докторица, хватаясь за красиво постриженную голову. — Вы делаете все, чтобы угробить здоровье! Мясо — яд! Его можно есть не более ста граммов в неделю.

— Но...

— В яйцах холестерин! Это удар по сосудам!

Кстати, сливочное масло следует заменить оливковым. Чайная ложка в три дня, вот ваша норма.

— Хлеб...

— Только черный, хорошо подсушенный, в белом нет никакой пользы. Сами понимаете, что макароны, вермишель, булочки, пироги, торты, печенье, шоколад, сахар нужно напрочь изгнать из рациона! Навсегда! Просто забыть об этих продуктах!

Я слегка растерялся:

— Но не могу же я питаться как кролик!

Врач торжественно подняла вверх наманикюренный пальчик.

— Сейчас специалисты более критично относятся к тезису о полезности овощей и фруктов. Морковь вредна для печени, свекла может спровоцировать воспаление кишечника, от бананов толстеют, про картофель и говорить не хочу... Нельзя употреблять виноград и мандарины.

— Что же остается?

— Капуста! В небольших количествах, ее отварной лист очень полезен. Впрочем, хорош и геркулес, приготовленный на воде без соли и сахара.

— Гадость, — вырвалось у меня.

Докторица нахмурилась:

— Вы пришли сюда за здоровьем! Хотите прожить до ста лет?

— Питаясь одной капустой? Нет!!!

Врач покачала головой:

— Ох уж эти мужчины, безвольные существа. Представляете, на какие жертвы идут женщины, чтобы сохранить стройность фигуры? А вы ради собственного здоровья постараться не хотите. Ну ничего, начните с занятий, а там сами придете к мысли о правильном питании.

Я вышел в коридор, держа в руках конверт с надписью: «Только для тренера Зубковой О. Г.». Послание не было запечатано. Как правило, я не трогаю писем, которые адресованы другим людям, но сейчас вытащил листок и уставился на вердикт доктора. «Физическая подготовка ниже начального уровня, характер вздорный, налицо возрастные изменения личности. Рекомендованы занятия в группе «А». Сначала у меня от негодования пропал голос, но потом я рассмеялся и отправился на третий этаж искать тренера.

Зубкова О. Г. оказалась маленькой девушкой с упругими ножками. Она взяла конверт и захихикала:

— Небось прочитали!

— Было дело!

— Не обращайте внимания, — веселилась тренер, — у нас докторша всех мужиков терпеть не может. Давайте становитесь, сейчас начнем.

Я оглядел группу. Шесть мужчин весьма преклонного возраста, лысые, пузатые и абсолютно неспортивные. В другом зале, за стеклянной стенкой, ходили совсем иные особы: накачанные парни в обтягивающих майках, там же стояло бесчисленное количество тренажеров и бродили мальчики-инструкторы. Я еще раз посмотрел на своих «коллег»: шесть стариков и крохотная девочка в качестве наставника.

— Может, мне лучше пойти в тот зал?

Зубкова О.Г. окинула меня взглядом:

— Еще успеете. Сначала с нами попробуйте, ну, начали, вперед.

Зазвучала бодрая музыка, и старикашки потрусили рысцой по кругу. Я побежал вместе с ними, ощущая себя полным идиотом.

— А теперь с приседанием, — бодро выкрикнула тренер.

Старики начали ловко опускаться и подниматься. На третьем упражнении у меня закололо в боку, на пятом потемнело в глазах... Мои товарищи по группе даже не задохнулись, кое-кто, правда, вытирал пот специально принесенным полотенцем, но и только.

Девочка-инструктор скакала, как безумная заводная игрушка, без конца повторяя:

— Не отставать, даю минимальную нагрузку.

Потом она велела:

— Возьмите коврики, переходим к упражнениям лежа.

Дедушки бодро принялись отжиматься и делать «велосипед». Я упал на спину и попытался поднять вверх каменно-тяжелые ноги. Не тут-то было. Конечности словно весили по сто килограммов каждая и не подчинялись мне.

Лысый толстяк лет семидесяти, лежавший рядом, сначала молча наблюдал за моими потугами, потом сказал:

— Ничего, не тушуйся! Сначала всегда тяжело. Меня сюда вообще на носилках приволокли, а теперь, гляди, какой огурец! Не переживай, через полгода догонишь нас по физической форме.

Настроение испортилось окончательно. Шесть месяцев потратить на то, чтобы догнать по уровню спортивной подготовки стариков? Сколько же времени требуется провести у тренажеров, чтобы стать как те парни? Две жизни?! И вообще, оно мне надо? Я не собираюсь зарабатывать на жизнь, танцуя обнаженным на сцене. Дамским вниманием я не обделен, животом не обзавелся, на здоровье не жалуюсь, так какого черта вместо того, чтобы после напряженного рабочего дня спокойно отдохнуть на диване с Диком Фрэнсисом в обнимку, я ношусь с пожилыми дядьками наперегонки?

— Веселей, — подбадривала тренер. — Ну-ка, еще восемь раз. Семь, шесть, пять...

Наконец большая стрелка часов прошла полный круг.

— Отлично, — заявила девочка, мило улыбаясь, — всем спасибо.

Дедушки бойко потянулись из зала. Я, еле-еле передвигая ноги, добрался до стены. Тренер возилась у магнитофона.

— Здравствуйте, — раздалось с порога.

Я поднял голову. В помещение входила новая группа.

— У вас еще одно занятие? — с ужасом спросил я.

— Да, — спокойно ответила даже не вспотевшая наставница, — хотите остаться? Конечно, можно, но, думается, для первого раза многовато будет.

Не в силах пошевелить даже языком, я выполз в коридор, напился воды из огромного кулера и рухнул на скамейку прямо около стенда «Информация». Мимо шли мужчины и женщины, молодые и пожилые, худые и толстые, в спортивных костюмах и купальниках. Все выглядели бодро, никому не было так плохо, как мне.

Еле продышавшись, я уставился на стенд. Сделаю вид, что поглощен чтением совершенно ненужных мне сведений. Сил, чтобы отправиться в раздевалку, нет, а сидеть на виду у всех с идиотским выражением на лице мне как-то не хочется.

Глаза побежали по объявлениям. «Аквааэробика теперь с 18.30», «У нас снова открыта библиотека», «Уважаемые родители, просьба приводить детей в зал только в спортивной обуви», «Поздравляем с днем рождения членов клуба, появившихся на свет в январе»...

Дальше шел довольно длинный список фамилий: Аветисяна Григория, Арапкина Леонида, Аракелова Евгения, Быстрову Беату...

Я подскочил на банкетке и впился глазами в строчку. Нет, никакой ошибки, Быстрову Беату. Мозг мигом заработал. Фамилия Быстрова совсем не редкая. Не далее как сегодня я пытался съесть на завтрак гречневую кашу из пакета с надписью «Быстров». Честно говоря, каша была невкусной и совсем непохожей на ядрицу, сваренную по правилам кулинарной науки. Несмотря на все рекламные обещания производителя, в моей тарелке оказалась грязно-серая масса, правда, с запахом гречки, о вкусе которой лучше умолчать. Ну да бог с ним, с фаст-футом. Я бы не удивился, увидев сейчас тут Быстрову Татьяну или Наталью, но Беата! Имя необычное, до сих пор в моей жизни не встречались женщины с таким именем, на ум

приходит только польская актриса Беата Тышке-
вич.

Я медленно встал и, чувствуя неприятную тя-
жесть в ногах, пошел на первый этаж, туда, где вы-
давали ключи от шкафчиков.

Услыхав мой вопрос, девушка в синей футбол-
ке с надписью «Фитнес» слегка нахмурилась, а
потом быстро сказала:

— Вам лучше обратиться к администратору,
вон туда, налево, в первую комнату.

В указанном месте сидел молодой человек лет
двадцати с очень серьезным лицом. Он оторвался
от компьютера и воскликнул:

— Возникли проблемы? Не волнуйтесь, все ре-
шим мигом!

На мой взгляд, это опрометчивое заявление.
Решить все мои проблемы пареньку явно не под
силу, но приятно видеть такое желание услужить
клиенту. Я улыбнулся и сказал:

— Вот, пришел спросить кое-что.

— Слушаю вас.

— Понимаете, я хочу сделать подарок своей
подруге. Сколько стоит абонемент для женщины?

Администратор открыл было рот, но тут в кабинет проскользнула инструктор, та самая Зубкова О.Г., загнавшая меня почти до смерти.

— Юрик, — прощебетала она, — дай журнал
посмотреть.

— Только молча, — весьма невежливо буркнул
Юра, — сядь, и ни звука.

Тренер, совершенно не смущенная подобным
обращением, принялась рыться в папках, лежа-

щих на столе. Администратор повернулся ко мне и вновь расцвел улыбкой.

— Цена членства одинакова для мужчин и женщин, она колеблется в зависимости от программы, которую вы выбираете. Если хотите...

Понимая, что сейчас он пустится в длительные объяснения, я быстро сказал:

— Вообще говоря, не намерен сильно тратиться. Давайте поступим проще. Сколько стоит самый дешевый абонемент?

— Две тысячи долларов на год, — пояснил Юра, — с двумя фиксированными днями в неделю, на шесть месяцев, соответственно, дешевле.

— Отлично! — воскликнул я. — Теперь еще одна деталь. Мою подругу зовут Беата Быстрова, она занимается в вашем клубе. Нельзя ли посмотреть, по какое число у нее оплачены посещения? Я бы тогда продлил ее членство.

— Без проблем! — воодушевленно воскликнул Юра и ловко защелкал мышкой. — Быстрова Беата?

— Да.

По экрану побежали строчки.

— Вот, — удовлетворенно потер руки администратор, — Быстрова Беата Андреевна, проживает по адресу бульвар Краснова, жилой комплекс «Эллада». Это она?

Я удивился. Бульвар Краснова? Насколько помню, эта улица расположена в Кунцеве, в престижном районе, а крохотная квартирка, которую занимала Беата, находится в Капотне! Но вслух высказывать своего недоумения я не стал, а с радостью воскликнул:

— Да!

— Ага, — кивнул Юра, — у нас все как в аптеке. Беата Андреевна вступила в клуб двенадцать месяцев назад, в декабре продлила членство еще на год. Эх, видно, вам придется другой подарок ей искать! И потом, у нее VIP-программа, самая дорогая.

Я поблагодарил приветливого паренька, вышел в холл, увидел буфет, сел за столик, заказал себе чаю и призадумался.

Ситуация казалась странной. Беата жила в совершенно нищенской обстановке. Я вспомнил грязные обои, протертый линолеум, колченогий диван и вздрогнул. Не похоже, что у нее водились деньги. Правда, белье у нее было хорошее. Но откуда она взяла такую сумму на клуб? Занятия спортом, безусловно, нужная вещь, но можно ведь найти место и подешевле, совсем не обязательно записываться в самый фешенебельный клуб, да еще приобретать VIP-программу.

Я задумчиво полоскал в кипятке пакетик «Липтона». У Быстровой есть дочка. Беата, очевидно, очень нуждалась, раз попросила сидеть с ребенком не профессиональную няню, а свою младшую сестру. Неужели госпожа Быстрова не знала, какая безответственная девица Лера? Отчего тогда доверила ей девочку? Не имела денег на наем другой женщины? А на такое баловство, как фитнес, нашла! Хотя это не аргумент, к сожалению, не все женщины любят своих детей! И почему она указала другой адрес? Не хотела, чтобы в клубе знали, что она живет в Капотне? Стеснялась своей нищеты? Но ведь сотрудникам этого спортивного зала

абсолютно все равно, где обитают те, кто ходит
сюда заниматься. Заплатил деньги — и шлифуй
фигуру, а окружающие тебя в зале люди ничего не
узнают. Здесь ведь не ходят с табличкой, на которой указан домашний адрес. Отчего тогда она соврала?

Глава 15

— Я не помешаю вам? — раздался тоненький
голосок.

Я вынырнул из раздумий и увидел Зубкову О.Г.
с чашкой в руках.

— Можно подсесть? — улыбнулась девушка.

Я вскочил и отодвинул стул.

— Конечно, я рад.

— Очень устали, Иван Павлович?

— Вы запомнили мое имя?

— Естественно, это моя работа. Давайте познакомимся, Оля. Так как вы? Живы?

— Скорей нет, чем да.

Олечка звонко рассмеялась:

— Не пугайтесь. Вначале всем плохо. Главное,
не сворачивать с намеченного пути и твердо идти
к поставленной цели. Вы зачем пришли в клуб?

— А зачем сюда все приходят!

— Ну, у каждого свой расчет, — покачала коротко постриженной головой Олечка, — одни надеются здоровье поправить, другие хотят Шварценеггерами стать, женщины рассчитывают похудеть... Хотя не все...

И она замолчала. Воцарилось молчание. Я подождал пару минут и осторожно спросил:

— Оленька, вы ведь не просто так ко мне обратились? Что-то хотите сказать?

Девочка подняла ясные глаза и смущенно пробормотала:

— Я, конечно, лезу не свое дело. Только вы на моего папу очень похожи...

Я подавил тяжелый вздох. Что ж, в жизни любого мужчины рано или поздно настает момент, когда он из категории кавалеров плавно перетекает в разряд добрых дядюшек, этаких бесполых существ. Правда, мне всего сорок лет, но очаровательной Олечке небось еще нет и двадцати, вот я и выгляжу в ее глазах старым, трухлявым грибом. Да еще она только что наблюдала мои спортивные потуги...

— Мой папа замечательный, — с жаром сказала собеседница, — удачливый бизнесмен, только он от мамы ушел. Его другая увела из семьи, молодая!

— Мне очень жаль, но такое случается достаточно часто.

— Вот я и подумала, — неожиданно заявила Оленька, — вдруг у вас дочка есть, такая, как я, ей плохо будет! Знаете, сколько я плакала, когда папа уехал! А он теперь свою новую жену больше, чем меня, любит, мы с ней почти ровесницы.

— Извини, детка, я плохо понимаю, к чему ты ведешь!

Олечка покраснела, надулась и решилась:

— Вы только что в кабинете у Юры сказали, будто хотите сделать подарок Беате Быстровой?

— Да.

— Она ваша подруга?

— Ну... скажем, так.

— Лучше возвращайтесь к жене, — выпалила девочка. — Беата нечестная девушка, она «щука».

— Кто? — удивился я. — Сделай милость, объясни, что это значит.

Олечка вздохнула и затараторила.

Фитнес-клуб посещают в основном обеспеченные люди, такие, которым не накладно выбросить пару тысяч долларов. Банкиры, бизнесмены, звезды шоу-бизнеса, депутаты... Мужчин и женщин тут поровну, но есть среди них особая категория людей, которую сотрудники клуба между собой называют «щуки».

— Если пойдете в бассейн, — пояснила Оля, — обязательно парочку таких увидите. Сидят в джакузи, золотом обвешанные, лицо в макияже, ресницы накрашены... Кавалеров ловят. Впрочем, и мальчишки тоже не теряются, около богатых теток трутся, мышцами играют.

— И администрация клуба смотрит сквозь пальцы на эту ситуацию?

Оленька пожала точеными плечиками:

— А что делать? Они честно заплатили деньги. На человеке ведь не написано, зачем он сюда пришел. Думаете, все так прямо в спортзалы бегут? Вовсе нет. Кое-кто у бассейна на топчанчик ляжет, халатиком прикроется и спит себе спокойненько. Нам строго-настрого запрещено тревожить клиентов. И потом, никто ни к кому внаглую не пристает. Но Беата такая оторва!

В ее голосе прозвучала глубокая обида. Я внимательно глянул на девочку:

— Оленька, она у вас отбила кавалера?

Инструктор кивнула:

— Ага. Да так нахально. Беата сначала тут все вокруг одного увивалась, Леонида Серегина. Он ее, кстати, и привел в клуб. Но, видно, не заладилось у них. Серегин сюда перестал показываться, а Беата огляделась и на Володю кинулась. Между прочим, у нас роман намечался. Только не подумайте, что меня его деньги привлекали. Вовсе нет. А вот Беата сначала в кошелек посмотрела и открыла охоту!

Оля горестно вздохнула, повертела в руках чайную ложечку и добавила:

— Я-то себя берегла, Володя всякие намеки делал, да зря. Так ему и сказала: «До свадьбы ни с кем ни за что». А Беата ломаться не стала... Вот теперь оба сюда носа не показывают!

Я погладил обиженную девочку по руке:

— Не переживай, ты еще встретишь настоящего друга. А про этого Володю забудь, исчез, и ладно.

Оля кивнула:

— И мама так же говорит. Извините, что подошла, но очень мне неуютно стало, когда ваш разговор с Юрой услышала.

— Правильно сделала, — улыбнулся я, — теперь ни за что не буду иметь дело с Беатой, а вернусь назад, в семью, к жене и дочери.

Оленька зарделась.

— Вы занятий не пропускайте, — перевела она разговор на другую тему, — мышцы поболят и перестанут.

— Спасибо, — ответил я, — вот что, дай мне координаты этого Володи.

— А зачем вам?

— Хочу проявить мужскую солидарность. Позвоню парню и открою глаза на его пассию.

Оля заколебалась, потом желание отомстить Беате взяло верх и она сказала:

— Пишите телефоны.

После ухода довольной Оленьки я допил остывший чай и вышел в холл. Интересно, куда подевались мои дамы? Не слишком ли они усердствуют в зале? Но тут из коридора донеслось бодрое щебетанье, и я повернулся в сторону звука. Вот они, живы, курилки.

Николетта весьма бойко дотащила свою сумку и сунула ее мне в руки.

— Все, поехали домой!

Я получил из гардероба две пахнущие духами шубки, накинул дамам на плечи, взял их спортивную амуницию и распахнул дверь, ведущую в паркинг.

— Прошу.

Вниз вела довольно длинная лестница. Николетта поставила ногу на первую ступеньку и ойкнула.

— Что случилось?

— Ой! Не могу идти.

— Ты потихоньку.

— Ой! — вторила Кока. — Моя спина!

— Подождите, — велел я.

Затем быстро сбегал в паркинг, позвал водителя Коки и поднялся наверх. Дамы с бледными лицами жались у стены.

— Невозможная боль, — простонала Николетта.

— В колени словно гвозди вбили, — подхватила Кока.

— Вы перезанимались. — Я покачал головой и взял Николетту на руки. — Первый раз следовало проявить осторожность.

— Мы ничего особенного не делали, — ныла маменька, пока я тащил ее вниз, — просто прыгали со всей группой.

— Надеюсь, она состояла не из двадцатилетних девушек!

— Не хами, — простонала матушка, кое-как влезая в «Мерседес». — О-о-о, моя спина, мы занимались с одногодками, сорокалетними дамами.

Я молча крутил руль. Нет, вы слышали? «С одногодками, сорокалетними дамами»! Хотя странно было бы ожидать, что Кока и Николетта пойдут в свою возрастную группу. Кстати, я совсем не уверен, что в клубе предусмотрены занятия для женщин их возраста... Впрочем, не стану ехидничать, Николетте, похоже, не слишком хорошо.

Сдав охающую матушку на руки причитающей Тасе, я приехал домой и, отчитавшись перед Норой, рухнул в постель. Сил не было совсем.

Утром мне не стало лучше. Я с трудом сполз с кровати и поплелся на кухню.

— Ваня, — бодро закричала Нора из столовой, — топай сюда!

Увидав меня, она ухмыльнулась:

— Ну как? Набрался здоровья?

Я сел за стол и решил сделать вид, что не замечаю ее ехидства.

— Вы наняли новую кухарку?

Нора сделала чудовищную гримасу.

— Ну не поверишь, какая сцена тут с утра разыгралась.

Я удивился:

— Что случилось?

— В восемь утра ко мне ввалилась Ленка, — недовольно поморщилась Нора, — глаза красные, волосы торчком, и заявила: «Прочла вашего Рекса Стаута!»

Элеонора страшно удивилась. Она и не предполагала, что Лена умеет читать.

— Ты заболела? — осведомилась хозяйка.

— Нет, незачем вам кухарку искать, — кинулась в бой горничная, — опять воровку наймете! Я сама могу так готовить, как этот Фриц! Ничего хитрого в этом нет!

Нору трудно лишить самообладания, но, услыхав такое заявление, она слегка оторопела, а потом ответила:

— Это не так просто!

— Ерунда, — заявила Ленка, размахивая томиком Рекса Стаута, — здесь все указано! Я вам не первый год верой и правдой служу, стараюсь, как для родной...

На глазах домработницы появились слезы, голос задрожал. При всем своем ехидстве и цинизме Нора жалостлива, поэтому она быстро сказала:

— Не реви. Хорошо, давай попробуем.

И вот сейчас мы сидим в столовой, поджидая «breakfast»[1]. Не успел я посоветовать Норе все же нанять повара через агентство, как дверь в столо-

―――――――――

[1] Завтрак *(англ.).*

вую распахнулась и появилась Ленка с подносом. Она грохнула ношу на стол и заявила:

— Значит, я правильно поняла, вам теперь нормального не надо, никакой геркулесовой каши или яичницы. Хотите питаться, как этот толстяк?

— Я просто намереваюсь изменить свой рацион, — нашлась Нора, — попробовать новые блюда. Что тут странного?

Лена торжественно водрузила перед нами тарелки. Я с подозрением оглядел поданное: нечто желто-коричневого цвета, больше всего смахивающее на пересушенную булку, из которой удалили мякиш и вместо него поместили странную бело-оранжевую массу. Нора с опаской покосилась на «деликатес» и спросила:

— Это что?

— Яйцо-пашот, — с гордостью сообщила Лена и уперла руки в бока, — кушайте, очень вкусно.

— Ты сделала паштет из яиц? — удивилась Нора и смело ткнула ложечкой в непонятную массу.

Лена хмыкнула:

— Да уж, Ниро Вульф подобных вопросов своему повару не задавал! Он-то точно знал, что такое яйца-пашот!

Нора не нашлась, что возразить, а я с изумлением уставился на Лену. Кто бы мог предположить, что она способна ехидничать!

— Да вы ешьте, — приободрила нас домработница, — здорово получилось, я ни на грамм от рецепта не отступила, все как в книге.

Хозяйка храбро засунула в рот ложку.

— Ну как? — оживилась Лена.

— Восхитительно, — пробормотала Нора.

Домработница перевела взгляд на меня. Чувствуя себя как кролик перед пастью удава, я осторожно попробовал бело-оранжевое нечто. Приходила ли вам в голову идея сварить без соли, сахара, перца и других специй кусок ваты? Думается, описанный мною деликатес сильно бы смахивал на поднесенные нам яйца-пашот.

— Нравится? — улыбнулась мне Лена.

Мой отец слишком много внимания уделял моему воспитанию. Иногда кажется, что, привей он мне иные качества, моя судьба могла бы сложиться иначе. Но отец обучил меня основам светского поведения. Всегда улыбайся, вставай, если в комнату входит дама, никогда не говори окружающим то, что о них думаешь... Поэтому сейчас, вместо того чтобы сказать правду, что это дрянь редкостная, я с невинным выражением на лице заявил:

— По-моему, весьма оригинальный вкус!

— Вот и хорошо, — радостно улыбнулась Лена, — пойду кофе принесу.

Когда домработница, топая, словно разбуженный носорог, удалилась, Нора пробормотала:

— И что теперь с этим делать?

Я пожал плечами:

— Вы сами захотели питаться, как Ниро Вульф!

— Но у Рекса Стаута сказано, что Фриц великолепно готовил!

Я хмыкнул:

— Да уж, в основном всякую экзотику, например, фаршированных голубей. Хорошо бы Лена не дочитала и до этого рецепта. Представляете картину: ваша горничная в засаде у мусорного бака с рогаткой в руках!

— Почему на помойке? — не поняла Нора.

— Не пойдет же она на Птичий рынок, скорее займется охотой.

— Прекрати, — прошипела Нора, потом добавила: — Ну не могу же я сказать ей, что она сварганила ужасную гадость!

— Почему?

— Ты сам способен на такой поступок?

— Нет.

— Ага! Вот видишь. И ведь теперь не нанять повара! — покачала головой Нора. — Ну кто бы мог подумать, что Лена так серьезно возьмется за дело! — Хозяйка поковыряла ложечкой завтрак и продолжила: — Небось удивляешься, почему я ее не уволила до сих пор? Она и убирать стала хуже. Кстати, в коридоре сегодня отвратительно воняет, небось у нас завелись мыши и одна сдохла под шкафом. Почему же я не найму другую домработницу, более расторопную и умеющую готовить?

— Понятия не имею!

— Когда меня подстрелили, — улыбнулась Нора, — народ вокруг посчитал, что все, накрылась Элеонора медным тазом, смерти моей ждали. В то время у меня шофер имелся, Сергей, еще были повариха Настя и секретарь Григорий Львович... Убежали мигом. Хозяйку в реанимацию положили, а прислуга в одночасье уволилась. С одной стороны, их понять можно, боялись без денег остаться. А Лена в моей палате поселилась и за сиделку была, потом еще дома ухаживала. Медсестра укол делает, а Ленка сзади стоит и бормочет: «Ну что за иглу взяла! За всем глаз нужен! Виданное ли дело, в человека такой дубиной тыкать!» Потому я ее никогда не уволю, ну считай, что она мне родственницей стала, выдержала проверку, в отличие от остальных.

— Теперь ваша позиция мне понятна, — кивнул я, — неясно одно... Куда девать сей паштет?

— Пашот!

— Как ни назови, а съесть его невозможно! Лена сейчас вернется и поймет...

Из коридора донесся звук тяжелых шагов и звяканье.

— Куда-куда, — зашептала Нора, — да сюда!

С ловкостью цирковой обезьянки она схватила обе наши тарелки, подрулила к окну, распахнула его и отправила яйца-пашот вниз.

Действие заняло пару секунд. Захлопнув раму стеклопакета, Нора мигом очутилась за столом, успев поставить на место пустые тарелки. Я открыл было рот, но тут в столовую вдвинулась Лена с кофейником.

— Съели? — осведомилась она.

— Да, — с жаром воскликнули мы с Норой, — просто замечательно, мечта, а не завтрак!

Лена оглядела стол и вздернула вверх брови.

— Погодите-ка, а где кокотницы?

— Что? — дрогнувшим голосом поинтересовалась Нора.

— Яйца-пашот запекают в специальных емкостях таких, из жароупорного картона, — пустилась в объяснения Лена. — Вы их куда подевали?

Мы с Норой переглянулись. Хозяйка явно была не в состоянии справиться с ситуацией, и я смело бросился ей на помощь:

— Мы их съели!

Лена попятилась:

— Съели? Картонные стаканы?

— Да, было, правда, чуть жестковато, но вкусно. Лично я подумал, что яйца лежат в хлебе, знаешь, бывает такое твердое тесто, только из муки и воды...

— Ну и ну, — покачала головой Лена. — Как же вы хотите походить на Ниро Вульфа, если лопаете жратву с упаковкой? Хороши гурманы.

Мы с Норой молчали. Не знаю, какие ощущения были у хозяйки, но я чувствовал себя полным кретином.

— Одно радует, — бубнила Лена, наливая кофе, — от картона худо не станет, вы только с чашками аккуратней. Вот сейчас кофейку откушаете и поостерегитесь чашками-то закусывать, все кишки фарфором порежете!

Звонко рассмеявшись, она ушла.

— Ты выставил нас идиотами! — взвилась Нора.

Я развел руками:

— Альтернативы не было!

В ту же секунду Лена всунула в столовую растрепанную голову:

— На вечер предполагается «пуле а рене», вы согласны?

— Да, — ответила Нора.

Голова исчезла.

— Ты знаешь, что это такое? — в ужасе спросила Элеонора. — Пуля с чем?

— Насколько я помню из курса французского

языка, пуле — это курица. Не волнуйтесь, вечером нас ждет всего лишь «курочка по-королевски».

— Да уж, — покачала головой Элеонора и приказала: — Хватит бездельничать, давай за работу.

Я пошел за ключами от машины. Нора получила своего «Фрица» и теперь не слишком довольна. Человек — странное существо, исполнение заветного желания редко приносит ему радость.

Глава 16

Вчера вечером, перед тем как рухнуть в кровать, я все же отчитался перед Норой о проделанной работе. Хозяйка восприняла информацию с невероятным энтузиазмом.

— Великолепно! — воскликнула она. — Нам теперь нет никакой необходимости срочно искать Леру, хотя она, конечно, знает про сестру всю подноготную. Госпожа Есина от нас никуда не денется, адрес ее известен... Лучше займись мужчинами, этим Володей, которого Беата отбила у тренерши, и Леонидом Серегиным, который привел девушку в клуб. Надеюсь, ты взял его координаты у администратора?

— Нет.

— Не беда, — милостиво успокоила меня Нора, — еще успеешь. Значит, так! Принимаем за истину тот факт, что Соня не виновата! Она не убивала будущую невестку, мою подругу явно подставили. В свете этого соображения и станем действовать. Я совершенно уверена: «режиссер» спектакля прячется в окружении девушки.

— Почему?

— Мне так кажется, — с характерной для дам логикой заявила хозяйка. — Все, работай по плану! Сначала связываешься с этим Володей, затем разыскиваешь Леонида Серегина, а на десерт поезжай вечером к Лере. Должна же она когда-нибудь прийти домой? Кстати, ей теперь придется в одиночку воспитывать девочку!

Лично мне казалось, что Леру лучше ловить дома днем. Девчонка нигде не работает и спит небось до обеда. А вот вечером она, судя по рассказу Надежды Владимировны, уносится на гулянки.

— Ну, вперед и с песней, — подбодрила меня Нора, выкатываясь за дверь.

— Боюсь, не успею всех объехать за один день.

— А ты постарайся, — не сдалась Элеонора и недовольно протянула: — Чем у нас воняет? Просто скотомогильник, а не коридор!

Я вышел вслед за ней и подергал носом. Ничего не ощущаю, впрочем, хорошо развитое обоняние не принадлежит к числу моих достоинств. Николетта постоянно заявляет с укоризной: «Ваня! Ты совершенно не разбираешься в запахах!»

Оля дала мне кучу телефонов Володи. По одному ответил слегка недовольный голос молодой женщины:

— Володечка на работе, почему все ищете его дома в такое время?

Я не растерялся и набрал следующий номер.

— Владимир Николаевич занят, — сообщила другая женщина, тоже молодая, но на этот раз профессионально вежливая, — оставьте свои координаты, мы соединимся с вами, когда господин

Меркулов освободится. Скорей всего, это произойдет завтра.

Я уставился на другие цифры. 722... Вероятно, мобильник. И точно!

— Да, — послышался резкий, отрывистый голос, — слушаю!

— Володя?

— Да.

— Нам необходимо встретиться.

— Если вам необходимо со мной встретиться, запишитесь у секретаря! — рявкнул Володя.

Потом, очевидно, оценил всю глубину своей невежливости и слегка сменил тон.

— Кто вы и откуда знаете номер моего мобильника?

— Разрешите представиться, я частный детектив, расследую обстоятельства смерти Беаты Быстровой!

— Вы шутите?

— Нет, конечно.

— Беата умерла?!

— Ее убили за несколько дней до Нового года.

— Но она собиралась с ребенком на отдых в Испанию!

— Тело нашли в ее квартире, на диване.

— Через час в ресторане «Мадам» на Трифоновской улице! — отрывисто выкрикнул он. — Успеете?

— Должен, — ответил я и взял ключи от «Мерседеса».

На парковочной площадке около ресторана стоял только один автомобиль: джип «Брабус». Впрочем, и в зале сидел единственный посетитель — худощавый, жилистый мужчина чуть моложе меня.

— Что за бред вы несете про Беату? — нервно спросил он. — Двадцать пятого декабря она позвонила мне и попрощалась перед отлетом в Испанию.

— Госпожу Быстрову убили в Москве, в канун Нового года, — спокойно возразил я, — в ее квартире, вернее, в той, что она снимала в Капотне.

Володя рассмеялся и вынул бумажник.

— Ну ты загнул про Капотню! Тысячи баксов хватит?

— Смотря на что, — осторожно ответил я. — Если попросите за эти деньги приобрести для вас канал «НТВ», то, думаю, этой суммы окажется недостаточно!

— Заканчивай спектакль, — вспылил Володя, — забирай «штуку» и скажи Катьке, что ей наврали про Беату и ребенка.

— Не понял...

— Слушай, ты, крыса, — прошипел господин Меркулов, наливаясь синевой, — хорош прикидываться, мало тебе гринов предложил? Хватай, пока я добрый, и делай что велю, а то ведь и по-другому поговорить можно... Мало ли по Москве несчастных случаев приключается: машины людей давят, горшки цветочные из окон падают, кирпичи с крыш валятся...

Я посмотрел в его злые глаза и увидел на самом дне их страх и неуверенность в себе. Давно заметил, чем больше человек вам угрожает, тем сильней он вас боится.

— Сумма гонорара в тысячу долларов за такое

пустяковое дело кажется мне вполне достаточной, даже излишне большой. Но имеется маленькая деталь, которая мешает исполнить вашу просьбу.

— Какая? — удивился собеседник.

— Я не знаю, кто такая Катя и где ее искать!

— Так тебя нанимала не моя жена?

— Нет, конечно, — улыбнулся я и начал рассказывать про Соню, Николая и Беату.

Спустя полчаса Владимир пробормотал:

— Извини, я думал, Катька чудит! Она у меня от ревности прямо ненормальная делается. Ну и историю ты рассказал, с трудом верится! Беатка замуж собиралась?

— Да, за Николая Чуева, сына Сони.

— Ну дела, — скреб в затылке собеседник, — это что же, выходит, она меня обманывала?

Я постарался пропустить его вопрос мимо ушей. А что я мог на него ответить, по-вашему?

Владимир продолжал недоумевать:

— Говоришь, ее женишок нищий?

— Ну не совсем так, скажем мягче, малообеспеченный, вырос без отца, на содержании у матери, преподавательницы иностранного языка.

— Ну и ну... Слушай, а где Лиза?

— Это кто?

— Наша дочка!

Я выронил на пол зажигалку, которую крутил в руках.

— Девочка, которую родила Беата, ваша дочь?

— Ага, — кивнул Меркулов, — потому я и денег Беатке давал, все-таки родная кровь, прямо вылитый я в детстве!

— Что же вы не женились на Беате, раз признали дочь?

— Ну официально-то я отказался Лизу своей считать, — вздохнул Владимир. — Катьки побоялся, если узнает про ребенка, мне небо с овчинку покажется, у нас с ней пока детей нет.

— Вы женились на Кате, уже имея дочь от Беаты?

— Нет, мы расписались полтора года назад.

— Но Лизе почти два!

Володя вынул носовой платок, вытер лоб и поманил пальцем официанта:

— Еще сто пятьдесят коньяка.

Я посмотрел на пустой фужер, стоявший перед ним, и решил проявить бдительность:

— Может, не стоит? Вы ведь, похоже, на машине?

— Шофер водит, а мне расслабиться надо, ни фига себе новость ты мне сообщил, — буркнул Володя. — Ты знаешь, где девочка?

— Похоже, у Леры.

— У кого?

— У сестры Беаты.

— Вот те на! Еще и сестрица есть!

— А вы не знали?

Собеседник покачал головой, одним махом опустошил услужливо поданную лакеем емкость с темно-коричневым напитком и, слегка поморщившись, ответил:

— Я и о Лизке-то не так давно услышал!

— Мне это кажется странным...

— Ну и фу-ты ну-ты, — скривился Володя, похоже, алкоголь на него быстро подействовал, —

прикинь, какая у нас история вышла. С Беаткой меня познакомил Ленька Серегин.

— Кто? — переспросил я, услыхав знакомую фамилию.

— Муженек ее бывший, — пояснил Володя. — У нас дела общие крутились, ну он на одну тусовку и заявился с бабой.

Меркулов, всю жизнь западавший на интересных женщин, мигом сделал стойку. Спутница Серегина была очаровательна, а когда девушка раскрыла рот, стало понятно, что она еще в придачу ко всему и не дура. К концу вечера Володя был покорен ею и внаглую попросил телефон. Девушка хмыкнула и исчезла по-английски, то есть не попрощавшись. Володя, приученный к тому, что девицы, оценив его костюм, часы и галстук, мигом начинают флиртовать с богатым Буратино, от такого нестандартного поведения завелся еще больше и попросил Леньку:

— Дай координаты цыпочки.

— Ты с ней поаккуратней, — предостерег знакомый, — жуткая стерва, таких одна на миллион встречается!

Меркулов записал продиктованный телефон и не удержался от ехидства:

— Небось сам к ней клинья подбивал и по морде получил, видно, девушка с характером.

— Дурак ты, Вовка, — вздохнул Серегин. — Я Беатку вдоль и поперек знаю, она моя бывшая жена.

Меркулов позвонил Быстровой, и у них закрутился роман: букеты, конфеты, духи, браслеты, кольца, шубки... Через полгода Володе стало ясно —

в душе Беаты есть место только для одной любви. Девушка страстно, самозабвенно, до потери пульса обожала деньги. Как только эта простая истина наконец дошла до мозга предпринимателя, он мигом потерял к любовнице интерес и прекратил с ней отношения. Пока Беата кривлялась и прикидывалась неприступной крепостью, Володя с жаром штурмовал объект. Но стоило девушке дать понять, что она готова в обмен на большие суммы и дорогие подарки на все, как кавалер заскучал. С подобными экземплярами жизнь сталкивает господина Меркулова постоянно. Беата попыталась было устроить истерику, но Володя мигом дал ей понять, что любовь прошла, завяли помидоры. А в качестве отступного купил ей хорошую мебель, на том и расстались. Беата получила кожаные диваны, а Володя вновь убедился, что все бабы дряни.

Представьте теперь его удивление, когда, придя на очередное занятие в фитнес-клуб, он столкнулся в бассейне с Беатой, как всегда, очаровательной и соблазнительной. Последовал обмен ничего не значащими любезностями, Володя сообщил, что дела его идут отлично, поведал о женитьбе... Беата, улыбнувшись, обронила:

— У меня все хорошо.

Разбежались они, улыбаясь друг другу. Но через неделю Володя с огромным удивлением увидел в своей приемной бывшую любовницу. С милой, застенчивой улыбкой она протянула ему альбом. Господин Меркулов раскрыл его и вздрогнул. На первой фотографии была запечатлена жаркая постельная сцена, участниками которой являлись он и Беата.

— Ты явилась меня шантажировать! — вскипел бизнесмен.

— Ну как ты мог такое подумать! — воскликнула бывшая любовница. — Хотя поговаривают, что твоя жена очень ревнива, а основная доля в фирме, хозяином которой ты считаешься, принадлежит ее отцу. Но мне ничего не надо, знаешь, я вполне обеспечиваю себя и нашего ребенка.

— Кого? — совершенно обалдел Володя, не ожидавший подобного поворота событий.

Беата, по-прежнему улыбаясь, вылила на голову мужчины ушат невероятной информации. Якобы через несколько недель после их расставания она поняла, что беременна. Аборт она делать не стала и спустя определенный срок произвела на свет девочку, назвала ее Лизой.

— Я все это время считала, что никакой отец моему ребенку не нужен, — журчала Беата, — но вчера, встретив тебя в фитнес-клубе, поняла: не следует утаивать такую информацию. Мужчина должен знать, что стал отцом. Да ты полистай альбомчик, там много фотографий Лизочки, честно говоря, она до безобразия на тебя похожа! Даже нос морщит прямо как ты.

Меркулов, ошарашенный сообщением, покорно принялся рассматривать снимки. Когда через пару минут он поднял глаза, кресло напротив стола оказалось пустым. Хитрая Беата исчезла, оставив Володю с кучей невыясненных вопросов. На столе только осталась лежать бумажка с короткой фразой: «Звони, если понадоблюсь, у меня теперь новая квартира».

Володя засунул альбомчик подальше в шкаф, уничтожив предварительно «компромат», и попытался забыть происшествие. Но не тут-то было, и он решил, когда Беата позвонит, дать ей немного денег, просто так, в качестве подарка. Он не сомневался в том, что бывшая любовница затеяла спектакль с одной целью — «пощипать» его от души. Но время шло, а Беата не появлялась. Через месяц удивленный Володя сам перезвонил ей. Пару раз он нарывался на автоответчик, прилежно оставлял сообщения, но Быстрова не спешила с ним соединиться. В конце концов Меркулов поймал Беату и предложил встретиться. Она принялась ломаться:

— В понедельник не могу, во вторник на работе аврал, в среду надо везти Лизу к врачу...

Сговорились увидеться через десять дней. Володя приехал по указанному адресу и присвистнул. То ли Беата нашла себе очень обеспеченного «папика», то ли и впрямь хорошо зарабатывала. Дом оказался элитным, квартира была отлично обставлена, крохотная девочка — великолепно одета, и к кофе ему предложили бутерброды с икрой.

— Ты, кажется, не нуждаешься, — выпалил Володя, выпив кофе.

— Абсолютно, — спокойно кивнула Беата, — нам с дочерью хватает.

— Бледненькая она какая, — покачал головой Меркулов, — прямо прозрачная.

— Ест плохо, — озабоченно ответила Беата, —

еле-еле обед в Лизоньку няня впихивает, ну все ей не по вкусу, не поверишь, лишь одни помидоры готова есть с утра до ночи, но от них, сам понимаешь, вес не наберешь!

Володя вздрогнул. Его мать не раз рассказывала, что сын в детстве буквально доводил ее до обморока полным отсутствием аппетита. Единственное, что он поглощал с аппетитом, были помидоры! «Неужели девчонка и впрямь моя дочь?» — мелькнула мысль.

Беата спокойно продолжала:

— Мне нет никакого смысла тебя обманывать. Сам видишь, я совсем не нуждаюсь, денег никаких не приму, и в качестве спутника жизни ты мне не подходишь, просто хотела поставить тебя в известность: на земле живет твоя дочь!

И она, вынув из шкафа свидетельство о рождении ребенка, протянула зеленую книжечку бывшему любовнику. Володя раскрыл документ, произвел в уме нехитрый расчет и полностью поверил Беате. Он расстегнул портфель и вытащил конверт с заготовленными пятьюстами долларами.

— Вот, возьми в качестве алиментов.

— Мне от тебя ничего не надо, — пожала плечиками Беата, но в конвертик все же заглянула и расхохоталась, — дорогой, я такую сумму трачу за три дня! Ты хоть представляешь, сколько стоит содержать элитную няню, гувернантку и педиатра? Убери копейки, не позорься!

Володя побагровел. Он богатый человек, не отказывающий себе ни в чем, а Беата посмела упрекнуть его в жадности.

— И сколько же уходит на малютку?

Беата фыркнула:

— По-разному. Няня стоит тысячу долларов, примерно такая же сумма улетает на еду и одежду. Сам считай. Впрочем, когда Лизочка болеет, расходы мигом увеличиваются.

Володя крякнул:

— Чего же ты хочешь?

— Ничего, — совершенно спокойно ответила Беата.

— Зачем тогда звала меня?

Бывшая любовница удивленно вскинула брови:

— Ты сам явился!

— Значит, денег тебе не надо?

— Нет.

Пришлось Володе уйти. Очевидно, Беата была хорошим психологом, она отлично знала: начнешь требовать у бывшего любовника материальной помощи — получишь пшик. А вот если прикинешься независимой...

Через неделю Володя перезвонил и заявил:

— Даю три тысячи баксов в месяц, мой ребенок не должен нуждаться.

Беата согласилась, и отец начал выплачивать алименты неофициально, он вовсе не собирался признавать девочку и создавать проблемы в своей семейной жизни. Беата была хорошо информирована, супруга Володи крайне ревнива, а ее отец действительно имеет контрольный пакет акций в фирме, которая принадлежит зятю. Так что, хорошенько подумав, Владимир решил расстегнуть кошелек, он вполне обеспеченный человек, и три тысячи «зеленых» не много значат в его ежемесячном бюджете. Правда, сумма пособия постоянно менялась. Весной Лиза заболела, пришлось потом оплачивать ее пребывание вместе с няней в санатории, летом Беата повезла дочь на отдых в Майами, естественно, за счет отца, а вот Новый год решила встретить в Испании, и Володя купил три путевки.

— Почему три? — удивился я.

— Беате, Лизе и няне, — пояснил он и, поманив пальцем официанта, добавил: — Я думал, они еще там. Беатка, правда, не звонила, но она проявляет деликатность, связывается со мной только по рабочему телефону. У меня Катька просто Отелло. Только в ванную пойду, а она мигом проверяет голосовую почту в мобильном!

Глава 17

Я уехал из ресторана, оставив совершенно опьяневшего Володю на попечении официантов.

— Вы не волнуйтесь, — успокоил меня халдей, — уложим его сейчас в кабинете поспать, господин Меркулов наш постоянный клиент, для него созданы все условия.

Тихо урча, «Мерседес» свернул на проспект. Я проехал пару сотен метров и затормозил у ларька, нужно было купить сигарет. Честно говоря, история, рассказанная Володей, казалась мне невероятной. Беата жила в шикарной квартире? Да она снимала убогую халупу с колченогой мебелью! У Лизы имелась суперпрофессиональная няня, получавшая за работу тысячу долларов в месяц? Но у меня совсем другие сведения. Девочка, плохо одетая, жила у Леры... Однако Володя совсем не походил на лжеца. Может, это он решил избавиться от бывшей любовницы, которой приходилось платить по три тысячи долларов в месяц?

Я сел в машину и включил поворотник. Нет, не похоже. Меркулов ужасно удивился, услыхав об убийстве Беаты, а потом напился. Перед тем как упасть лицом в тарелку, он упорно бормотал:

— Эй, ты, парень, отыщи Лизу, заплачу, сколько захочешь... Где моя дочка? Слышь, рой носом землю...

Надо быть гениальным актером, чтобы сыграть такое... А Володя совершенно не производил впечатления хитреца. Скорей наоборот, простой, слегка грубоватый парень, которому повезло в бизнесе. Чем больше я думал об этой ситуации, тем непонятней она мне казалась.

Впрочем, Норе ситуация тоже не понравилась.

— Интере-есное дело, — протянула хозяйка, выслушав мой отчет. — Ладно, меняем планы. Оставь пока этого Леонида Серегина в покое, хотя бывший муж может рассказать много интересного, и поезжай опять к Лере. Скорей всего, девица сумеет прояснить ситуацию. Она небось в курсе, откуда у Беаты взялась роскошная квартира.

Я покатил по знакомому адресу. Но на звонок по-прежнему никто не отзывался. Я нажимал на кнопку, стучал в дверь, но безрезультатно. В конце концов мне пришла в голову идея написать записочку. Я сходил вниз, нашел в «бардачке» блокнот, ручку, нацарапал цидульку: «Уважаемая Лера, позвоните, пожалуйста, по указанному телефону», и вновь поднялся наверх, намереваясь воткнуть бумажонку в щель между стеной и косяком.

Но осуществить задуманное мне не удалось. Возле квартиры Леры собралась группа людей: милиционер со скучающим лицом, тетка в нелепом стеганом пальто и молодая женщина в элегантном меховом полушубке. Тут же находился слегка пьяноватый рабочий в грязных джинсах и таком же свитере. Бормоча что-то себе под нос, слесарь ковырял стамеской дверь. На резиновом коврике высилась груда щепок. Я остановился как вкопанный. Похоже, дверь квартиры Леры взламывают.

— Эй, гражданин, — лениво сказал участковый. — Документ с собой имеете?

— Да, вот паспорт.

— Пойдете понятым.

Я не стал сопротивляться, сами понимаете, что очень хотел узнать, по какой причине ломают дверь, но молодая женщина подумала, будто я собираюсь отказаться.

Она схватила меня за рукав:

— Умоляю, соглашайтесь! Весь подъезд обежала, кто на работе, кто на учебе, а кто просто не желает с милицией связываться!

— Хорошо, хорошо, — успокоил я ее и добавил: — Я свободен до вечера.

Слесарь, тихо матерясь, пытался вскрыть хлипкий замок. Баба в стеганом пальто, оказавшаяся домоуправом, зевала, милиционер спокойно курил вонючие сигареты, только молодая женщина продолжала дергаться, нервно повторяя:

— Нельзя ли побыстрей?

— Что случилось? — полюбопытствовал я.

Она затараторила:

— Эта Лера просто несчастье! В третий раз нас заливает. Сегодня утром вхожу на кухню, с потолка опять капает, а дома у этой дряни никого! Знаете, сколько я преград преодолела, пока добилась, чтобы дверь ломать начали!

— Чего уж там, — вздохнула домоуправ, — все равно потолок по новой белить, могли и до вечера обождать, а то явится Лерка и скандал подымет. Смотри, Люся, новый замок сама ей ставить будешь! Домоуправление тут ни при чем!

— Еще чего поглупей скажите, — взвилась ракетой Люся. — Да Лерка мне кучу денег за ремонт должна! Между прочим, ни разу не предложила: «Люсенька, извини меня, безголовую, возьми тысчонку на мастера». Фиг ей, а не замок! Так и имейте в виду, Анна Ивановна, ко мне никаких претензий.

— Да ты... — завела было баба в пальто, но милиционер лениво приказал:

— Эй, гражданки, кончай базар, голова от вас болит.

— Меньше пить надо, — буркнула Люся.

Милиционер побагровел, но тут слесарь крякнул, и дверь тихонько приоткрылась. Анна Ивановна потянула носом и прошептала:

— Ой, не нравится мне запах-то!

Люся, сильно побледнев, заявила:

— А чего от этой шалавы ждать? Небось бросила в помойное ведро кусок колбасы, и он неделю там гниет!

Милиционер покосился на женщин, вздохнул, поманил меня пальцем и сурово приказал:

— Бабы, стойте на лестнице, а вы, гражданин Подушкин, следуйте за мной.

Я покорно вошел в темную, грязную прихожую. Обои на стенах висели клочьями, линолеум кое-где порвался, вешалки не было и в помине. «Дутая» китайская куртка болталась на гвозде. Интерьер не радовал глаз, но тут мой нос наконец учуял запах, и мне стало совсем не по себе. Сладкая, приторно-тошнотворная, какая-то липкая вонь окутала меня с головы до ног. К горлу подступил комок, а к сердцу подобрался ужас. Так обычное помойное ведро вонять не может, только если его набили...

— Вот черт, — произнес участковый, входя в комнату, — не было печали!

Я машинально шагнул за ним и тут же уперся глазами в разложенный диван. Одеяло без пододеяльника укрывало тело, на подушке, лишенной наволочки, разметалась масса волос, отчего-то темно-бордовых, похожих на комок слипшихся перьев. Слава богу, лица несчастной я не увидел, потому что его покрывали мухи, непонятно откуда взявшиеся в квартире зимой.

— Боже, — прошептал я, натыкаясь на милиционера, — какие отвратительные насекомые. Почему они тут?

— Не знаю, — так же тихо ответил участковый, — сам завсегда удивляюсь, ежели труп больше суток лежит, мигом налетят...

Из коридора послышался сдавленный вскрик. Это Люся и Анна Ивановна, не послушавшись стража порядка, все-таки влезли в квартиру. Домоуправ опрометью кинулась назад на лестницу, а

молодая женщина стала сползать по стене. Я подхватил ее и выволок на площадку, к окну. Там у
распахнутой форточки нервно курила Анна Ивановна. Сигареты у бабы оказались самыми деше-
выми, я, как правило, начинал кашлять, унюхав
их «аромат», но сегодня был рад ощутить его. Отвратительный запах из квартиры Леры проник на
лестницу, и я боялся, что меня сейчас стошнит.

Люся в изнеможении оперлась на подоконник.
Домоуправша выкинула в форточку окурок и в
сердцах сказала:

— Вот сколько раз говорила ей: «Лера, возь-
мись за ум!» Нет, каждый день на пьянку-гулянку
бегала. Зима, лето — ей все одно. С парнями по
двору несется, в сумке бутылки звякают.

— Как же ее с работы не выгнали? — осторожно поинтересовался я.

Анна Ивановна всплеснула руками:

— Господь с вами! Она нигде не работала, бак-
луши била. На нее вечно соседи жаловались, каждый день до трех ночи музыка гремит, топот, шум,
драки...

— На что же она жила?

Анна Ивановна пожала плечами:

— Бес ее знает. Сейчас не прежние времена.
Лет двадцать тому назад тут бы все перебывали:
комиссии из райкома, проверяющие из милиции... Ей бы категорически заявили: «Иди работать, тунеядка, улицы мети, подъезды мой или за
сто первый километр отправляйся!» А теперь ничего такого нет! Сегодня уважают личность! Только где она, а? Пьянчужка и проститутка!

— О мертвых плохо не говорят, — отмерла Люся.

— А разве неправда? — удивилась Анна Ивановна. — Ничего хорошего о Лере и не скажешь! Кстати, у нее сестра есть!

— И тоже алкоголичка? — Я решил продолжить интересную тему.

Анна Ивановна покачала головой:

— Нет, Беата совсем другая. Она, правда, старше Леры, вот только не упомню на сколько, может, лет на семь... Она, похоже, серьезная девушка, работает где-то. Одета прилично, но тут редко бывает.

— Отчего же Лера такая?

Анна Ивановна тяжело вздохнула:

— А бес их разберет, детей этих. Вон у меня двое. Старший сын нормальный совсем, учителем работает, уважаемый человек. Младший же... — Она махнула рукой. — Чего говорить-то! С четырнадцати лет по зонам мотается! А ведь оба от одних родителей, и воспитывали мы их одинаково... Беата не захотела с сестрой вместе жить, когда у них мать померла, оно понятно почему. Жилплощадь родительскую девки разменяли. Лерке досталась квартира в нашем доме, а та в другое место уехала. Ясное дело, осталась девчонка глупая одна, ну и понеслась с горы.

— Сестры не дружили?

— Чужая семья потемки, — перефразировала поговорку Анна Ивановна. — Беатка тут редко бывала, может, раз в полгода. С другой стороны, я в подвале сижу, много чего не вижу.

— Хорошо еще детей у нее не осталось, —

фальшиво вздохнул я. — Такие девушки частенько рожают неизвестно от кого, а несчастных младенцев сдают государству!

— У Леры хватило головы не сделать подобного, — перебила меня Анна Ивановна, — похоже, совсем разум она не потеряла.

— Зато Беата сумасшедшая, — неожиданно влезла в разговор Люся. — Она, великолепно зная, что за фрукт ее сестрица, доверила той свою дочь! Нянькой Леру наняла!

— Да ну? — удивилась Анна Ивановна. — Отчего же я не знаю?

— Не можете же вы в каждую щель свой любопытный нос засунуть, — моментально схамила Люся. — Вот про меня гадости постоянно говорите...

— Господь с тобой, Люсенька, кто...

— Ой, перестаньте, — ринулась в атаку девушка, — за примером далеко ходить не стану. Только вчера вы сказали Зое Михайловне из двенадцатой квартиры, что я на панели шубу заработала! Думаете, она мне тут же не сообщила о вашем навете? Знаю, знаю, отчего беситесь! Доченьку свою никак замуж не пристроите, никто не хочет красоту ненаглядную за себя брать, даже богатое приданое не помогает...

Анна Ивановна побагровела, я испугался, что сейчас начнется жаркий скандал, и попытался вернуть беседу в прежнее русло:

— Говорите, старшая сестра доверила младшей ребенка? В такое верится с трудом.

— Да уж, — неожиданно мирно ответила Люся, — я случайно узнала. Как-то раз иду домой от остановки, а навстречу Лера. Одета хорошо, пальто новое, сумочка, и ведет за руку девочку, настоящего оборвыша, слезы смотреть!

Люся очень удивилась и спросила соседку:

— Откуда у тебя ребеночек? Неужто родила тихонько?

Лера засмеялась:

— Что я, дура совсем, спиногрызом обзаводиться? Это дочка Беаты, меня сестра нянькой наняла, деньги платит...

Люся удивилась, но ничего не сказала.

Анна Ивановна брезгливо поджала губы:

— Кому, интересно, квартира теперь достанется?

— Да уж не вам, — хмыкнула Люся, — не надейтесь, привыкли людей обдуривать! Знаю, знаю, с чего живете! Умрет кто из одиноких, надо бы жилплощадь государству отдать, а вы чеченцев без прописки на нее пускаете...

— Как ты... — начала было, синея от злобы, Анна Ивановна, но тут послышались голоса, и появилась бригада, вызванная участковым.

Дома я оказался лишь около восьми, потому что сначала ждал, пока милиционеры приступят к опросу свидетелей, а потом давал показания. Правды я им, естественно, сообщать не стал. С самым невинным видом заявил, будто приехал от фонда «Милосердие».

— Письмо мне велели проверить. Женщина просит материальную помощь для себя и семерых детей, проживает в сороковой квартире.

— Сходи, Гена, посмотри, — велел мужчина, записывающий мои показания.

Один из милиционеров кивнул и испарился. Вернулся он через мгновение.

— В сороковой квартире таких нет.

Я вздохнул:

— Вот-вот, очень частое дело. Знаете, сколько жуликов встречается? Пишут разным богатым и известным людям жалостливые письма с просьбами. Начнешь выяснять, и оказывается: адрес неверно указан. Мы всегда, если просят отправить перевод на абонентский ящик, настораживаемся и едем смотреть, что к чему.

Мужчина попросил меня расписаться и сказал:

— Спасибо, Иван Павлович. Извините, что задержали вас.

— Ничего-ничего, понятное дело, такое несчастье. Она покончила с собой?

— Нет.

— Это можно так сразу сказать?

Страж порядка хмуро закрыл планшет.

— В данном случае да. Никогда не встречал еще самоубийцу, который бы выстрелил в себя три раза, а потом спрятал пистолет так, чтобы его не нашли...

— Может, во дворе зарыла, — глухо предположил я.

Милиционер неожиданно улыбнулся:

— Иван Павлович, вам лучше ехать домой...

Глава 18

К себе я прибыл разбитый морально и физически. Отчего на душе было гадко, думаю, объяснять не надо. Еще после занятий в клубе отчаянно болели ноги, ломило спину и сводило шею. Я отчитался перед Норой, получил распоряжения на завтрашний день и пополз в спальню, в носу прочно поселился отвратительно сладкий запах гниения.

Упав в кресло, я хотел взять книгу, но тут раздался звонок.

— Ваня, — затараторила Николетта, — где ты шлялся весь день? И зачем тебе мобильный, если трубку не берешь? Звоню, звоню... Безобразие! Вдруг мне плохо! Так и умру, не успев с тобой попрощаться!

— Но ты же жива, — попытался отбиться я.

— Пока, — отчеканила маменька, — еле жива.

— Если у тебя болят ноги и руки, то это не страшно. Вы вчера с Кокой переусердствовали на тренировке.

— Чувствую себя превосходно, — возмутилась матушка, — никаких болячек и в помине нет! С какой стати мне разваливаться на части, попрыгав полчаса в зале?

Я с трудом разогнул спину и хотел ехидно спросить: «К чему же тогда разговоры про близкую кончину?» — но удержался.

— Ваняша, — торжественно заявила Николетта, — немедленно приезжай.

— Зачем?!

— Надо!

— Извини, пожалуйста, но...

— Немедленно!!!

— Уже поздно.

— Что за чушь ты сегодня несешь, — обозлилась матушка, — всего восемь часов! У людей только жизнь начинается!

Вы пробовали когда-нибудь остановить руками несущийся паровоз? Тяжело вздохнув, я вытащил из шкафа свежую рубашку. Николетта бывшая актриса, хотя что это я такое говорю? Какая бывшая! Лицедеи не выходят в тираж. Перестав изображать страсть на сцене, они начинают разыгрывать трагедии в жизни. Маменька, во-первых, привыкла всегда быть в центре внимания, а во-вторых, она по старой театральной привычке укладывается спать за полночь. Ей не приходит в голову, что человек, вставший в семь утра, к десяти вечера теряет бодрость.

Дверь, как всегда, открыла Тася. Увидав меня, она сделала круглые глаза и жарко зашептала:

— Ой, Ванечка! Наша-то! Совсем ума лишилась! Хорошо, что ты приехал. Ох, чует сердце, быть беде. Велела передать: она тебе не мать, а тетя!

— В чем дело? — насторожился я.

Тася частенько впадает в меланхолию, но связаны ее мрачные чувства, как правило, с состоянием здоровья. К капризам хозяйки домработница относится философски. За долгие годы совместной жизни горничная привыкла к непредсказуемости Николетты.

— Она замуж собралась!

Я уронил расческу.

— Кто?

— Да Николетта! — со слезами в голосе воскликнула Тася. — Совсем обалдела.

— За кого?

— Ваняша, иди сюда, — донеслось из гостиной капризное сопрано маменьки.

— Ступай, щас сам все увидишь, — толкала меня в спину Тася.

В полном недоумении я вошел в комнату. Николетта сидела в глубоком кресле, изящно скрестив затянутые в кожаные черные брюки ноги. Верхний свет был потушен. В углу большой комнаты горел лишь торшер под розовым абажуром. Хитрая Николетта умеет пользоваться освещением, и она великолепно знает, что в полумраке легко сходит за тридцатилетнюю. Сегодня маменька была в ударе. Узкие брюки, ярко-апельсиновый свитер и туфли на огромном каблуке, на голове артистический беспорядок, на создание которого была потрачена бездна денег и времени, а лицо поражало белизной кожи и почти полным отсутствием морщин.

— Очень хорошо, Ваня, что ты решил навестить свою тетку, — железным голосом отчеканила Николетта. — Разреши познакомить тебя с Мишей.

Я глянул в сторону другого кресла и увидел наконец того, ради кого разыгрывался спектакль: отвратительного молодого парня с волосами до плеч. Решив посмотреть на развитие событий, я протянул руку щеголю:

— Очень приятно, Иван Павлович!

Вот вам яркий пример того, что люди называют хорошим воспитанием. Мне было очень неприятно видеть тут этого щеголя. Абсолютно не хотелось подавать ему руку, и еще я не люблю, когда меня величают по отчеству. А теперь вообразите, что я скорчил брезгливую гримасу и заявил:

«Слушай, ты, чего тут расселся? Вали отсюда, пока цел!»

Представляете, какой скандал разгорелся бы! Вот ведь чушь получается: если врешь, значит, умеешь себя вести, скажешь правду — и предстанешь хамом. Но юноша был хуже воспитан, чем я. Он, не вставая из кресла, вяло пожал мою ладонь и сказал нежным тенорком:

— Михаил.

Его лицо порочной обезьянки отчего-то показалось мне знакомым.

— Помнишь, Ваня, мы с тобой гадали, кто же прислал сюда первого января корзину с розами, — щебетала Николетта, — оказывается, это Миша.

Паренек растянул уголки губ. Парадоксальным образом улыбка сделала его лицо совсем омерзительным, но Николетта ничего не замечала.

— Миша полюбил меня с первого взгляда, — щебетала маменька, потряхивая волосами, — но сначала боялся признаться.

— Все звонил и молчал в трубку, — Миша прикинулся влюбленным школьником, — а потом не выдержал и заговорил.

— Он меня у подъезда поджидал, — в полном восторге взвизгнула Николетта. — Представляешь, как я испугалась! Вхожу внутрь, а кто-то бросается на колени и букет протягивает!

Я перевел глаза на огромную напольную вазу, в которой пламенела охапка пожарно-красных роз. Так, наступление разработано по всем правилам.

— Сколько же вам лет? — не утерпел я. — Миша, вы школу закончили?

Мерзкий паренек открыл было рот, но тут Николетта залилась смехом. У маменьки на разные случаи жизни имеется свой смех. На этот раз звучал «колокольчик», этакое легкое девичье «ха-ха-ха», ничего вульгарного.

— Ваняша, какой ты шутник! Миша — артист балета, он танцует в ансамбле. И сразу хочу тебе сказать: я приняла его предложение.

— Какое? — насторожился я.

— Руки и сердца, — заявила Николетта. — Свадьбу сыграем в «Праге», позовем всех, список составим вместе с Кокой. Кстати, она в восторге. Конечно, я немного старше Миши, но для настоящей любви нет преград!

И она картинным жестом протянула кавалеру ручку, белоснежную ладошку, пигментные пятна Николетта свела давным-давно. Юноша вскочил, встал на одно колено и прижался к надушенной конечности губами.

— Любимая, вы делаете меня счастливейшим человеком на свете.

Меня затошнило. Сцена напоминала кадры из идиотских мексиканских сериалов, которые вдохновенно смотрит наша Лена. Но Николетта была в полном восторге.

Глядя, как парочка обменивается страстными взглядами, я попытался сохранить трезвость рассудка. Танцует в ансамбле? Значит, «голубой». Пусть простят меня люди из балетной среды, но ведь подавляющее большинство мужчин, порхающих по сцене в трико, только изображают страсть к принцессам, Золушкам и лебедям. На самом деле их интересуют лиша своего пола, это никакой не секрет. Самое интересное, что Николетта об этом хорошо знает.

Миша встал с колен, аккуратно отряхнул брюки и снова сел в кресло. Я постарался сдержать смех. Хорош Ромео. Сначала падает перед дамой ниц, а потом беспокоится об одежонке. Интересно, откуда эта малосимпатичная личность узнала, что Николетту можно запросто «купить», забросав букетами и совершая эпатажные поступки... Хотя... Небось мальчишка профессиональный альфонс. Ну откуда мне знакомо его лицо? Определенно я где-то встречал парня...

— Тася, — заорала Николетта, — неси чай!

Через пару минут стол в гостиной был уставлен яствами. И вот тут я ощутил настоящую тревогу.

Всю жизнь Николетта ведет войну с наступающей полнотой. О маменьке можно сказать много чего, но она демонстрирует чудеса стойкости, если речь идет о внешнем виде. Картошка, мясо, макароны, печенье, пироги, конфеты... Список продуктов, которые Николетта не ест никогда, можно продолжать почти до бесконечности. Легче перечислить то, что она себе позволяет: фрукты, кроме бананов и винограда, овощи, исключая картошку, отварную рыбу, обезжиренный кефир, кофе и чай, естественно, без сахара. Как она не протянула ноги на таком рационе, не знаю, но за всю свою жизнь я не видел маменьку с куском хлеба в руках. Результат, правда, впечатляет. Со спины вы запросто примете Николетту не просто за молодую, а за очень молодую женщину, просто девушку.

Впрочем, маменька постоянно недовольна собой и частенько ворчит, глядя в огромное зеркало, висящее в прихожей:

— Я похожа на свинью, отвратительно.

В те редкие минуты, когда собственная внешность кажется ей нормальной, Николетта, как правило, заявляет:

— Никакие таблетки или уколы не избавят вас от бубликов сала вокруг талии и живота. Есть только один способ сохранить фигуру: не жрать.

Подобная целеустремленность и стойкость характера могли бы вызвать уважение, кабы не одна маленькая деталь: Николетта никогда не хотела сидеть на диете в одиночестве. Она сама не ела ветчину и не давала ее ни мне, ни отцу, ни Тасе. Папенька не спорил, он вообще никогда не пререкался с маменькой, наверное, понимал бесполезность всяких споров. Отец просто ехал в Дом литераторов, шел в ресторан и преспокойненько заказывал подвергнутую дома остракизму свиную отбивную с картошкой фри. А вот мне и Тасе приходилось туго. Я вообще впервые начал есть нормально, лишь попав в Литературный институт. Студенты-москвичи избегали ходить в столовую этого учебного заведения, никаких изысков там не подавали, но я с огромным удовольствием уплетал гречку, синеватое пюре и сосиски, вызывая недоумение местной золотой молодежи. Пару раз мне говорили:

— Ванька, пошли в Дом литераторов, там в ресторане прилично кормят.

Но я был по горло сыт «экзотикой». Дело в том, что Николетта обожала и до сих пор обожает принимать гостей. Больше всего ей нравится скользить в красивом платье между людьми, выслушивая с довольной улыбкой комплименты. Сейчас она устраивает вечеринки дважды в неделю, но во времена моего детства ее приятели появлялись, слава богу, не более трех раз в месяц. Более частому их нашествию резко воспрепятствовал отец, который терпеть не мог шума, громкой музыки и посторонних людей в своем кабинете. Поэтому он, всегда уступавший супруге, в этом случае не дрогнул и не сдал позиций, заявив:

— Я работаю дома. Если не отнесу вовремя рукопись в издательство, не получу аванс.

Последнее заявление было чушью. Попав на работу в журнал, я увидел, как редакторы выпрашивают у писателей обещанные рукописи, ноя:

— Ну, Сергей Сергеевич, вы же обещали в июне, а сейчас уже сентябрь... Вам же выдали аванс...

Но, думается, это был единственный способ обрести дома относительный покой. Николетте пришлось подчиниться, и одной из любимейших тем для обсуждения у нее был рассказ о тяготах ярма супруги писателя. Зато, когда наступал «день икс», маменька отрывалась по полной программе. Нанимался повар, и приглашенные восторженно ахали, глядя на стол, который в те, советские, не слишком изобильные времена поражал великолепием. Перепелиные яйца с икрой, маринованный угорь, «конвертики» из семги с лимоном, седло барашка под соусом... Где Николетта добывала продукты — оставалось загадкой. Естественно, меня до пятнадцати лет не выводили к гостям, чему я, честно говоря, был страшно рад. Пока матушка веселилась в гостиной, я делал строго-на-строго запрещенные вещи: ложился на кровать прямо в брюках и зачитывался Вальтером Скоттом. Тася приносила воспитаннику тарелку с деликатесами. Так что мой режим питания был более чем оригинален. Каждый месяц я сидел на диете, которая прерывалась «гостевыми» блюдами. Кашу, макароны, картошку, сосиски, яичницу в нашем доме не подавали никогда, и я обожаю эту еду, любые изыски раздражают.

Николетта и сейчас питается так, как всегда. Максимум, что мне предлагали в ее доме к чаю, — это сухой, тонкий, как бумага, импортный крекер. Но сейчас на столе чего только не было! Розовая ветчина с легким ободком сала, сырокопченая колбаса, масло, хлеб, шоколадные конфеты... Посередине стола высилась сахарница, чуть поодаль стояла пузатая вазочка с вареньем.

— Чай или кофе? — проворковала Николетта.

Миша шумно вздохнул и покачал головой:

— Увы, вынужден отказаться. Сами понимаете, профессия обязывает, сижу на диете. Гастрономия не для меня!

Николетта чуть не потеряла сознание от восторга и принялась обсуждать с мерзким парнем рецепт низкокалорийного салата из белокочанной капусты. Я молча слушал их щебетание. Кажется, дело принимает серьезный оборот. Сей альфонс, окинув взглядом гостиную, заставленную антикварной мебелью, оглядев кузнецовский сервиз, столовое серебро и картины на стенах, а среди них имеются Кустодиев, Рокотов и весьма неплохой Коровин, быстренько поняв, сколько стоят камушки в кольцах Николетты, очевидно, решил, что она вполне подходящий объект для охоты. Самое же неприятное в этой ситуации было то, что, вбив себе в голову любую, даже самую идиотскую идею, маменька начинает предпринимать титанические усилия, чтобы задуманное воплотилось в жизнь. Как я могу ей помешать завести роман с прощелыгой? Сказать каменным голосом: «Николетта! Больше не дам тебе ни копейки, станешь жить на одну пенсию. Выбирай, или он, или я!»?

Но ее не запугаешь. В крайнем случае начнет продавать украшения. Правда, Николетта никогда не делала этого раньше, в те годы, когда я зарабатывал копейки, маменька просто брала в долг, а потом с царственным видом показывала мне расписки, приказывая:

— Вава, оплати.

Она абсолютно уверена, что я спасу ее от любой финансовой катастрофы, и, судя по угощению, сейчас готова на все. Оно и понятно. Последний раз мужчина упал к ее ногам лет десять тому назад. И что это был за кадр! Старый, трухлявый пень, Алексей Гаврилович Шестаков. Генерал, у которого умерла жена, явился к Николетте и с военной прямотой заявил с порога:

— Послушай, мы знаем друг друга двадцать лет, давай коротать старость вместе. Станем смотреть телик, читать друг другу вслух, ездить в санаторий...

С маменькой после этого заявления случилась истерика, и бедняга Алексей Гаврилович, так, кстати говоря, и не понявший, что плохого он сделал, был навсегда исключен из списка ее знакомых.

А сейчас в гостиной Николетты сидит молодой парень самого роскошного вида... Есть кем похвастаться перед Кокой, Зюкой и Лёкой!

Я выпил чай и улыбнулся альфонсу:

— Очень рад знакомству, может, встретимся на неделе, поговорим...

— Зачем? — насторожилась маменька.

— Ну как же! Мы ведь станем родственниками. — Я продолжал натужно улыбаться. — И как мне звать Мишу? Надеюсь, он не будет настаивать, чтобы я обращался к нему: «Папа».

— Вава! — взвилась Николетта. — Что за чушь взбрела тебе в голову?

— Но если ты решила пойти в загс, Миша станет мне отчимом!

Секунду Николетта молчала, потом отчеканила:

— Да, решила. А ты вполне можешь обращаться к Мише по имени, правда, дорогой?

Юноша кивнул и ответил сладким голоском:

— Все, что захочешь, любимая!

Меня затошнило, я встал и сказал:

— Извините, мне пора!

— Ступай себе, — процедила Николетта, злая донельзя.

Ей, естественно, не понравилось, что я, «забыв» о том, что сижу в гостях у «тети», заговорил о ее браке с позиций сына. Да уж, теперь маменьке придется сообщить жиголо правду. Впрочем, с ее стороны было крайне глупо разыгрывать этот спектакль. Все равно рано или поздно Мише сообщат, что я не племянник, а сын. А если она боится, что он, услышав правду, убежит, так это зря. Альфонсу безразлично, сколько лет окучиваемой даме, для него главное не ее возраст, а величина счета в банке.

Поняв, что терплю поражение, я продолжил:

— Кстати, там внизу, у подъезда, скандал. Кто-то запарковал машину, ярко-синие «Жигули», прямо на площадке для выгула собак, и люди возмущаются. Это не ваш автомобиль, Миша?

Парень ухмыльнулся:

— Нет, у меня красный «Форд».

Глава 19

Утро я начал со звонка Максиму. Услыхав мой рассказ, приятель сказал:

— Установить по номеру владельца автомобиля чистая ерунда. Ты уверен, что это машина негодника?

— Вчера во дворе стоял только один красный «Форд».

— Не о том речь. Парень может ездить по доверенности.

— Вот об этом я не подумал, — растерянно пробормотал я.

— Ладно, будем надеяться, что «фордешник» его, — буркнул Максим и отсоединился.

— Что за вонь стоит у нас в коридоре? — заорала Элеонора.

Я высунулся из спальни и повел носом. Действительно, пахнет омерзительно.

— Коридор я вымыла, — принялась оправдываться Лена.

— Может, с лестницы тянет, — предположил я, — от мусоропровода, вдруг он забит.

— Не-а, — ответила горничная, — только что ведро выбрасывать ходила!

Нора подкатила к входной двери.

— Между прочим, тут не воняет, только в середине коридора, у книжных шкафов! Наверное, там мышь сдохла.

— Откуда у нас мыши? — изумилась Лена.

— Не знаю, — рявкнула Нора, — из подвала зимовать пришли!

— Да такого быть не может!

— Тогда ищи, что смердит! — приказала хозяйка, потом повернулась ко мне и велела: — Ну, чего встал? Отправляйся к Серегину!

Раздав указания, Нора развернулась и укатила в кабинет.

— Видать, не с той ноги встала, — вздохнула Лена, — не расстраивайтесь, Иван Павлович.

На мой взгляд, поговорка про ногу не имеет никакого отношения к человеку, который сидит в инвалидном кресле.

— В коридоре на самом деле мерзкий запах, — ответил я и пошел к телефону.

Честно говоря, набирая номер, я ни на что не рассчитывал. Володя Меркулов, когда сообщал мне его, был уже достаточно пьян, а записную книжку он держал таким образом, что заглянуть на страницу не представлялось возможным. Поэтому я был готов услышать фразу: «Здесь такого нет».

Но неожиданно для меня мужской голос ответил:

— Слушаю вас.

Я растерялся и ляпнул:

— Вы были знакомы с Беатой Быстровой?

— Я и сейчас с ней знаком, — спокойно ответил хорошо поставленный баритон, и мне стало понятно: Леонид не знает о кончине бывшей жены. — В чем дело? — продолжал Серегин. — Вы кто?

— Частный детектив.

— Кто?!

— Частный детектив. Не хотелось бы вести беседу по телефону... речь идет о Беате.

— Мой офис находится на Карамышевской набережной, жду, — коротко бросил Леонид.

Я пошел к машине.

Серегин оказался моего возраста. Высокий, подтянутый, даже холеный мужчина, одетый в безукоризненный костюм. Он усадил меня в кресло, велел подать кофе, подождал, пока секретарша уйдет, и мигом бросился в атаку:

— Беата моя бывшая жена.

— Знаю.

— Поэтому никакой ответственности за ее поведение я не несу.

— Но...

— И денег выплачивать не стану!

— Погодите...

— Нет уж, — зло сказал Леонид, — это вы подождете, пока я закончу говорить! Ежели Беатка сперла у кого деньги, я тут ни при чем! Так и передайте тем, кто вас нанял. Нашли дурака! Я не собираюсь выплачивать ни копейки никому!

— Да...

— Если она сказала, что является моей женой, то это наглая ложь! Мы разошлись четыре года назад.

— Беата не совершила ничего плохого. — Я поторопился занять паузу в разговоре.

Леонид осекся, вытащил сигареты и совсем другим тоном поинтересовался:

— Тогда в чем дело?

— Госпожа Быстрова умерла.

Серегин вытаращил глаза:

— Что?! Вы с ума сошли! Когда? Отчего?

— Ее убили в канун Нового года, дома, в Капотне.

— Чушь! — воскликнул Леонид. — Она сейчас в Испании, уехала отдохнуть.

— Нет, тело лежит в морге. Впрочем, точно не знаю. Но похорон пока не было.

Леонид секунду смотрел в окно, потом взял телефон и решительно приказал:

— Николай, немедленно отложи все дела, выясни по своим каналам про убийство Беаты Быстровой. — Потом он повернулся ко мне: — Продолжайте.

Я поколебался и изложил суть дела. Меня нанял Николай Чуев, который не верит, что мать убила его невесту.

Серегин опять схватился за сигареты.

— Невесту? Беата собиралась замуж?

Я принялся методично излагать цепь событий. Плавный рассказ прервал звонок. Мой собеседник молча выслушал информацию и тихо сказал:

— Ее на самом деле убили.

Я возмутился:

— А вы думали, что я шучу? Ну, извините...

— На свете полно идиотов, — резко ответил Леонид. — Объясните, зачем вы явились ко мне?

— У нас родилась идея, что искать убийцу следует в ближайшем окружении Быстровой.

Серегин поморщился:

— Хотите знать, не я ли был тем человеком, который нанял киллера? Не скрою, мне пару раз хотелось придушить Беатку, но я удержался. Хотя крови она у меня выпила бочку. Минуточку, а что с девочкой, которая вроде моя дочь?

Я осторожно ответил:

— Очевидно, она с няней. Но, простите, кажется, вы говорили, что развелись с Беатой четыре года назад, а девочке примерно два года, или я неправильно вас понял?

Леонид угрюмо ответил:

— А вы полагаете, что появление ребенка возможно лишь в законном браке? Просто завидую вам, дожить до средних лет и сохранить этакую наивность... Это, знаете ли, большая редкость, тем более для частного детектива. Кстати, покажите свои документы.

Я растерялся:

— Какие?

Серегин пожал плечами:

— Вам виднее, не знаю, что у вас в кармане, вероятно, лицензия... Вынимайте!

Я оказался в подобной ситуации впервые. До сих пор все, с кем я имел дело, верили мне на слово. Понимая, что сейчас буду разоблачен, я вытащил удостоверение.

Серегин раскрыл «корочки» и удивился:

— Иван Павлович Подушкин, исполнительный секретарь общества «Милосердие»! То-то ваша физиономия показалась мне знакомой!

— Мы виделись раньше? — изумился я.

— Конечно, — усмехнулся Леонид. — И вы произвели на меня впечатление человека, не способного на авантюрные поступки. Помните благотворительный вечер в пользу детей, чьи родители погибли в Чечне?

— Господи, — подскочил я, — так вы Серегин?! Владелец «Автомобил-Экспресс»? Я не узнал вас сразу!

— Иван Павлович, — пристыдил меня Леонид, — что за маскарад? Частный детектив... Элеонора в курсе, чем вы занимаетесь в свободное время? Что будет, если я позвоню вашей хозяйке?

Я подошел к столу и взял трубку:

— Вы разрешите?

— Да, конечно.

Спустя десять минут Леонид, которого Элеонора заверила, что я действую по ее приказу, стал вежлив и даже предупредителен. У моей хозяйки имеется определенная репутация в мире бизнеса, кое-кто ее побаивается, но большинство уважает.

— Ну и история, — пробормотал Леонид, когда я в подробностях рассказал ему про Соню. — Значит, вы решили искать убийцу в окружении Беаты... Вообще говоря, дельная мысль, только я ее не убивал, хотя иногда такое желание возникало. Ладно, сейчас расскажу вам кое-что, уж не знаю, пригодятся ли эти сведения. Элеонора замечательная женщина, мне хочется ей помочь. Значит, так, мы знакомы с Беаткой давно...

Леонида свел с Беатой некто Арнольд, завсегдатай ресторанов и танцулек. Серегин — обеспеченный человек, к тому же холостой, проводил свободное время как хотел. Но, видно, в жизни каждого мужчины настает момент, когда он начинает думать о продолжении рода.

Веселая, общительная, красивая Беата понравилась Леониду сразу. Девушка показалась ему вполне подходящей парой. Она выросла без родителей, но сумела получить образование и работала переводчицей, твердо стояла на ногах. Еще привлекал ее характер, спокойный, необременительный, Беата оказалась совсем не ревнивой. Если Леонид звонил ей около полуночи и сообщал: «Знаешь, сегодня я не приеду, хочу с приятелем закатиться в баню», — она спокойно отвечала: «Конечно, милый, отдохни как следует».

До Беаты любовницей Лени была Рита Хабарова, устраивавшая без всякого повода дикие скандалы, поэтому Серегин пребывал от Быстровой в полном восторге, и через три месяца после знакомства они пошли в загс.

Целый год потом Леня был совершенно счастлив в семейной жизни. Честно говоря, общались они с Беатой больше по телефону. Муж уходил из дома рано, когда жена еще спала, а возвращался за полночь и находил свою половину мирно спящей. Серегин усиленно расширял бизнес, ковал будущее благополучие... Он бы и дальше жил в неведении, но тут произошла история, больше всего напоминающая глупый анекдот.

Как-то раз Леня забыл записную книжку, чертыхаясь, он приехал домой около пяти часов вечера, вошел в прихожую, наткнулся там на мужское пальто, удивился... Думаю, дальше рассказывать не стоит. Развод последовал незамедлительно. Беату он выставил вон с одним чемоданом. Серегин мог многое простить жене, но не измену.

Несколько месяцев после разрыва у него на душе скребли кошки, потом он постепенно начал забывать Беату, но жениться вновь не торопился, обжегшись на молоке, дул на воду.

Представьте теперь его удивление, когда спустя год после развода ему позвонили из милиции и сообщили:

— Ваша жена находится у нас в отделении.

Ничего не понимающий Леня рванул по указанному адресу и нашел бывшую супругу в обезьяннике, в компании бомжей и пьяных.

Выяснилось, что госпожу Быстрову привезли из дорогого бутика. Беата набрала там на вешалках одежды, пошла в примерочную кабинку, долго мерила костюмы и платья. А потом, ничего не купив, пошла к выходу. Она благополучно миновала «ловушки» у дверей, но охраннику показалась странной походка дамы, и он задержал покупательницу.

Беата устроила дикую истерику. Сознайся она сразу в воровстве, ее бы отпустили, как следует отругав. Администрация дорогих магазинов предпочитает не связываться с правоохранительными органами, все проблемы решает, как правило, местная служба безопасности. Но Беата, когда сотрудники обнаружили под ее одеждой два дорогих костюма, натянутые друг на друга, повела себя так нагло, что заведующая вызвала милицию.

Леонид моментально решил проблему. Он заплатил деньги в кассу, рассовал взятки ментам, вызволил бывшую жену, запихнул ее в машину и заорал как бешеный:

— С ума сошла, да? Что тебе взбрело в голову?

Неожиданно Беата заплакала и стала рассказывать ему о своей жизни.

— Господи, — всхлипывала она, — мне жить не на что! С работы выгнали, денег никаких, я голодаю... Осталось только у метро подаяние просить. Вот решила украсть одежду и продать... Боже, какой позор! Извини, что попросила позвонить тебе, но у меня никого нет, помощи ждать неоткуда...

— Что же любовник? — не утерпел Леонид. — Тот, из-за которого ты нашу семью разрушила, он куда подевался?

Беата утерла слезы и устало сказала:

— Ты же меня тогда даже выслушать не пожелал, просто выгнал на улицу, а ведь я любила и люблю только тебя одного!

— Эти песни уже пелись, — фыркнул Леня.

Бывшая супруга посмотрела на него и выпалила:

— Все-то ты лучше других знаешь! Да я одна постоянно была, то ли замужем, то ли нет, и не понять. Придешь домой, тишина стоит... Хоть волком вой, вот и попалась на крючок к подлецу, который внимательным оказался. Но только любила я всегда тебя!

Сказав последнюю фразу, она выскочила из машины и побежала по улице. Леня посмотрел вслед стройной фигурке, одетой в модную, но слишком холодную для декабря тонкую кожаную куртку. Неожиданно ему стало стыдно. В словах Беаты был резон, он вел себя по отношению к ней не слишком внимательно, считал, что сидит жена дома, и бог с ней, работа важней. Правда, тысячи женщин, оказавшись в подобной ситуации, и не помышляют о том, чтобы завести любовника, но все-таки определенная вина Лени в создавшемся положении была.

Серегин догнал Беату и вновь затащил в машину.

— Давай поедем к тебе и обсудим кое-что.

Оказавшись в квартире бывшей жены, Леня вздрогнул. Он и предположить не мог, что она живет сейчас в таких нищенских условиях. Быстровой принадлежала двухкомнатная квартира в пятиэтажке. До ближайшего метро «Автозаводская» было полчаса быстрым шагом, никакие автобусы или маршрутные такси сюда не ходили, а под окнами халупы гудел день и ночь кирпичный завод. Вообще говоря, Леня знал, что квартира жены расположена в неудобном месте, но сам ни разу тут не был. Беата через считаные дни после знакомства переехала к нему, и Серегина не волновало, что у нее с жилплощадью. Впрочем, супруга обмолвилась как-то, что пустила туда пожить дальних родственников...

И вот теперь он с недоумением и легкой брезгливостью оглядывал «интерьер»: проваленный диван, колченогое кресло, вытертый линолеум на полу... Пока Беата умывалась, Леонид распахнул холодильник и не нашел там ничего! Впрочем, женщины частенько говорят: «У меня нет никакой еды», — но на полках все же обнаруживаются молоко, яйца, кефир...

Тут же в прямом смысле было пусто, а холодильник отключен. В кухонных шкафчиках нашлась крохотная баночка самого дешевого кофейного напитка. Беата появилась на кухне, когда Леня держал упаковку в руках. Бросив взгляд на банку, она сказала:

— Ты вряд ли станешь пить эту дрянь, извини, угостить тебя нечем.

Потом она заплакала, затряслась... Серегин испугался, бывшая жена выглядела совершенно больной. Леонид человек жалостливый, легче всего его можно было поймать на крючок сочувствия, поэтому он развил бурную деятельность. Через месяц жалкая квартирка была продана. Леня добавил денег и приобрел для Беаты апартаменты в кирпичном доме возле метро «Первомайская».

— Где? — удивился я.

— На Сиреневом бульваре, — ответил Леня. — А что?

Да нет, ничего, просто это уже третий адрес, по которому жила госпожа Быстрова! Но вслух я своего удивления высказывать не стал, а поинтересовался:

— Дальше что?

Леня закурил:

— Купил мебель, одежду, устроил ее на работу и посчитал все долги по отношению к бывшей жене оплаченными.

Глава 20

Беата на какое-то время исчезла с горизонта. Прошло довольно много времени, пока они встретились вновь. Произошло это на банкете, который устроил эстрадный певец Базиль в честь выхода нового альбома. Леня вложил в «раскрутку» Базиля энное количество денег, поэтому был зван на тусовку в качестве одного из главных гостей.

Певец не поскупился, стол накрыл с размахом, Серегин приехал голодным, хватил фужер коньяка и опьянел. Дальнейшее он помнил смутно, откуда-то появилась Беата, взяла его за руки...

На следующее утро бизнесмен с огромным удивлением обнаружил, что спал в чужой постели. Не успел он собрать мозги в кучу, чтобы сообразить, где он, как дверь в комнату открылась и появилась Беата с кофейником.

— Как я здесь оказался? — удивленно протянул Леня.

Бывшая жена засмеялась:

— Да уж! Хорош был! Я, когда увидела, что ты хочешь сесть за руль, страшно перепугалась и привезла тебя к себе...

— Ничего не помню, — тряс головой Серегин.

— Хорошо, что ты себя не видел, — хихикнула Беата. — Прикинь, обозвал Базиля «поющий таз».

Леонид только крякнул. Надо же было так напиться!

Беата села на постель, ее халатик «нечаянно» распахнулся, мелькнула красивая грудь. Леня вдохнул аромат молодого женского тела... Одним словом, они «вспомнили былое»...

Скорей всего, Беата строила серьезные планы в отношении бывшего мужа. Целый месяц они провели вместе, а потом она предложила:

— Давай попробуем начать все заново.

Но Леня вовсе не собирался связывать свою

жизнь с Быстровой, о чем ей категорично заявил. Беата попыталась устроить истерику, но бывший муж был тверд, и они вновь расстались.

Следующая встреча произошла примерно год назад. Леня заехал в кафе «Мокко», на поход в нормальный ресторан не было времени. Он перехватил на бегу пару бутербродов, чашку чаю, вышел на улицу и наткнулся на Беату.

Бывшая жена, плохо одетая, ненакрашенная, с грязной головой, выглядела отвратительно.

— Ты заболела? — удивился Леня.

— Я здорова, — тихо ответила Беата.

— Отчего же так выглядишь? — недоумевал Серегин.

Беата ничего не ответила, просто стояла молча, глядя в сторону. Внезапно у колен Лени началось шевеление. Он глянул вниз и увидел крохотного ребенка, облаченного в застиранную курточку и заштопанную вязаную шапочку. Девочка жалась к Беате. На бледном, изможденном личике выделялись огромные глаза.

— Это кто? — оторопел Леня.

Беата отрешенно ответила:

— Твоя дочь.

— Кто? — попятился Леня. — Какая такая дочь? Откуда она взялась?

Беата подхватила девочку на руки. Та обвила ее шею руками.

— Помнишь, Ленечка, тот месяц, что мы провели вместе?

— Ну...

— Перед тобой результат наших безумств!

В тот день Леня так и не поехал на работу. Он

посадил Беату с Лизой в машину и устроил бывшей женушке допрос. Та спокойно объяснила ситуацию.

— Узнала о беременности, но аборт было делать поздно, пропустила срок, вот и решила оставить ребенка. Честно говоря, я не думала о трудностях, работа есть, считала, что не пропаду. Боже, как я была наивна!

Леня молча слушал рассказ, который, в общем, не был для него новостью. Он сам предпочитал побыстрей избавляться от беременных сотрудниц, потому что по опыту знал: мало кто из молодых мам потом вернется назад. Впрочем, даже если и приступит вновь к работе, на фирме начнутся проблемы. Дети имеют обыкновение болеть, а няни и добрые бабушки есть далеко не у всех... Конечно, закон охраняет женщин, идущих в декрет, их нельзя сократить, но имеются другие способы избавиться от них. Если начальник очень хочет выжить человека из коллектива, он обязательно добьется успеха. Вот Беату и выперли. Она стала безработной, потом были трудные роды, больница... Ей пришлось продать квартиру, купленную Леней, приобрести не слишком удобную жилплощадь в Капотне, а на разницу жить вместе с новорожденной дочерью.

— Это точно мой ребенок? — с сомнением поинтересовался Леонид.

Беата помолчала, потом слабым голосом пробормотала:

— Сделай одолжение, купи нам в ларьке китайскую лапшу, очень есть хочется.

Леня растерялся, услыхав эту фразу, и, вместо

того чтобы повезти девочку с Беатой в ресторан, послушно пошел в киоск. Когда он вернулся, машина была пуста, на сиденье лежала записка: «Я не собиралась тебя беспокоить, со своими трудностями могу справиться сама. На всякий случай сообщаю адрес, вдруг захочешь повидать дочь».

Несколько дней Леня раздумывал, как поступить, но потом все же отправился в Капотню и вновь был поражен нищенской обстановкой. У девочки даже не было собственной кроватки, она спала вместе с матерью на отвратительном диване. Серегин явился с тортом и апельсинами. То, что ребенок редко видит фрукты, ему стало понятно сразу. Лиза мгновенно схватила оранжевый мячик и попыталась съесть его вместе с кожурой. Мать отобрала у нее лакомство, очистила его, потом достала из шкафа свидетельство о рождении. Серегин уставился на запись, произвел в уме подсчет. Выходило, что Лиза и впрямь могла быть его дочкой. Но определенные сомнения у мужика все-таки остались. Поэтому он сказал:

— Хорошо, я тебе помогу еще раз, но не надейся, что стану содержать девочку.

— Я ничего не прошу...

— Ладно, сначала поменяем квартиру.

— Не надо, — пробормотала Беата, — эта нас устраивает.

— Ты с ума сошла, — вскипел Леня, — ее нужно продать.

Беата заплакала:

— Это невозможно.

— Почему?

— Она не моя!

— А чья?

— Я снимаю квартиру, спасибо, хозяйка недорого берет, — монотонно бубнила Беата.

— Ты же сказала, что жилплощадь твоя.

— Была моей.

— Ничего не понимаю, — рявкнул Леонид, — объясни нормально, что за идиотизм!

По щекам бывшей жены потекли слезы, и она начала не слишком связный рассказ. Он изобиловал ненужными подробностями, суть же сводилась к очень простой вещи. Девочка в год заболела, потребовались невероятно дорогие уколы, тысяча долларов за ампулу.

— Бесплатно такие не делают, — всхлипывала Беата. — Доктор сказал, что Лизочка умрет, если не провести курс из двадцати пяти инъекций.

Поэтому мать пошла к ростовщику и взяла необходимую сумму в долг под залог квартиры. Дальнейшее ясно. Жилплощадь ей пришлось переписывать на имя совсем неизвестной женщины. И теперь Беата вынуждена платить барыге деньги за проживание в квартире, которая прежде была ее собственностью. Беата очень боится, что ее выгонят на улицу. Куда потом деваться с девочкой, которая растет такой слабенькой! Лизочка погибнет на улице, а отдать дочку в детдом Беата не может, потому что любит ребенка больше жизни! Вот они и перебиваются с хлеба на воду, голодают, но живут вместе, в квартире, а не в подъезде! Помощи ждать неоткуда!

— Почему ко мне не обратилась?

Беата грустно улыбнулась:

— Ленечка, ты держишь в руках свидетельство

о рождении Лизы и понимаешь, что я говорю правду. Моя доченька — плод нашей любви. Я так надеялась, что мы будем опять рядом, пойдем по жизни рука об руку... Я мечтала, что ты простишь меня, забудешь о той жуткой ошибке, которую совершила по глупости твоя жена, но, видно, не судьба! Ты не захотел жить со мной, наверное, это правильно... Но только ты ведь и сейчас не веришь, что Лизочка твоя дочь. А приди я к тебе год назад... Представляю себе эффект! Ну признайся, дальше порога ты бы меня не пустил! Поэтому сейчас говорю: «Леня, я люблю тебя больше жизни, специально оставила нашего общего ребенка, но денег мне не надо. Сами справимся!»

И она снова заплакала. Леня почувствовал острый укол жалости. В конце концов Беата была в прошлом его женой, и он нес за нее определенную ответственность.

— Ладно, — буркнул он, — не реви.

Он снова развил бешеную деятельность. Правда, сначала попросил познакомить его с ростовщиком, забравшим квартиру за долги. Барыга оказался совсем молодым парнем, отлично одетым и интеллигентно разговаривающим. Никакого бритого черепа, тумбообразной шеи с золотой цепью, кожаного пиджака и растопыренных пальцев. Юноша со спокойной улыбкой сказал:

— Я тут ни при чем. Беата продала квартиру, и все.

— Она брала у тебя деньги? Сколько? — наседал Серегин.

Ростовщик хмыкнул:

— Все шито-крыто. Одна захотела купить квартиру, другая решила продать. Частное дело, разрешенное законом.

Леня вытащил из кошелька пару зеленых бумажек, положил на стол и сказал:

— Слышь, парень, мне без разницы, чем ты зарабатываешь на бутерброд с икрой, я не собираюсь бежать в милицию с заявлением. Просто хочу понять, врет Беата или нет.

Ростовщик спокойно взял доллары и ответил:

— Она взяла двадцать пять тонн гринов у моего друга под расписку, вовремя не отдала, пошел процент. Счетчик тикал-тикал... Но мой приятель бескорыстный человек, пожалел бабу и простил ей должок. При чем тут квартира, понятия не имею, я вообще вне этого дела, лишь свел Беату с мужиком.

— Значит, она одалживала двадцать пять тысяч долларов?

Барыга кивнул:

— Только ничего не докажете. Квартира продана, сделка оформлена законно.

— И не надо, — протянул Леня. — Что же ты, сволочь, бабу с ребенком крыши лишил?

— За сволочь и ответить можно, — спокойно протянул юноша. — Бизнес у меня такой. А вы небось в белых перчатках спать ложитесь? Или тоже кое-кого по дороге к мешку с бабками растоптали?

Серегин промолчал. Естественно, ему приходилось «топить» конкурентов, у которых имелись семьи и дети... Поняв, что бывшая жена сказала правду, Леня стал действовать. Сначала купил квартиру в Марьинском проезде, потом перевез туда Беату и Лизу. Бывшей жене он сказал:

— Извини, признать дочку пока не могу.

— Понимаю, — кивнула Беата, — все еще сомневаешься.

— А ты бы сразу поверила в такую историю? — вскипел Леня.

— Нет, конечно, — ответила бывшая супруга, — я очень хорошо тебя понимаю.

— Буду давать две тысячи долларов в месяц, — продолжил Леня, — устрою на работу, дальше плыви сама. Может, конечно, я и делаю глупость, собираясь содержать тебя, но, видно, такой я жалостливый идиот.

Серегин сдержал обещание. Он пристроил Беату в фирму «Птица Говорун», которая занималась переводами, а раз в месяц Беата от него получала конверт.

— Вы часто виделись? — поинтересовался я.

— По тридцатым числам, — пояснил Леня. — Я привозил ей деньги на дом, пил чай и уезжал. Если ты думаешь, что я трахался с ней, то это не так. Никаких чувств ни к Беатке, ни к девчонке я особо не испытывал. Но две тысячи долларов в месяц для меня ничто, абсолютно необременительная трата, я больше на спортклуб выбрасываю.

— Кстати, вы привели с собой в спортзал Беату?

— Точно.

— Зачем?

Леня усмехнулся:

— Беатка красивая телка, что морда, что фигура. Честно говоря, я понадеялся — найдет себе кавалера с деньгами, замуж выйдет. Я, кстати, жениться собирался, вот и решил Беату пристроить, думал, проблем меньше станет. А то ведь не всякой жене понравится, что супруг бывшую мадам содержит, с ребенком незнамо от кого.

— Вы думаете, Лиза не ваша дочь?

Серегин пожал плечами:

— Не знаю.

— И все же вы содержали ее?!

— Меня всегда губила жалость, — признался Леня.

— Беата укладывалась в отведенную сумму?

— Между прочим, в «Птице Говорун» платят хорошие деньги!

— Ей хватало?

Леня вздохнул:

— Один раз я дал больше, когда Лиза заболела и пришлось вновь покупать лекарства. А на Новый год сделал ей подарок, купил путевку в Испанию.

— На троих, — пробормотал я.

— Ну да, Беате, Лизе и няне. Честно говоря, я полагал, что они там. Кстати, где девочка?

Глава 21

Этот же вопрос задала мне и Нора.

— Кстати, где девочка? Куда она подевалась? Вот странность!

— Вам только этот факт кажется удивительным? — не удержался я от ехидства. — А то, что Беата сообщила двум разным мужчинам об отцовстве, не обескураживает?

Элеонора рассмеялась:

— Ваня, ты плохо знаешь женщин. Вот как раз

в этой ситуации нет ничего особенного. Беата намеревалась копать картошку во всех огородах. Я не удивлюсь, если выяснится, что девочку она родила не от Меркулова и не от Серегина. Просто решила подзаработать, раскинула мозгами и поняла: один побоится, что жена узнает о ребенке, и предпочтет заплатить, другой просто жалостливый, подкинет бывшей супруге копеечку. Там крошка, здесь кусок... получился пирожок.

— Но это непорядочно!

— Согласна, только бабы часто так поступают. Ты Элен Дагомирову знаешь?

Я кивнул:

— Конечно. Она старая знакомая Николетты, постоянная гостья на ее файф-о-клоках и журфиксах.

Нора хихикнула:

— Я бы поостереглась употреблять прилагательное «старая» по отношению к подругам твоей матери. Они-то считают себя юными девушками. Так вот, Элен родила дочь.

— Знаю, Марго. Она работает в каком-то журнале.

Элеонора кивнула:

— Правильно. Только вряд ли тебе известно, что деньги на ее содержание давали Костя Калитин и Андрей Перегудов.

— Оба сразу? Почему?

Нора расхохоталась:

— Элен удалось убедить каждого, что именно он отец. Сам понимаешь, в светском обществе не принято обсуждать вслух свои любовные похождения, поэтому Костя с Андреем мило беседовали на раутах. Представляю, как Элен веселилась, глядя на любовников. Кстати, истина выяснилась лишь после их смерти. Костя оставил Марго квартиру и дачу, Андрюша — тот же набор плюс авторские права на свои книги. Элен теперь до скончания века не о чем беспокоиться, она сама разболтала об афере, когда любовники легли в могилу.

Я потрясенно молчал.

— Бабы — сволочи, — резюмировала Нора, — им такое в голову взбредет, что пять мужиков не придумают. Поэтому поведение Беаты не кажется мне странным, оно как раз очень хорошо объяснимо, удивительно другое. Зачем ей столько квартир? Серегин купил ей жилплощадь в Марьинском проезде и приходил в гости раз в месяц, следовательно, Беата жила с дочерью там, но Володя Меркулов приезжал совсем по другому адресу. Видел в квартире роскошную обстановку, шикарно одетую девочку, надо полагать, что госпожа Быстрова обитала там. Но убивают ее в Капотне, в бедной, можно сказать, убогой квартиренке. Почему? За каким чертом снимать отвратительную нору, имея две вполне пристойные квартиры? — Она замолчала, потом, побарабанив пальцами по подлокотнику, спросила: — Твое мнение?

— Может, она боялась, что бывшие любовники столкнутся, и поэтому жила на несколько домов?

Элеонора хмыкнула:

— С определенной натяжкой можно принять это утверждение. Но при чем тут квартира в Капотне?

Я растерянно пожал плечами.

— Есть еще одно обстоятельство, — задумчиво

протянула Нора. — Ну скажи, за каким чертом ей сдался Николаша?

— Она же собиралась за него замуж...

— Вот, вот, зачем?

— Наверное, влюбилась!

Нора тяжело вздохнула:

— Знаешь, Ваня, у меня сложилось вполне определенное мнение о госпоже Быстровой. Она не слишком порядочная женщина, любящая деньги. Ну что за прок ей от Николаши? Парень разбалован мамой до безобразия, он законченный эгоист, думающий только о своем благополучии. Денег мальчишка не зарабатывает, тянет у глупой Сони из кошелька последнее. Да Беата не должна была и смотреть на него. Уж поверь, такой кавалер не в ее вкусе. И тем не менее дело катится к свадьбе.

— Может, она влюбилась! — повторил я.

— Может быть, может быть, — забормотала Нора, — любовь — морковь — кровь... Знаешь, Ваня, что-то мне подсказывает: Беата не способна любить. Она ведь даже родную дочь не любила, сделала ее статьей дохода, тянула из двух мужиков деньги, да как ловко, вроде случайно, выдавала информацию об отцовстве, целый спектакль разыгрывала. Имея большую сумму на руках, она и не подумала нанять для ребенка нормальную няню, а сбрасывала Лизу Лере, своей безголовой сестрице... Та же, любительница погулять, отвозила несчастное дитя куда-то на ночь... Кстати!

Нора подняла вверх указательный палец:

— Как я не додумалась раньше! Лиза, очевидно, находится у этой старухи. Лера приволокла девочку, потом унеслась пьянствовать, ее убили в результате каких-то разборок собутыльники, а Лиза так и осталась у бабки. Так! Помнишь, ее соседка Надежда Владимировна рассказывала тебе о шофере, который возит ее на уроки?

— Да.

— Он вроде подбрасывал Леру с Лизой к няне?

— Точно.

— Вот и поезжай сегодня к десяти вечера к дому Леры. Увидишь водителя... Понятно?

— Конечно.

— А потом... — начала Нора, но тут из коридора всунулась всклокоченная голова Лены.

— Кушать подано.

Элеонора осеклась, я вздрогнул.

— Сейчас идем, — ответила хозяйка через секунду.

На столе стояло огромное блюдо, на котором в густой, остро пахнущей подливке бултыхались какие-то желтые комочки.

— Что это? — с энтузиазмом спросила Нора. — Аромат сногсшибательный.

Что верно, то верно. От яства так и шибало чесноком и какими-то специями.

— Карот под соусом фонтанэ, — объявила Ленка. — Вы давайте ешьте, а я пойду желе в вазочки вытряхну.

Резко повернувшись, кухарка исчезла. Я уставился на блюдо, честно говоря, даже пробовать яство с диковинным названием не хотелось.

— Что это такое, как ты думаешь? — тихо спросила моя хозяйка.

Я протянул:

— Карот, в переводе с французского, означает

морковь. Значит, эта еда, скорей всего, просто морковные котлеты, утопленные в подливке, основной частью которой, очевидно, является чеснок. Уж больно благоухает. Ну что, рискнем? Я лично не голоден, есть совсем не хочется.

— Мне тоже! — воскликнула Нора и попыталась приподнять блюдо.

Но огромная фарфоровая емкость была слишком тяжелой для ее рук.

— Бери ты, — приказала хозяйка.

Я подхватил блюдо. Подливка, налитая до самых краев, колыхалась в такт движениям.

— Осторожней, — пробормотала Нора, — не расплескай!

Не успела она закрыть рот, как я, споткнувшись о провод торшера и чуть не упав на пол, накренил блюдо. Вмиг у меня в руках оказалась пустая посуда. Все морковные котлеты вперемешку с подливкой рухнули на ковер.

— Катастрофа, — прошептала Нора, — сейчас Лена явится.

— Делать-то что? — испугался я. — Эх, жаль, собачки нет знакомой. Привести бы, мигом съела.

— Глупей ничего в голову не пришло? — прошипела Нора. — Где я тебе собаку возьму?! И потом, что же это за несчастное животное должно быть, чтобы лопать морковь пополам с чесноком!

— Извините, — промямлил я, — больше ничего на ум не идет.

Вдруг лицо Элеоноры посветлело:

— Придумала!

— Ну?

— Быстро садись сверху!

— Куда? — оторопел я.

— На подливку с морковкой!

— Зачем?

— Я скажу, что ты подвернул ногу и упал. Пошлю Ленку в аптеку за эластичным бинтом. Она медлительная. Пока туда сползает, пока обратно приплюхает, мы все и успеем убрать, понял?

— Но я не хочу садиться в подливку, — только и сумел сказать я.

— У тебя нет выбора. Если Ленка поймет, что мы хотели выбросить ее стряпню, последствия будут ужасны.

— Но я испачкаюсь, — слабо сопротивлялся я. — И потом, раз вам в голову пришла такая замечательная идея, отчего бы ее не осуществить самой.

— Послушай, — зашипела Нора, — некогда препираться. Смею тебе напомнить, что я нахожусь в инвалидном кресле, и потом, блюдо опрокинул ты. Это из-за твоей неловкости мы оказались в идиотском положении.

Делать нечего, пришлось плюхнуться на чесночное море с морковными островами. Нора пробормотала:

— Сними пиджак и брось на колени, теперь расправь, ага, вот так!

Потом она громко запричитала:

— Ну, как же ты так неаккуратно, осторожней надо, следует под ноги смотреть!

— Чего случилось? — поинтересовалась Ленка, внося поднос, на котором стояли вазочки с чем-то белым.

— Да вот, — замахала руками Нора, — съели

мы твою восхитительную карот под соусом фонтенбло...

— Фонтанэ, — поправила домработница, оглядывая стол.

— Ну, да, извини, значит, проглотили в один миг, а потом Ваня встал, споткнулся о шнур и упал. Похоже, ногу растянул. Придется тебе за эластичным бинтом бежать в аптеку. Уж извини, что так вышло.

— Экий вы неловкий, — укоризненно сказала Ленка, — надо глядеть, куда идешь!

— Давай бегом в аптеку, — поторопила Нора.

— А зачем? — пожала плечами Ленка.

— За бинтом эластичным, ногу перетянуть надо.

— Так у меня в комнате есть, сейчас принесу, — сообщила горничная и, тяжело ступая, ушла.

— Кто бы мог подумать, что у нее имеется эластичный бинт, — пробормотала Элеонора, — специально ведь такую вещь назвала, уверена была, что нет в аптечке...

— И как теперь поступить? — поинтересовался я и слегка поерзал в подливке.

Было мокро, скользко, холодно и крайне некомфортно. Нора не успела ответить, потому что в комнату вернулась Лена. В руках она держала белый рулон.

— Ну, — дружелюбно предложила домработница, — давайте затяну как следует.

— Ой, нет, — испугался я, — не подходи ко мне.

— Придется тебе, Лена, за баралгином бежать, — вздохнула Нора, — в аптеку. Видишь, дело какое, ему следует обезболивающее дать.

— Так у нас есть, в таблетках, — мигом отозвалась Ленка. — Помните, мне прописали от радикулита, сейчас принесу.

— Эй, постой, — попыталась спасти положение Нора, — в таблетках не подойдет, надо в ампулах, чтобы быстрей подействовало!

Лена замерла на пороге, потом поинтересовалась:

— Вы уколы делать умеете? Я нет.

— Я тоже, — призналась Элеонора.

— Зачем тогда нам ампулы?

— Выпьет, они действуют сильней, чем таблетки, быстрее боль снимут, видишь, как он мучается.

Сказав последнюю фразу, Нора уставилась на меня в упор.

Я уже собирался спросить: «Что вы на меня так странно смотрите?» — как хозяйка четко повторила:

— Бедный Ванечка, тебе так больно, прямо сил нет смотреть!

Сообразив, что к чему, я застонал:

— А-а-а-а...

— Ну надо же, — всплеснула руками Ленка, — прямо невмоготу, да?

— О-о-о-о...

— Ладно, ладно, сейчас схожу.

— Деньги возьми, — обрадовалась Нора, — кошелек в прихожей.

— Зачем они мне? — удивилась кухарка.

— Тебе в аптеке просто так ничего не дадут!

— А к чему мне аптека?

— Послушай, дорогая, — вскипела Элеонора, — только что мы договорились: бежишь за ампулами баралгина, видишь, как Ванечка исстрадался.

— У-у-у-у, — на всякий случай взвыл я.

— Ну, давай быстрей...

— Не надо в аптеку идти, у меня есть это лекарство.

— У тебя таблетки, а надо АМПУЛЫ!!!

— И стекляшки имеются, в холодильнике лежат.

— Откуда? — оторопела Нора.

— Помните, я осенью упала? Вот доктор и велел купить. Было десять штук, осталось четыре, Ивану Павловичу хватит, — спокойно возвестила Лена и с грацией бегемота выскользнула из гостиной.

— Вы не можете придумать что-нибудь такое, чего точно нет? — подал я голос из подливки.

— Мне в голову не могло прийти, что у нас в холодильнике есть в запасе какие-то лекарства! — воскликнула Нора. — Мы ведь все патологически здоровы. Ну печень иногда шалит, но я сама обычно виновата, съем три куска торта с кремом...

— И что, мне теперь до утра тут сидеть? — безнадежно вздохнул я и добавил: — Очень противно.

— Ничего... — начала Нора, но тут в комнату, запыхавшись, влетела Лена.

— Вот, в ложку вылила, раскрывайте рот пошире.

— Ты мне? — осторожно поинтересовался я.

— Кому ж еще? — удивилась Ленка. — Болит у кого?

Понимая, что все обстоятельства складываются сегодня против меня, я молча проглотил лекарство.

В ту же секунду нестерпимая горечь разлилась по языку и достигла желудка. Рот мигом наполнился слюной, из глаз полились слезы.

Никогда до сих пор мне не приходилось глотать ничего подобного.

— О господи, — вырвалось из меня.

— Эк его колбасит, — с сочувствием произнесла Лена. — Болит так?

Я, с трудом ворочая онемевшим от лекарства языком, сказал:

— Очень горько, прямо жутко!

— Ну, бедняжка, — продолжала жалеть меня Лена, — ну-ка, заешьте сладеньким, желе у меня сегодня высший сорт, молочное, давайте кушайте!

Под носом у меня оказалась хрустальная креманка, набитая чем-то, больше всего похожим на холодец, только белого цвета.

— Скушайте кусочек, — гудела Лена, — сразу лучше станет.

Я неприхотлив в еде. В принципе могу съесть любой продукт, был бы он свежим. Есть два исключения. Первое — холодец. Тася, домработница Николетты и по совместительству моя няня, видя, что из ресторана приносят для гостей студень, всегда кривилась.

— Ни в коем случае не ешь, — шепотом предупреждала она меня.

— Почему? — один раз поинтересовался я.

— Вдруг туда желатин положили, — объяснила Тася, — знаешь, из чего его делают? Из костей дохлых животных.

Все, после этого я никогда не мог прикоснуться ни к чему дрожащему. Холодец, желе, пудинги... Эти лакомства я не могу даже видеть. Второй же продукт, который я на дух не переношу, — молоко.

И вот теперь мне предлагалось съесть блюдо, состоящее одновременно из двух отвратительных ингредиентов. Молочное желе! Хуже мог быть только стаканчик из картона.

— Кушайте скорей, — уговаривала меня Ленка, — вам понравится! Ну, открывайте рот, давайте, давайте. Сейчас хорошо станет! Боль пройдет, экий вы неловкий...

И она ткнула чайной ложечкой мне в губы. Я машинально повиновался приказу и, проклиная собственную мягкотелость и хорошее воспитание, принялся покорно глотать скользкие куски. Мне казалось, что в горло проскакивают лягушки. Одно было хорошо, онемевший от баралгина язык не ощущал никакого вкуса.

Нора молча наблюдала за происходящим.

— Ну как? — поинтересовалась Ленка. — Легче тебе?

— Скорей, — прошептал я, — скорей дайте тазик, тошнит!

Ленка схватила пустую тарелку.

— Держите.

В ту же секунду желе вернулось назад.

— Простите, — прошептал я, — не знаю, от чего это со мной, ей-богу, очень вкусно было!

— Главное, не двигайтесь, — испуганно велела Ленка, — сейчас уберу.

Мы с Норой вновь остались вдвоем.

— Может, ее за меновазином послать? — в задумчивости протянула хозяйка. — У нас его точно нет.

— Ой, не надо, — испугался я, — вдруг найдется, и она меня опять заставит выпить.

— Меновазин употребляют наружно!

— Все равно не надо.

— Сидите спокойно, — всунулась в комнату Лена, — уже едет.

— Кто? — в один голос поинтересовались мы с Элеонорой.

— Я «Скорую» вызвала.

— Зачем?

— Так тошнит же его, небось, когда падал, головой стукнулся, может, сотрясение мозга. Опять же все сидит, никак не встанет. Баралгин на него не действует. А вдруг перелом? Нет уж, пусть врач поглядит!

Медицина прибыла мгновенно.

— Что стряслось? — приветливо спросил молодой парень, оглядывая меня, сидящего на полу.

— Упал и встать не может, — мигом влезла Ленка, — как бы не перелом... И болит у него, жуть, прямо криком кричал...

— Сейчас посмотрим, — улыбнулся фельдшер и велел: — Ну-ка, покажите ногу.

Я обеими руками прижал пиджак к полу.

— Нет.

— Должен же я вас осмотреть?

— Ни за что.

— Но как же я тогда смогу помочь?

— Иван Павлович, не кривляйтесь, — возмутилась Ленка.

От отчаяния я рявкнул:

— Извините, я стесняюсь.

— Ну, не стоит, — спокойно ответил парень, — поверьте, ничего особенного в вашей ноге нет.

И тут на меня снизошло озарение:

— Я не вас стесняюсь.

— А кого?

Я ткнул пальцем в домработницу:

— Ее, пусть выйдет.

— Ладно, — обиженным тоном отозвалась Ленка, — коли вы такие нежные, могу уйти.

— Да, — обрадованно подхватила Нора, — выйди.

— Вообще на улицу уберусь, — прогудела Ленка, — за картошкой, вся кончилася.

Шумно топая, она ушла.

— Надо было ее сразу на рынок отправить, — вздохнула Нора. — Эх, не догадалась сказать, что к ушибу следует тертые корнеплоды прикладывать.

Врач тем временем поднял пиджак, лежащий у меня на коленях, уставился на морковно-чесночную лужу и в изумлении воскликнул:

— Господи! Что это с вами такое случилось? В первый раз с подобным сталкиваюсь! И пахнет странно.

— Доктор! — решительно сказала Элеонора, вытаскивая кошелек. — Сейчас все объясним. Нам не нужна медицинская помощь...

Когда через час вернулась с картошкой Ленка, ковер в гостиной выглядел как новый. Я сначала оттер пятно, а потом высушил покрытие феном, даже успел принять душ и замыть костюм. Счищая с брюк желто-оранжевые комочки, я с отвращением подумал: «Вряд ли мне в ближайшие полгода захочется полакомиться морковью!»

Глава 22

К дому, где проживала Лера, я приехал без семи минут десять, и едва запарковал «Мерседес», как увидел роскошную чернолаковую иномарку, похоже «БМВ», подкатившую к подъезду. Шофер выскочил и предупредительно распахнул заднюю дверцу. Из недр автомобиля медленно выбралась профессор Буряк. Я вышел из «Мерседеса».

— Здравствуйте, Надежда Владимировна.

Пожилая дама вздрогнула, но потом, узнав меня, заулыбалась:

— Иван Павлович! Рада встрече. Опять по делам фонда в наши края?

Я удивился памяти старухи, наверное, изучение математики благотворно действует на мозг.

— Да, вот вновь пришлось приехать. Вы разрешите поговорить с Павлом?

— Конечно, голубчик, — ответила Надежда Владимировна и повернулась к шоферу: — Павлуша, разреши представить: это мой добрый знакомый, Иван Павлович Подушкин.

Непривычный к светским церемониям парень смущенно ответил:

— Паша.

— Вот и хорошо, — улыбнулась госпожа Буряк и пошла в подъезд, чем удивила меня еще раз.

Девять дам из десяти в такой ситуации обязательно бы остались послушать, о чем пойдет речь, но Надежда Владимировна оказалась совершенно нелюбопытной. Может, мне поискать себе любовницу среди выпускниц мехмата?

— Что случилось? — довольно испуганно спросил Павел, косясь на ключи от «Мерседеса», которые я держал за колечко.

— Нет-нет, — я поспешил успокоить парня, — видите ли, я работаю в милиции, расследую важное дело.

Павел с сомнением оглядел мой костюм.

— Не похоже что-то! Менты по-другому смотрятся.

Внезапно на меня снизошло вдохновение.

— Вы очень наблюдательны! Но я не простой сотрудник районного отделения, а начальник управления и занимаюсь особо сложными случаями.

— Ага, — пробормотал Паша. — А от меня чего надо?

— Вы помогали девушке Лере с ребенком добраться до няни?

Водитель насторожился:

— А что, нельзя? Тут езды пять минут. Погода плохая — то снег, то дождь... Девочку пожалел.

— Честно говоря, мне совершенно все равно, кого вы возите, — улыбнулся я, — главное, чтобы ваши хозяева не злились. Можете показать мне дом, куда Лера возила Лизу?

— Это все? — спросил Павел.

Я кивнул.

— Садитесь, — обрадованно предложил шофер.

— Поеду за вами на своей машине.

Путь оказался недолгим. Мы попетляли по улицам и переулкам, а потом выехали на пустырь, раскинувшийся за шумным проспектом. Справа громоздилась свалка, куда жители квартала сваливали строительный мусор и всякую прочую дрянь, слева тянулось нечто, больше всего похожее на барак.

Павел ткнул пальцем в уродливое двухэтажное сооружение, сложенное из темно-красного кирпича.

— Вон туда она бегала.

Я оглядел длинное здание.

— А в какой подъезд?

— Во второй.

— Спасибо, вы очень помогли милиции, — ответил я. — Номер квартиры вам Лера не сообщала?

— Нет, — покачал головой водитель, — я внутрь не совался, снаружи ждал, да она быстро возвращалась, меньше пяти минут там была.

Еще раз поблагодарив парня, я отпустил его и вошел в подъезд. В нос ударил запах переваренных щей, кошачьей мочи и сырости. Стены были покрыты разнообразными рисунками и надписями, в основном неприличными, пол щетинился выбитой плиткой, а двери квартир обиты жуткой, кое-где порванной черной клеенкой. Из дырок торчала желто-черная вата.

Квартир тут оказалось всего четыре. По две на каждом этаже. Под звонком висели таблички с фамилиями, за убогими дверями скрывались коммуналки.

Недолго думая, я ткнул пальцем в коричневую кнопку и нажал один раз. Тут же послышались легкие шаги, и передо мной оказалась девушка, почти девочка, с головой, закутанной полотенцем.

— Вы ко мне? — удивилась она.

Я откашлялся:

— Извините, наверное, я ошибся.

— Ищете кого? — полюбопытствовала девушка.

На меня снова снизошло вдохновение:

— В общем, да.

— Кого?

— Свою дочь, Лизу.

— Тут такой нет, — затараторила девочка, — в нашей квартире одни бабки придурочные, из молодых никого.

— А вы? — улыбнулся я.

Девчонка захихикала:

— Ну да, только я не ваша дочь и звать меня не Лиза, а Женя.

— А рядом кто живет? — поинтересовался я.

Женя скорчила гримасу:

— Ороевы. Отвратительные Ороевы.

— Но такой фамилии нет на табличках.

Женя вздохнула:

— Правильно. Прежние жильцы все съехали, отсюда народ кто куда бежит, остаются только самые бедные, кому деваться некуда. Так вот, люди убрались, а Ороевы въехали, ихняя теперь вся квартира, повезло сволочам, лимите всегда фартит! Москвичи, такие, как мы, в коммуналках гниют, а эти заявятся незнамо откуда и сразу на все готовое! Знаете, они то ли из Молдавии, то ли с Украины, детей куча, прямо не пересчитать. Четвертый год тут обитают, а я разобраться не могу, сколько их. А перед Новым годом коляска во дворе появилась, вот и гадаю теперь: то ли старшая девочка у них родила, то ли маменька опять постаралась.

Она перевела дыхание и добавила:

— В нашем подъезде вашей дочери точно нет. Ступайте в первый.

— Почему?

— Там студенты квартиру снимают, коммуной живут, вечно пьяные. Небось у них она!

— Моей дочери два года.

Женя осеклась, потом весьма невежливо заявила:

— Больно вы старый для малышки.

Я решил не обращать внимания на хамство и улыбнулся:

— Так уж вышло. Сам не знал, что стал отцом. Вот, недавно сообщили, что моя бывшая пассия родила и отдала дочку Лизу на воспитание. Теперь хожу ищу.

Женя хмыкнула:

— Адрес небось перепутали. Ну сами подумайте, какая нормальная женщина приведет сюда своего ребенка? Да и нет тут никаких детей. В третьей и четвертой квартирах лишь старухи, из ума выжили окончательно.

Она смолкла на секунду, потом мечтательно добавила:

— Вот перемрут все, дом под снос пойдет, мне квартиру дадут. Ну, ступайте в первый подъезд. Тут есть дети лишь у Ороевых.

Я вышел во двор, вдохнул свежий январский воздух, потом вернулся в подъезд и позвонил к Ороевым. Дверь распахнулась мигом, без всяких вопросов и предосторожностей, очевидно, обитатели барака не боялись разбойников.

В темном коридоре виднелась невысокая мужская фигура.

— Чего встал? Входи, — велел хозяин.

Я осторожно протиснулся внутрь, стараясь не споткнуться о груду грязной обуви, наваленной у порога. На стене, без вешалки, просто на гвоздях, болтались засаленные куртки, тут же стояла метла, скребок и лом. Чуть подальше висело корыто, детские санки и огромный таз.

Не успел я сообразить, с чего лучше начать разговор, как мужик, распространяя удушливый запах перегара, прохрипел:

— Ну, долго телиться будешь? Ща другой кто прибежит, давай пять рублей, это если не срать!

Ничего не понимая, я выудил из кошелька монетку.

Деньги исчезли в корявой ладони.

— Ну, двигай, — подтолкнул меня хозяин. — Ты чего, в первый раз?

На всякий случай я кивнул.

— Ступай сюда, — велел мужик, — башку береги, вечно все о таз стукаются, отбили эмаль.

С этими словами он распахнул изгвазданную дверь и втолкнул меня в неожиданно огромный туалет. От удивления я принялся разглядывать помещение. Подобного сооружения я не видел никогда в жизни. Посередине громоздился унитаз, огромный, широкий, с отколотым боком. От него вверх тянулась толстая труба, выкрашенная так же, как стена, темно-зеленой краской. Под самым потолком, на высоте примерно трех метров, виднелся сливной бочок угрожающих размеров, вниз свисала железная цепочка, украшенная белой фарфоровой ручкой. На ней черными буквами было выведено «Москанализация». Барак, очевидно, построили в конце сороковых годов, и сантехническое оборудование в нем не меняли ни разу. Там же, под потолком, чернели гвозди, на которых висело четыре грязных, покрытых толстым слоем пыли круга, а чуть пониже виднелся пожелтевший тетрадный лист, пришпиленный ржавыми кнопками.

Я прищурился и начал читать текст дацзыбао.

«Правила поведения в коммунальном туалете. 1. Занимайте стульчак согласно очереди. 2. Время нахождения в сортире пять минут. 3. Не бросайте бумагу на пол. 4. Мойте помещение по графику. 5. Туалет предназначен только для жильцов, гостям следует ходить во двор, для детей до семи лет исключение. 6. Не становитесь ногами на унитаз. 7. Пользуйтесь личными кругами. Товарищи! Будьте аккуратны и внимательны друг к другу! Не курить! Не жечь спички! Пропускайте по утрам тех, кто спешит на работу. Домком». Чуть пониже более мелкими буквами написано: «Расписание. Полуяновы (3 чел.) утро: 7.15—7.30; Фабичевы (2 чел.); 7.31—7.41; Бойко — 7.42—7.47». Это сильно смахивало на график движения поездов, особенно умиляли минуты — 7.31. Они что, находились тут с будильником в руке? Внезапно мне стало жаль Полуяновых, Фабичевых и Бойко, вот бедняги! А новые хозяева поленились сделать ремонт, въехали и зажили себе спокойно, не сняв со стен ни чужие круги, ни расписание.

— Эй, — донеслось из коридора, — если срать сел, гони десятку.

Я распахнул дверь:

— Вы меня не так поняли, я вовсе не просился в туалет.

— Тады чаво надо? — насторожилась пьяноватая личность. — Все равно пять рублей не верну, может, ты сюда поссал, а теперь обмануть хочешь!

Я подавил подступающую к горлу тошноту и вышел в коридор.

— Бога ради, оставьте деньги себе, впрочем, дам вам еще пятьдесят рублей, если ответите, не у вас ли в доме находится девочка.

— Какая девчонка? — настороженно поинтересовался дядька.

Я медленно вытащил кошелек, долго расстегивал, занудно вытаскивая из его недр голубую бумажку. Пьянчуга с вожделением следил за моими руками. Наконец ассигнация увидела свет. Я помахал ею перед носом алкоголика.

— Лиза, двухлетняя малышка. Ваша жена, случайно, не подрабатывает няней?

— Дворники мы, — насупился мужик, — Танька проспект скребет у супермаркета, а Лизка при ней. Зачем она вам понадобилась? Может, я на что сгожусь?

Я сунул портмоне за пазуху.

— Нет, милейший, дальнейший разговор я стану вести с вашей супругой. Где этот супермаркет?

— В двух шагах, — прохрипел пьяница, — аккурат влево идите. «Голубая долина» называется.

Я двинулся в указанном направлении, наслаждаясь свежим воздухом, который после затхлой атмосферы барака показался просто упоительным. Супермаркет и впрямь был в двух шагах. Возле лаково блестевших ступенек бродила толстая баба, замотанная в грязно-розовую китайскую куртку. В руках наяда держала лом. Я подошел вплотную к красавице и поморщился. Даже мой не слишком капризный нос уловил отвратительное амбре: смесь запахов пота, дешевой водки и грязных волос.

— Вы Татьяна?

Женщина откинула капюшон. Я вздрогнул. Лицо дворничихи напоминало географическую карту, все желто-зелено-синее. Один глаз заплыл, над другим нависала рассеченная бровь, губы покрывали то ли ссадины, то ли болячки.

— Слышь, хозяин, — прогундосило небесное создание, — все очистила, подмела, хошь, еще ступени помою?

— Я не из супермаркета.

— А... чего тогда надо?

— Меня прислала Лера.

— Кто?

— Есина.

— Знать ее не знаю.

— Простите, где Лиза?

Татьяна оперлась на лом, очевидно, ноги плохо слушались хозяйку.

— А тебе зачем Лизка?

— Меня прислала Лера Есина за девочкой, велела забрать.

— Ах Ле-ерка, — протянула Татьяна, шумно вздыхая. — Давненько девку не брала, уж думала, не нужна она ей больше. Лизка со старшими у метро работает, ступай туда, только заплати сначала. Пятьсот рублей.

Думая, что Лера задолжала этой более чем странной няне, я полез за кошельком. Честно говоря, я совершенно не представлял, что стану делать с ребенком, просто понимал: малышку никак нельзя оставлять на попечении алкоголиков в жуткой квартире. В конце концов, отдам ее отцу. Правда, девчушка одна, а предполагаемых папенек двое... Ну да не беда, сделают анализ, установят отцовство. Надеюсь, мужчины поймут меня.

Я стал отсчитывать сотенные бумажки, тут вдруг до меня дошел смысл только что услышанной фразы, и я безмерно удивился:

— Лиза работает у метро? Ей же всего два года?

— Ну так что? — рассмеялась Татьяна и ловко выдернула из моих пальцев ассигнации. — Нам дармоеды не нужны, ходить научилась? Значит, могёт семье подсобить, неча захребетницей жить! Я дитёв в строгости держу, к труду приучаю...

И она громко икнула. Я попятился.

— Где искать девочку?

— А у входа в подземный переход, они там с Лешкой и Санькой сидят. Скажешь Саньке, что я велела Лизу отдать.

— И мне вот так запросто отдадут ребенка?

— А чаво? Хошь, могёшь расписку написать, — хрипло засмеялась добрая маменька и, подняв лом, с натужным хеканьем опустила его на островок льда.

— Вот, зараза, задолбалась совсем, — пожаловалась она, — денежки-то трудом достаются, никто не придет, не принесет на блюдечке, не скажет: «На, Танюха, гуляй».

Провожаемый ворчанием, я свернул к метро, дошел до входа в подземный переход и увидел на ступеньках живописную троицу. Чем-то дети напоминали картину «Тройка», помните это полотно? Дурно одетые ребятишки тащат тяжеленную бочку.

Правда, современные оборвыши сидели на картонке, постеленной в липкой грязи. Мальчик, с виду лет семи, в кургузой болоньевой курточке, рваных темно-синих рейтузах, в кедах, сидел рядом с братишкой, едва ли справившим пятилетие. Тот выглядел не лучше. На нем было длинное, явно девичье пальто с остатками меха неизвестного животного. На голову пацанчик нацепил нечто странное, то ли кепку, то ли бейсболку, во всяком случае, убор совершенно не подходил для морозного вечера. Между мальчуганами, свернувшись клубочком, лежало существо, сначала принятое мною за небольшую дворняжку. Но, подойдя вплотную к малолетним попрошайкам, я понял, что это крохотная девочка в клочкастой шубке из синтетики. Перед несчастными, замерзшими и, очевидно, голодными детьми стояла картонка, на которой чья-то не слишком уверенная рука вывела текст:

«Подайте Христа ради у нас все умирли астались сироты бес денек и еды жить негде пажалейте люди добрые».

Глава 23

В моей душе поднялась буря. Что за дрянь была эта Беата. Получала от Владимира и Леонида приличные деньги и отдавала дочку своей безголовой сестрице Лере. А та, желая гулять и веселиться, нашла подходящую «няньку». Неужели мать ни разу не поинтересовалась, в каких условиях содержится ребенок? Уму непостижимо!

Едва сдерживая гнев, я спросил:

— Кто из вас Санька?

— А за каким фигом он тебе? — неожиданно басом поинтересовался пятилетний.

Более старший мальчуган безучастно смотрел перед собой остановившимся взглядом.

Я слегка растерялся, потом наклонился и ответил:

— Видишь ли, мне нужно забрать Лизу, ваша мама, Татьяна, уже получила пятьсот рублей.

— А не брешешь? — буркнул малыш.

— Нет.

— Погодь, — велело дитя, потом порылось в куче тряпья, вытащило на свет божий мобильный телефон и потыкало черным от грязи пальцем в кнопки. Я совсем растерялся. Наличие у нищих сотового казалось мне невероятным.

— Эй, Танька, — пробасил ребятенок, — тут жлобина Лизу требует! Деньги-то взяла? Ага!

Он вновь сунул аппарат в ворох тряпок, опустил воротник пальто, прикрывавший почти все лицо, глянул на меня, и я вздрогнул. Парню было лет семнадцать. Над губой и на щеках у него виднелись темно-синие островки небритой кожи. Санька был карлик или лилипут, не знаю, как правильно называются люди крохотного роста, рождающиеся у нормальных родителей.

— Забирай, — велел он, пиная девочку.

Клочкастая шубка зашевелилась и села. Внутри слишком большой дохи виднелось бледное личико с огромными синяками под глазами.

— Ну, — поторопил меня Санька, — чего стоишь-то? Бери, пока даю.

Я протянул руку. Санька со всего размаха отвесил Лизе подзатыльник. Но девочка не заплакала и не захныкала, проворно вскочила на ножки и схватила меня за ладонь. Я повернулся и двинулся вверх по ступенькам.

— Эй, погодь, — крикнул Санька.

— Что тебе? Деньги я уже отдал, — обернулся я.

— Завтрева сюда приведешь, — пояснил Санька, — не домой. Мы тута до ночи просидим, праздник будет, народ хорошо подает.

— Кого привести? — удивился я.

— Ково, ково, — передразнил карлик, — ясное дело, английскую королеву.

— Прости, но я не понимаю.

— ..., — выругался Санька, — ну ты, блин, прямо герцог! Лизку, конечно.

— Но зачем я должен ее возвращать? — изумился я до крайности. — Деньги Татьяне отдал, и все.

— Ты че? — двинулся ко мне Санька, — ..., да? За пятьсот рублёв решил навсегда купить? Положь девку на место! Сеструха, ежели ее совсем продавать, дороже будет! Меньше чем за штуку баксов не отдадим, хитрый больно!

— Подожди, что за ерунду говоришь? Лиза племянница Леры Есиной. Девушка отдавала девочку твоей матери как няньке. Лиза никак не может быть твоей сестрой! Я понимаю, что произвел на тебя неблагоприятное впечатление, но смею заверить, я не такой дурак, как тебе кажется!

Санька сипло заржал и поднялся по ступенькам. Его порочное личико с крысиными чертами оказалось на уровне моих колен.

— Это кто вам про племянницу насвистел? — ухмыльнулся он. — Лерка? Ну, блин! Хохмачка! Да она Лизку напрокат брала! Ее к нам Степка привел!

— Кого? — спросил я, чувствуя легкое головокружение. — Кто привел? Куда? Зачем?

— Лерку, — вполне миролюбиво пояснил карлик, — он с ней трахался, пока в армию не ушел. Лерка сначала расстраивалась, а потом Лизку брать стала, за пятьсот рублей в день, ежели на сутки, то дороже, но она ее завсегда к ночи приводила.

Я посмотрел на крохотулечную девочку, безучастно сидевшую на ступеньках, потом вытащил кошелек и помахал им перед носом парня.

— Если ответишь на мои вопросы, заплачу.

— Сто баксов, — не растерялся карлик. — А вы Лерке кто?

— Жених, — ответил я. — Она велела забрать свою племянницу у няни, адрес дала.

Санька радостно засмеялся, очевидно, его очень обрадовала перспектива сделать Лере пакость.

— Ой, цирк, — хрюкнул он, — вот что, пошли к Ахмету в шашлычную, там и потолкуем.

Договорив фразу, он пнул Лизу.

— Эй, не дрыхать, ступай вниз.

Несчастное создание, даже не ойкнув, поползло опять к картонке. Я перехватил девочку.

— Подожди, раз я заплатил, она моя. Пусть пойдет с нами в кафе. Ты когда ее кормил в последний раз?

— Утром, — пожал плечами Санька, — она завсегда в десять жрет, и все, зачем больше-то? Маленькая ищо.

Я подхватил девочку, и мы пошли в забегаловку.

Несмотря на поздний час, в шалмане было полно народу, в основном бомжи и нищие, отмечавшие очередной прошедший день. Мы уселись на пластмассовые стулья, и Санька деловито сказал:

— Я заказываю, ты платишь.

Пришлось подчиниться. Вместо того чтобы отдубасить мерзкого карлика, я купил ему жареную курицу, картофель фри и пиво. Такой же набор, только без спиртного, получила и девочка. Впрочем, она не обрадовалась, просто принялась молча отщипывать грязными пальцами курятину. Бройлер издавал замечательный аромат. Я вспомнил блюдо с морковкой, поданное Леной, почувствовал в желудке голодные спазмы и заказал и себе цыпленка.

— Значит, так, — обсасывая нежные косточки, сообщил Санька, — дурит тебе Лерка голову, она мастерица по этой части, шалава и б... . Степка от нее натерпелся!

— Ты лучше по порядку, — попросил я.

Парень вытер жирные губы кулаком, хлебнул пива, вытащил из кармана пачку «Мальборо» и сказал:

253 Бриллиант мутной воды

— Ну слушай.

У Татьяны Ороевой семеро детей. Впрочем, их было девять, но двое, слава господи, умерли, не дожив до года. Остальные выжили, вопреки всему. И отец, и мать пили горькую. Но наше государство проявляет удивительную терпимость к таким многодетным семьям, поэтому Ороевы, несмотря на асоциальный образ жизни, получили отдельную квартиру в бараке. Старший сын, Степан, невесть где познакомился с Лерой Есиной, разбитной девчонкой, больше всего на свете любящей погулять и поплясать. Девушка стала частенько бывать у Ороевых и превратилась почти в родственницу. Ни Татьяна, ни ее муж не стеснялись «невесты», обсуждали при ней домашние дела. Семья промышляла нищенством. Правда, отец и мать числились дворниками, но на работу выходили редко, только если их вынуждали к этому крайние обстоятельства, например, не было ни копейки на очередную бутылку. Лишь в этом случае Татьяна, кряхтя, брела к ларькам или к супермаркету, предлагая свои услуги по очистке территории. Но такое случалось нечасто. Основной доход в семейную кассу вносили дети. Младшие сидели у входа в метро, стояли возле рынка. Старшие мальчики мыли автомобили, две девочки, тринадцати и пятнадцати лет, не брезговали заниматься проституцией. Естественно, никто из них не ходил в школу. Из детей Ороевых грамотных было только двое: Санька и Степан. Первому, естественно, армия не грозила, а второму забрили лоб спустя две недели после восемнадцатилетия.

Лерка сначала поплакала, но потом быстро

утешилась и перестала бывать у «свекрови». Но примерно год назад она появилась в бараке и попросила напрокат Лизу. Зачем ей понадобилась девочка, никто не знал, впрочем, Ороевых не волновало, что станет с ребенком. Пятьсот рублей в день в качестве гонорара их вполне устраивало, судьба Лизы особенно не тревожила, детей много, одним больше, одним меньше.

— И часто она ее брала? — спросил я.

Санька пожал плечами:

— Разве ж упомнишь? Дня четыре в неделю прибегала, когда чаще, когда реже. Последний раз перед Новым годом примчалась, а потом пропала. Так тебе Лизка нужна?

Я сначала хотел ответить: «Нет».

Но именно в этот момент девочка подняла личико и судорожно вздохнула, у меня защемило сердце.

— Конечно, беру.

— Ну тады прощевай, — ответил Санька и, отвесив Лизе вместо прощального поцелуя подзатыльник, ушел. Девочка безучастно навалилась на испачканную столешницу.

— Пошли, дорогая, — сказал я и, преодолевая брезгливость, взял ее за липкую ладошку.

Все так же молча и безропотно ребенок последовал за мной.

Нора, увидав оборвыша, совсем не удивилась.

— Лена, немедленно вымой ребенка и уложи спать, — велела она.

Затем хозяйка выслушала мой рассказ и пробормотала:

— Я предполагала что-то подобное. Хитро придумано. Значит, Беата брала девочку напрокат. Сама светиться не хотела и подсылала сестрицу к Ороевым. Вот шельма! Получала на ребенка большую сумму от «папенек» и жила себе припеваючи. Что ж, мы узнали много .интересного, характеризующего госпожу Быстрову не с лучшей стороны. Похоже, Соня была права, утверждая, что Беата дрянь. Я-то полагала, что моя подруга, как все ненормальные мамочки, «теряя» сына, стала неадекватной. Ан нет! Небось узнала каким-то образом про ситуацию с Лизой... Да, все очень плохо!

— Почему? — удивился я.

— Ну подумай сам, Ваня, — тяжело вздохнула Нора, — получается, что убить Беату было выгодно только Соне. Она раскопала всю правду про будущую невестку, попыталась убедить ту оставить в покое Николашу, а когда Беата отказалась, разъяренная мать схватилась за нож.

— Вы верите в то, что Соня могла хладнокровно, да еще много раз втыкать лезвие в девушку? — тихо спросил я. — Мне лично кажется, что такое невозможно.

— Мне тоже! — рявкнула Нора. — Более того, я совершенно уверена, что моя несчастная подруга тут совершенно, абсолютно ни при чем! Но выглядит-то все по-другому! Кому мешала Беата и почему?

— Меркулову!

— Он целый год платил ей деньги, а потом нанял киллера? — засомневалась Нора. — Нелогично. Если убивать, то сразу. Зачем он ждал? И потом, отчего впутал в это дело Соню? К чему такое хитроумие? Ты только представь себе, какой спектакль пришлось разыгрывать! Нанимать женщи-

ну, переодевать ее, как Соню... Нет уж, если бы
господин Меркулов решил избавиться от дряни,
он поступил бы намного проще. Грабитель, напав-
ший на девушку в темном, неохраняемом подъезде,
никого не удивит. Дело закроют сразу. Сколько
подобных случаев по Москве? Кстати, Серегин
поступил бы так же!

— Может, Ороевы постарались? — цеплялся я
за последнюю надежду.

Нора поджала губы:

— Почему? Какой мотив?

— Ну, — замялся я, — возмутились, узнав, что
Беата плохо относится к Лизе.

Нора уставилась на меня:

— Ты всерьез?

— Ну...

— Перестань идиотничать! — взвилась хозяйка. — Противно слышать глупости, которые ты
выдаешь! И потом, Ороевы, приди им в голову
дикая мысль отомстить обидчице Лизы, прирeза-
ли бы Леру... Она умерла через два дня после Беаты, — сказала Нора.

— Откуда вы знаете? — удивился я.

— Выяснила по своим каналам, — загадочно
ответила хозяйка. — Ладно, хватит вести пустые
разговоры. Завтра поедешь в контору «Птица Говорун» и поболтаешь с коллегами мерзавки. Вот
адрес.

Я взял листок бумаги и поинтересовался:

— А что будет с Лизой? Мне вернуть ее матери?

— Конечно, нет! — возмутилась Элеонора. —
Несчастный ребенок! Ленка сказала, у нее все тело
в синяках.

— Вы же не можете оставить ребенка у себя!

— Почему?

Я не нашелся, что возразить. Действительно, что может помешать моей хозяйке осуществить любую, даже самую бредовую затею?

— Подумаем, как поступить с девочкой, — продолжала Нора, — а пока она побудет здесь. Все. Спокойной ночи!

Поняв, что аудиенция закончена, я пошел было к себе.

— Ваня, — крикнула Нора, — тебе звонил Максим, что-то по поводу владельца автомобиля, красного «Форда»!

Я добрался до спальни, плюхнулся на кровать и начал разыскивать Максима. Дома у него работал автоответчик, впрочем, на мобильном телефоне тоже вещал механический голос: «Оставьте сообщение после звукового сигнала».

Глава 24

Без всякой надежды на успех я набрал рабочий номер приятеля и услышал усталое:

— Слушаю.

— Ты в кабинете?

— Угу, — отозвался Максим. — Чему ты удивляешься?

— Так полночь пробило!

— «Наша служба и опасна, и трудна, и на первый взгляд как будто не видна...» — попытался спеть Максим, но закашлялся и замолчал.

— Ты нашел хозяина «Форда»?

— Это было элементарно. Машина зарегистрирована на имя Михаила Сергеевича Горбачева.

— Издеваешься, да?

— Почему?

— При чем тут первый и последний Президент СССР?!

— А и впрямь ни при чем, — захихикал Макс, — никакого отношения сей политический деятель к «Форду» не имеет, ты не дослушал! Повторяю, принадлежит Михаилу Сергеевичу Горбачеву, тысяча девятьсот семьдесят второго года рождения, проживающему в Хабаровском тупике.

Я присвистнул. Альфонс еще моложе, чем кажется.

— Субъект гордо именует себя артистом балета, — продолжил Максим, — но в результате простой проверки выяснилось, что он «танцует» в московских клубах. Кстати, довольно известен в определенных кругах, потому как раздевается полностью, в отличие от большинства других стриптизеров, на которых остается к концу номера фиговый листок. И что уж совсем удивительно, наш Михаил Сергеевич не «голубой», пользуется бешеной популярностью у дам, но завязывает отношения только с обеспеченными особами, бедные красавицы его совершенно не привлекают. Предпочитает особ, перешагнувших шестидесятилетний юбилей, был трижды женат, всех похоронил, просто мальчик-катафалк!

— Ты хочешь сказать, что он трижды вдовец? В столь молодом возрасте?

— Ничего особенного, — продолжал веселиться Макс, — если учесть возраст его женушек. Впервые он вступил в брак, когда ему едва исполнилось восемнадцать. Избранницей стала Анна Сергеевна Леонидова, невесте стукнуло шестьдесят девять.

— И их расписали?!

— Почему бы и нет? При вступлении в брак ограничен только нижний предел возраста, верхний никого не волнует, да хоть тебе двести лет, обязаны зарегистрировать.

Я молчал.

— Ты язык проглотил? — осведомился Макс. — Понимаю, лучше сядь, а то еще шлепнешься, услышав дальнейшую информацию.

Сведения и правда оказались шокирующими. Прожив в счастливом браке два года, Анна Сергеевна благополучно скончалась от инфаркта, оставив муженьку четырехкомнатную квартиру и машину. Вдовец долго горевать не стал и вновь женился. На этот раз его избранницей стала семидесятилетняя Валерия Карловна. И снова счастье длилось недолго, не прошло и трех лет, как старушка померла, заработав обширный инфаркт. Горюющий муж, утирая слезы, получил еще одни хоромы, дачу и неплохое собрание антиквариата. Протосковав о безвременно ушедшей супруге целый год, Мишенька огляделся вокруг. Взор его упал на шестидесятипятилетнюю Клавдию Михайловну Аккуратову. Она-то и стала третьей женой ловкого мальчишки. Сами, наверное, уже догадались, что Клавдия Михайловна вскоре ушла в мир иной. Причина оказалась все та же — инфаркт. Правда, с наследством Мише пришлось повозиться. У его первых жен не было детей, они были одинокими, и альфонс беспрепятственно получал имущество. А Клавдия Михайловна имела дочь, зятя, двух внуков. Вся ее семья возмутилась до крайности, узнав, что мать и бабушка на старости лет строит матримониальные планы, и резко выступила против Михаила. Но Клавдия Михайловна оказалась крепким орешком. Она разругалась с родственниками, расписалась с Мишей и, естественно, оставила по завещанию все своему молодому мужу. Специальным пунктом в бумаге отмечалось, что она лишает своих домашних прав на загородный дом, набитый раритетами, потому что они: «Никогда меня не любили так, как следует». Дочь возмутилась и подала в суд. Процесс длился год, и в результате Михаил стал полноправным хозяином всего. Опрошенные в суде в качестве свидетельниц подруги покойной в один голос твердили, что Миша обожал Клавдию, буквально носил ее на руках, а та говорила всем, будто никогда не была так счастлива.

— Мальчик хорошо знает, как заработать тугую копеечку, — закончил Максим, — бабушек любит, обожает, без букетов домой не приходит. Вот только мрут они как мухи, что, в общем, учитывая возраст прелестниц, совсем не удивительно!

— Может, он им что-нибудь в еду подсыпает, — пробормотал я, — или капает какое-то средство, которое вызывает инфаркт? Такое ведь случается?

— Бывает, — легко согласился Максим, — только в этих случаях все чисто. Бабульки откинули тапки естественным путем. Думаю, милый Мишутка просто затрахал их до смерти.

— Каким образом? — не понял я.

— Уж не знаю, что за позу они предпочитали, — хмыкнул Макс, — но думается, бабуси не выдержали сексуального натиска. Доказать что-либо в этом случае очень трудно. В чем обвинишь парня? Все вокруг твердят: жену обожал, на руках носил, подарки дарил, любовниц не заводил, все вечера только с супругой проводил, рядышком, в обнимку.

— И он работает стриптизером?

— Нет, конечно, он, видишь ли, на время женитьбы уходил из «большого балета», дома сидел, всем говорил, что пишет книгу об искусстве танца. Ну а в промежутках между браками топчется в клубах.

— Зачем? Он же, насколько понимаю, вполне обеспечен.

— Вот уж не знаю, — тяжело вздохнул Макс, — может, не хочет накопленное тратить, может, нравится ему голым кривляться, а может, жен там отлавливает. Он со всеми супругами в ресторанах познакомился. Бабуськи-то оторви и брось были, по стрип-барам носились. Клавдию Михайловну он в «Желтой мельнице» подобрал.

Не успел Макс произнести последнюю фразу, как в моей голове мигом ожила картина.

Вот мы в веселой компании празднуем Новый год в «Желтой мельнице». Николетта, опрокинув в себя парочку коктейлей, превращается в неуправляемое существо. Сначала маменька, всегда соблюдающая диету, тихо хихикая, наваливает себе на тарелку салаты с майонезом, картошку фри и свиную отбивную. Потом, став еще более пьяной после употребления непривычной пищи, она пошла плясать. Я наблюдал за происходящим с дивана и вмешался только тогда, когда «па-де-де» маменьки со стриптизером начало выглядеть более чем неприлично. Окосевшая Николетта практически ничего не соображала, когда я стал уводить ее из круга. Но она все же ухитрилась засунуть мальчишке доллары в трусы. Помнится, я еще очень удивлялся, ну откуда матушке знать, каким образом принято расплачиваться с парнями, которые зарабатывают на жизнь демонстрацией красивого тела... Значит, это был Миша! То-то лицо альфонса показалось мне знакомым...

Я поблагодарил Макса и, не посмотрев на часы, вновь схватился за трубку.

— Да, — прочирикала Кока.

— Вы дома?

— Глупый вопрос, — ответила заклятая маменькина подружка, — ты же мне звонишь!

Действительно, я совсем с ума сошел.

— Можно к вам подъехать?

— Сейчас?! — изумилась Кока.

— Очень надо.

— Случилось что?

— Именно.

— Господи, — неподдельно испугалась Кока, — Николетта...

— Жива-здорова, — успокоил я даму, — и очень прошу вас не сообщать ей о моем визите.

— Обожаю тайны, — взвизгнула Кока. — Жду.

Я бросил трубку на кровать, схватил пиджак и взглянул на циферблат — час ночи. Не слишком подходящее время для визита, но нужно действовать оперативно, время работает на Михаила.

Кока открыла дверь и жеманно хихикнула:

— Извини, Вава, я не стала переодеваться. Переживешь меня в домашнем?

Я окинул взглядом ее тщедушную фигурку, упакованную в роскошный, расшитый вручную халат, и по привычке отпустил комплимент:

— Кока, вы прекрасны в любом виде.

Дама, не поленившаяся ночью накрасить глаза, брови, щеки и губы, кокетливо взмахнула жилистой ручонкой. Сверкнули бриллиантовые кольца.

— Да ну тебя, Вава! Ступай в гостиную! Аня, неси кофе!

Я подождал, пока горничная поставит поднос и уйдет к себе, потом резко спросил:

— Кока, только не врите! Как часто вы с Николеттой ходите по стрип-клубам?

Женщина чуть не уронила крохотную чашечку.

— Вава!!! Да ты с ума сошел!!!

Я посмотрел на Коку и увидел на дне ее глаз плохо скрытое беспокойство.

— Чтобы мы с Николеттой отправились в сомнительные заведения, — слишком шумно возмутилась она, — что взбрело тебе в голову!

— Кока, я все знаю!

Пальцы, унизанные кольцами, задрожали, дама быстро поставила фарфоровую чашку на столик, сделанный трудолюбивыми крепостными в восемнадцатом веке, и пробормотала:

— Ну Николетта! Договорились же! Никому ни слова!

— Она и не рассказывала.

— Откуда тогда информация?

Я схватил Коку за плечо:

— Послушайте, Николетта попала в скверную историю. Вы можете хоть раз в жизни перестать кривляться и начать разговаривать нормально? В конце концов, я понимаю, что вы недолюбливаете мою мать, но ведь не до такой же степени, чтобы желать ее смерти?

Неожиданно с лица Коки сползла светская улыбка, она потянулась к расписной шкатулке, вытащила оттуда длинную турецкую папиросу и с явной обидой произнесла:

— Между прочим, Павел сначала ухаживал за мной, а Николетта его отбила.

— Какой Павел?

— Да твой отец, дурачок. У нас был замечательный роман, дело шло к свадьбе, кстати, я всегда хотела быть женой писателя. Все так хорошо складывалось! И тут появляется Николетта и отбивает Подушкина! Скажи, это красиво?

— Кока, эта история случилась почти пятьдесят лет тому назад!

— Что ты несешь, Вава! — подпрыгнула дама. — Нам с Николеттой нет еще и сорока!

Я тяжело вздохнул. Нет, с ней невозможно разговаривать нормально. Вы только послушайте! Им с Николеттой нет еще и сорока! Кока что, забыла, сколько мне лет? Или она думает, что маменька произвела сына на свет еще до своего рождения? Да уж, похоже, Кока окончательно впала в маразм. Они с маменькой могут врать про свой возраст кому угодно, только не мне.

— Вы же потом вышли замуж. — Я решил увести даму от дебатов на тему возраста.

— Да, и очень удачно, — кивнула головой Кока, — никогда не нуждалась, но Вениамин был генерал, солдафон, никакой тонкости. «Всем встать, полк кругом, шагом марш». Ах, Ванечка, я так мучилась! Прямо дергалась вся на суаре[1]: а ну как Веня глупость сморозит! Он мог такое сказануть! Иловайский до сих пор вспоминает, как мой муж на вопрос: «Нравится ли вам Камю?» — ответил: «Не знаю, еще не попробовал, скажите, в какой миске этот салат!» Господи, я ему сто раз объясняла: Камю — это писатель. Но толку-то! Постоянно приходилось за руку его водить и за язык держать. Веня из деревенских мужиков, карьеру сделал, а воспитания не приобрел. Я его едва научила рубашки каждый день менять, все возмущался: «Зачем ее стирать, вывешу за окошко на десять минут, и снова свеженькая». А Павел — дворянин, аристократическая натура. Да что там говорить! Николетта поступила отвратительно!

Кока отвернулась к окну и стала с раздражением закуривать. Я молча держал перед ней зажигалку. Интересно, а сама Кока читала модного в среде советской интеллигенции в 60-е годы Альбера Камю? Скорей всего, нет. Но мне, честно говоря, наплевать на ее образованность.

— Кока, и мой отец, и Вениамин Александрович давно умерли, а Николетта вляпалась в идиотскую историю. Зачем вас потащило в стрип-клуб?

— Из любопытства, — ответила она. — Один

---

[1] С у а р е — вечеринка (*франц.*).

раз мы ехали вместе из гостей на моей машине, и тут колесо прокололось. Мы вышли. Ну представь, стоим на шпильках, в вечерних платьях, правда, в шубах, но у меня под юбкой нет белья, думаю, у твоей мамаши тоже...

— Почему? — изумился я.

— Дурачок, — снисходительно улыбнулась Кока, — так почти все одеваются, юбка лучше сидит. Одним словом, начали замерзать, и тут видим вывеску: «Клуб «Желтая мельница», мы и пошли туда. Кстати, место очень и очень приличное!

— Отчего вы так решили?

— А возле охранников какие-то девки толклись, но их внутрь не пустили, сказали: «Мест нет». Перед нами же двери мгновенно распахнули, мигом поняли, что пришли дамы из светского общества.

Забыв спросить разрешение, я потянулся к сигаретам. Глупость Коки обезоруживает. Секьюрити увидели двух пожилых, но хорошо сохранившихся и шикарно разодетых дам. Естественно, их без писка пустили в притон.

— Сколько раз вы там были?

— Ну... два, три, максимум пять.

— А потом решили повеселиться в злачном местечке на Новый год?

— И что плохого? — ринулась в атаку Кока. — Стол был хорош, концертная программа чудесная.

— Люди вашего круга не ходят в подобные места!

— А мы никому не рассказывали, впрочем, на Новый год можно, — как ни в чем не бывало заявила Кока.

Так, теперь понятно, откуда маменька знает, куда следует засовывать стриптизеру деньги. Полный негодования, я рассказал Коке все о Мише. Если кто и может повлиять на Николетту, так это заклятая подруга. Честно говоря, я ожидал, что она ужаснется и бросится к телефону. Наберет номер маменьки и заявит: «Имей в виду, дорогая, двери моего салона мигом закроются перед тобой, если выйдешь замуж за стриптизера».

Коку отличает редкостный снобизм. Она ни за что не пустит на свои антикварные диваны парня, пользующегося сомнительной репутацией. А Николетта не захочет прослыть дамой, которую не принимают у Коки. И потом, насколько я знаю маменьку, ей потребуется похвастаться кавалером. Тихо сидеть у телевизора, пусть даже в компании сверхмолодого мужа, это перспектива не для Николетты. Взвесив все «за» и «против», маменька выгонит Михаила. Но Кока удивила меня до крайности. Она не пришла в ужас, узнав, какая судьба постигла всех супруг альфонса. Нет, наоборот, Кока закатила глаза и прощебетала:

— Боже, как романтично! Умереть от любви! О такой смерти мечтает каждая женщина. Господи, как повезло Николетте! Скончаться в объятиях!

— Моя мать пока жива, — обозлился я.

— Ну да, верно, — остановилась на секунду Кока, но потом бодро продолжила: — Но ведь это вопрос времени?

Честно говоря, я растерялся.

— Кока! Вы желаете Николетте смерти?

— Что ты, Вава! — возмутилась светская львица. — Я просто сгораю от зависти, такое романтическое приключение. Меня, естественно, позовут подружкой невесты, придется шить розовое платье.

— Отчего обязательно розовое? — в полном обалдении поинтересовался я.

— Ах, Ваня, так принято. Невеста идет к алтарю вся в белом, подруги в розовом.

— Вы с ума сошли! — подскочил я. — Какой алтарь! Еще фату предложите надеть!

— Почему нет? — удивилась Кока. — Николетта будет изумительно в ней смотреться, ее можно заказать у Юдашкина, этот кутюрье сейчас на пике моды...

— Фата — символ невинности невесты!

— Ерунда, — отмахнулась Кока, — никто об этом не знает.

— Церковь не разрешает повторно венчаться.

— Во-первых, — резво возразила Кока, — вдове можно, вот разведенной и впрямь нельзя, но Николетта похоронила первого мужа, следовательно, со спокойной душой предстанет перед батюшкой. А во-вторых, когда они с твоим отцом расписывались, нельзя было скреплять брак в церкви, времена были не те, мы бегали в храм тайком. Я точно знаю, что они с Павлом не венчались. А теперь Николетта может принять обряд!

— И вы станете приглашать их к себе?

— Конечно!

— Вас не смущает, что Миша стриптизер?

— Он артист балета!

— Он танцует голый!!!

Кока выпятила аккуратно накрашенную нижнюю губку.

— Вава, ты, оказывается, ханжа! Большинство танцоров выступают полураздетыми. Ну-ка, вспомни «Спартак». Там Васильев в набедренной повязке танцевал!

— Так это Васильев! И дело было на сцене Большого театра! А Миша кривляется в ресторане!

— Во все времена мещане не понимали высокое искусство, — припечатала меня Кока. — Ты, Вава, просто не дорос до восприятия некоторых вещей!

Признав свое полное поражение, я откланялся и пошел в прихожую. Кока провожала меня. На ее лице бродила мечтательная улыбка. Внезапно мне в голову пришла интересная мысль:

— Знаете, вам представился уникальный случай.

— Ты о чем? — удивилась Кока.

— Николетта отбила у вас Павла, теперь вы можете ей отомстить! Уведите Михаила.

— Я порядочная женщина, — возмутилась Кока, — и никогда не опущусь до такого поступка.

На ее лице отразилось возмущение, но в глазах загорелся огонек. Поняв, что рыбка заглотила крючок, я ушел. Конечно, это маловероятно, но вдруг Кока подсуетится и уведет подонка? Надо помочь ей в этом процессе. Хоть маменька раздражает подчас до зубовного скрежета, она дорога мне как память об ушедшей юности.

Глава 25

В «Птицу Говорун» я приехал к полудню, совершенно не выспавшись. Побродив по коридорам, я нашел кабинет начальника, вошел внутрь, увидал молодого парня от силы лет двадцати пяти и сказал:

— Добрый день, не подскажете, где найти Беату Быстрову?

Юноша оторвался от компьютера и невежливо ответил:

— Понятия не имею.

— Она у вас не работает?

— Не помню, — буркнул юноша и потянулся к зазвонившему телефону. Прежде чем снять трубку, он кивнул в сторону стены: — Зайдите в соседнюю комнату, к Нинель Игоревне, она вам объяснит, как связаться с Быстровой.

Я послушно толкнулся в следующую дверь. За столом сидела дама лет пятидесяти, безукоризненно одетая и намакияженная.

— Слушаю вас, — без тени улыбки, но очень вежливо сказала она.

— Вы Нинель Игоревна?

Женщина кивнула.

Я ткнул пальцем в сторону стены:

— Мне посоветовал обратиться к вам молодой человек из кабинета, на двери которого висит табличка «Начальник». Он что, и впрямь заправляет тут всеми делами? Между нами говоря, не слишком-то любезен с клиентами!

Нинель Игоревна расплылась в довольной улыбке.

— Вы не первый, кто на него жалуется! Олег груб, абсолютно неинтеллигентен и плохо владеет английским, но он зять нашего хозяина, и Никита Григорьевич, когда уезжает, всегда оставляет парня за себя. Постоянные клиенты никогда к Олегу не обращаются, предпочитают иметь дело со мной. Чем могу помочь? Что у вас?

— В каком смысле? — прикинулся я идиотом.

— Ну, письмо, статья, доклад... Мы переводим абсолютно все, начиная с личной корреспонденции и заканчивая научными работами по любым отраслям знаний.

— Мне посоветовали отдать рукописи Беате Быстровой.

Нинель Игоревна повертела в руках карандаш.

— Если не секрет, кто вас направил к ней?

— Леонид Серегин. Беата — его бывшая жена, он сказал, что она великолепно владеет языком.

Нинель Игоревна постаралась сохранить серьезное выражение лица, но потом не выдержала и усмехнулась:

— Какой же язык блистательно знает госпожа Быстрова?

Я сначала растерялся, но потом ответил:

— Английский.

Нинель Игоревна хмыкнула:

— Может, и так, но Быстрова у нас не работает.

— Но Леня сказал, что устроил ее в вашу фирму.

— Правильно. Господин Серегин попросил Никиту Григорьевича принять на работу Беату. У нас есть штатные и внештатные сотрудники. Последние сидят дома и приезжают в офис только для того, чтобы отдать или получить работу. Кадровые переводчики имеют постоянный оклад и лимитированный день, те, кто на договоре, получают сдельную оплату. Перед тем как взять сотрудника, мы тестируем его. «Птица Говорун» престижное место, тут служат только специалисты высшего класса, мы не хотим ронять честь марки. Но для Беаты сделали исключение. Никита Григорьевич просто велел мне оформить ее как внештатницу.

Нинель Игоревна решила, что начальство само побеседовало с кандидаткой, и спокойно зачислила Беату. Более того, узнав, что Быстрову рекомендовал Серегин, приятель начальника, Нинель Игоревна решила угодить хозяину и дала Беате очень выгодный заказ: очень простой, но большой по объему текст. Перевести его на английский даже неопытному переводчику не составило бы труда. Если говорить честно, с заказом справился бы и десятиклассник.

— Понимаете, — объясняла женщина, — мы платим за количество страниц. Сложность работы не учитывается, правда, существуют различные расценки для технической документации и, так сказать, художественного текста, но сами понимаете, что текст тексту рознь. Иногда такого навертят! Все словари перероешь, пока сообразишь, что к чему, а в кассе дадут пшик! Текст сложный, но уместился на одной страничке. А случается, принесут просто «Войну и мир», многотомное произведение, наберешь бумаги побольше и спокойно переводишь без всяких проблем, ну и получаешь большую сумму. И как по-вашему, что лучше?

— По-моему, ответ очевиден.

— Вот я и дала Беате очень хорошую работу, — вздохнула Нинель Игоревна, — правда, предупредила: у нас очень строго, велено сдать десятого числа, расшибись, а принеси. Не одиннадцатого, не двенадцатого... В стране безработица, переводчиков как собак нерезаных, а «Птица Говорун» платит исправно.

Но Беата десятого числа не явилась, Нинель Игоревна позвонила девушке, а та заявила:

— Заболела и не успела.

— Ладно. — Нинель Игоревна решила пойти навстречу хозяйской протеже. — Конечно, нехорошо, но всякое случиться может. Сделай к пятнадцатому.

— Ладно, — отозвалась без особого энтузиазма Беата.

Но через пять дней Быстрова не объявилась. Нинель Игоревна схватилась за голову, послала к девушке курьера, который доставил несделанную работу в офис. Нинель Игоревна глянула на рукопись и поняла, что ее даже не открывали. Пришлось ей, отбросив все дела, самой переводить.

— У меня создалось впечатление, — говорила дама, — что госпожа Быстрова практически не владеет английским языком. Я, правда, ничего не стала говорить Никите Григорьевичу.

— Почему?

Нинель Игоревна вздохнула:

— Он очень вспыльчивый, не терпит около себя сотрудников, которые пытаются высказывать собственное мнение. У нас в конторе как в полку — упал, отжался, дальше побежал. Вот я и не рискнула пожаловаться. Знаю, что Серегин хороший знакомый Никиты Григорьевича, ну и решила: попросит эта девчонка новую работу, дам сложнейший перевод, пусть ковыряется. Есть у нас заказчики, которые могут пойти к начальству и скандал поднять. Пусть на нее клиенты жалуются, а не я. Дружба дружбой, а табачок, знаете ли, врозь! Только она больше не появлялась. Похоже, и не собиралась работать переводчицей. Поэтому, естественно, ваш заказ возьмем, но отдать его Быстровой не могу. Кстати, ею милиция интересовалась!

— Да ну?

Нинель Григорьевна кивнула:

— Приходил молодой человек, просто ребенок, я даже сначала не поверила, что он в органах служит.

Но паренек показал удостоверение и принялся расспрашивать Нинель. Хорошо ли работала Беата? Были ли у нее в коллективе скандалы? С кем дружила?

Нинель Игоревна выложила правду. Девушку тут никто не знает, она была в «Птице Говорун» всего один раз, когда оформлялась на работу, с тех пор о ней ни слуху ни духу, очевидно, деньги не нужны, просто требовалось куда-то положить трудовую книжку, так иногда делают, чтобы стаж не терять. Юный милиционер ушел ни с чем. Правда, Нинель Игоревна посоветовала пареньку:

— А вы загляните на ее прежнее место работы, там небось девушку лучше знают.

Я фальшиво возмутился:

— Встречаются же такие лживые особы!

— Сейчас вся молодежь такая, — отмахнулась Нинель Игоревна, — ничего в голове нет, одна дырка. Мы были другими, ответственными, понимали, что нужно упорно трудиться, а эти! На уме только компьютерные игрушки!

— Но Беата вроде не девочка, — педалировал я тему.

Нинель Игоревна скривилась:

— Ну да, паспортный возраст солидный, а по уму пятнадцати не дашь. Жертва перестройки. Они все, кому в восемьдесят пятом четырнадцать-пятнадцать было, ущербные выросли. На их глазах страна развалилась, моральные ценности вдребезги разбились, престижно стало воровать, убивать, грабить. Сейчас все вновь становится на свои места, дети начинают учиться, поняли, что нужно иметь хорошее образование, но то поколение потерянное. Знаете, что удивительно?

Я вздернул брови вверх:

— Что же?

— До того как прийти к нам, Беата преподавала язык в школе.

— В какой?

— Самой обычной, районной. Погодите-ка.

Нинель Игоревна пощелкала компьютером.

— Вот, общеобразовательная, номер две тысячи двести семь. Я еще подумала: «Господи, куда мы катимся, если эта особа воспитанием детей занималась».

— Она произвела на вас такое отрицательное впечатление?

Нинель Игоревна покраснела:

— Уж извините, сначала я приняла ее за проститутку, у нас случаются такие клиентки.

Я удивился:

— Зачем ночным бабочкам ходить в бюро переводов?

— У них мечта: выйти замуж за иностранца и

уехать, — фыркнула Нинель Игоревна, — кино насмотрелись и полагают, будто в Европе и Америке повсюду горы бесплатного шоколада лежат. Письма от потенциальных женихов приносят.

Когда Беата без стука и спроса влетела в кабинет, Нинель Игоревна сперва подумала, что к ней завалилась очередная жрица любви. Красная кожаная мини-юбочка, длинное пальто, сапоги-ботфорты, яркий макияж и удушающий запах дорогого парфюма. Но, к ее глубокому изумлению, размалеванная девка оказалась будущей сотрудницей.

— Учитывая вышесказанное, — подвела итог дама, — надеюсь, вы понимаете, что вашу работу следует отдать другому человеку.

— Хорошо, я подумаю, как поступить, — быстро ответил я.

Нинель Игоревна нахмурилась:

— Вас не убедили мои аргументы? По-прежнему желаете иметь дело с Быстровой? Вольному воля, только я с ней связываться не стану. Хотите нанять сомнительного переводчика, действуйте сами.

— Между прочим, госпожа Быстрова числится в «Птице Говорун», — решил я уколоть Нинель Игоревну. — Вы сами признались, что не хотели ругаться со своим начальником и ничего ему не сказали про Беату. Нелогично получается. Радеете за родную фирму и числите в ней недобросовестных работников.

— А я ей заказов не даю, — вспыхнула женщина, — она не просит, и не надо.

— Вдруг кто-то захочет воспользоваться ее услугами!

— С какой стати?

— Но я же пришел!

Нинель Игоревна скорчила презрительную гримасу.

— Вы единственный за долгое время.

На улице начался дождь. Я быстро влез в «Мерседес», позвонил Норе и все ей рассказал.

— Езжай в школу, — приказала хозяйка и добавила: — У тебя по дороге мебельного магазина не найдется?

— Вполне вероятно, что встретится, а в чем дело?

— Посмотри там большое красное кожаное кресло с высокой спинкой.

Ага, с широкими подлокотниками, глубокое. Такое стояло в кабинете Ниро Вульфа. Усмехнувшись, я набрал телефон справочной службы «Би лайна» и, ожидая ответа оператора, закурил. Значит, Норе мало того, что мы теперь вынуждены выбрасывать за окно несъедобную еду, подавай ей другой интерьер кабинета. Прямо смешно. Никогда бы не подумал, что Элеонора способна превратиться в ребенка.

Узнав адрес школы, я медленно покатил по улицам, разыскивая вывеску «Мебель», но глаза наткнулись на другую — «Кафе «Пирожок». Рот наполнился слюной, и я понял: если сейчас же, сию минуту, не вбегу в это сомнительное заведение и не проглочу штук десять пончиков, то просто скончаюсь от голода. Есть хотелось безумно. Испытывая первобытные ощущения, я вошел в небольшое помещение, купил сразу пять пирожков и кофе по-турецки.

К моему полному изумлению, выпечка оказалась невероятно вкусной, кофе крепким, а официантка приветливой. Проглотив половину еды не жуя, я притормозил и приказал себе: «Ты же не собака, ешь спокойно, никто не отнимет». Но изголодавшийся желудок бунтовал, и я чуть не подавился, откусив слишком большой кусок от следующего пирожка.

— На диете небось сидите, — визгливо рассмеялась официантка, — к нам вчера одна женщина заявилась, столько слопала! Мы прямо испугались, как бы ей не поплохело, но она объяснила: худеет, ничего не жрет, и вдруг как прихватило! Вот на наших пирожках душу-то и отвела! Цирк прямо!

— Просто я очень проголодался, — ответил я, судорожно глотая.

Не рассказывать же простоватой девице про кулинарные изыски Лены, которые мы с Норой стабильно выбрасываем за окно? Интересно, как устраивается с едой Элеонора? Я-то бегаю по городу и в принципе могу зарулить в предприятие общественного питания. Хотя, честно говоря, не слишком люблю места, где готовят для большого количества людей. Единственный ресторан, куда я ходил со спокойной душой, расположен в Центральном доме литераторов. В свое время отец частенько брал меня туда. Но теперь это заведение потеряло всякую привлекательность. Готовить стали не ах, исчезли фирменные блюда, пропали любимые всеми слоеные пирожки с мясом. Зато цены взлетели в заоблачные выси, мне с моим окладом в Дубовом зале делать нечего. Место, где чашечка кофе стоит, как баллистическая ракета, не для меня. Если Нора по-прежнему будет упорствовать и делать вид, что Ленка гениальный кулинар, вашему покорному слуге придется покупать бульон «Магги» и пить по вечерам в своей комнате отвратительное пойло, не имеющее ничего общего с нормальным супом. Один раз, задавленный рекламой, я таки купил пакетик «Горячая кружка». Большей гадости в жизни не пробовал. В слишком соленой воде плавало две вермишелины, колечко репчатого лука и пара кубиков моркови. Вкус достигался ароматизаторами. Но меня не привлекает вся таблица Менделеева в одной кружке, даже в горячем виде и под названием суп.

Я вытер жирные пальцы салфеткой и, взяв с собой пирожков, поехал в школу.

Вокруг четырехэтажного здания с диким гиканьем носилась орда взъерошенных мальчишек. У подножия лестницы были свалены грудой грязные портфели и валялись пустые пакеты из-под сока. Я выхватил из толпы вертлявое существо лет восьми и спросил:

— Где можно найти вашего директора?

Мальчик утер кулаком нос и заявил:

— Я свободный ребенок, в свободной стране и имею полное право проводить свободное время как хочу. Нравится мне — вот и бегаю. Чего директором пугаете?

Честно говоря, я растерялся, у меня в его возрасте такая фраза никогда бы не слетела с языка. Более того, я бы и не посмел так даже подумать! Свободный ребенок в свободной стране! Бог мой, я боялся всех: учителей, директора, взрослых мужчин и женщин, председателя совета пионерской дружины, секретаря комсомольской организации, контролера в трамвае, потом старосты курса, декана, ректора. Лишь отец вызывал у меня не ужас, а уважение. Да я до сих пор не ощущаю себя свободным, поэтому предпочитаю не спорить ни с Элеонорой, ни с Кокой, ни с Николеттой. Да уж, нужно было приехать в этот школьный двор и налететь на второклассника, чтобы понять: все мое воспитание строилось на чувстве страха и раболепия.

Я молча смотрел на ребенка.

— Ну так я пойду играть, — спокойно заявил тот, выкручиваясь из моей руки.

— Вы меня неправильно поняли, — улыбнулся я ему как взрослому. — Бегайте себе на здоровье, если душа просит. Мне просто нужно побеседовать с директором, к вам это не имеет никакого отношения.

— Алла Семеновна сидит на первом этаже, — выкрикнула свободная личность и понеслась по двору, азартно выкрикивая: — Эй, скорей, покемоны выступают!

Я с легкой завистью посмотрел ему вслед. Все, решено. Сегодня же наберусь смелости и заявлю Лене, что ее стряпня чудовищна.

Глава 26

Алла Семеновна выглядела так, как и должен смотреться директор школы: дама неопределенного возраста, в деловом костюме, со старомодной укладкой на голове и в очках. Скорей всего, она преподает математику.

— По какому вопросу ко мне? — сурово спросила тетка.

Я нацепил на лицо самую сладкую улыбку:

— Мой сын собрался изучать английский язык, мы хотим нанять репетитора.

— Это не ко мне, — рубанула дама, — впрочем, поговорите с Ладой Глебовной, завучем, может, кого посоветует.

— У нас есть кандидатура...

— И что? — Алла Семеновна не стала любезней. — Извините, я не понимаю сути проблемы. Сделайте милость, изложите просьбу внятно.

— Нам посоветовали девушку, учительницу английского языка из вашей школы. Но сами понимаете, впускать в дом незнакомого человека опасно, вот я и пришел навести о ней справки. Мы с женой целый день на работе, ребенок будет сам открывать репетитору дверь, мало ли что...

— Девушка? — изумилась Алла Семеновна и сняла очки.

Без оправы ее глаза стали беззащитными, и я понял, что она вовсе не злая, просто очень устала, да и положение обязывает сохранять неприступное выражение лица.

— У нас недокомплект преподавателей английского языка, — объяснила директор, — две свободные ставки висят, не идет народ в школу. Сейчас только одна учительница осталась, Вера Ивановна, ей уже за шестьдесят, молодых нет.

— Нашего репетитора зовут Беата Быстрова.

Внезапно Алла Семеновна покраснела:

— Беата Быстрова? И где вы ее взяли?

— Объявление прочитали в газете «Из рук в руки». «Даю уроки английского языка детям, работаю в школе, в совершенстве знаю программу, подготовка в вуз, плата умеренная». Мы позвонили — и впрямь недорого просят, десять долларов урок, остальные-то по пятьдесят хотят. — Я старательно изображал из себя клинического идиота.

Алла Семеновна вновь надела очки, лицо ее приобрело жесткое выражение.

— Уважаемый... э...

— Иван Павлович.

— Так вот, уважаемый Иван Павлович, вы уже не мальчик, а демонстрируете редкостную беспечность. Разве можно искать преподавателя по газете бесплатных объявлений? Мало ли кто чего напишет! Вы с женой владеете английским?

— Нет. Иначе бы зачем нам деньги на учительницу тратить? Супруга бы сама помогала делать домашние задания.

— Вот видите, — подняла вверх указательный палец Алла Семеновна. — И как вы проверите квалификацию репетитора, а? Голову запудрить людям легко.

— Но где же найти учителя?

— По знакомым, другого пути нет, иначе рискуете заполучить аферистку, такую, как Беата.

— Но ведь она работает в вашей школе.

— Быстрова давно уволена.

— Она говорит...

— Сказать можно все, что угодно!

— Почему ее выгнали?

— Это неважно, за профнепригодность.

— Пожалуйста, расскажите поподробней.

— Ни к чему, — отрезала Алла Семеновна, — вы пришли узнать о профессиональных качествах этой особы, я вам даю однозначный ответ: Быстрова языка не знает, преподавать не умеет, диплом, очевидно, купила. В качестве репетитора ее в дом пускать опасно, может украсть то, что плохо лежит.

— Даже так? — делано изумился я. — А нам с женой девушка понравилась, милая, интеллигентная, простая. Знаете, ложно обвинить можно всякого! Между прочим, Беата предупредила, что вы начнете о ней гадости говорить.

Алла Семеновна поджала губы:

— Извините, больше мне сказать нечего. Хотите — нанимайте, заплачете потом, да поздно будет.

Я посмотрел на ее сухопарую фигуру, облаченную в наглухо застегнутый строгий костюм, и ощутил прилив вдохновения. Опершись о стол, я подмигнул директрисе и, понизив голос, сказал:

— Беата-то рассказала мне, по какой причине ее уволили.

Алла Семеновна отшатнулась с сторону:

— Что вы имеете в виду?

— Ничего, кроме правды. Вы отбили у Быстровой жениха, молодого парня, Мишу. Кстати, он танцует стриптиз в баре и не слишком подходит директрисе школы ни, простите, по возрасту, ни по социальному статусу. Но любовь зла, полюбить можно всякого, однако с вашей стороны, ей-богу, некрасиво сначала увести жениха у девушки, затем выгнать соперницу, чтобы не маячила перед глазами, а потом рассказывать о ней гадости первому встречному!

Алла Семеновна уронила очки на стол. Лицо ее сравнялось по цвету с вымпелом «За победу в социалистическом соревновании. 1984 год», невесть почему висевшим до сих пор на стене. Минуту она смотрела на меня раскрыв рот, потом взвизгнула, потеряв всякую солидность:

— Как можно сочинить такую мерзость?

— А что, неправда?

Директриса вскочила и забегала по кабинету. На ногах у нее были не шпильки, а туфли на удобных, толстых, невысоких каблуках.

— Конечно, нет! Боже! Выдумать такую глупость! Хотя Беата способна на многое! Я увела у нее мужчину! С ума сойти! Да я уже три года как вдова!

— Ну и что? — нагло заявил я. — При чем тут вдовство? Как раз все очень даже складывается. Супруг ушел в мир иной, угрызения совести не мучают, а молодой любовник лучше, чем старый пень!

Услыхав последнюю фразу, Алла Семеновна застыла, словно жена Лота. Я давно заметил, у каждой женщины есть нечто, чем она гордится. У одной — фигура, у второй — карьера, у третьей — дети, у четвертой — муж... Хотите, чтобы существо противоположного пола прониклось к вам симпатией, похвалите его прицельно, затроньте предмет ее гордости. Одной можно заявить: «Дорогая, вы с дочерью неотличимы друг от друга». Другой выразить восхищение: «Не всякая сумеет обойти мужчин на пути к креслу начальника».

А вот если нужно разозлить тетку, поступайте наоборот и мигом утонете в потоке возмущенных слов. Обижаясь, женщины, как правило, становятся на редкость говорливы. Правда, большинство из них вообще болтливы безмерно, а уж в состоянии стресса им просто нет удержу.

Алла Семеновна не была исключением. Шумно вздохнув, она прошипела:

— Ну Беата, ну сволочь! Знаете, отчего ее отсюда выгнали?

— Нет, — спокойно ответил я, поудобней устраиваясь в жестком кресле.

Дело сделано, рыбка попалась на крючок, сейчас на меня выльется океан сведений. И точно. Алла Семеновна затараторила, словно торговка рыбой. Очевидно, пассаж про любовника-стриптизера оскорбил ее до глубины души. Скорей всего, директриса считает себя образцовой вдовой.

Когда Беата пришла в школу, Алла Семеновна сначала обрадовалась. Преподавателей английского языка постоянно не хватает, приходится брать тех, кто давно перешагнул пенсионный возраст, а они не лучшие кадры. И потом, пожилые преподавательницы обидчивы, капризны, часто кричат на детей, ругаются с родителями и закатывают истерики в учительской, не говоря уж о том, что у них постоянно то давление скачет, то сердце прихватывает. Одним словом, Алла Семеновна предпочитала иметь дело с молодыми, но где их взять?

Юноши и девушки, окончившие педагогические институты, устраивались куда угодно, но не в школу. Впрочем, их можно понять. Сорокавосьмичасовая рабочая неделя, классное руководство, бесконечная проверка тетрадей, на службе нужно быть без пятнадцати восемь утра, а уйти удается только после пяти... И за все про все начинающий педагог получает такую зарплату, что остается голодным, босым и раздетым. Поэтому понимаете, как обрадовалась Алла Семеновна, когда в ее кабинет постучалась Беата, у которой имелся диплом об окончании Московского педагогического института. Бедная директриса совсем недавно приняла на работу двух инженеров, пришедших из очередного развалившегося НИИ. Математик и физик оказались отличными специалистами, предмет знали великолепно, но в плане педагогики были полные профаны, совсем не умели управляться с детьми. А тут молодая женщина, профессионал...

Правда, Беата никогда не работала, трудовой книжки не имела. Но она объяснила директору положение вещей: была замужем за Дмитрием Быстровым. У того имелось двое детей от предыдущего брака, и Беата, полностью забыв о себе, воспитывала шаловливых пасынков. Однако супруг оказался не слишком порядочным человеком и через некоторое время вновь сошелся с первой женой, заявив Беате:

— Извини, я хочу развестись. Мальчикам лучше с родной матерью.

Вот так девушка, вложившая много времени и сил в чужих детей, оказалась у разбитого корыта, пришлось вспоминать о полученной специальности и искать работу.

Алла Семеновна прониклась жалостью к бедной девочке и во всем пошла ей навстречу. Беата попросила дать ей только младшие классы.

— Опыта нет, — потупилась учительница, — боюсь, не справлюсь со взрослыми.

Алла Семеновна не перечила, и правда, пусть пока попробует с маленькими.

Первые три месяца все шло отлично. Потом начались проблемы. Сначала в директорский кабинет влетела раздраженная мамаша и заявила:

— У моего Кольки сплошные пятерки по английскому!

Алла Семеновна, привыкшая, что родители обычно бывают недовольны двойками, удивилась:

— Вам не нравятся отличные отметки?

— Такие — нет! — ответила женщина. — Вот смотрите, я сама немного знаю английский и решила проверить у Коли тетради. Здесь, здесь и здесь — ошибки, упражнение сделано неверно, а учительница ничего не заметила и поставила «пять».

Директриса вздрогнула:

— Извините, случается. Наверное, устала очень, вот глаз и «замылился», тетрадей много, Беата Андреевна сидит над ними, скорей всего, до полуночи. Я сделаю ей замечание, попрошу быть внимательной.

Родительница усмехнулась:

— Ладно бы один раз, всякое бывает! Но она исправляет только такие неточности, которые бросаются в глаза даже второкласснику, остальные не замечает. Да вы полистайте тетрадь-то!

Алла Семеновна не владеет английским, поэтому вызвала в качестве третейского судьи Веру Ивановну, которая подтвердила:

— Домашние и классные работы сделаны плохо, за них и тройку поставить нельзя.

Выпроводив разъяренную мамашу, Алла Семеновна вызвала к себе Беату и призвала ту к ответу.

Девушка слегка покраснела:

— Да, я ставлю Коле Реутову незаслуженные пятерки и не подчеркиваю ошибки в тетради.

— Почему? — возмутилась начальница.

— У Коли изверг-отец, — пояснила Беата, — бьет ребенка смертным боем даже за четверки, мальчик запуган, учеба ему в голову не лезет, вот я и решила пожалеть паренька, не могу видеть его несчастное лицо. Но если вы запрещаете, больше так делать не стану.

Посчитав инцидент исчерпанным, Алла Семеновна успокоилась. Затем случилась еще одна неприятность. Местная кляузница, географичка Инна Львовна, сообщила директору:

— Ваша распрекрасная Быстрова насобирала в своем классе детей и репетирует их за хорошие деньги.

Алла Семеновна только тяжело вздохнула. Да, на самом деле, брать во вверенном вам классе приватных учеников строго-настрого запрещено. Но на деле и русичка, и математичка, и химик занимались репетиторством. Директор закрывала на это нарушение глаза, зарплаты учителей маленькие, а кушать хочется. И потом, она боялась: начнет притеснять репетиторов, а те плюнут и уйдут в середине года в другое место, что делать тогда с учебным процессом? Кстати, никто, кроме Инны Львовны, не возмущался. Было понятно, отчего географичка бесится: ее предмет никому не нужен, и частные ученики не спешат к ней. Поэтому Алла Семеновна, поблагодарив наушницу за «сигнал», никаких мер принимать не стала. Но вскоре произошла еще одна неприятная история, и снова прозвучала фамилия Быстровой.

На этот раз в кабинет директора прибежала мать «школьного несчастья», двоечника и хулигана Павла Локтева.

— У меня из квартиры пропало три тысячи долларов, — заявила она с порога.

— А при чем тут я? — удивилась Алла Семеновна.

— Так к нам ходит на дом заниматься с Пашкой училка из вашей школы, — заявила беспардонная мамаша, — Беата Андреевна. Она стырила, больше некому, другие посторонние не заглядывали! Пусть отдает деньги, иначе в милицию пойду!

Алла Семеновна вскипела и посоветовала мамаше как следует потрясти своего лоботряса-сына.

— Это мы заявим в органы, — сказала она, — что вы порочите честь и достоинство простой учительницы. Небось Павел доллары унес и потратил. Кстати, откуда у него плеер? Сегодня физик жаловался: «Сидит на уроке, уши заткнул и напевает». Вы купили ему игрушку?

— Нет, — растерянно ответила мать, — какие уж тут подарки, когда он не учится совсем.

— Вот и подумайте, где ваш сыночек взял аудиоаппаратуру, — отрезала Алла Семеновна.

Беате она вновь ничего не сказала, просто посоветовала:

— Откажись от урока у Локтевых.

Быстрова кивнула:

— Сама хотела, неудобно деньги брать, мальчик совсем не хочет учиться.

Через месяц из учительской пропала сумка географички с зарплатой, а еще через два исчезли кошельки сразу у троих педагогов. Преподаватели подняли шум, даже вызвали милицию, но толку было чуть. В комнату мог войти любой, она не запиралась. Пошумев, учителя решили, что воруют дети из десятого «А», в классе было много ребят из неблагополучных семей. Поэтому на двери учительской повесили замок, а предметникам раздали от него ключи.

Кульминация наступила в следующем учебном году, пятого сентября.

Алла Семеновна спокойно готовилась к совещанию, когда в ее кабинет вошла приятная дама лет пятидесяти и сказала:

— Здравствуйте, я Регина Глебовна. У меня к вам серьезный разговор. Мой внук, Костя Хаустов, учится в вашей школе в четвертом «А» классе. Вчера детей познакомили с преподавательницей английского языка Беатой Андреевной Быстровой. У вас служит такая?

Алла Семеновна кивнула:

— Да, хороший специалист, любит детей, мы ею довольны.

— Она училась в Московском педагогическом?

— Да, — удивилась директор, — а в чем, собственно говоря, дело?

— У вас есть ее фотография?

— В личном деле вклеена.

— Покажите.

— Зачем?

— Хочу удостовериться, что это именно та особа, о которой я думаю.

Алла Семеновна не собиралась показывать посторонней личное дело, поэтому заявила:

— Вы можете посмотреть на Быстрову в учительской, она сейчас там.

— Беата очень хорошо меня знает, — спокойно ответила дама, — сделайте милость, покажите фото, иначе может возникнуть скандал.

Было что-то такое в глазах Регины Глебовны, отчего Алла Семеновна повиновалась. Директриса встала, отперла сейф и вытащила тоненькую папочку. Регина Глебовна кинула взгляд на снимок.

— Это она, совсем не изменилась. Теперь послушайте, я всю жизнь преподаю английский.

Алла Семеновна только вздрагивала под лавиной сведений. Регина Глебовна утверждала, что Беата проучилась всего два года, потом была выставлена с позором из учебного заведения за полное нежелание учиться, патологическую лень и воровство.

— У нас пропадали сумки, у студентов кошельки, — перечисляла Регина Глебовна, — потом ее поймали за руку и просто выгнали. Надо было бы вызвать милицию, да пожалели не столько воровку, сколько честь института. Заведут дело и станут нас потом на всех совещаниях пинать, сами знаете, как бывает. Так что Беата не имеет никакого права преподавать в школе, она практически ничего не знает, и я не удивлюсь, если и у вас в коллективе начались кражи.

— Но у нее есть диплом, — только и сумела вымолвить Алла Семеновна.

— Ну это не проблема по нынешним временам, — без тени улыбки заявила Регина Глебовна. — Вы в метро ездите? В переходах полно молодых людей, торгующих «корочками». Вы с ней как познакомились?

— Она от центра занятости пришла, — пробормотала директриса, — но почему я должна вам верить?

— Конечно, не должны, — усмехнулась Регина Глебовна, — просто позовите сейчас сюда Беату, и все поймете.

Но в лице Быстровой, вошедшей в кабинет, ничто не дрогнуло.

— Слушаю, Алла Семеновна, — сказала она, — вы меня искали?

— Ты знакома с Региной Глебовной?

— В первый раз вижу, — с милой улыбкой заявила Беата.

Алла Семеновна слегка растерялась, но Регина Глебовна усмехнулась и с каменным лицом ответила:

— Думаю, ты не врешь! И впрямь попыталась вытравить из своей памяти все воспоминания о нашей семье. Ты наглый, беспардонный человек.

Беата посмотрела на директрису:

— Вы позвали меня сюда, чтобы я выслушивала бредни явно больной женщины?

Алла Семеновна, до сих пор весьма удачно

справлявшаяся со всеми трудностями, которые подстерегают начальника в женском коллективе, в данном случае не нашлась, что ответить, а когда нужные слова пришли ей на ум, их не дала произнести Регина Глебовна.

Абсолютно спокойно дама заявила:

— Бессмысленно врать и выкручиваться. Немедленно пиши заявление об уходе по собственному желанию, иначе...

— Вы с ума сошли? — взвилась Беата. — Это просто хулиганство! Алла Семеновна, давайте вызовем психиатрическую перевозку!

— Иначе, — тем же голосом лектора продолжила Регина Глебовна, — придется мне вызывать милицию и рассказывать о Вадиме. Ты зря надеешься, что никому ничего не известно. Я просто молчала, понимая тупиковость ситуации, да и мужа жаль было. Но месяц тому назад мой супруг скончался, и меня теперь ничто не остановит от похода в соответствующие органы. Кстати, шприц, которым ты делала уколы, спрятан!

Ничего не понимающая Алла Семеновна смотрела на женщин. Регина Глебовна казалась спокойной, Беата же резко побледнела, глаза ее забегали из стороны в сторону, руки затеребили кофточку.

— Меня оскорбляют в вашем кабинете, — дрогнувшим голосом заявила она директрисе, — попирают ногами мое достоинство, а вы молчите. Ни минуты больше не останусь тут, считайте, что я подала заявление об уходе.

С этими словами она быстро выскользнула за дверь.

Алла Семеновна воскликнула:

— Вы оставили нас без педагога! Где я найду сейчас языковика!

Регина Глебовна, продолжая сохранять внешнюю невозмутимость, ответила:

— Вот какая подлая, ухитрилась повернуть дело в свою пользу, впрочем, если вас не убедили мои слова... С чего бы это Беате увольняться, а? Кстати, вам понравится, если сюда явится милиция и арестует ее?

— За что?

— За многое, в частности, за убийство.

Алла Семеновна только открывала и закрывала рот.

— Я не могу рассказать вам подробности, — продолжила Регина Глебовна, — но поверьте, Быстрова дрянь, которую нельзя на пушечный выстрел подпускать к детям!

Беата больше в школе не появлялась. Заявление об уходе принесла девочка, назвавшаяся ее сестрой. Алла Семеновна не поленилась съездить в педагогический институт и выяснила, что Регина Глебовна говорила правду, по крайней мере, про учебу. Быстрову выгнали, диплом был поддельным. Только теперь директриса поняла, что девушка просила младшие классы из-за того, что плохо владела языком. Десятиклассники мигом раскусили бы самозванку. И пятерки она ставила не из жалости, а оттого, что не хотела скандалов с родителями. Кстати, после увольнения Беаты кражи в коллективе прекратились и учительскую вновь перестали запирать.

Глава 27

Чувствуя себя пойнтером, который несется по следу, я, забыв спросить позволения у Норы, полетел по адресу, который мне любезно сообщила Алла Семеновна. Регина Глебовна жила буквально в двух шагах от школы, нужно было только пересечь широкий двор и пройти между гаражами-ракушками к низкому серому дому.

Но меня подстерегала неудача. Дверь распахнула девушка лет двадцати и заявила:

— Их никого нет.

— А вы кто? — Я решил на всякий случай поговорить с ней.

— Домработница. Регина Глебовна приходит около девяти вечера, — ответила та и бесцеремонно захлопнула дверь перед моим носом.

Делать нечего, пришлось возвращаться к школе и садиться в «Мерседес». До девяти часов было много времени, и я поехал домой, зарулив по дороге в мебельный салон «Ромео».

В просторном торговом зале густо стояли диваны и кресла всевозможных цветов и оттенков, но красного кожаного не нашлось. Я взял телефон и отрапортовал хозяйке:

— Стою в магазине, есть красное велюровое кресло...

— Нужно кожаное, — перебила меня Нора.

— Такого нет.

— А велюровое мне ни к чему, — заявила Нора и отсоединилась.

Посмеиваясь, я добрался до дома, вошел в квартиру и мигом ощутил отвратительный запах. Лена высунулась из кухни.

— Иван Павлович! Вот здорово! Как раз к обеду поспели.

Судя по отвратительному запаху, стоявшему в коридоре, нам приготовили вареного скунса.

— Идите скорей, — поторопила Лена, — а то энтятина уже готова.

— Кто? — изумился я, делая шаг в сторону ванной. — Ты что приготовила? Как *это* называется?

— Энтятина, — повторила Ленка и исчезла на кухне, откуда незамедлительно послышался звон посуды.

В полном недоумении я вымыл руки. Энтятина? Это что же такое? Есть, впрочем, у меня знакомый Юра Энтин, но вряд ли Ленка приготовила из него котлеты.

Ладно, у меня есть еще пирожки, если блюдо будет несъедобным, а оно обязательно окажется именно таким, я просто удалюсь в свою спальню и поем спокойно. Внезапно в голову пришла великолепная мысль: следует купить электрочайник! Вот поеду вечером к Регине Глебовне и заверну в «М-Видео», там они точно есть!

Когда Ленка водрузила на стол блюдо, мы с Норой с подозрением уставились на яство. Нам предложили на этот раз нечто, более всего напоминавшее труп кошки.

— Это что? — не утерпел я.

— Энтятина фламэ, — гордо ответила Ленка.

Нора тяжело вздохнула и поинтересовалась:

— Сделай милость, объясни, из чего это сделано, что за животное ты приготовила?

— Энтэ фламэ!

— Это кто такая? — снова не удержался я. — Где обитает? Ты ее, часом, не в зоопарке купила?

— Ну, Иван Павлович, — всплеснула руками Ленка, — скажете как плюнете! Ну при чем тут зоопарк?

— Так там всякие раритетные экземпляры держат, — пробормотал я, — пингвинов, тигров, страусов, может, и энтэ твоя живет, кстати, она, случайно, не умерла своей смертью?

— Энтэ по-немецки утка, — отмерла Нора.

— Точно, — подтвердила Ленка, — она самая и есть.

— Отчего же ты так дико ее называешь?

— А в книге написано «Энтэ фламэ», — не сдалась Ленка, — как написали, так и говорю.

Слегка успокоившись и поняв, что мне не предлагается съесть трупик обитателя джунглей, я потянулся за вилкой.

В этот момент раздался звонок.

— У нас гости? — удивилась Нора.

— Это Максим, — сообщила Ленка, — он звонил, сказал, что придет. Ой! Ну и дура я! Совсем забыла!

Она схватила блюдо.

— Ты куда? — спросила Элеонора.

— Так фламэ делать, — загадочно ответила Ленка и выскочила в коридор, но через секунду она всунула голову назад. — Вы вот чего, когда Максим за столом устроится, позовите меня, только люстру погасите.

— Зачем нам в темноте сидеть? — удивилась Нора.

— Надо, — сообщила Ленка и исчезла.

Я глянул на хозяйку, та пожала плечами, но сказать ничего не успела, потому что на пороге возникла фигура Максима. Приятель оглядел стол и спросил:

— Надеюсь, ужином кормить не станут? Давайте только чаю выпьем.

Я встал, выключил свет и крикнул:

— Лена!

Через пару секунд дверь распахнулась, и появилась домработница. В руках она держала поднос, на котором полыхал костер.

— Это что такое? — осторожно поинтересовался Максим.

— Энтэ фламэ, — гордо сообщила Ленка, — королевский рецепт, такую подавали к столу Бурбонов. В кулинарной книге написано: любимое блюдо Людовика.

— Которого? — спросил Макс.

— Что — которого? — изумилась Ленка.

— Людовиков было много, — пояснил Максим, — целая уйма. Вот и интересуюсь, они все такое жрать любили или только один, Людовик Тринадцатый, к примеру?

— Не знаю, — буркнула Ленка, — какая разница, в конце концов. Если один не ел, то вы чего, пробовать не станете?

Максим хмыкнул. Не далее как вчера я жаловался ему на отвратительные блюда, которые готовит Ленка, и теперь на лице приятеля ясно читалось, что он с огромным удовольствием вообще бы не притрагивался к данному яству.

— Как его есть? — заинтересовалась Нора. —

Вон огонь полыхает, обжечься можно, и почему она горит, а?

Ленка пустилась в объяснения:

— Это крайне оригинальное блюдо. Берете утку, фаршируете ее апельсинами, оливками, киви и бананами...

— Сомнительно, чтобы у французов в Средние века имелись экзотические фрукты, — не успокаивался Максим.

Но домработницу нелегко было сбить с толку.

— ...киви и бананами, потом посыпаете солью с корицей.

— Солью с корицей? — воскликнула Нора. — Может, сахаром?

— Солью!!! С корицей!!! Обливаете жидкостью, поджигаете, и она горит.

Максим пожевал нижнюю губу.

— А что за жидкость?

— Специальная!

— Состав какой?

— Не знаю.

— Где же ты ее взяла?

— В «Рамсторе» купила.

— Там такое есть?

— В этом супермаркете можно приобрести все, хоть черта в ступе, — вклинилась в диалог Нора.

— Точно, — подтвердила Ленка, — я подошла к администратору и спросила: «Жидкость для фламэ есть?» Тот, правда, серость, не понял сначала, о чем речь. Пришлось по-простому объяснить: утку зажечь надо, чем облить? Ну он меня и подвел к стеллажам, сказал: «Словно факел вспыхнет».

— Да уж, — покачал головой Максим, — и впрямь полыхает, чисто нефтяная скважина, ты ничего не перепутала? Может, керосинчику плеснула?

— Я, — гневно заявила Ленка, — никогда ничего не путаю!

— Есть-то ее как? — недоумевала Нора. — Ведь не притронуться!

— А меня другой вопрос смущает, — прищурился Максим. — Ладно, ее облили и подожгли, но ведь ничего не получится. Снаружи обуглится, а внутри сырой останется!

— О боже, — закатила глаза Ленка, — вы, конечно, самый сообразительный у нас! Прямо Кричевский!

— Кто?

— Кричевский!

— Наверное, ты хочешь сказать Лобачевский?

— Какая разница, — подскочила Ленка, — не умничайте, может, вы лучше всех жуликов ловите, только в кулинарии ничего не смыслите. Уточку сначала запекают, а потом, готовую, перед подачей на стол поджигают!

— Зачем? — вопрошал Макс. — Бедная птичка, сначала напихали в нее нечто, совершенно не гармонирующее с мясом, потом пекли, затем жгли, за что такие мучения животному?

— Утка не птица и не животное, — гневно заявила Ленка.

— Кто же она? — заинтересовался приятель.

— Утка, — рявкнула Ленка. — Утка — это утка!

— Оригинальное высказывание, — хихикнул

Макс, — сам понимаю, что это не корова. Но к какому виду она принадлежит?

— Хватит вам, Дарвины, — прервала спор Нора. — Лучше скажите, как потушить сей костри́ще? Лена, действуй.

— В книжке написано: фламэ тухнет само. Вроде жидкость моментально сгорает, за пару секунд.

— Это, — ткнул Максим пальцем в весело пляшущие языки пламени, — фурычит уже давно, гляньте, там сплошной уголь получился.

Ленка набрала полную грудь воздуха и дунула. Огонь вспыхнул сильней.

— Может, водой плеснуть? — показала Нора на бутылку «Святого источника».

— Мокрое есть невкусно, — рассердилась Лена. — Между прочим, я готовила блюдо четыре часа вовсе не для того, чтобы вы его утопили.

— Ты предпочитаешь увидеть свой шедевр сожженным? — захохотал Максим.

Ленка не успела ничего ответить, потому что утка вдруг издала странный звук, похожий на треск и хрюканье одновременно.

— Что это? — изумился я.

— Предсмертный вопль, — пояснил Макс.

Он хотел было продолжить, но поднос, на котором покоилась тушка, внезапно полыхнул.

— Ой, мама! — взвизгнула Нора и схватилась за бутыль с водой.

Поздно. Огненная дорожка понеслась по скатерти. Все, кроме Норы, вскочили с места и забегали. Максим топтал ногами огоньки, падающие на ковер. Нора лила минералку в бушующее пламя, Ленка лупила утку посудным полотенцем. Жаркие полоски огня носились по всей столешнице. И тут раздался звонок в дверь. Я бросился в прихожую. Ленка метнулась на кухню.

Вслушиваясь в вопли, доносившиеся из столовой, я распахнул дверь и обнаружил на пороге соседа, мужика лет пятидесяти, которого весь дом зовет Леликом.

— Иван Палыч, — занудил он, — дай сигаретку, неохота в ларек бежать.

— Не до вас сейчас! — нервно воскликнул я, краем глаза наблюдая, как Ленка тащит в комнату ведро с водой.

— Что стряслось? — начал любопытствовать Лелик.

Я уже хотел выставить его, но тут из столовой раздался крик. Бросив Лелика, я кинулся на звук.

Посреди комнаты стоял мокрый с головы до ног Максим.

— Какого черта ты облила меня ледяной водой? — вопрошал он у Ленки.

— Извините, промахнулась, хотела на стол попасть.

— Мы его уже успели потушить без тебя!

— Простите.

— Что вы тут делаете? — полюбопытствовал Лелик. — Шашлык жарите?

— Почти, — вздохнул Макс, снимая свитер, — из утятины. Вон, на том, что было когда-то столом, лежит то, что недавно походило на птичку.

— Утка не птица, — завела Лена.

— Сделай милость, — попросил Макс, — принеси бутылку, где хранится жидкость для твоего... Как, черт возьми, блюдо называется?

— Фламэ!

— Неси!

Ленка ушла.

— А почему не на кухне печете? — недоумевал недалекий Лелик.

— Они еще в ванной козу держат, — сообщил Макс. — Шутники.

Лелик замер с открытым ртом.

— Вот, — сообщила Ленка, потрясая довольно большой емкостью из темно-зеленого стекла, — жидкость «Птоломей».

— Как? — восхитился Макс и выхватил у кухарки из рук бутылку. — «Птоломей»? Бьюсь об заклад, на этом заводе сидят двоечники. Они явно имели в виду Прометея, насколько помню, это он баловался с огнем и доигрался. Однако какая убойная штучка! Теперь понятно, почему птичка весело полыхала.

— Утка не птица, — с тупым упорством повторила Ленка, — каждому известно. Не птица.

— А кто?

— Пернатое!

— Ой, держите, сейчас упаду! — развеселился Макс. — Лена, ты гениальный зоолог.

— Хочешь сказать, что утка не пернатое? — пошла в атаку кухарка.

Лелик в ужасе оглядывал пейзаж. Я только диву давался. Ужин сгорел дотла, скатерть пропала, на ковре образовались прожженные проплешины, стол обгорел, хорошо хоть квартира цела осталась, а эти психи спорят, к какому виду относятся утки. Да хоть к аллигаторам! И почему молчит Нора?

— Лена, — ожила хозяйка, — ты этикетку видела?

— Нет.

— Так прочти, поинтересуйся.

Кухарка взяла бутылку.

— Вслух огласи, — велела Элеонора.

— «Жидкость для разжигания костров и каминов, — протянула Ленка, — огнеопасно, не давать детям». Катастрофа! Что мне всучили!

Макс опять засмеялся:

— Что просила, то и получила.

— Ладно, — подвела итог Нора, — больше фламэ готовить не стоит.

— Хорошо, — буркнула Ленка, — с французской кухней покончено, перейду на вьетнамскую.

— У меня приятель там был. В Ханое, — не к месту брякнул Лелик, — говорил, они яйца жутко готовят. Возьмут, закопают в землю, а потом через полгода вытаскивают, черные совсем, и лопают за милую душу.

— Вкусно? — оживился Максим.

— Не знаю, — наивно ответил Лелик. — Васька не пробовал, его сразу затошнило.

— Не надо вьетнамскую кухню, — быстро сказала Нора, — лучше чего попроще.

— Ладно, еще монгольскую не ели, — согласилась Ленка и ушла.

— О-о-о, — протянул Максим, — клево! Говорят, монголы очень уважают варварский бифштекс!

— Что? — не поняла Нора.

— Берут кусок свежей вырезки, — радостно

пояснил приятель, — и засовывают под седло. Часа три скачут, потом вытаскивают мясо — и ням-ням.

— Прекрати врать! — подскочил я.

— Да вы не волнуйтесь, — вздохнул Макс. — Ну где Лене коня взять? И потом, вы ей не позволите несколько часов скакать!

Лелик тоненько захихикал:

— Весело у вас!

— Да уж, — ответил я, окидывая взглядом разгромленную гостиную, — что правда, то правда! Веселей некуда.

Глава 28

К Регине Глебовне я прибыл голодный и злой. Времени, чтобы заехать в какую-нибудь харчевню и бросить в бунтующий желудок хотя бы пару бутербродов, у меня не нашлось. Когда дама распахнула дверь, из глубин ее квартиры донесся такой восхитительный аромат гречневой каши, что я чуть было не застонал, но пришлось мило улыбнуться и спросить:

— Простите за столь бесцеремонный поздний визит, но я имею к вам дело, которое не терпит отлагательства. Вы Регина Глебовна?

— Да.

— Меня зовут Иван Павлович Подушкин, — лучился я улыбкой, — частный детектив.

— Кто? — изумилась хозяйка.

— Специалист, нанятый, чтобы распутать преступление, перед которым спасовала милиция.

— Вроде Ниро Вульфа? — неожиданно спросила Регина Глебовна.

Настал мой черед удивляться. Надо же, она читала Рекса Стаута!

— Скорей меня можно сравнить с Арчи Гудвином, — подхватил я тему.

Регина Глебовна посторонилась.

— Входите, а где ваш Ниро?

— Как и положено, сидит дома, он не любит выходить из квартиры, — охотно включился я в игру и начал расшнуровывать ботинки.

— Можете пройти так, — разрешила хозяйка.

— Нет-нет, нельзя топать в уличной обуви по чистым полам.

— Арчи не снимал туфли, — улыбнулась Регина Глебовна.

— У нас разное воспитание, — не растерялся я.

— Очень хорошие романы писал Рекс Стаут, — кивнула головой Регина Глебовна, — я даю их студентам вместо домашнего чтения. Проходите сюда.

Она толкнула дверь, и я очутился в небольшой комнате, забитой книгами и иконами. На одной стене плотно стояли стеллажи с изданиями на английском языке, с другой сурово смотрели лики святых. Кое-где горели лампады и пахло чем-то непонятным. Еще тут обнаружился письменный стол, заваленный бумагами, узкая кушетка, покрытая клетчатым пледом, два кресла и торшер. Регина Глебовна дернула за веревочку, свисавшую из-под абажура, села у стола и спокойно произнесла:

— Слушаю вас.

Ее лицо осталось в тени. Мне пришлось сесть в другое кресло, и я оказался в круге яркого света.

— Говорите, — велела хозяйка, — внимательно вас слушаю.

Ощущая себя студентом, сдающим зачет, я начал рассказ.

Регина Глебовна слушала молча, не перебивая, она не задала ни одного вопроса до тех пор, пока фонтан сведений, выливающихся из меня, не иссяк. Только тогда, когда я произнес фразу: «Собственно говоря, это все», дама поинтересовалась:

— Значит, если я поняла правильно, вы ищете убийцу Беаты, чтобы освободить из тюрьмы Софью Михайловну Чуеву?

Я кивнул:

— Именно так. Мы полагаем, что она никак не могла совершить преступление, это не в ее стиле.

— Кто знает, какие демоны таятся у человека в душе, — пробормотала профессор. — А ко мне вы пришли, потому что думаете, будто убийца кроется в окружении Быстровой? Вы подозреваете меня?

— Конечно, нет. Просто я решил, что вы знаете о Беате много интересного!

Регина Глебовна молча уставилась на иконы, губы ее зашевелились, скорей всего, она молилась. Я молча ждал развития событий. Наконец хозяйка вздохнула:

— Вы пришли по адресу. Мне хотелось убить эту девушку, но я этого не сделала, хотя, признаюсь, был момент... был... Но я не убивала! Не убивала!!!

Она снова зашевелила губами.

Мне стало душно, в этой комнате, казалось,

совсем отсутствовал кислород: форточка закрыта, в воздухе висит странный запах, не противный, но въедливый.

— Надеюсь, господь простит меня, — пробормотала Регина Глебовна, — человек слаб, а создатель великодушен.

Она замолчала, потом добавила:

— Вот, все старалась вычеркнуть ее из памяти, проявить христианские чувства, а не получается! Впрочем, справедливость восторжествовала! Вадим мертв, но и Беата на кладбище!

— Кто такой Вадим?

Регина Глебовна повернула ко мне удивленное лицо.

— Вы не знаете?

— Нет.

— Тогда почему приехали сюда?

Мне пришлось рассказывать про Аллу Семеновну.

Регина Глебовна вновь уставилась на лики, потом перекрестилась и протянула:

— Значит, вам ничего не известно о нас?

— Нет.

— Знаете мою фамилию?

— Алла Семеновна сказала, что вы бабушка Кости Хаустова.

— Правильно. Это сын моей дочери, и он, естественно, носит фамилию своего отца, а я — Быстрова, и Вадим, мой несчастный сын, тоже был Быстров.

— Погодите, — растерялся я, — значит, он...

— Муж Беаты.

— Но я слышал вроде бы какое-то другое имя.

— Дмитрий Быстров?

— Вот-вот.

— Все правильно, в паспорте записано это имя, но дома мы звали его Вадим. Он был удивительным мальчиком, талантливым, умницей, подающим большие надежды ученым, но, к сожалению, при остром уме имел более чем слабое здоровье. Впрочем, если бы не Беата, Вадим мог бы спокойно жить и жить. Это она... Хорошо, слушайте, клянусь, что не скажу ни слова лжи, только правду!

Все детство Вадим Быстров провел по больницам. Болячки просто липли к ребенку: свинка, корь, коклюш, ветрянка, круп... Мать надеялась, что, вступив в подростковый возраст, сын станет здоровей. И потом, к четырнадцати годам он уже переболел всем, чем можно. Должен же возникнуть иммунитет. Но оказалось, Регина Глебовна зря рассчитывала на то, что Вадя избавится от болезней. В пятнадцать лет он подхватил гепатит и надолго слег в больницу, потом выяснилось, что у него серьезно поражена печень и юноша будет вынужден всю жизнь сидеть на жесточайшей диете. Список запрещенных продуктов впечатлял. Туда попало все жирное, сладкое, острое, соленое, жареное... Колбаса, сосиски, котлеты, яйца, шоколад... Легче перечислить то, что разрешалось ему есть. Вадиму можно было питаться геркулесовой кашей, сваренной на воде, но подобная диета привела к анемии, а железосодержащие препараты не выдерживала больная печень. Получился замкнутый круг, вырваться из которого оказалось невозможно. Из трехсот шестидесяти пяти дней в году Вадим половину проводил в постели.

Но господь будто в компенсацию за хилое тело наградил паренька отличным мозгом. Школу Вадя закончил с золотой медалью, свободно говорил на трех языках. Естественно, он поступил в иняз и стал готовиться к карьере переводчика художественной литературы. Заниматься этим трудом можно, не выходя из дома, даже лежа в клинике, была бы бумага и ручка. Другой бы юноша озлобился, не имея возможности вести обычный для молодого человека образ жизни. Но Вадик спокойно учился, характер у него был мягкий, уступчивый, к тому же парень обладал чувством юмора и никогда не ныл и не жаловался.

Регина Глебовна понимала, конечно, что в жизни сына когда-нибудь появится женщина, но, честно говоря, она не представляла себе, какой должна быть супруга сына. Сиделкой? Кто полюбит его настолько, что посвятит свою жизнь уходу за больным? Порой в голову Регине Глебовне лезли совсем мрачные мысли. Ее муж, актер одного из московских театров, был человеком известным, вокруг него вечно крутились поклонницы, журналисты. «Как бы не попалась Ваде дрянь, — вздыхала мать, — такая особа, которую привлечет материальное положение и известность будущего свекра».

Но чего больше всего боишься, то чаще всего и случается. Один раз, приехав в очередную больницу к Вадиму, Регина нашла у постели сына размалеванную девицу, которая совершенно не понравилась матери. Естественно, она ничего не сказала, Беата же быстро убежала... поцеловав на прощание парня.

— Мама, — сказал Вадим, — я женюсь!

От неожиданности Регина Глебовна уронила на пол пакет с кефиром.

— Но, — залепетала она, — вот так сразу, моментально...

— Мама, — прервал ее сын, — я люблю Беату.

Регина Глебовна стушевалась и ответила:

— Конечно, Вадя, лишь бы ты был счастлив, я тоже постараюсь полюбить девушку.

Но, выйдя из палаты, мать провела небольшое расследование и узнала, что девица с необычным именем Беата лежит в гинекологии. Она делала аборт и заработала какое-то осложнение. Не слишком приятная информация о будущей невестке.

На следующий день Регина Глебовна, краснея и запинаясь, спросила:

— Вадя, а ты знаешь, почему Беата оказалась в клинике? Извини, но она избавлялась от нежеланного ребенка.

— Это ужасно, мама, — ответил сын, — какие-то подонки изнасиловали бедняжку, когда та поздно возвращалась с работы домой, вот и пришлось идти на операцию.

Регина Глебовна прикусила язык. Конечно, эта история могла произойти в действительности, но что-то в лице будущей невестки мешало так думать. Правда, Беата вела себя безупречно и за короткий срок ухитрилась очаровать всех своих новых родственников: свекра, сестру мужа, престарелую бабушку. Даже собака Быстровых, суровый доберман Пинч, несся к девушке со всех лап, чтобы облизать той руки. Только Регина Глебовна оставалась настороже.

Сыграли веселую свадьбу. Бабушка сделала внуку царский подарок, переписала на него свою квартиру, а сама переехала жить к Регине Глебовне.

Вадим казался беспечным и счастливым, он даже почти перестал болеть. Регина Глебовна приезжала к молодым каждый день, желая помочь невестке. Потом сын попросил:

— Мама, ты же знаешь, Беата сирота, поэтому была вынуждена пойти после школы работать, помоги ей поступить в свой институт.

Делать нечего, пришлось профессору идти на поклон к ректору, и невестка без проблем миновала рифы вступительных экзаменов.

Казалось, жизнь налаживается. У дочери родился ребенок, сын тоже пристроен, муж активно работает, что еще нужно для счастья? Бросившись помогать дочке нянчить новорожденного, Регина Глебовна перестала ежедневно наезжать к сыну и раздавать Беате указания. Через месяц она опомнилась и бросилась к Вадиму. Дверь открыла Беата.

Свекровь отодвинула девушку, вошла на кухню, по-хозяйски заглянула в холодильник, приподняла крышки у кастрюль и в негодовании закричала:

— Ты с ума сошла!

— Почему? — совершенно спокойно осведомилась молодая жена.

— Я же объясняла! Вадиму следует соблюдать строгую диету! А у вас жирные кислые щи, свиная отбивная и пирожные!

— Мамочка, — улыбнулся Вадик, — не беспокойся, я чудесно себя чувствую.

— Тебе нельзя есть такую пищу! Она тебя убьет!

— Это вы заморили сына голодом, — неожиданно ринулась в атаку Беата.

— Я?! — возмутилась Регина Глебовна.

Разразился дикий скандал, в результате которого невестка одержала полную и безоговорочную победу. Ночная кукушка, как известно, всегда дневную перекукует. Фактически Вадим выставил мать из дому, заявив:

— Не надо тебе сюда бегать, лучше займись внуком, мы способны сами разобраться в нашей семейной ситуации.

Регина Глебовна вне себя прилетела домой и кинулась к мужу. Но супруг неожиданно встал на сторону сына.

— Оставь парня в покое, — велел он, — взрослый уже, женатый мужик, а ты все его в вату укутываешь.

— Он болен...

— Когда это было!

— У Вади цирроз печени!

— Между прочим, — рассвирепел муж, — у меня давление каждый день за двести зашкаливает, но тебе, похоже, на это наплевать! Все Вадьке паровые битки готовишь.

В общем, приключился еще один скандал, и бедная Регина Глебовна оказалась виноватой со всех сторон. Три месяца после описываемых событий она не звонила сыну и не приезжала к нему, ждала, что Вадик сам позовет мать, но тот не объявлялся, и свекровь поняла, что придется прогибаться под невестку. Регина Глебовна купила торт и отправилась мириться.

Ее приняли сухо.

— Приказываете диету соблюдать, а сами жирный бисквит приволокли, нелогично выходит! — с ухмылкой заявила Беата.

Вадя, апатично сидевший в кресле, не стал вмешиваться. Регина Глебовна, решив не обращать внимания на откровенное хамство Беаты, принялась пить чай, мило болтая о пустяках. Но невестка мрачно смотрела в сторону, сын не участвовал в разговоре, и мать поняла, что ей ненавязчиво дают понять: она тут не нужна. Решив не сдаваться, Регина Глебовна попросила:

— Беаточка, налей мне еще твоего чудесного чайку, давно не пила такой!

Честно говоря, чай был отвратительный, с фруктовой отдушкой, которую Регина Глебовна на дух не выносила, но уж очень ей хотелось хоть как-то навести мосты.

— Заварка кончилась, — отрезала Беата.

Это было уж слишком, Регина Глебовна покраснела, но тут вдруг ожил Вадя.

— Беатонька, — сказал он, — уже семь, не пора ли лекарство колоть?

— Какое? — насторожилась мать.

— Беатонька вводит мне витамины, — пояснил сын.

— Давайте посмотрим телевизор, — неожиданно стала приветливой невестка, — сейчас «Городок» начинается, прикольная передача...

Внезапная ласковость грубиянки еще больше насторожила мать, и она потребовала:

— Немедленно покажите мне упаковку!

— Мама, это витамины, — повторил Вадя, — великолепная вещь для повышения иммунитета.

— Для тебя они яд, не все, но некоторые, — ответила Регина Глебовна, — поэтому я хочу убедиться, что жена колет правильное лекарство.

— Вы намекаете на то, что я травлю мужа, — вмешалась Беата, — немедленно убирайтесь из моего дома.

— Я у себя.

— Нет, вы у меня.

— Я у своего сына.

— Вы в моей квартире.

— Она не твоя!

— Но и не ваша!

Регина Глебовна задохнулась от гнева и посмотрела на сына. Тот недовольно сказал:

— Знаешь, мама, стоит тебе появиться, как мигом возникает скандал. Сделай милость, оставь нас в покое.

И как бы вы поступили в такой ситуации? Регина Глебовна ринулась в прихожую. Надевая туфли, она, не справившись с собой, заорала:

— Дрянь, ты убиваешь моего сына!

Красная Беата выскочила в коридор и изо всей силы толкнула свекровь. Регина Глебовна отлетела к двери, ударилась головой о железную створку, из носа у нее потекла кровь, но сын даже не вышел, чтобы утешить плачущую мать. Еле держась на ногах, она добралась до дома и услышала от мужа:

— Ты сама виновата, сколько раз тебе говорил, не лезь в чужую жизнь! Оставь детей в покое! Ты развела нашу дочь с первым мужем, почти разрушила ее второй брак, а теперь донимаешь Вадима с Беатой.

— Она ударила меня, — рыдала Регина Глебовна.

— Ты ее подтолкнула на этот поступок, — рявкнул супруг. Потом он приложил руку к груди, закатил глаза и заявил: — О боже, сердце схватило, ты меня доведешь до инфаркта! Не хочу ничего слышать ни о Ваде, ни о Беате!

Пришлось Регине Глебовне рыдать в ванной, она побаивалась мужа.

В следующий раз она увидела Вадима в гробу. Сын умер в больнице, куда попал с желудочным кровотечением. Несчастная мать подкараулила паталогоанатома и потребовала подробного рассказа о вскрытии.

— Его убили, — рыдала Регина Глебовна.

Мужчина попытался ее успокоить:

— В смерти Дмитрия Быстрова нет ничего криминального. Он страдал циррозом печени, не соблюдал диету, питался совсем не так, как велели врачи. Результат не замедлил сказаться: произошло увеличение селезенки, расширение вен пищевода и, как следствие, кровотечение, остановить которое бывает трудно даже в условиях стационара. Дмитрия привезли по «Скорой» в таком состоянии, что помочь ему уже было невозможно. Увы, мы не боги!

Услыхав эту информацию, Регина Глебовна окончательно потеряла голову, трясясь крупной дрожью, она бросилась к мужу, который мрачно сидел в холле.

— Я говорила, что она убьет моего сына! — завопила несчастная мать, кидаясь к актеру.

Весь народ, толпившийся в просторном помещении, замер, потом люди повернули головы и с интересом уставились на обезумевшую женщину. Кое-кто из присутствующих мигом узнал отца Вадима, по толпе пробежал шепоток...

Супруг выволок Регину Глебовну во двор, сунул в машину и заявил:

— Немедленно прекрати! Ты позоришь меня! Вокруг полно поклонников! Не хватало только, чтобы кто-нибудь позвонил в «Экспресс-газету». Представляешь заголовочек: «Невестка Быстрова отравила своего мужа». Хочешь, чтобы мое имя полоскали на страницах прессы? Совсем с ума сошла! Сколько раз тебе говорить: Вадим умер в результате болезни; в конце концов, в этом виновата только ты: родила немощного мальчика, Беата тут ни при чем.

— Я пойду в милицию, — прошептала Регина Глебовна.

— Ни в коем случае, — рявкнул муж, — имей в виду, я мигом потребую развод. — Потом, слегка остыв, добавил: — Только опозоришься. Какие обвинения ты выдвинешь против Беаты? Скажешь, что она хорошо готовила и вкусно кормила супруга?

Бедная Регина Глебовна тихо плакала, ужасаясь эгоизму мужа. Похоже, отца совсем не взволновала смерть сына, его беспокоила только собственная карьера.

С Беатой Регина Глебовна больше не встречалась. Ненавистной невестке досталась квартира и материальные ценности, одно время она всерьез думала о том, чтобы нанять киллера и пристрелить гадину, но потом увлеклась религией, стала ходить в церковь...

Через год после смерти сына разразился скандал в институте. Беату с позором выгнали, Регина Глебовна сначала почувствовала удовлетворение, но потом до нее дошло, что окружающие связывают имя воровки с семьей Быстровых, и она поняла, что дрянь вновь насолила ей. В институте говорили — невестка Регины Глебовны воровка!

О том, что Вадим мертв, люди как-то забыли. И потом, вдова ведь тоже член семьи.

Прошло какое-то время, и Регина Глебовна стала успокаиваться, но тут внуку пришло время идти в школу. Представьте теперь негодование и ужас бабушки, когда выяснилось, что английский язык у Кости будет вести Беата Андреевна Быстрова.

Растеряв все христианское милосердие, Регина Глебовна ринулась в школу и сделала так, что мерзкая девица убежала из учебного заведения.

Глава 29

Домой я приехал голодный, как зверь. Остановиться поесть мне не удалось. Не успел я сесть в машину, как раздался звонок.

— Ну? — нетерпеливо спросила Нора. — Узнал что-нибудь интересное?

— Вроде да.

— Тогда скорей сюда, жду, — приказала хозяйка.

Войдя в квартиру, я поразился неприятному запаху. Если раньше он концентрировался отчего-то в середине коридора, то теперь плыл по всей квартире.

— Я вызвала водопроводчиков, — сказала Нора, наблюдая, как я вешаю куртку.

— Зачем?

— Ты не ощущаешь вони? — удивилась хозяйка. — Господи, тебе только позавидовать можно!

— Нет, чувствую, конечно, но при чем тут слесарь?

Нора скривилась:

— Ленка изучила весь коридор. Сначала подумали: под шкафом мышь сдохла...

— Судя по «аромату», она должна весить центнер, — усмехнулся я.

Элеонора улыбнулась:

— Один раз у меня, еще на старой квартире, за шкафчик упал маленький кусочек колбасы, ты представить себе не можешь, какое амбре стояло несколько дней, пока я не догадалась отодвинуть мебель... Вот сейчас я подумала, может, где в полу труба проходит, она дала течь, вода скопилась...

— Тогда бы соседям на голову полилось, — возразил я.

Уличенная в нелогичности Элеонора обозлилась:

— Ладно, пусть проверят, а ты иди в кабинет и быстро рассказывай, в чем дело.

После моего рассказа хозяйка пару минут сидела молча, потом хлопнула рукой по столу:

— Чем больше узнаю об этой Беате, тем больше уверяюсь в том, что убила ее Соня.

— Почему? — осторожно поинтересовался я.

— Ну сам посуди! Беата явная дрянь, одной истории с Лизочкой хватит, чтобы никогда не подавать руки этой мерзавке.

Я кивнул. Бедная девочка настолько измождена, что только спит и ест, не вылезая из уютной кровати. Нора созвала консилиум педиатров, и те в один голос заявили: Лиза очень слаба, сам факт пребывания ее на этом свете можно считать чудом.

— Соня обожает Николашу, — продолжала Нора.

— Противного парня, — не удержался я от критики, — который не захотел отнести матери продукты и через несколько дней после смерти своей невесты привел какую-то женщину. Он лишен всяких моральных принципов!

— Нам сейчас совершенно неинтересен психологический портрет Николая, — вскипела Нора. — Без тебя знаю, что он эгоист, потребитель и негодяй. Тянул из бедной матери деньги, заставлял ее работать без отдыха, чтобы иметь возможность сидеть в ночных клубах и носить дорогие шмотки. Но речь сейчас идет о Соне. Она обожала сына, думала только о его счастье. А теперь представь, что мать каким-то образом узнала хоть часть информации о Беате. Про Лизу или про Вадима. И что тогда?

— Что? — эхом отозвался я.

— Полная негодования, она отправилась к мерзавке и потребовала, чтобы та оставила Николашу в покое... Кстати, вот еще одна странная вещь...

— Какая?

— Ну зачем Беате Николай? Он из малообеспеченной семьи, не имеет ни собственного бизнеса, ни больших денег. А, насколько я понимаю, она предпочитала иметь дело с людьми из другого социального слоя. Ну да ладно, оставим сей вопрос без ответа. В конце концов, и на старуху бывает проруха, может, она влюбилась. Хотя, честно говоря, плохо представляю себе влюбленную гадюку.

— Я тоже.

— Ладно! Значит, Соня ринулась к Беате, услышала, очевидно, едкое, насмешливое замечание, потеряла голову и схватилась за нож.

— Вы верите в такой поворот событий?

— Нет! — заорала Элеонора. — Нет и сто раз нет. Но если рассуждать логично, получается такой расклад! Ступай к себе и ложись спать.

Я быстро ушел из кабинета. Если Нора впала в гнев, ей лучше не попадаться под руку, и вообще, утро вечера мудреней, старая истина.

Дойдя до кухни, я заглянул туда и увидел Ленку, колдующую у мойки.

— Ты не спишь? — удивился я.

— Вот, свинину мариную, — пояснила домработница, — а вы, наверное, кушать хотите? Садитесь, садитесь, сейчас подогрею.

— А что хочешь предложить? — с опаской поинтересовался я.

— Эгг энд порридж[1], — заявила гордо Лена.

Я владею английским языком на уровне «чи-

---

[1] Яйца и овсянка (*испорченный англ.*).

таю со словарем», а выяснять, что скрывается под этим названием, не захотел, поэтому быстро ответил:

— Нет-нет, спасибо, я совсем не голоден. И потом, у меня аллергия на эгг энд порридж.

— Скажите, пожалуйста, вроде раньше не было, — покачала головой домработница.

Она хотела продолжить беседу, но я решительным шагом двинулся прочь. Ладно, соорудить себе бутерброды не удастся, впрочем, у меня есть пирожки, сейчас устрою пикник в спальне.

Но аппетитные утром пирожки сейчас выглядели отвратительно. В холодном виде они оказались несъедобными. Следовало пойти в кухню и засунуть их в микроволновку. Но там орудует Ленка, самозабвенно превращая кусок парной свинины в нечто несъедобное. Я оглядел комнату. Наверное, надо купить чайник и ростер, поставить на подоконник... Взгляд упал на батарею.

Я постелил на радиатор кусок бумаги и положил сверху пирожки. Из всякого безвыходного положения всегда найдется выход. Топят у нас отлично, «гармошка» — как раскаленная сковородка, минут через пятнадцать мой ужин подогреется, а пока полежу почитаю.

— Ваня, — раздался над головой голос, — Ваня, проснись!

Я сел и потряс головой.

— Что случилось?

В окно смотрела темнота. Вот дела, заснул одетым, не разобрав постели.

— У нас несчастье, — тихо сообщила Нора.

Меня смело с кровати.

— Какое?

— Только что звонил Максим, Соня умерла!

— Когда?

— Ночью.

— Отчего?

— Повесилась в камере, разорвала юбку, кофту, связала лоскуты и удавилась, оставив записку, в которой призналась в убийстве Беаты.

Я онемел. Нора тоже молчала, потом выдавила из себя:

— Извини, разбудила тебя, восьми еще нет, но я услышала известие и потеряла голову.

Сон покинул меня.

— Что же теперь делать?

Нора пожала плечами:

— Жить дальше. Нам придется заняться похоронами, скорей всего Николай палец о палец не ударит ради матери. Около десяти позвони Максиму и узнай, какие формальности надо соблюсти в этом случае. Кстати, я не знаю, как поступают, когда умирает человек, находящийся под следствием. Тело отдают родственникам?

— А кому же? — удивился я.

— Ну, могут похоронить за госсчет, — горестно вздохнула Нора, — просто кинут в общую могилу!

Чтобы отвлечь Элеонору от жутких размышлений, я мигом сказал:

— Не волнуйтесь, я все узнаю.

— Потом придешь в кабинет, — мертвым голосом продолжила Нора, — и займешься письмами. Ты их почти месяц не разбирал.

Естественно, нет, да и когда бы? Ведь целыми днями я носился по городу, добывая сведения о

Беате, и Норе хорошо известно, где я был в рабочее время. Но спорить с хозяйкой не стал, она расстроена, поэтому и несправедлива. Не желая еще больше разозлить Нору, я кивнул:

— Хорошо.

Элеонора покатила к двери, но на пороге обернулась:

— Когда придет слесарь, если он, конечно, явится, пусть заглянет и в твою спальню. Запах проник и сюда.

Я повел носом, пока ничего не ощущая, но, повторяюсь, обоняние не самое развитое из моих чувств.

Проглотив на завтрак чашку кофе и решительно отвергнув все то же непонятное блюдо под хитрым названием «эгг энд порридж», я прошел в кабинет. Мой стол и впрямь оказался завален письмами. Тяжело вздохнув, я сел в рабочее кресло.

До тех пор, пока не начал работать секретарем фонда «Милосердие», я даже представить себе не мог, какое количество людей занимается попрошайничеством. Корреспонденция идет к Норе потоком. Преобладают следующие сюжеты: тяжелобольные дети, жертвы военных конфликтов и инвалиды. Изредка встречаются погорельцы. Истории слезливы, изобилуют кучей подробностей, но в конце концов из конверта вываливается небольшой листочек с банковскими реквизитами, и эта замечательная предусмотрительность мешает мне поверить рассказам. Впрочем, встречаются совсем уж обнаглевшие особы, присылающие письма, отснятые на ксероксе. Такие я выбрасываю сразу, великолепно понимая, что человек «нашлепал» их штук сто. Иногда побирушки страдают забывчивостью. Одна дама отправила послание с просьбой дать денег на похороны внучки. Она просила всего пятьдесят долларов, и Нора велела перечислить эту незначительную сумму без обычной проверки. Да и письмо не вызывало никаких сомнений. Оно было написано от руки, кое-где буквы расплылись от упавших на них слез, никаких банковских реквизитов или абонентских ящиков. Несчастная бабушка сообщила свой домашний адрес, а те, кто выклянчивает у состоятельных людей деньги, как правило, предпочитают не оставлять свои координаты. Одним словом, я отправил ей просимую сумму и тут же забыл о несчастной. Представьте теперь мое искреннее изумление, когда спустя месяц я обнаружил у себя на столе точь-в-точь такое же, омытое слезами, послание. Безутешная бабуля вновь просила пятьдесят «рублей» в американской валюте, чтобы проводить на тот свет «милую, безвременно умершую внученьку Танюшу». Был позыв съездить к ней домой и поинтересоваться: «Бабуля, вы держите тело внучки в домашнем холодильнике?»

Остановила меня только мысль о том, что, скорей всего, никакой старушки по этому адресу нет, а сидит там здоровенный дядька, справедливо решивший, что ради пяти зеленых десяток никто не станет затевать проверку.

Я привычно принялся сортировать послания. Откровенно наглые влево, те, что вызывали сомнения, вправо, а посередине те, которые следовало непременно показать Норе. В промежутках я звонил Максиму, но у него на работе трубку никто не снимал, а дома и на мобильном звучала одна и та же фраза: «Я сейчас занят и не могу говорить с вами, оставьте сообщение после звукового сигнала».

К полудню я устал и решил: прочитаю еще одно письмо и схожу на проспект, там недавно открыли «Макдоналдс». Конечно, раньше мне бы и в голову не пришло покупать булку с холестериновой котлетой, но сейчас эта, с позволения сказать, еда казалась привлекательной.

Я взял конверт. Так, обратный адрес Капотня... Что-то показалось мне странным, и от этого я стал читать текст с удвоенным вниманием.

«Только крайняя необходимость заставила меня обратиться к вам. Понимаю, что, скорей всего, это письмо окажется в корзине для бумаг, но надежда умирает последней. Мой муж воевал в Чечне. Был отправлен туда как солдат-срочник необученным пареньком, вот и попал в первом же бою в плен, надежды увидеть его живым больше не было. Я старше своего мужа и, по сути, заменила ему мать, которой он лишился еще в раннем детстве. Честно говоря, никаких сил жить после сообщения о том, что Митю захватили чеченцы, у меня не было, но на руках осталась крохотная дочь, и ради нее я решила задержаться на этом свете. Жизнь моя протекала безрадостно. Но год тому назад в моем почтовом ящике появилось бог весть как попавшее туда письмо, написанное Митей. Он сообщал, что содержится в качестве раба в семье полевого командира Бекоева. Мужа можно выкупить, указывалась сумма, которую Бекоев требует за его жизнь, огромная, просто невероятная. Пришлось продать хорошую четырехкомнатную квартиру, приобрести крохотную халупу в Капотне и избавиться от драгоценностей, картин и мебели. Я — из семьи художников, и мои умершие родители были людьми обеспеченными. Не стану утомлять вас подробностями, но собрала необходимую сумму, с которой и выехала в Чечню.

Вам, естественно, неинтересно знать, что пришлось испытать мне, прежде чем я, ухитрившись не потерять деньги, вручила их Бекоеву. Когда мы с Митей отправились назад, я полагала, что все испытания позади, но они, как выяснилось позже, только начинались. Здоровье моего мужа было подорвано, из молодого, цветущего человека он превратился в убогого инвалида. Нарушился обмен веществ, сейчас Митя весь покрыт незаживающими язвами. Врачи только разводят руками. Одни говорят о полном отсутствии иммунитета, другие — о перенесенном стрессе, но вылечить Митю не может никто. Единственное, что ему помогает, — это инъекции очень дорогого гормонального препарата, на покупку которого уходят все наши средства. Я работаю художницей на договоре в одном издательстве и получаю крайне нерегулярно маленькую зарплату. А ведь у нас еще есть дочка. Вот и приходится, сдерживая слезы, ломать голову, что купить: ампулы для Мити или еду Лизе. Честно говоря, я чаще делаю выбор в пользу мужа, без уколов он просто начинает умирать, поэтому Лиза питается геркулесом на воде. Помочь нам некому. Находясь в ужасном положении, я решила обратиться к вам...»

Глава 30

Я оторвал глаза от текста и взял сигарету. Бедная женщина, не всякая вынесет такое. Естественно, она хочет денег. Надо посмотреть, какие координаты указала она, и съездить к ней. Похоже, несчастная пишет правду, газеты полны сообщений о солдатах, которых чеченцы удерживают в плену, надеясь получить от родственников солидный куш. Но почему мне не нравится письмо? Что настораживает? Раздавив в пепельнице окурок, я вновь взял густо исписанный тетрадный листок, ожидая прочитать фразу типа «...пришлите денежный перевод, всю жизнь за вас молиться стану», но конец послания оказался более чем неожиданным.

«...решила обратиться к вам. Говорят, что в фонде «Милосердие» работают на самом деле добрые люди. Наверное, вы знаете много обеспеченных москвичей, таких, у которых есть все, кроме детей? Брать ребенка в детском доме опасно, пусть лучше пригреют нашу Лизочку. Мы с Митей никогда не курили, не пили, не принимали наркотики, имеем высшее образование, и в роду ни у него, ни у меня не было патологий. Да, сейчас мой муж стоит на краю могилы, но это результат чеченского плена. Я люблю дочь больше жизни и не могу видеть, как она голодает. Клянусь, что никогда не приеду к людям, которые ее удочерят. Вы можете даже не сообщать мне, кто забрал Лизу, лишь бы это оказались богатые люди, способные обеспечить девочке счастливую жизнь. Конечно, расставшись с дочерью, я долго не проживу, да и не надо. Митя тоже не жилец, вот и уйдем вместе, одновременно. И он, и я готовы к такому решению наших проблем, гнетет только мысль о Лизоньке. Помогите найти девочке семью. Мне не надо денег, я не собираюсь продавать дочь, просто отдам в добрые руки».

Внизу были указаны адрес, телефон и шла приписка: «Звоните долго, я днем на работе, а Митя не сразу может взять трубку».

Сначала мне стало жутко. Да они задумали самоубийство, решив пристроить дочь. Это ужасно, надо немедленно позвонить, а потом мчаться туда, прихватив побольше наличности. Естественно, девочку нельзя разлучать с матерью, надо обеспечить им нормальное существование, положить парня в клинику, выяснить, что за болячка с ним приключилась...

Потом первый порыв прошел. Я еще раз взял послание, перечитал его, удивляясь непонятному чувству тревоги, вновь посмотрел на адрес и подскочил в кресле. Ну конечно, как только я сразу не понял! Капотня! Перед моими глазами был адрес... Беаты.

Я схватил блокнот, перелистал страницы. Да, вот он, улица, номера дома, квартиры — все совпадает. На марке стоял штемпель «20 декабря». Письмо было отправлено до убийства Беаты. Чуть пониже виднелся другой штамп — «4 января». Значит, письмо попало на мой стол скорей всего пятого. Ленка выгребла почту из ящика и сгрудила в кабинете. Но я был занят расследованием и не разбирал корреспонденцию. Обычно письма идут по Москве три-четыре дня. Но перед Новым годом почта захлебнулась в открытках, вот послание и запоздало.

Хотя, может, я ошибаюсь? Вдруг несчастная тетка живет рядом с той квартирой, которую снимала Беата? Вдруг случайно указала неверный номер? Маловероятно. А все же вдруг?

Я схватил трубку и принялся набирать номер. Сейчас выясним, есть ли кто-нибудь в квартире. У Беаты никогда не было мужа, попавшего в плен, и голодающей дочери. Хотя девочка Лиза существует на самом деле, она спит сейчас в нашей комнате для гостей. Но зачем Беате выдумывать такое? Ладно бы просила денег, тогда понятно, а здесь совсем иное. Теряясь в догадках, я прижимал трубку к уху, понимая, что придется ехать в Капотню. Скорей всего, несчастная женщина живет в соседней квартире, ну бывает так, хочешь написать 6, а рука выводит 8. Я обойду весь дом, но найду бедняжку!

— Алло, — прошелестел тихий мужской голос.

— Простите, это из фонда «Милосердие», мы получили письмо, но подпись неразборчива, вы, наверное, Митя?

— Да.

— Ваша жена дома?

— Нет.

— Когда она придет?

— Никогда.

Я вздрогнул.

— Почему?

— Беата умерла, — вяло ответил мужчина и судорожно закашлялся.

Я почувствовал себя главным героем пьесы абсурда. Беата умерла? Значит, все-таки она писала письмо! Но у нее никогда не было супруга Мити, которого пришлось выкупать из плена. Впрочем, сына Регины Глебовны звали Дмитрий, дома он откликался на Вадима, но ведь логичнее обращаться к нему Митя! Минуточку!!! Дмитрий Быстров давно умер, и вообще, с кем я разговариваю? Ощущая легкое головокружение, я ошарашенно поинтересовался:

— Вы кем Беате приходитесь?

— Я ее муж, Дмитрий Быстров, — прохрипел парень.

— Вы не умерли? — вырвалось из моей груди.

— Пока нет, но за этим дело не станет, ходить я уже не могу, конец близок, ну и слава богу.

Он продолжал еще что-то говорить, но я оглох. Дмитрий Быстров жив? Как же это? Регина Глебовна утверждала, что сын мертв. Может, Беата, чтобы избавиться от докучливой свекрови, просто разыграла похороны? Нет, такого быть не может. Существовал только один способ узнать правду.

— Сейчас я к вам приеду.

— Сделайте милость, — просипел парень, — купите по дороге батон и кусочек сливочного масла, мы с дочерью не ели неделю.

— Хорошо, обязательно.

— И не звоните в дверь, просто толкайте ее, она открыта, я не встаю с кровати.

— А где ваша дочь?

— Лизонька? Тут, на ковре лежит.

Ничего не понимая, я пошел к Элеоноре, но хозяйки не оказалось ни в спальне, ни в кабинете, ни в гостиной. Из ванной слышался плеск воды.

Так, понятно, Нора принимает душ. Водные процедуры у нее растягиваются порой на два часа, а мне не терпелось поскорей добраться до Капотни и прояснить ситуацию. Поколебавшись пару минут, я сбегал к себе, взял письмо, положил его в кабинете хозяйки на самое видное место и написал записку: «Поехал по указанному адресу, там вроде находится Дмитрий Быстров и его дочка Лиза, мне это показалось интересным. Позвоню вам позже, вы со мной не соединитесь, в моем телефоне села батарейка, забыл «заправить».

Добравшись до метро «Братиславская», я увидел большой супермаркет, хотел сначала купить батон и упаковку вологодского, но тут же одернул себя. Да ты, Иван Павлович, никак совсем разума лишился! Собрался привезти изголодавшимся людям лишь булку! Взяв проволочную тележку, я набил ее крупой, маслом, мясом, сыром, колбасой, творогом и потом еле дотащил тугие пакеты до квартиры Беаты.

Дверь и впрямь оказалась открытой, я крикнул:

— Митя, вы где?

— Тут, — донесся слабый голос.

Держа в руках сумки, я шагнул на звук и чуть не упал, споткнувшись о крохотного ребенка, который спал на пороге комнаты, прямо на голом полу, без подушки, одеяла и матраса. Ощутив толчок, девочка медленно подняла голову. На секунду мне показалось, что Лиза, которая сейчас мирным образом обедает у нас дома, каким-то непостижимым образом телепортировалась в Капотню, настолько похожи были малышки. Обе блондиночки, худые, даже изможденные, вялые и молчаливые.

— Дочка совсем плохая, — прохрипел из полумрака голос, — ослабела от голода, а у меня нет сил встать, чтобы положить ее на диван.

Я подхватил почти невесомое тело ребенка, донес его до кресла и устроил девочку на сиденье. В комнате было темно, занавески задернуты, свет выключен. Я шагнул к портьерам, распахнул их, повернулся к Мите и вскрикнул. На разобранном диване, том самом, где убили Беату, без постельного белья, под синим старым байковым одеялом, лежал обнаженный по пояс парень. Его лицо, плечи и грудь покрывали жуткие пятна и нарывы. Зрелище было не для слабонервных.

Внезапно юноша быстро сел, что показалось мне странным. Вроде он настолько слаб, что не может подойти к спящему на полу ребенку, а столь резко меняет позу.

Митя прикрыл лицо руками:

— Пожалуйста, задерните занавеску, у меня от света глаза болят.

— Да, конечно, простите.

Комнату вновь наполнил полумрак.

— Спасибо, — прошелестел хозяин, — я не заразный, это от нарушения обмена веществ, но на всякий случай сядьте подальше, к кровати не подходите.

Честно сказать, я не горел желанием приближаться к недужному, выглядел он жутко.

— Чем могу вам помочь? — запинаясь, пробормотал я, отойдя к противоположной стене.

— Сделайте доброе дело, — донеслось из темноты, — сходите в ванную, там на стене шкафчик, пошарьте на полках, найдите ампулу и шприц.

— Но я не умею делать уколы, — испугался я.

— А и не надо, я сам введу себе лекарство, пожалуйста, очень прошу, мне не дойти.

— Да-да, конечно. — Я подскочил и бросился в санузел, крохотный и грязный, как, впрочем, и все в этой ужасной квартире.

Где же он, этот шкафчик? Ага, вот. Я раскрыл двери и принялся рыться среди множества пузырьков. Внезапно мой нос ощутил знакомый запах. Машинально перебирая склянки, я подумал: «Кажется, где-то разлили бензин».

В ту же секунду послышался странный шум, скорее гул. Резко потянуло дымом... Я бросился к двери, нажал на нее, но она не открылась. Не понимая, в чем дело, я кинулся на нее всем телом, но фанера неожиданно оказалась крепкой. Из комнаты полетел тихий детский крик, больше похожий на скулеж больной собаки. У меня затряслись руки. Что случилось? Отчего дверь не открывается? В квартире явно начался пожар. Маленькая Лиза плачет от ужаса, а бедный Митя не может даже пошевелиться. Если я не выломаю дверь, погибнут все: девочка, мужчина и я.

Последняя мысль придала мне сил, но дверь стояла насмерть. В полном ужасе я огляделся по сторонам. Нечего даже и думать о том, чтобы разбежаться и высадить преграду плечом. Санузел был в ширину полтора метра, не больше. Вверху, под потолком, имелось довольно широкое окошко, выходящее в кухню. Я забрался на бортик ванны и посмотрел в окно. С высоты моего почти двухметрового роста было хорошо видно, как по занавескам весело скачет пламя. Нечего даже надеяться на то, чтобы пролезть в кухню, потому как в ней гудит огонь. К тому же мне, занятому в основном умственным трудом, ни за какие пряники не подтянуться на руках. Внезапно Лиза громко завизжала. Я слетел с бортика и от полной безнадежности изо всей силы ударил ногой возле ручки. Послышался треск. Я обрадовался и повторил маневр, раздался резкий звук «крак», и дверь отворилась. Я вылетел в коридор и мигом закашлялся. Пришлось возвращаться в ванную, мочить в холодной воде полотенце, прикладывать его к лицу.

Огонь бушевал на кухне, а в комнате было совсем темно от дыма. Оторвав на секунду от лица мокрую тряпку я заорал:

— Лиза, Митя!

Слабый писк донесся из угла, где стоял диван, кое-как, заливаясь от едкого дыма слезами, я добрел до лежанки и пошарил по ней руками. Пусто! Несчастный, еле живой парень исчез.

— А-а-а, — послышалось откуда-то с пола.

Я нагнулся и заглянул под софу.

— Лизочка, иди сюда.

В ту же секунду мне в руки ткнулась мокрая мордашка. Я подхватил девочку, прижал к ее личику второй конец влажного полотенца и бросился к входной двери. Здесь меня ждал сюрприз. Выход был перекрыт. Понадобилось долгих пять минут, прежде чем я сообразил: квартира закрыта снаружи, а под непрезентабельной дерматиновой обивкой скрывается сталь отличного качества. Почти потеряв голову, я кидался на железку. Девочка, обняв меня ручонками за шею, тихо ныла, трясясь всем своим маленьким тельцем. Можно было попытаться дойти до окна, выбить стекло, но и в комнате, и в кухне бушевало пламя. Огонь медленно подбирался к прихожей, и дышать становилось нечем.

— Спокойно, — бормотал я, — спокойно, Лизочка, не плачь.

Я схватил телефон, стоявший у двери на тумбочке. В трубке не было гудка, я потянул аппарат и понял, что провод оборван. И именно сегодня я оставил мобильный дома, в нем села батарейка. Ощущая полную безысходность, я шагнул назад в санузел, прикрыл сломанную дверь, включил воду и заткнул сливные отверстия в раковине и ванне. Пока струя наполняла ванну, я успокаивал девочку.

— Ну-ну, все будет хорошо. Видишь, водичка из рукомойничка бежит на пол? Огонь сюда не доберется, мы с тобой сейчас залезем в ванночку, подождем, пока все вокруг сгорит...

О том, что нам, скорей всего, предстоит мучительная смерть от удушья, я, естественно, умолчал. Девочка была слишком слаба, чтобы сопротивляться. Поэтому она не противилась, когда я погрузился вместе с ней в воду. Закрыв глаза, я начал молиться:

— Господи, Отче наш, прости, пожалуйста, ничего путного я не успел сделать в жизни. Ведь хотел написать книгу, думал, еще молод... Ну почему именно сегодня я забыл зарядить батарейку у мобильного? Что понесло меня сюда? Отчего Митя убежал из квартиры, заперев в огне гостя и своего ребенка? Наверное, у парня от болезни помутился ум!

В маленьком помещении было уже почти нечем дышать, огонь, правда, не шел в ванную, очевидно, из-за воды, бодро льющейся на пол, но мы начали задыхаться. Пару раз я нырял с головой, но, сами понимаете, при отсутствии жабр мне это мало помогло. Лиза, очевидно, потеряла сознание, она закатила глаза и затихла. Радуясь тому, что девочка не увидит подступающую к ней смерть, я мысленно попрощался со всеми дорогими и любимыми и пожалел о том, что сохраняю трезвость рассудка. Через пару минут мысли начали путаться, было такое ощущение, словно я хлебнул спиртного...

«Вот и все, — мелькнуло в голове, — может, если не врут о существовании того света, мне удастся встретиться с отцом».

Не успел я окончательно пасть духом, как послышался страшный грохот, и, словно посланец сатаны, в клубах черного дыма появился парень в робе защитного цвета. Последнее, что помню, его открытый в беззвучном крике рот.

Глава 31

Следующий день я провел в постели, чувствуя себя просто великолепно, единственное, что мешало, — отвратительный запах, поселившийся в комнате. Настолько мерзкий, что Максим, зашедший в мою спальню, скривился и спросил:

— Ты носки сколько раз в году меняешь? Два? На Рождество и Пасху? Ну и вонизм тут стоит! Извини, но давай лучше пойдем в гостиную, если ты, конечно, способен двигаться!

— Я в полном порядке!

— Вот и хорошо, топай тогда, только, сделай милость, смени носки! — хихикнул Максим.

Я вышел в коридор и чихнул, вонь там стояла еще более отвратительная, чем в моем кабинете.

— Лена, — закричал я, — вроде слесарь должен был прийти, трубы смотреть!.. Ну и запах!

— Ужас, — ответила домработница, высовываясь из кухни, — хоть противогаз покупай, обещался после трех заглянуть, добро бы трезвым явился. Вы, Иван Павлович, у себя в кабинете окно распахните и дверку раскройте, а я на кухне то же самое проделаю, может, сквознячком вытянет...

Я выполнил просьбу и, чувствуя, как по ногам гуляет ледяной ветер, вошел в гостиную.

— А вот и Арчи! — радостно потер руки Максим. — Ну что, поедем?

— Куда? — в один голос воскликнули мы с Норой.

— Ко мне на работу.

— Зачем? — насторожился я.

— Знаешь, Иван Павлович, — вздохнул Макс, — когда вчера Элеонора рассказала мне про вашу милую игру в Ниро Вульфа, я поделился с ней своими чувствами. Между прочим, я тоже люблю Рекса Стаута, но мне было очень обидно, отчего это у него инспектор Кремер вечно выглядит идиотом? Очевидно, автор недолюбливал полицию. Может, его в детстве обидел постовой и в зрелые годы писатель решил ему отомстить?

— Имей в виду, что психоанализ не твоя профессия, — буркнула Нора.

— Согласен, — улыбнулся Максим, — но, раз уж начал, дайте договорю. Так вот, испытывая чувство цеховой солидарности к несчастному инспектору Кремеру, я решил восстановить историческую справедливость. Дело об убийстве Беаты Быстровой завершено, но победу одержал не частный сыщик, а сотрудники правоохранительных органов.

— Ну уж нет! — взвилась Нора. — А кто позвонил тебе вчера? Догадалась обо всем я, лишь только прочитала письмо!

— Но я знал раньше!

— Я сама все распутала!!!

— Эй, погодите, — вмешался я в диалог, — нельзя ли поподробней, Арчи Гудвин так ничего и не понял. Кстати, где Лиза?

— Вроде смотрит мультики, — ответила Нора.

— Нет, другая Лиза, та, что была в квартире у Мити, она жива?

— Девочку зовут Катя, — пояснил Максим, — она сейчас в больнице, но прогнозы врачей самые оптимистические.

— Катя?! Но Митя говорил про Лизу! И в письме... А где Митя? Он жив?

— Поехали, сейчас все узнаешь, — велел Максим, — заодно, умелые детективы, и показания дадите. Ну давайте, надеюсь, не станете два часа собираться.

— И мне тоже с вами? — неожиданно кротко спросила Нора.

— А как же? Кто кашу-то заварил?

Кабинет, где сидит Макс, был настолько мал, что после того, как туда въехала на инвалидной коляске Элеонора, места практически не осталось. Но в комнатушку ухитрились еще, кроме нас, втиснуться три парня с хмурыми, непроницаемыми лицами.

— Ну что? — весело спросил Макс. — Все готовы слушать сказочку про Иванушку-дурачка?

Это было уже слишком. Я встал и спокойно заявил:

— Элеонора, я подожду вас в машине.

— Сядь, — велела хозяйка, — когда Макс говорил про Иванушку-дурачка, он вовсе не тебя имел в виду.

Приятель подскочил:

— Иван Павлович, извини, слетело с языка, ей-богу, я думал о другом парне, не обижайся, сделай милость.

— Я и не думал обижаться...

— Сейчас же прекрати дуться, — процедила Элеонора, — садись на стул и слушай!

Я повиновался. Все-таки я наемный служащий и обязан подчиняться, если моя работодательница приказывает остаться в кабинете. Но избавиться от чувства обиды я не мог. Мои ощущения неподвластны чужим распоряжениям.

— Вот и замечательно, — засуетился Макс. — Глеб, ты бы нам кофейку сгоношил...

Один из угрюмых парней по-прежнему молча открыл сейф, вытащил оттуда банку «Нескафе», пачку сахара и включил чайник, стоявший на подоконнике. Я наблюдал за «кофейной церемонией», чувствуя, как в душе колышется вязкое желе обиды. Иванушка-дурачок! Макс определенно хотел меня уколоть, потом спохватился и начал мести хвостом.

Вскоре перед нами появились фаянсовые кружки с темно-коричневым напитком.

— Ладно, — улыбнулся Макс, — начну сначала. Итак, сказочка про... любовь. Она, знаете ли, бывает разной. Можно обожать жену, ребенка, собаку... А можно страстно любить деньги, драгоценности и прочие атрибуты роскошной жизни. Встречал я таких людей. В общем, ничего плохого нет в том, когда богатый человек тратит средства на утоление своих желаний. Сам заработал тысячи, сам их по ветру и пустил. Кому от этого плохо? Безобразие начинается, когда потребности не совпадают с возможностями, а если в этом случае личность еще и не умеет управлять своими желаниями — жди беды. Именно так и получилось с Беатой Быстровой.

Девочка родилась в более чем бедной семье. Отец пил горькую, тащил из дома все, что плохо лежит, мать зарабатывала копейки и пыталась поставить на ноги двух дочек. Когда Беата вспоминала детство, впрочем, она не слишком любила возвращаться в то время, которое большинство людей считает лучшим периодом в жизни, перед девушкой всегда вставала одна и та же картина: отец, роющийся в комоде, и мать, рыдающая на полу. Папенька, обладая звериным чутьем, всегда находил «захоронки», куда бедная мать прятала кровью и потом заработанную копеечку. Но потом неожиданно привалило счастье: маменька убила мужа.

— Да ну?! — подскочил я. — А все, кого я ни спрашивал, говорили, что отец Беаты и Леры ушел из семьи, а их мать умерла.

— Нет, — покачал головой Макс, — Андрей довел Валентину до того, что она схватилась за сковородку. Несчастная баба не собиралась никого убивать, она просто оборонялась от озверевшего пьяницы, твердо решившего, что перед ним не жена, а страшное чудовище.

— Белая горячка, — протянула Нора.

— Именно, — кивнул Максим, — к сожалению, частый случай. Допился до зеленых чертей, потерял адекватность. Как правило, в таких ситуациях страдают жены, но иногда случается наоборот.

Когда приехала милиция, Валентина рыдала над трупом, рядом валялась злополучная сковородка. Судья оказался более чем снисходителен, учел все смягчающие обстоятельства и дал женщине всего два года в колонии общего режима.

Сокамерницы ее предупредили: «Очевидно, скоро будет амнистия, пару месяцев всего и посидишь, повезло. Выйдешь, заживешь королевой».

Но Валя все время плакала, и в одно далеко не прекрасное утро ее нашли на шконках мертвой, ни в пересыльную тюрьму, ни на зону она не попала, покончила с собой в следственном изоляторе.

Беата, которой тогда исполнилось всего восемнадцать лет, брать тело матери отказалась, заявив: «У нас с Лерой нет денег на похороны, мы голодаем. — Потом помолчала и добавила: — Не могла уж до суда удавиться! Коли решила себя жизни лишить, должна была обо мне подумать! Теперь везде в анкетах придется писать: мать осуждена за убийство».

Навидавшийся всякого сотрудник СИЗО растерялся, услышав это заявление, и попытался укорить Беату: «Все-таки это твоя мать! Ты подумай, что говоришь». Девушка притормозила на пороге кабинета и мигом отбила мяч: «Мать? А что она нам сделала хорошего? Ничегошеньки-то у меня нет».

И это было правдой. Ни приличной одежды, ни украшений, ни косметики у Беаты не имелось. Как не было и высшего образования. Впрочем, неглупая от природы, Беата закончила десять классов. В аттестате теснились одни тройки, но имелась и одна честно заработанная пятерка — по английскому. Беата обладала отличной памятью и явной склонностью к иностранным языкам, о чем ей не раз говорила учительница. После выпускных экзаменов Беата подалась было в институт, но срезалась на сочинении. Пришлось идти в супермаркет уборщицей. В магазине и произошел случай, предопределивший всю дальнейшую жизнь Беаты.

Один раз, зайдя в туалет, она обнаружила на умывальнике кольцо с довольно крупным бриллиантом.

— Как оно туда попало? — удивился я.

— Что же здесь непонятного, — вздернул брови Максим, — многие женщины, когда моют руки, снимают драгоценности, твои знакомые так не делают?

Я промолчал. Почти все мои подруги принадлежат к так называемому светскому обществу, а его представительницы никогда не станут стаскивать с наманикюренных пальчиков фамильные бриллианты. Мамы и бабушки учат таких девочек с ранних лет: «Никогда не разбрасывай свои украшения, помни, что ими пользуется в нашей семье уже пятое поколение».

Максим, не обращая на меня внимания, продолжал дальше:

— Беата сразу сообразила, кому принадлежит перстень: директрисе.

Любая другая девушка мигом бы отнесла находку начальнице. Беата, впрочем, тоже сначала хотела так поступить. Но когда ее пальцы взяли солитер[1], она поняла, что ни за какие коврижки не вернет его владелице. Камень завораживал своим блеском, множество мелких граней отражало свет, разноцветные лучи переливались, казалось, в вонючем туалете сияет солнце. Беата сунула добычу в карман и на следующий день уволилась.

Если вы думаете, что она отнесла кольцо в скупку, то ошибаетесь. Девушка сохранила алмаз. Каждый вечер перед сном она вынимала украшение и, любуясь разноцветными огоньками, «бегавшими» по камню, мечтала о том времени, когда у нее будет много-много, неисчислимое количество подобных безделушек. Беата полюбила бриллиант, как человека, она разговаривала с ним, и порой ей казалось, что, меняя блеск, кольцо отвечает взаимностью своей новой хозяйке. Теперь лучшим времяпрепровождением для девушки стало

---

[1] Крупный бриллиант. (*Прим. автора.*)

посещение ювелирных магазинов. Часами простаивала она у витрин, разглядывая броши и ожерелья. На цены Беата старалась не смотреть, они были настолько запредельными, что даже не пугали. Вы станете расстраиваться, увидав в журнале фотографию особняка стоимостью в двадцать миллионов долларов? Наверное, нет, такая сумма совершенно запредельна для обычного человека. А у Беаты денег не было, совсем не было. И она стала задумываться, где их взять. То, что заработать честным трудом большой капитал невозможно, было ей ясно давно. Еще в подростковом возрасте, стоя во дворе около скамейки, на которой судачили бабы, Беата с презрением думала: «Отказывать себе во всем, чтобы купить деревянный сарай под Калугой? Нет уж, это не для меня».

Но время шло, а где взять средства на строительство замка, было по-прежнему непонятно.

Потом блеснул лучик надежды. Беата пошла в больницу делать аборт и познакомилась с Дмитрием. Парень показался ей подходящим кандидатом в мужья. Тихий, болезненный, интеллигентный, совершенно непьющий. А главное, Вадик происходил из обеспеченной семьи. Мать — преподаватель вуза, отец — известный актер. Беата почти теряла сознание, глядя на серьги будущей свекрови, одно плохо, в семье была еще дочь, и, скорей всего, цацки после смерти Регины Глебовны достанутся ей.

Округлить малоопытного в любовном вопросе Вадима ничего не стоило. Беата с тринадцати лет тусовалась с парнями по чердакам и подвалам, поэтому хорошо умела управляться с представителями мужского пола. Вадим же принимал все слова жены за чистую монету, он был наивен и, несмотря на энциклопедический ум, не имел жизненного опыта.

Образованность и житейская хитрость разные вещи. Беата надеялась стать своей в семье, очаровать пожилого актера... «А там посмотрим, — думала она, — с паршивой овцы любой клок хорош. Может, он меня пристроит в кино сниматься, актрисы, говорят, миллионы получают».

Но из далеко идущих планов ничего не вышло. Беата натолкнулась на активную неприязнь свекрови. Справедливости ради следует отметить, что Регина Глебовна первой начала войну. Она обожала Вадима почти до потери сознания, впрочем, подобное, как правило, случается с мамашами, у которых растут сыновья...

Я подавил вздох. Да, Соня Чуева тоже души не чаяла в Николаше, потакала ему во всем и теряла последнее здоровье, бегая по урокам, чтобы добыть денег для недоросля. Вот Николетта — та другая, ей и в голову не придет ради меня пошевелить пальцем. В мозгу моей матушки иная установка: я должен исполнять все ее капризы.

— Властная, не терпящая никаких споров Регина Глебовна каждый день приходит к молодым и устанавливает в семье свои порядки, — рассказывал Максим, — она вводит тотальный контроль за всем. Засовывает нос в кастрюли, шкафы и даже супружескую постель. Регина Глебовна хочет регулировать все: денежные траты, питание, интимную жизнь. Она без конца делает Беате замечания, выливает приготовленный невесткой суп, перестирывает рубашки, демонстративно машет веником, приговаривая: «Что же мать не научила тебя убирать квартиру как следует».

Но, что самое главное, свекровь постоянно проверяет траты невестки, заставляя ту отчитываться буквально за каждую копейку. В конце концов Беата не выдерживает, и разгораются военные действия. Вадим, которому опека мамочки надоела до зубовного скрежета, целиком и полностью становится на сторону жены, чем окончательно озлобляет Регину Глебовну. Все заканчивается очень печально.

— Она убила мужа? — не утерпел я.

Макс покачал головой:

— Думаю, нет. Хотя случаи, когда люди спроваживали своих родственников на тот свет при помощи усиленной заботы, хорошо известны криминалистам.

— Это как? — поразилась Нора.

— Очень просто, — ответил один из угрюмых парней, — надоела всем бабушка, зажилась старуха, комнату занимает. Вот и начинают кормить пожилую женщину жирной, сладкой, вкусной пищей. Заботливо так потчуют, по восемь раз на дню, в кровать укладывают, разных врачей зовут. Доктора у нас старательные, каждый по десять рецептов выписывает. Родственники все медикаменты покупают и пичкают бабулю: «Кушай, врач приказал».

В результате через год в семье поминки, а придраться не к чему. Все рыдают, ставят памятник...

— Только мне кажется, что Беата просто по глупости или по лени не готовила для мужа нужные диетические блюда, — вздохнул Макс, — хотя всей правды мы никогда не узнаем. Но Регина Глебовна уверена, что невестка планомерно убивала своего мужа, она абсолютно непоколебима в своей позиции.

Впрочем, определенную выгоду после кончины Вадима Беата получает. Ей отходит квартира супруга. Не слишком шикарная, маленькая... У девушки уже есть одна жилплощадь, доставшаяся ей в результате раздела родительской квартиры. Беата продает ее...

Макс остановился, закурил, потом спросил:

— Как думаете, что она сделала, получив крупную сумму?

Я пожал плечами и предположил:

— Отложила на черный день. Или стала потихоньку тратить на жизнь.

Приятель рассмеялся:

— Ты, Иван Павлович, разумный, добропорядочный человек. Если тебе в руки упадут тысячи долларов, непременно отнесешь их в банк.

Я растерянно глянул на друга. Честно говоря, я не понял: он меня похвалил или осудил?

— Нет, Макс, — засмеялась Нора, — ошибочка вышла, Ваня не успеет дотащить чемодан с купюрами до деньгохранилища, потому как его по дороге настигнет Николетта.

Макс раздавил в блюдечке окурок.

— Хорошо, то есть плохо. Николетте всегда мало волшебных купюр, впрочем, Беате тоже. Но девушка не покупает себе милые женскому сердцу пустячки. Нет, она идет в ювелирный и приобретает на всю сумму колье из бриллиантов.

— Какая глупость! — воскликнул я. — Полный идиотизм! Надо было оставить доллары! Насколько я понимаю, Беата сильно нуждалась!

— Тебе, Ваня, трудно понять женскую натуру, — покачала головой Нора. — Кое-кто из представительниц слабого пола готов душу отдать за камушки.

— Беата из их числа, — подтвердил Макс. — Мы видели ее коллекцию драгоценностей!

— Что? — удивился я. — Она собирала кольца?

— Броши, ожерелья и браслеты тоже, — ответил Макс.

— Но откуда у нее деньги? — продолжал я изумляться. — Коллекционирование драгоценностей требует огромных затрат.

— Ты слушай, — велел Макс. — Значит, подведем небольшой итог. Результатом брака с Дмитрием стало ожерелье. Еще девушке досталась фамилия Быстрова, которую она не меняет, ей лень затевать заново возню с документами.

Через какое-то время перед Беатой встает вопрос: на что жить? Из института ее выгоняют за воровство, диплома нет, хорошей работы не найти. Да и делать девушка ничего не умеет. Лучше всего у нее получается врать и таскать из чужих сумок кошельки, других навыков нет. Еще госпожа Быстрова отличается беспредельной наглостью и определенными актерскими задатками. Ректор института, выставляя за порог учебного заведения студентку-воровку, сурово сказал: «Имей в виду, дрянь, милицию сюда не пригласили только потому, что пожалели Регину Глебовну. Лишь из-за нее не отдали тебя под суд».

Естественно, это заявление не прибавило Беате любви к матери умершего мужа, но, с другой стороны, она внезапно пугается, оказаться в тюрьме Быстровой совсем не хочется, поэтому ее мозг начинает усиленно муссировать проблему: как заработать много-много денег? Как украсть, чтобы не поймали? У кого взять горы вожделенных баксов? На горло начинает наступать нужда. От отчаяния Беата решается на идиотский поступок, идет в районное бюро по трудоустройству и узнает там, что в городе дефицит преподавателей иностранного языка. В голове у нее рождается план.

Сначала Беата покупает в метро диплом, потом крадет в службе занятости бланк и является к директрисе Алле Семеновне. Быстрова великолепно понимает, что на ставку школьной учительницы коллекцию бриллиантов не пополнить, хорошо бы ноги с голоду не протянуть. Но, во-первых, девушке не на что даже купить батон хлеба, а во-вторых, в ее умишке зреет план, как сшибить денег с родителей учеников.

Алла Семеновна, безумно довольная, что у нее появилась молодая преподавательница, идет на все условия, поставленные Беатой. «Учительница» получает самых юных школьников и не боится разоблачения. Потом Беата Андреевна проводит беседы с родителями и начинает посещать детей приватно, требуя десять долларов за урок. Дело поставлено на широкую ногу, «занятий» много, правда, длятся они всего по двадцать минут, но основная масса взрослых днем на работе, а школьники не горят желанием киснуть над учебником английского целый час. Довольны все. Дети тем, что училка особенно их не обременяет, родители — дневником, в котором против графы «иностранный язык» прочно поселились пятерки. Вот только никаких знаний ребята не получают, но большинство родителей волнует не это, а оценки. В самом начале карьеры Беата делает ошибку: нанимается репетитором в семью, где мать хорошо знает английский. С трудом выкрутившись из неприятной ситуации, девушка делает выводы и больше никогда не берет таких детей.

Все идет прекрасно. Зарплата невелика, зато навар от репетиторства составляет хорошую сумму. Впрочем, Беата вскоре начинает подворовывать кошельки у коллег, кое-какие мелочи в семьях, куда является в качестве преподавательницы. В нашей стране к учителям относятся с уважением, и родители подозревали кого угодно, но не улыбчивую, приятную Беату Андреевну. А потом судьба вновь сталкивает девушку с Региной Глебовной.

Поняв, что свекровь рассказала директрисе про липовый диплом и про формулировку, с которой воровку с позором изгнали из института, Беата убегает из кабинета директрисы. Регина Глебовна торжествует, для нее это лишнее доказательство того, что Беата убила Вадима. Теперь у свекрови не остается никаких сомнений, невестка — преступница; с этой мыслью Регине Глебовне легче жить. Значит, она права, Беата негодяйка, воровка, убийца...

В жизни девушки опять начинается полоса нужды, порой ей не на что купить даже талончик для проезда в метро. Быстрова перебивается случайными заработками, ворует в магазинах и на рынках.

— Она не продала ожерелье? — удивился я.

— Нет, — покачал головой Максим, — бриллианты лежат дома, она их не трогает, даже не носит.

— Но зачем тогда покупала? — не успокаивался я.

— Ей важно владеть камнями, — пояснил приятель. — Беата влюблена в бриллианты, ей не надо, чтобы чужие глаза любовались драгоценностями. Нет, она хранит их в коробочках на дне комода: перстень и колье вынимает по вечерам, любуется и убирает назад. Пойми, Ваня, это страсть, которая не имеет ничего общего с нормальной логикой. Основная часть людей продает побрякушки, чтобы не умереть с голоду, но только не Беата. Впрочем, перспектива скончаться от отсутствия продуктов девушке не грозит, она филигранно научилась красть в супермаркетах деликатесы.

Потом судьба еще раз подсовывает ей выигрышный билет. На пути попадается Леонид Серегин, удачливый предприниматель, богатый человек, который женится на девушке, забыв расспросить ту как следует о ее добрачной жизни. Впрочем, кое-какие вопросы он все же задает, но Беата ловко находит ответы. Родители погибли в результате автомобильной катастрофы, никаких братьев или сестер нет, а вот квартирка есть, крохотная.

«Если ты не против, пущу туда пожить жильцов», — тараторит Беата. Леонид отмахивается: «Поступай как знаешь».

И его жена мигом сдает жилплощадь. Начинается счастливое, благополучное время. Серегин редко бывает дома, как все удачливые в бизнесе мужчины, он приезжает за полночь и, чувствуя легкую вину перед женой, компенсирует недостаток внимания деньгами. Наконец-то у Беаты появляется возможность бегать по магазинам и скупать все, что нравится. Кстати, госпожу Быстрову хорошо знают во многих ювелирных лавках, она выгодная клиентка, постоянная посетительница, часто делающая дорогие покупки. Около года молодая женщина проводит большую часть своего времени возле прилавков. Если раньше ей хотелось иметь бриллианты вообще, то теперь она научилась в них разбираться и покупает только раритетные вещи. Сами понимаете, какова их стоимость. Леонид только посмеивается, он не жадный, и его забавляет энтузиазм жены, готовой с утра до ночи разглядывать содержимое бархатных коробочек.

Ну а потом Беата совершает глупость. Будучи уверенной, что муженек явится домой после полуночи, она приводит к себе чужого парня. Но бог шельму метит — она попалась. Серегин мигом подает на развод. Он способен многое простить своей половине: вздорность, истеричность, мотовство, любовь к еде и выпивке, полное нежелание работать и неумение вести домашнее хозяйство, но не измену! Закрыть глаза на то, что жена осквернила супружеское ложе, способны единицы.

Беата вновь оказывается в своей квартире, без денег, работы и всяких перспектив. Единственное, что доставляет ей радость, — сильно разросшаяся коллекция бриллиантов. Леонид, выставив изменницу за дверь, не отнял у нее побрякушки.

Опять начинается борьба за выживание, снова приходится воровать в супермаркетах еду. Потом госпожа Быстрова осваивает новый трюк. Она заходит в магазин, торгующий одеждой, какой-нибудь «Мехх», где толпы покупательниц клубятся в примерочных кабинках, а продавщицы падают с ног, пытаясь угодить всем. Беата набирает кучу вешалок со шмотками и начинает гонять несчастную служащую без конца в торговый зал. То ей не подходит цвет, то размер... Когда вконец замороченная девушка притаскивает сто пятые по счету брюки, Беата бросает: «Ничего не подходит», — и уходит из кабинки, оставляя на стуле кучу вещей.

Действует Быстрова нагло. Под своей одеждой она уносит пару кофточек. Уставшая продавщица просто не способна сообразить, сколько же блузок она притащила привередливой покупательнице, да еще в затылок дышит очередь злых клиенток, которым не хватило места в примерочных кабинках. Украденные вещи Беата потом продает, но, думаю, вам понятно, что на эту выручку пополнить коллекцию бриллиантов ей не удается. Затем, обнаглев от безнаказанности, госпожа Быстрова совершает ошибку и отправляется промышлять в эксклюзивный бутик. Но в этом магазине не так много посетителей, а в кабинах тайно установлены камеры. Этого делать нельзя, но администрация ведет видеонаблюдение за клиентами в момент их переодевания. Беату ловят за руку, вызывают милицию. Девушка испугана почти до обморока и сообщает, что она жена Серегина.

Леонид выручает бывшую супругу. Повторяю,

он жалостливый человек, и его неприятно удивляет крайняя бедность, в которой живет его бывшая жена. Серегин решает помочь Беате. Он переселяет ее в другую квартиру, устраивает на работу в «Птицу Говорун» и считает свой долг исполненным. Прощаясь с бывшей женой, он произносит фразу, которая меняет всю жизнь Беаты: «Надеюсь, ты понимаешь, что наши прежние отношения невозможны!» — «Но мы провели вместе целый месяц», — пытается она схватиться за соломинку. «Ну и что?» — «Ты же помогал мне!» — «Подумаешь», — пожимает плечами Леонид. «Давал деньги, купил квартиру», — не успокаивается Беата, которая все еще надеется опять стать женой Серегина. «Ерунда, — отмахивается бывший муж, — знаешь, сколько в мою контору приходит писем с просьбами о помощи!» — «И ты всем даешь просимые суммы?» — медленно спрашивает Беата. «Тем, кто явно нуждается, да, — отвечает Леонид, — а всяким попрошайкам нет».

В голове Беаты словно вспыхивает яркий свет. Вот то, что она так долго искала! Легкий, не требующий больших усилий заработок.

«И как же ты отличаешь побирушек от бедняков?» — интересуется она. «Ну, во-первых, этим занимается моя секретарша, а во-вторых, люди очень глупы, — усмехается Леонид, — я ведь не совсем дурак, хоть и знаю свою жалостливость. Деньги просто так не раздаю, сначала проверяю, правду ли пишут. Иногда мой работник приедет по указанному адресу к голодающему, а у того квартира забита антиквариатом, морда как таз и коньяк на столе. И уж конечно, ничего не отправляю на абонентский ящик и не перечисляю на счет, если в конверт вложена бумажка с реквизитами».

— Правильно, — кивнул я, — я исповедую те же принципы. Иногда достаточно посмотреть на то, какая косметика стоит в ванной, чтобы понять, что к чему.

Макс усмехнулся:

— На всякого мудреца довольно простоты. Беата выстраивает потемкинскую деревню наоборот.

— Ты что имеешь в виду? — поинтересовался один из парней.

— Господин Потемкин-Таврический возвел вдоль дороги, по которой ехала императрица, хорошенькие домики и поставил перед ними людей в крестьянской одежде, чтобы государыня-матушка видела, как зажиточно и счастливо живут ее подданные, — пояснил Максим, — а Беата делает наоборот. Она снимает жуткую квартиру в Капотне, чтобы убедить благодетелей в своем крайне бедственном положении.

Леонид временно исчезает из жизни Беаты, последнее, что он делает для нее, покупает абонемент в фитнес-клуб.

— Зачем? — удивляется Нора. — Он настолько заботится о здоровье бывшей жены?

— Нет, — покачал я головой, — он мне объяснил ход своих мыслей. Быстрова интересная женщина, она нравится мужчинам. Леонид надеялся, что Беата найдет себе среди посетителей тренажерного зала нового супруга. Серегин порядочный человек, он чувствует себя ответственным за бывшую жену, пусть даже и изменницу. А если баба сбегает еще раз в загс, он будет полностью свободен от всяких угрызений совести.

Максим кивнул:

— Ну да, примерно так и рассуждал Серегин, и, кстати, его расчет оправдался. Быстрова мигом оглядывается по сторонам и заводит роман с Володей Меркуловым.

Женщина не теряет надежды выйти за него замуж, но одновременно разворачивает и свой «бизнес». Здесь следует отметить, что у Беаты незаурядные актерские задатки и явный литературный дар. Письма, которые она рассылает по разным адресам, не похожи на обычные стандартные просьбы: «Нет денег, умираю с голоду». Нет, Беата действует хитрее. Сообщает, что попала в автокатастрофу, измучилась жить инвалидом, и просит... прислать к ней врача, который сделает смертельную инъекцию. «Умоляю, помогите, у самой денег нет, чтобы оплатить избавление от мук».

— Было бы смешно, — фыркнула Нора, — попадись ей человек, который искренне поверил бы в подобную просьбу.

— Нет, — покачал головой Макс, — госпожа Быстрова хороший психолог. Подавляющее большинство респондентов проникается к ней жалостью и отправляется в Капотню. Да и как не поверить посланию? Оно не содержит прямой просьбы о деньгах, указан адрес, домашний телефон. А очутившись в Капотне, люди видят нищенскую обстановку, худенькую, изможденную женщину, бледную до синевы, очень плохо одетую. На кухне гремит пустой холодильник, в ванной нет даже мыла... Беате дают денег, привозят продукты, на свете много добрых, жалостливых людей. В квартире, расположенной в Кунцеве, где Быстрова живет на самом деле, совсем другой антураж. Вот там великолепная мебель, дорогая посуда и сейф, в котором хранится коллекция драгоценностей. Кстати, в нем же лежит и пухлая записная книжка с адресами сотен разных организаций и частных лиц: писателей, актеров, политиков. Беата не ленива, порой к ней в Капотню приходят в день по два благодетеля.

Правда, семья с Володей Меркуловым не получается, но Беата не особо расстраивается. Жизнь замужней женщины не привлекает ее так, как раньше. Жена обязана угождать супругу, а госпоже Быстровой не хочется ни под кого подстраиваться, в особенности теперь, когда найден наконец-то источник финансового благополучия.

— Неужели настолько выгодно побираться? — спросил я.

— Мы же даем людям деньги, — пожала плечами Нора, — кое-кому даже регулярно, например, Самсоновой.

— Нина — убогий инвалид, — ляпнул я, — ездит в инвалидной коляске, и потом, мы перечисляем ей всего сто долларов ежемесячно.

В ту же секунду до меня дошел смысл сказанного.

— Простите, Элеонора.

— Ничего, Иван Павлович, — усмехнулась хозяйка, — ты меня не обидел. Я-то не считаю себя убогим инвалидом, хоть и езжу на колесах, а не бегаю на ногах. Что же касается мизерности суммы... Если пять человек дадут по сто баксов, то сколько получится? То-то и оно. Кстати, мы с тобой не раз перечисляли в разовом порядке тысячи. Помнишь Галю Катасонову?

— Ну там речь шла об операции для ее дочери, как не дать на несчастного ребенка, — вздохнул я.

— Вот-вот, — перебил Макс, — та же мысль пришла в голову и Беате.

Быстрова живо смекнула, что ей не хватает младенца, желательно девочки, один вид которой будет вызывать у людей жалость. Но где взять до-чурку? Ну не рожать же самой? На помощь приходит Лера, сестра Беаты, которая знает, чем та занимается. Беата пыталась пристроить Леру к бизнесу, но она ленива до такой степени, что не хочет ничего делать. Правда, иногда на Леру снисходит желание работать, но она мечтает получить сразу большой куш, не прилагая особых усилий. Именно это стремление и приводит ее в фирму, занимающуюся сетевым маркетингом. Впрочем, в конце концов Лера находит свой Клондайк.

Когда Беата начинает вслух размышлять, где бы ей раздобыть ребенка, Лера мигом вспоминает про многодетную семью Ороевых и приводит Лизу. Она договаривается с матерью, что сумма «проката» составит пятьсот рублей, а сестре, не моргнув глазом, врет: «Дворники требуют тысячу».

Беата возмущается:

— Хватит с них и семисот.

— Ладно, — быстро соглашается Лера, — не волнуйся, я уговорю пьяниц.

Маленькая Лизочка действует на людей именно так, как рассчитывает Беата. Несчастный ребенок вызывает жалость даже у самых бесчувственных. Иногда Беата, одевшись в рванину, едет вместе с Лизой к очередному благодетелю. Например, из артиста Хлудова она просто сделала дойную корову. Тот дает Беате каждый месяц деньги для... смертельно больной дочки. Быстрова приходит к Хлудову домой, получает конверт и уезжает. Один раз, возвращаясь от актера, она наткнулась на Серегина.

Леонид в ступоре. Его бывшая жена выглядит как нищенка, да еще за ее юбку цепляется крохотное существо, похоже, полуживое от голода. Кстати, чтобы легенда о нищей жизни выглядела достоверно, Беата не кормит девочку. У людей, протягивающих ребенку кусок хлеба, слезы наворачиваются на глаза при виде жадности, с которой Лиза начинает уплетать булку. Если у кого и были какие-то сомнения в отношении Быстровой, то они мигом пропадали при одном взгляде на изголодавшуюся девочку.

Хитрая Беата смекает, какую выгоду она может извлечь из создавшейся ситуации. Возраст крошечной девочки трудно определить на глаз. Поэтому Беата действует нагло, не боясь разоблачения. Она покупает бланк свидетельства о рождении, естественно липовый, заполняет его и демонстрирует Леониду со словами: «Помнишь, любимый, тот месяц, который мы, уже будучи в разводе, провели вместе? Лизочка плод нашей любви».

И Леонид начинает отсчитывать деньги.

— Странно, что он не отправил кровь на анализ для определения отцовства, — покачала головой Нора.

— Беата совсем не дура, — покачал головой

Максим, — она великолепно знает бывшего мужа, Серегин жалостливый человек, его можно «взять», рассказывая о тяготах и трудностях. И потом, Беата вовсе не требует официального признания его отцовства, она просит средства для ребенка, перенесшего тяжелую болезнь. С другой стороны, Леонид богат, две тысячи долларов для него как для другого два рубля. А Беата не зарывается, правда, один раз просит большую сумму на курс инъекций и перед Новым годом намекает на подарок: поездку в Испанию. Еще Леонид покупает ей квартиру, в которой Беата его и принимает раз в месяц, когда мужик привозит деньги. Леониду демонстрируют спящую в кроватке Лизочку, теперь уже одетую в красивую пижамку. Беата бы с большим удовольствием продала эту квартиру и купила себе что-нибудь для пополнения коллекции, но она не может этого сделать, поэтому попросту пускает в новую «двушку» жильцов с ребенком, поставив условие: «Раз в месяц вы освобождаете на вечер площадь. Ко мне в гости приходит бывший муж, не хочу, чтобы он знал о том, что я сдаю квартиру».

Потом Беата соображает, что может «подоить» и Меркулова. Действует она по отработанной схеме, вновь покупает бланк свидетельства о рождении. Быстрова отличный психолог и перед Володей предстает в ином обличье. Меркулова не возьмешь на жалость, его можно «купить», играя на иных чувствах. Поэтому хитрая девица приглашает бывшего любовника в свои шикарные апартаменты в Кунцево и презрительно морщится, когда Владимир предлагает пятьсот долларов на Лизу.

«Дорогой, — небрежно бросает она, — я больше на няню трачу, убери свои копейки».

Меркулов злится, его упрекнули в жадности, намекнули на бедность да еще демонстрируют полное нежелание брать доллары. Вот если бы Беата просила у него деньги, ей бы ничего не обломилось.

Впрочем, немалую роль в решении Меркулова платить деньги сыграл страх перед женой и тестем. Кстати, Володя почти на сто процентов убежден, что он отец ребенка. Хитрая Беата роняет фразу: «Лизочка практически ничего не ест, лишь безостановочно уничтожает помидоры».

Володя мигом узнает себя. Он тоже в детстве доводил мать до обморока полным отсутствием аппетита и страстью к пасленовым. Меркулов сам рассказывал об этом Беате в то время, когда у них был роман. Сказал и забыл, а пронырливая девица вспомнила и не преминула этим воспользоваться.

Именно в то время, когда Беата начинает раскручивать истории с отцовством, она знакомится с молодым человеком, который подходит ей как никто другой. Жадный, ленивый, беспринципный, готовый ради денег на все, артистическая натура, талант со знаком минус. Он, правда, моложе Беаты, но это единственный человек, перед которым ей не нужно ничего изображать. Более того, парень предлагает работать в паре. Он готов сыграть роль раненного в Чечне солдата.

— Митя! — закричал я. — Но почему он назвался Дмитрием Быстровым?

— Митя, — хмыкнул Макс. — Ну-ну, ты послушай до конца. Говоря языком протокола, парочка вступает в преступный сговор. Парень гримируется, укладывается в постель... Представьте реакцию представителей благотворительных обществ! В крохотной квартирке находится заживо гниющий юноша, еле живая от голода девочка, шатающаяся от усталости женщина, и просят они не денег. Нет, «семья» хочет отдать дочку — о, совершенно бесплатно — в добрые руки. Конечно, сами они потом, не вынеся разлуки, покончат с собой, но ведь для них главное — счастье ребенка.

— Именно такое письмо мы и получили, — вздохнул я.

— И какова была твоя реакция? — поинтересовался Максим. — Насколько я знаю, ваш фонд «Милосердие» охапками получает корреспонденцию такого рода.

— Это послание выделялось из общего ряда, — грустно ответил я, — сначала я позвонил, а потом поехал с сумкой продуктов и деньгами. Ну нельзя же допустить, чтобы...

— Вот-вот, — перебил меня Максим, — точно так же реагировали и остальные. Парочка отлично поживилась за счет простаков. Кстати, Беата, рассказав Леониду об отобранной за долги квартире, предъявила Серегину ростовщика. Угадайте, кто исполнял роль барыги?

— Митя, — угрюмо сказал я.

— Точно, — засмеялся Макс, — ну, Арчи, ты догадлив до невероятности. Теперь понял?

— Что?

— Почему парень вместо того, чтобы спокойно взять у тебя деньги, решил устроить пожар?

— Наверное, у него помутился разум!

— Э, нет, — захихикал Макс, — Митя абсолютно нормален, дело в другом.

— В чем?

— Дай я расскажу, — неожиданно продолжила Нора.

— Ну уж нет, — не сдался Макс, — инспектор Кремер должен пережить свой звездный час. Слушай, Иван Павлович, может, поймешь, что к чему.

Беата, каким бы странным вам ни показалось это заявление, попросту влюбляется в парня. До сих пор ее отношения с мужчинами строились на голом расчете. И первый, и второй раз она выходит замуж исключительно из меркантильных соображений, зато теперь наконец-то ее чувства пробудились. Беата даже начинает заботиться об избраннике, покупает ему подарки, пытается готовить. Какое-то время парочка великолепно сосуществует вместе, но потом начинаются трудности.

Дело в том, что у юноши есть мать, которая воспитала его без отца, вложив в чадо всю душу. Женщина не понимает, что ее маленький мальчик превратился в здорового дядю, и по-прежнему старательно контролирует сына. Домой парень должен приходить не позже девяти и в деталях рассказывать мамочке, как прошел день. И потом, юноше становится трудно объяснить, откуда у него взялись новые часы, дорогой мобильный, видеокамера. До сих пор все «игрушки» ему покупала любящая матушка. Правда, сынуля ловко врет наивной маме: «Часы не мои, видеокамеру взял напрокат...»

Но мошеннику хочется иметь машину, новую квартиру, он мечтает уехать от маменьки, которая душит его в тисках любви, но как объяснить родительнице наличие у него крупных сумм? И тогда Беата говорит: «Мы должны пожениться. Тогда твоя мать не сможет запретить тебе жить у меня, скажешь, что я получила наследство, отсюда и бабки. Ну скончалась у меня тетка в Америке».

И любовник соглашается, он объявляет: «Мама, я хочу жениться!

— Погоди-ка, — забормотал я, — Митя — это...

— Дошло наконец, — сердито сказала Нора. — Митя — Николай Чуев, сын моей несчастной подруги, умершей от позора.

— Но...

— Послушай до конца, — велел Макс, — потом будешь задавать вопросы. Очень скоро Беате становится понятно, что судьба зло пошутила над ней. Софья Чуева просто копия Регины Глебовны, даже слова «Вы не пара моему сыну», женщины произносят совершенно одинаково. После первого знакомства с мамой Николаши ей становится понятно: хороших отношений у свекрови с невесткой не будет. Впрочем, никого из участников событий не радует мысль о совместных чаепитиях на кухне. Соня хочет безраздельно владеть сыном, Беата желает иметь Николашу подле себя, а сам парень...

Максим побарабанил пальцем по столу:

— Сколько лет работаю с людьми, столько удивляюсь, какие черные демоны скрываются у многих в душе. Николай быстро понял, что Беата еще хуже Сони. Убежав от мамочки, он попадает под опеку невесты, которая хочет, чтобы жених подчинился ей полностью. Стоит Николаю не прийти на свидание, Беата звонит ему со слезами: «Я люблю тебя, обожаю, жить в разлуке не могу! Ты где?»

Может, кому другому такое поведение будущей жены и пришлось бы по вкусу, но Николаша «переел» материнской любви, и теперь у него при словах «мой дорогой» начинается нервная почесуха. Но вот беда, бросить Беату он не может, их связывает бизнес. Николаша с удовольствием занимается попрошайничеством, ему нравится этот необременительный вид заработка, тем более что всю подготовительную работу проводит Беата. Она снимает квартиру, «арендует» девочку, рассылает письма. Николай только лежит на диване в гриме и стонет, согласитесь, не самая трудная работа. Его терпение лопается в самом начале декабря, когда Беата неожиданно не дает ему денег.

«Где моя доля?» — удивляется парень. «Ах, милый, — щебечет будущая жена, — денег нет». — «Куда же они подевались?» — «Ну зачем тебе денежки, — ласково сюсюкает Беата, — скоро мы станем мужем и женой, кошелек у семейных людей общий. Я прибыль за ноябрь спрятала, хочу купить дачу, отойдем от дел, будем цветы разводить, чай с вареньем пить».

Николаша теряет дар речи. У него-то были совсем другие планы. Парень не испытывает к Беате никаких чувств, он просто зарабатывает с ее помощью деньги. У Николаши постоянно меняются любовницы, он вовсе не собирается провести свою жизнь на фазенде в Подмосковье. Нет, у него другие намерения, а тут такой облом! Да еще деньги станут общими. Впору пожалеть парня, он оказался меж двух огней: справа мама, слева Беата, и обе невыносимы и отвратительны со своей всепоглощающей любовью. И тут Николаше в голову приходит мысль, как избавиться одновременно от двух опекунш. Надо убить Беату и повернуть дело так, чтобы все подозрения упали на Соню. Естественно, мать осудят, она, дай бог, умрет на зоне, а Николаша останется сам себе хозяином. Бизнес парень сумеет вести и один, ничего хитрого в нем нет, к тому же он единственный человек, которому известно про коллекцию бриллиантов, больше Беата никому не показывала камни. Более того, он знает, где лежат ключи от сейфа и какую комбинацию цифр нужно набрать на дверце. Госпожа Быстрова слишком откровенна с любовником, это должно ее погубить.

Итак, в нужный день Николаша надевает шубу матери, которую та носит редко, натягивает седой парик с челкой до бровей, сажает на нос очки в дурацкой оправе, прилепляет возле носа «родинку» и едет к Беате. На часах ровно семь, когда он входит в квартиру, в сумке у него лежит пистолет с глушителем, купленный на рынке. Николаша за пару дней до описываемых событий съездил на толкучку под видом Сони, где и купил оружие.

— Эй, стой, — подскочил я, — неправильно получается, Беату били ножом, много раз, истыкали так, словно колол сумасшедший. При чем тут пистолет?

Макс без всякой улыбки глянул на меня и продолжил:

— Абсолютно ни при чем. Еще в сумочке, которую держит в руках Николай, лежит чашка с отпечатками пальцев Сони. На квартире в Капотне и в семье Чуевых одинаковые дешевые кружки, самые простые, с изображением зверей. Итак, все готово. Николай открывает своим ключом дверь в квартиру, удивляется тишине, входит в комнату и натыкается на... тело Беаты.

В первый момент его охватывает паника, но потом он соображает, как ему повезло! Кто-то сделал за парня всю черную работу, осталось только разыграть спектакль. Труп еще теплый, следовательно, убийство совершено недавно. Николай начинает действовать. Сначала ставит на стол чашку, которую он прихватил из дома.

— Господи, — прошептал я, — он не вызвал врача! А вдруг Беату еще можно было спасти?

— Это не входило в планы Николая, — ответил Макс. — Потом он начинает вываливать на пол вещи, разбрасывать стулья, одним словом, создает видимость того, что в квартире шла потасовка, а чтобы шум не услышали соседи и не заподозрили неладное, он включает видик, засовывает в него кассету, на которую Беата записывала свой любимый сериал.

— И стоящая под дверью пенсионерка Евдокия Петровна слышит диалог, пугающий бабусю донельзя, — вздыхает Нора.

— Потом Николаша «теряет» в подъезде сумочку, случайно налетает на ребенка Кати Мамонтовой, но тут же оборачивает это обстоятельство в свою пользу, ругаясь с молодой матерью, идет к метро, покупает «Семь дней», опрокидывает лоток, ловит бомбиста и делает вид, что хочет убежать, не заплатив. Когда же разъяренный шофер требует деньги, Николай отдает ему часы матери с гравировкой. Так он заканчивает вторник. Домой он возвращается чуть раньше Сони, которая, возвращаясь от ученика, забежала в своей легкой куртенке в бистро выпить горячего чаю.

В среду парень как ни в чем не бывало едет в Капотню и поднимает шум, вызывает своего родственника, изображает убитого горем жениха.

— Ага, — фыркнул я, — а сам спустя пару дней после кончины невесты приводит к себе в дом женщину.

— Он делает еще одну ошибку, намазав ногти ярко-красным лаком, — тихо сказала Нора.

Макс кивнул.

— Именно на таких неточностях и попадаются преступники, думают, все предусмотрели, ан нет! Но вначале Николай добивается успеха. Соня говорит, что была у Беаты в понедельник, подарила ей серьги своей матери, и они помирились. Но, как на грех, в понедельник госпожу Чуеву в Капотне не видит ни одна душа, зато во вторник свидетелей хоть отбавляй, и у следователя создается впечатление, что Соня врет. Он считает, что она действительно использовала в качестве предлога для встречи антикварные серьги, только явилась к Беате во вторник и убила ее.

— Глупая мысль, — обозлилась Нора, — что же она не забрала с собой украшения? Отчего оставила их дома у девушки?

— Ну, могла бы просто забыть, — пожал плечами Макс, — все-таки она не профессиональный киллер или решила нарочно оставить, чтобы подтвердить свое алиби. Много ответов можно найти на этот вопрос.

Дело сделано, Соню арестовали, Николай ликует, наконец-то он свободен и при деньгах. Впрочем, сразу продавать бриллианты парень побаивается. Он хочет, чтобы прошел суд, тогда он выпишет мать из квартиры, продаст халупу, купит отличную жилплощадь и уедет туда, где его никто не знает. Только тогда можно будет, прикидываясь удачливым бизнесменом, реализовывать драгоценности. В родном дворе все знают, что у Чуевых в кармане блоха на аркане, а вызывать ненужные подозрения Николай боится.

Поэтому он продолжает попрошайничать. Ему нужна девочка, и Николаша обращается к Лере. Та приводит Лизу и заявляет: «Теперь сто баксов в день!» — «С ума сошла? — кричит парень. — Нет таких цен!» — «Есть, — отвечает наглая девица и добавляет: — Однако, странно, кому понадобилось убивать Беатку? Уж не ты ли решил избавиться от нее, а? Может, хотел один все заграбастать?»

Диалог происходит буквально на следующий день после смерти Беаты, Соня еще не арестована.

«Может, мне пойти в милицию да рассказать о своих подозрениях?» — кривляется Лера. Николаша протягивает ей сто долларов. «Я передумала, — торжествующе заявляет та, — теперь Лиза стоит двести баксов».

И парень понимает, что посадил себе на шею шантажистку. Но Лера даже не подозревает, с каким человеком имеет дело. Николаша кажется ей трусоватым парнем, да он, кстати, старательно играет именно такую роль.

«У меня с собой нет двухсот гринов», — испуганно отвечает он. «Принесешь долг вечером ко мне домой, — ухмыляется Лера. — А Лизу пока не получишь». — «Ладно, — блеет Николай, — обязательно приду, не сомневайся».

И он на самом деле приходит, но только не для того, чтобы отдать долг. Если пистолет куплен, он должен выстрелить. Николай великолепно знает, что у Леры нет никаких родственников, девушку никто не хватится, искать ее не станут... Убив Леру и спокойно закрыв дверь, парень удаляется, его никто не видит, и убийца чувствует себя в полной безопасности. Ему и в голову не приходит заглянуть в кухню, где тоненькой струйкой из плохо закрытого крана течет вода в раковину, сливное отверстие которой закрывают грязные тарелки.

Николай спокойно продолжает свой бизнес. Вместо Лизы он берет на вокзале напрокат у бомжей девочку Катю и действует по старому сценарию. Представьте теперь его изумление, когда в квартиру входит Иван Павлович. Беата отправила письмо в фонд «Милосердие». По телефону Николай не узнает Подушкина. Он не слишком хорошо знаком с ним, но, естественно, тут же понимает, кто переступил порог. Николай мигом смекает: дело плохо. Иван Павлович начинает задавать ненужные вопросы. Секретарь Элеоноры не признал пока Николашу, но через пару минут поймет, кто перед ним!

— Вот почему он попросил закрыть шторы и все время прикрывал лицо руками, — осенило меня.

— Ага, — кивнул Макс, — а потом небось отослал тебя в ванну, за водой.

— Нет, попросил принести лекарство.

— И ты пошел?

— Естественно. «Митя» жутко выглядел, весь в нарывах. Почему он назвался Дмитрием Быстровым? — поинтересовался я.

— Во-первых, не хотел светиться под настоящей фамилией, а во-вторых, у Беаты осталось свидетельство о браке. Мошенники иногда показывали его особо сомневающимся благодетелям как документ, подтверждающий их родство.

— У нее не отобрали свидетельство? — удивился я.

— Почему его надо забирать? — поднял брови Макс.

— Так Дмитрий Быстров умер.

— Ну и что? В случае смерти сдают паспорт, получая взамен свидетельство о смерти. Другие документы остаются у вдовы, — пояснил Макс. — Увидав, что ты послушно потопал за медикаментами, Николай быстро запер снаружи дверь ванной, потом разлил по полу...

— Где он взял бензин? — перебил его я.

— Керосин, — поправил приятель, — иногда Беата, чтобы совсем разжалобить посетителей, выкручивала пробки и зажигала керосиновую лампу. Дескать, она так нуждается, что не может оплатить счет за электричество. На кухне, в шкафчике под подоконником, стояла целая канистра керосина, вот она и пригодилась.

Услыхав, как загудело пламя, «Митя» выскочил из квартиры, не забыв крепко запереть железную дверь. Он искренне надеялся, что не в меру любопытный Иван Павлович сгинет в огне.

— А девочка? — тихо спросил я. — О ней он не подумал?

— Нет, — так же тихо ответил Макс, — кому нужна сиротка без роду и племени? Умерла, и бог с ней.

— Кто же вызвал пожарных? — не успокаивался я.

Макс улыбнулся.

— Ну, за Николаем велось наружное наблюдение. Когда он выбежал из подъезда, это показалось нашим людям странным. Не успели они двинуть за парнем, как из форточки повалил дым. Потом мне позвонила Нора и заорала: «Я все знаю, спасай Ваву!»

— Я сразу догадалась, что к чему, как только прочитала письмо Беаты, — сказала Элеонора. — Впрочем, я уже почти распутала весь клубок до этого. Вот и подумала, что Николай попытается убить Ваню.

Я посмотрел на хозяйку. Значит, она все же зовет меня за глаза дурацкой кличкой Вава.

— Какая сволочь этот Николаша, — кипела Нора, — дрянь, подонок, негодяй! Бедная Сонечка, она так никогда и не узнает, что за монстра выкормила своей грудью.

— Вы полагаете, ее бы обрадовала эта информация? — угрюмо спросил я.

— Соне следовало знать правду о сыне, — жестко ответила Нора.

— Ну это можно устроить, — кивнул Макс и

поинтересовался у парня, сидевшего на подоконнике: — Андрей, мы пойдем?

Тот кивнул.

— Куда? — обалдело поинтересовалась Нора. — На тот свет? Между прочим, моя бедная подруга умерла.

— Давайте сюда, — велел приятель и толкнул дверь, которую я принимал за створку стенного шкафа.

Перед нашими глазами открылась довольно большая комната, в которой находилось несколько мужчин. У стены стояла женщина. Что-то знакомое почудилось мне в ее облике.

— Соня! — закричала Нора, вкатываясь в помещение. — Ты жива!

Но подруга не оглянулась на зов, она напряженно смотрела на стену. Чувствуя себя полным идиотом, я подошел к ней и увидел небольшое окошко, ведущее в другой кабинет. Там стоял стол и сидело двое: незнакомый мне седой мужчина и Николай. Внезапно раздался чуть глуховатый голос:

— Хорошо, это понятно. Но почему вы ненавидели свою мать?

— О мертвых плохо не говорят, — ответил Николай.

— И все же, — настаивал следователь, — все в один голос заявляют, что она очень любила вас.

— Да, именно так это выглядело со стороны.

— А на самом деле?

— Мне неудобно.

— В этом кабинете не надо стесняться, врач,

священник и я — это те люди, которым можно рассказать все.

— Хорошо, — сдался парень, — моя мать была сексуальной террористкой. Она совратила меня в день моего двенадцатилетия и с тех пор регулярно укладывала в свою постель. Первое время я не очень-то понимал, что делаю, но потом захотел вырваться из пут. Не тут-то было, она буквально насиловала меня, била, издевалась...

Понеслись всхлипывания. Соня повернула к нам бледное лицо с огромными, невероятно черными глазами. Я невольно попятился. До сегодняшнего дня я воспринимал подругу хозяйки как женщину со среднестатистической российской внешностью. Сейчас же передо мной стояла красавица с горящими очами, настоящая ведьма.

— Я могу пройти к нему? — тихо спросила Соня.

— Конечно, — кивнул Макс, — Андрей проводит.

Не здороваясь с нами и вообще не заметив, что в двух шагах от нее стою я и сидит в кресле пораженная Нора, Соня вышла. Через пару секунд я увидел ее по ту сторону окна. Госпожа Чуева тихо проскользнула в кабинет. Николаша сначала не заметил появления матери и продолжал, всхлипывая, рассказывать о поруганном детстве. В какой-то момент он повернул голову и замер с раскрытым ртом. Потом он издал странный, кудахтающий звук.

— Здравствуй, сын, — торжественно произнесла Соня, — ты не рад увидеть меня воскресшей?

Николай уцепился руками за стол, я увидел,

как побелели костяшки на его пальцах. Потом синеватая бледность медленно разлилась по порочному личику парня, сбежала к шее, и, испустив еще одно кудахтанье, юноша свалился со стула на пол. Он явно лишился чувств. Впрочем, реакция гаденыша вполне объяснима, я сам еле устоял на ногах, поняв, что вижу живую Соню.

Следователь спокойно снял трубку и произнес:

— Колчин беспокоит, врача пришлите.

Очевидно, ситуация, когда подследственный лишается чувств, не была новой для него. Его поведение меня не удивило, изумила реакция Сони. Если бы два месяца назад Николаша упал на ее глазах в обморок, мать понеслась бы к дитятку, рыдая от страха, с криком: «Скорей, врача, помогите, умирает...»

Но сегодня она молча окинула взглядом неподвижного сына и вышла из комнаты.

Не успел я прийти в себя от одного потрясения, а меня уж поджидало следующее. Моя хозяйка, абсолютная атеистка, дама, которой ни за что не придет в голову пойти в церковь, начала судорожно креститься, приговаривая, как кликуша:

— Господи, спаси, господи, помоги!

Было от чего тронуться умом.

Глава 32

Домой мы прибыли все в том же составе: Нора, я и Максим. Соню зачем-то оставили в милиции. Когда Ленка распахнула дверь, из квартиры вырвался ветер и на нас дохнуло студеным холодом.

— За каким чертом ты все выстудила? — накинулась на домработницу Нора. — Позволь тебе напомнить, что на дворе мороз, январь, а не июнь. Боже, какая холодрыга! С ума сошла! Все окна открыты! Лена, у тебя что, крыша поехала?

— Между прочим, — с обидой ответила Ленка, — кто-то другой тронулся умом, можно сказать, совсем его потерял.

Элеонора замерла.

— Ты меня имеешь в виду?

— Нет, конечно, вот его, — заявила домработница и ткнула в меня пальцем.

— Что случилось? — опешил я.

Честно говоря, у меня голова шла кругом, а ноги противно дрожали, первый раз в жизни я испытывал желание заорать на женщину. Чувствуя, как волна истерики медленно, но неотвратимо подбирается к мозгу, я повторил:

— Что случилось?

— Что случилось, — передразнила Ленка, — а отчего у нас в квартире стояла вонь эфиопская?

— Ты думаешь, в Эфиопии плохой воздух? — Я не понял ее идиотские намеки.

— Слесарь приходил? — обрадовалась Нора. — Нашел течь?

— Ага, — кивнула Ленка, — нашел!

— Где?

— В книжном шкафу в коридоре!

— Обалдеть можно! — оторопела Нора. — Течь среди книг?! Лена, ты совсем с ума сошла.

— Нашел, нашел, — злорадно повторила Ленка, — только не капающую воду, а тарелку, на которой лежали бутерброды, похоже, с мясом. Кто-то сунул на полку сандвичи и забыл про них. Кто бы это был, а?

И она уставилась на меня широко раскрытыми глазами. В моем мозгу мигом ожила картина. Вот я иду в сторону своей спальни, предвкушая вкусный ужин. Кажется, в тот день я положил на хлеб буженину или карбонат, а может, ветчину, уже не помню. Зато отлично припоминаю, как услышал громкий мужской голос из комнаты Лены, остановился, прислушался, сунул тарелку с харчами в шкаф, постучался к домработнице, потом пошел к Норе, а про бутерброды забыл!

— Так кто этот суслик, решивший сделать запас на зиму? — развеселился Макс.

Я тяжело вздохнул:

— Извините, совсем из головы вылетело...

Нора рассмеялась:

— Ну, Ваня, ты даешь!

— Так это еще не все, — торжествующе заявила Ленка, — знаете, что в спальне у Ивана Павловича обнаружилось на батарее? Пирожки! И зачем он их на радиатор сунул?

Нора повернула ко мне смеющееся лицо.

— Ну, Ваня, право, непонятно, отчего ты так странно себя ведешь!

— Вот-вот, — дернула плечом домработница.

Нора посуровела:

— Хватит ехидничать, ступай на кухню, горелым пахнет.

— Господи, совсем забыла! — вскрикнула наша «повариха» и унеслась.

— Вам не ясен только один факт? — не утерпел

я. — Почему я положил пирожки на батарею? Отвечаю...

— Сама знаю, — развеселилась Нора, — подогреть захотел, ой, ха-ха-ха...

Ее догадливость отчего-то возмутила меня:

— А я вот не знаю!

— Что? — продолжала заливаться Нора. — Как разогреть еду на калорифере?

— Нет. Кто убил Беату? — сохраняя внешнее спокойствие, ответил я. — Насколько я понял из объяснений, Николай пришел к невесте, когда она уже была мертва.

— Действительно, — осеклась Нора, — я так обрадовалась, что Соня жива, что она ни при чем в этой истории, и совершенно забыла о смерти девушки. Так кто же ее, а?

Макс спокойно повесил в шкаф дубленку и ответил:

— А вы не догадались?

— Нет, — хором ответили мы.

— Ну, господа частные детективы, отличные сыщики, Ниро Вульф и Арчи Гудвин, тут вы попали впросак! Ладно, даю подсказку. Беату убил человек, который ненавидел ее лютой ненавистью, и вы его знаете.

Сказав последнюю фразу, Макс как ни в чем не бывало прошел в гостиную. Секунду мы с Норой смотрели друг на друга, а потом хозяйка ткнула пальцем в кнопку. Кресло понеслось за Максом.

— Знаю, — закричала Элеонора, — это...

Она вкатилась в гостиную, дверь хлопнула, я бросился за Норой.

— Ну надо же, — причитала Нора, — ведь на поверхности лежало, как же я не догадалась!

— Хорошо хоть сейчас докумекали, — весьма невежливо отреагировал приятель.

— Мне скажете, кто убийца? — волновался я.

— Ты до сих пор не понял? — воскликнули в унисон Нора и Максим.

— Нет.

— Кто ненавидел Беату?

— Николай.

— Холодно.

— Соня.

— Теплее, но убила не она, ну, ну...

— Регина Глебовна!

— Молодец, — одобрительно хлопнул меня по плечу Макс, — в самую точку. Она не любила невестку, с годами неприязнь росла, росла и превратилась в ненависть, затем в фобию. Скорей всего, у Регины Глебовны после смерти сына что-то сдвинулось в психике, а когда в начале декабря у нее умер муж, дама окончательно свихнулась. Совершенно нормальная в остальном, она была твердо уверена: ее супруга тоже убила Беата.

— Какая глупость! — воскликнул я.

— Но Регине-то Глебовне так не кажется, — грустно ответил Макс. — Она отыскала вдову сына в Капотне, позвонила ей в дверь...

— Зачем же Беата открыла? — недоумевал я.

— Ну, во-первых, там нет «глазка», а во-вторых, Беата не ожидала, что к ней явится мать Дмитрия, девушка ждала Николая и спокойно открыла дверь. Кстати, Регина Глебовна не собиралась убивать девушку, нет, она сунула ей под нос бумагу, ручку и потребовала: «Пиши признание». — «Какое?» — совершенно обалдела Беата и отступила в комнату.

Девушка терпеть не могла Регину Глебовну, но она ее не боялась. Беате и в голову не приходило, что свекровь почти лишилась рассудка.

«Немедленно пиши, как убила своего и моего мужа!» — «С ума сошла, — вскрикнула Беата и села на диван, — уходи, а то милицию вызову!» — «Пиши, дрянь!» — «Пошла вон!»

Услыхав последнюю фразу, Регина Глебовна сначала оцепенела, потом увидела на столе нож, схватила его...

— Вопрос о вменяемости госпожи Быстровой-старшей будут решать врачи, — закончил Макс, — но мне кажется, она того, со съехавшей крышей. Била Беату ножом до тех пор, пока рука не онемела, хотя смертельным оказался уже самый первый удар, Регина Глебовна случайно попала в сонную артерию. Хотя... Нож вытереть потом она сообразила!

Я сел на диван и, не спрашивая разрешения, закурил. Люди, что же вы делаете? Отчего так ненавидите друг друга?

Прошла зима, пролетела весна, наступило лето. Элеонора, окончательно заигравшись в частного сыщика, сделала... Нет, вы просто не поверите, когда узнаете, на какой шаг решилась моя хозяйка! Она получила лицензию, и мы теперь занимаемся сыскной деятельностью на законных основаниях. Впрочем, не успев закончить расследование смерти Беаты, Нора влезла в новую головокружительную историю, заставив меня опять бегать по городу. Но об этом в другой раз.

Николашу осудили и отправили на зону. Честно говоря, меня неприятно удивила мягкость приговора, всего семь лет в колонии общего режима. Пока мы с Норой, сидя в коридоре здания суда, ожидали, когда будет оглашен приговор, из соседней комнаты вышли плачущие женщины. Оказалось, что дочь одной из них украла у государства не слишком большую денежную сумму, помухлевала с финансовыми документами. Девчонка получила девять лет! За бумажки! А тут убитая Лера, намерение застрелить Беату, от осуществления которого Николая спасло лишь чудо, хорошо разработанный план против Сони — и всего «семерка»!

Сони на процессе не было. Еще в конце января, придя в гости к Норе, она, сняв злополучную каракулевую шубу с норковым воротником, решительно сказала:

— Понимаю, что эта тема рано или поздно всплывет, поэтому заявляю: Николаша умер. Тот Николай, что сидит сейчас в Бутырке, не имеет к моему сыну никакого отношения.

Мы с Норой кивнули и с тех пор никогда не затрагивали в разговорах больной вопрос. Впрочем, Соня раз в месяц собирает сумку с продуктами и вещами, которую потом отвозит в изолятор. Госпожа Чуева слишком порядочна, да и вырвать сразу, пусть даже из израненного сердца, любовь очень трудно, но она никогда не ездит на свидания и не пишет писем, просто сдает харчи.

Регину Глебовну признали вменяемой, на мой взгляд, это еще одна судебная ошибка. Быстрова-старшая, стоит ей завести разговор о Беате, мигом делается сумасшедшей. Но на суде было оглашено заключение, подтверждающее, что госпожа Быстрова может отвечать за свои поступки. Несмотря на весь ужас совершенного ею действия, мне было жаль Регину Глебовну, которая, сидя на скамье подсудимых, явно не понимала, почему она сюда попала.

— Беата — убийца, — упорно твердила она, — она лишила жизни моего сына и мужа, я только отомстила за их смерть.

Но судья, довольно молоденькая женщина, отнеслась к несчастной преподавательнице предвзято, посчитав ее откровенные высказывания актерством.

— Я очень хорошо знаю, как свекровь способна ненавидеть невестку, — в какой-то момент заявила служительница Фемиды.

Я перевел взгляд на ее правую руку, увидел тускло поблескивающее обручальное кольцо и понял, что судьба Регины Глебовны предрешена. Судьи тоже люди. Хоть они обязаны быть объективными и оценивать ситуацию беспристрастно, сами знаете, как получается в действительности. Было понятно, что судья, у которой дома имеется своя свекровь, отомстит за всех невесток. Но приговор не прозвучал. На одном из судебных заседаний Регине Глебовне стало плохо, ее увезли с инфарктом в больницу, где она скончалась через пару дней, так и не приходя в сознание.

Девочка Катя, с которой мы прятались от пожара в ванной, оправилась от перенесенного ужаса. Нора, раздав взятки, решила судьбу ребенка. Она пристроила Катю в семью богатых бездетных американцев Смитов. Когда госпожа Смит узнала, что Катюша одна жила на вокзале, питаясь отбросами, она, заливаясь слезами, прижала девочку к себе и больше уже не отпускала. В апреле Катя улетела в маленький городок Брам в штате Калифорния, скорей даже, как сказали бы у нас, поселок городского типа. Смиты присылают Норе письма с фотографиями. В пухленькой, розовощекой девочке, радостно выглядывающей из большого бассейна, расположенного возле двухэтажного особняка с американским флагом на крыше, невозможно узнать изможденное существо, спавшее на полу в грязной квартире. Катя забыла все невзгоды, она начала говорить, но только на английском языке. Смиты, естественно, расскажут дочери о ее происхождении, но Катя будет считать себя американкой, что в ее случае только к лучшему.

Нора сумела отобрать у Ороевых Лизу. Понимаю, что у вас возникают сомнения в законности этого поступка, но, когда моя хозяйка что-нибудь задумает, остановить ее не может ничто. Лизу тоже отдали приемной матери, которой стала... Соня. Давайте оставим эту ситуацию без комментариев. Счастливы все: девочка, получившая настоящую, заботливую маму, и Соня, которой есть на кого выплеснуть запасы любви.

Ленка по-прежнему готовит мерзкую еду. Но я купил электрочайник, СВЧ-печку и по вечерам тайком ужинаю в своей спальне, отвечая на все вопросы нашего «Фрица»:

— Язва замучила, доктор велел мне есть два раза ночью, в два и четыре. Ну не будить же тебя? А идти на кухню и греметь кастрюлями неохота.

Николетта... О, тут особая ситуация. Вчера утром маменька потребовала, чтобы я приехал к ней, как она выразилась, «попрощаться перед смертью».

Я сел в машину, в свои «Жигули», и явился на зов.

Николетта утопала в кружевах и пледах. Сдерживая ухмылку, я сел около кровати в кресло, взял ее ручку, унизанную перстнями, и приготовился выслушивать в очередной раз рассказ о том, где хранится чемодан, набитый пожелтевшими любовными письмами. Матушка всхлипнула, я взглянул в ее лицо и перепугался. На нем не было макияжа, а опухшие глаза и красный нос без слов говорили: их хозяйка долго плакала.

— Что случилось? — подскочил я в кресле. — Тебе плохо на самом деле?

— Ужасно, — пролепетала Николетта, — хуже некуда!

— Врача вызвать?

— Он мне не поможет!

Вот тут я испугался по-настоящему. До сих пор матушка обожала призывать медицину, спектакль «Смерть Николетты» отшлифован у нас до мелочей и идет на семейной сцене не первый год. И вдруг такая странность.

— Немедленно говори, что случилось! — велел я.

— Ты не поймешь...

— Попытаюсь!

— Все мужчины — сволочи! Миша...

Я не стану вам приводить полностью рассказ маменьки. Утомительно подробное повествование перемежалось рыданиями, не фальшивыми, а самыми настоящими. Чтобы долго не мучить вас, сообщу причину горя. Стриптизер Миша бросил Николетту и переметнулся к Коке.

— Он сказал, — заливалась плачем матушка, — что мы останемся лучшими друзьями! Представляешь, какой позор!

У меня свалился камень с души. Значит, Кока, поговорив со мной, развила бурную деятельность и отбила альфонса.

— Что же тут позорного?

— Ах, Вава, меня никогда, слышишь, никогда не бросали мужчины!

Я хотел было сказать, что все в жизни когда-то случается впервые, но вовремя прикусил язык.

— На завтра намечена их свадьба, — ныла Николетта, — меня, конечно же, позвали!

— Оденься пошикарней и иди!

— Нет, ни за что!

— Почему?

— Вава, тебе не понять!!!

— Сделай милость, объясни.

— О господи! Ну подумай сам, каково мне придется! Во-первых, Кока купила себе новую шубу, а у меня все та же норка.

— На дворе начало июня! Какая шуба?

— Боже, Ваня, говорю же, ты не поймешь! Бракосочетание назначено на семь вечера, все явятся в бальных платьях с оголенными плечами и спинами, а сверху обязательно набросят мех! Но главное не это! Кока выходит замуж! Между прочим, ей сто лет в обед! За молодого красавца! А я? Завалюсь в старой шубейке, одна, словно жалкая нищенка!

— Хочешь, я пойду с тобой?

— Всем вокруг известно, что ты мой сын, а не любовник, — зарыдала маменька. — Кока обштопала меня, обошла на повороте.

Я посмотрел на Николлету. Маменька полулежала в подушках с абсолютно несчастным лицом ребенка, которому Дед Мороз вместо роликовых коньков подарил учебник по алгебре. Внезапно впервые в жизни мне стало ее по-настоящему жаль. Николетта и есть ребенок, эгоистичный, себялюбивый, избалованный, но другой матери-то у меня нет и никогда не будет.

— Вставай, — велел я, — едем.

— Куда?

— В магазин, за новой шубой!

Маменька перестала рыдать, быстро села, но потом снова упала в подушки.

— Нет, одна я не пойду на свадьбу.

— Собирайся, — сказал я, вынимая телефон, — будет тебе кавалер.

— Откуда? — оживилась матушка. — Кто?

— Молодой и красивый!

— А он сделает вид, что влюблен в меня?

— Обязательно, — успокоил ее я и, услыхав «алло», сказал: — Макс, помнишь, ты просил у меня на неделю «Жигули»? Бери, пользуйся.

— Что надо сделать? — спросил прагматичный Макс.

— В общем, сущую ерунду, — хмыкнул я, глядя, как маменька в развевающемся халате несется в ванную, — просто сопроводить одну даму на вечеринку, подробности потом.

Когда на следующий день мы подъехали к загсу, возле входа стояла толпа разодетых мужчин и дам. Первые были в смокингах, вторые переливались, словно новогодние елки. От блеска бриллиантов можно было ослепнуть, от вида мехов заболеть — норка, шиншилла, горностай. Кока нацепила белое платье со шлейфом, который поддерживали две ее внучки, похожие на оживших Барби. Ушки малюток оттягивали бриллиантовые серьги угрожающих размеров.

Николетта умеет произвести впечатление, поэтому я остановил машину в тот момент, когда толпа во главе с женихом и невестой была готова идти внутрь здания. Сами понимаете, ради такого случая я взял у Норы «Мерседес».

— Кока, — закричала Николетта, опустив стекло, — погоди, куда вы без меня!

Все обернулись. И тут наступил звездный час маменьки. Сначала из «мерса» выскочил одетый в мой смокинг Макс. Он галантно распахнул двери и выудил Николетту. Следует признать, маменька выглядела сногсшибательно. Точеную фигурку обтягивало ярко-синее платье, на плечи была накинута роскошная снежно-белая шубка, за которую мне предстоит вернуть Норе такую сумму, что лучше об этом не думать.

— Кока, — верещала Николетта, вышагивая с Максом под руку, — позволь представить тебе моего жениха.

Путь к входу парочке преградила довольно широкая лужа, Николетта, изогнув бровь, глянула на Макса. Приятель на секунду растерялся, потом... скинул с плеч смокинг и швырнул в воду. Собравшиеся дамы в восторге заахали. Я разинул рот. Вот уж не думал, что Макс смотрит мексиканские сериалы, ведь именно так поступают их главные герои.

Николетта наступила на смокинг и благополучно миновала лужу. Потом она кинулась обнимать Коку. Дамы обступили Макса, приятель, сияя улыбкой, прикладывался к ручкам, унизанным кольцами. В какой-то момент он очутился около меня и прошептал:

— «Жигули» дашь на месяц! Меня тошнит от запаха духов! Как я швырнул пиджак! Ты оценил ход?

— Между прочим, это мой смокинг! — возмутился я. — Ты утопил отличную, очень дорогую вещь!

— Ты сам хотел, чтобы Николетта радовалась, — хмыкнул приятель, — посмотри-ка на нее!

Я перевел взгляд на маменьку. Веселая, словно это не Кока, а она выходит замуж, хорошенькая, в новой шубке...

— Макс, — крикнула Николетта, — ну где же ты?

Приятель порысил на зов и взял даму под ручку. Николетта бросила на окружающих торжествующий взгляд, приникла к кавалеру и, провожаемая завистливым шепотом, двинулась за Кокой внутрь здания. Я подождал, пока шествие втянется в дом, и вошел последним. Похоже, Николетта передумала умирать. Господи, как мало надо человеку для счастья — просто ощутить, что другие завидуют тебе до потери пульса!

Инстинкт бабы-Яги

главы из нового романа

ИРОНИЧЕСКИЙ ДЕТЕКТИВ

Глава 1

В полночь раздался звонок. Я отложил газету и потянулся за халатом. Кто это может быть? К нам с Элеонорой в такое время не ходят в гости. Не успел я накинуть на плечи шлафрок, как на столе заголосил мобильный. Я схватил трубку.

— Слушаю.

— Ваня, — велела Нора, — немедленно узнай, кто сюда рвется.

— Уже иду, — ответил я хозяйке и побрел в коридор.

В этом звонке вся Элеонора, чтобы не высовываться из комнаты, она просто воспользовалась сотовым. Вам придет в голову трезвонить секретарю, если вы с ним находитесь в одной квартире? Думаю, нет. Хотя мне отчего-то кажется, что у вас нет и служащих, живущих в вашем доме. Но, знаете, очень удобно иметь под рукой человека, которому можно раздавать указания. Некоторым людям комфортной покажется и моя жизнь: обитаю в большой, великолепно обставленной квартире, комнату убирают, рубашки стирают, брюки гладят, зарплату не трачу ни на еду, ни на оплату коммунальных услуг. Не каждый так устроится. Однако в любой бочке самого распрекрасного меда всегда найдется чуток дегтя. Большинство мужчин, чтобы не думать о хозяйственных мелочах, заводят жену и, получая обед, вынуждены терпеть ее капризы. Я — холостяк, зато у меня есть хозяйка. И если на разошедшуюся супругу можно прикрикнуть или, обидевшись, уйти из дома, то от Норы никуда не деться, я обязан с улыбкой исполнять все ее пожелания, а мою хозяйку иногда сильно заносит на поворотах.

Вот и сейчас, вместо того чтобы мирно читать газету, я вынужден выяснять, кому понадобилось ломиться сюда, тогда как подавляющее большинство людей мирно спят. Звонок повторился. Неизвестный гость был настойчив, он явно полон решимости разбудить хозяев.

Я глянул на экран видеофона. На лестничной площадке стояла девочка-подросток, маленькая, худенькая. На ней были надеты замызганные джинсики, коротенькая, до талии, курточка из слишком яркого, чтобы быть настоящим, меха. На голове у девочки чернела бейсболка с надписью «Йес». Я вздохнул — все понятно.

Наша многокомнатная квартира расположена в респектабельном здании. На входе в дом сидят охранники. Малосостоятельных людей здесь нет, плата за проживание превышает прожиточный минимум москвича. В холле и на лестничных клетках цветут растения в горшках, пахнет французскими духами и качественными сигаретами, и никто не поджигает в кабине лифта кнопки. Впрочем, нет и дружбы между соседями. Здесь не принято брать в долг, просить сахар или соль и собираться просто так, вечерком на огонек. Но, как я уже упоминал, в бочке меда обязательно найдется деготь. В нашем случае это эстрадный певец по имени Леонид. Честно говоря, я ни разу не слышал песен, которые исполняет парень, предпочитаю классическую музыку, но, говорят, он бешено популярен. Истерически настроенных фанаток охрана в подъезд не пускает, и они довольствуются тем, что пишут мелом на асфальте перед домом признания в любви и свое мнение о новых песнях. Но иногда кое-кто из особо предприимчивых девчонок ухитряется прорваться до квартиры кумира. К сожалению, певец живет прямо над нами, и случается, что его «гости» ошибаются этажом.

Поняв, что вижу фанатку, я снял трубку видеофона и сказал:

— Леонид живет этажом выше, вы спутали квартиру.

— Мне нужна Элеонора, — раздался приглушенный голос.

Я изумился до крайности. Оказывается, девочка хочет видеть Нору. Через секунду она стояла в нашем холле, маленькая, похоже, сильно замерзшая. Коротенькая куртенка и джинсики-стрейч — не лучшая одежда для сырого и вьюжного московского февраля.

— Вы, наверное, Иван Павлович? — тихо спросила она и сняла бейсболку.

На худенькие плечики упала копна темнокаштановых волос. Даже в тусклом свете настольной лампы было видно, какие они густые, блестящие, красивые. Просто удивительно, как такие роскошные волосы влезли под кепку.

— Да, — ошарашенно ответил я, — вы правы, я — Иван Павлович Подушкин. А в чем, собственно говоря, дело?

Девочка подняла на меня глаза, и я снова испытал удивление. Огромные ярко-синие очи горели на небольшом личике с правильными чертами. Если честно, то я до сих пор не встречал подобного лица. Узкий нос, пожалуй, чуть длинноват, рот чуть крупноват, над губой — пикантная родинка, брови чуть широковаты... Но именно это «чуть» делало внешность неожиданной гостьи неотразимой. Вы просто не смогли бы оторвать взгляда от девушки, а встретив ее через пару лет, мигом бы узнали. Она была красива до неприличия и, похоже, совсем не пользовалась косметикой. И еще: я ошибся в отношении возраста, меня ввела в заблуждение стройная фигурка и тинейджеровская одежда. Но сейчас, когда девушка сняла куртенку и дурацкую бейсболку, стало понятно, что ей уже исполнилось двадцать пять, а может, и все тридцать.

Наверное, на моем лице отразилось недоумение, потому что незнакомка неожиданно мягко улыбнулась, похорошела от этого еще больше и нежным, мелодичным голосом сказала:

— Я пришла к вам за помощью, меня хотят убить.

От неожиданности я отступил назад, наткнулся на кресло, забыв о хорошем воспитании, плюхнулся в него и спросил:

— Кто?

Гостья снова улыбнулась и пожала точеными плечиками, обтянутыми светло-розовым тоненьким свитерком.

— А вот это и надо выяснить. Вы же детектив?

— Я?

— Ну и Элеонора еще, — добавила она.

Затем она расстегнула сумочку, вытащила из нее газетную страницу и, ткнув пальцем в левую колонку, поинтересовалась:

— Ваше объявление?

Я уставился на строчки: «Опытные детективы Элеонора и Иван Павлович Подушкин разрешат любые деликатные обстоятельства. Полная конфиденциальность и быстрота расследований обеспечены. Оплата по факту, расценки умеренные. Делами о супружеских изменах не занимаемся, пропавшие автомобили и убежавших животных не ищем».

Сказать, что я обозлился, — это не сказать ничего. Ну, Элеонора! Совсем с ума сошла!

Моя хозяйка, удачливая предпринимательница, наладила свой приносящий немалый доход бизнес таким образом, что он великолепно крутится без постоянного присмотра владелицы. Нора умеет выбирать служащих, на которых можно положиться. Любая другая дама, поняв, что получает огромные деньги без особых усилий, мигом бы превратила свою жизнь в сплошное удовольствие: магазины, светские вечеринки, тусовки, путешествия за границу.

Любая, но не Элеонора. Моя хозяйка терпеть не может пустой болтовни и лежания на пляже, а путешествия для нее связаны с определенными трудностями, потому что Нора прикована к инвалидной коляске, у нее парализованы ноги. Правда, ее кресло суперсовременное, оно легко пролезает даже в самые узкие двери и умеет «шагать» по лестнице. Но все равно Нора достаточно беспомощна, то, что не требует от здорового человека никаких усилий, допустим, поход в душ, для нее превращается в сложную процедуру. Дома при помощи хитрых приспособлений она способна обслужить себя сама, но в гостинице начнет испытывать затруднения. А менталитет Норы не позволяет ей робко просить о помощи. Моя хозяйка терпеть не может вызывать к себе чувство жалости. Впрочем, обычно она ведет себя так, что вам и в голову не придет испытывать к ней сострадание.

На беду, Элеонора обожает детективы, прочла всю классику жанра и теперь безутешна. Современные авторы ей совершенно не по душе, а ее обожаемый Рекс Стаут больше ничего не напишет. Но не в характере Норы долго убиваться. Не так давно ей в голову пришла дикая мысль. Если читать теперь нечего, значит, следует самой заняться расследованиями. В первый раз хозяйку толкнула на стезю детективного поприща неприятная история, произошедшая с ее внучкой Ритой. Ну а потом Нора увлеклась и помогла своей подруге, попавшей в жуткую ситуацию. Этих двух приключений хватило, чтобы Нора укрепилась в мнении: она теперь сыщик Ниро Вульф, я — Арчи Гудвин, а наша домработница Ленка, ужасная недотепа, — повар Фриц. Не хватает только садовника. Помните, Ниро Вульф разводил орхидеи, Нора пока до этого не дошла. Правда, Ленка, прочитав на старости лет впервые книги Рекса Стаута, возомнила себя гениальной кулинаркой и вдохновенно ваяет несъедобные блюда. Рецепты домработница черпает у Стаута, причем обращается она с ними более чем вольно, ничтоже сумняшеся заменяя одни ингредиенты другими. Все-таки в Москве, даже такой изобильной, как сегодня, затруднительно достать «седло антилопы». Но Ленку подобной ерундой не смутить. Вместо антилопы она возьмет свинину, голубя заменит курицей, диковинные приправы — перцем, и пожалуйте к столу. Результат, как правило, оказывается чудовищным. Мы с Норой мигом выбрасываем содержимое тарелок в окно и, чтобы не обидеть Ленку, расхваливаем яства, чем стимулируем глупышку на новые кулинарные подвиги. Следовало бы, набравшись окаянства, заявить: «Лена, ты лучше вымети пыль из углов и хорошенько вымой полы. Оставь в покое кастрюли, ими займется кухарка!»

Но Нора не может сказать Ленке эту фразу. Почему, я тут объяснять не стану, рассказывал уже один раз сию историю и повторяться не желаю. Я же, к сожалению, не способен оскорбить женщину, чем беззастенчиво пользуются все, кому не лень, от моей матушки до любовниц. Поэтому мне пришлось осваивать такие точки питания, как «Ростикс», пицца «Сбарро» и «Елки-палки». До «Макдоналдса» я все-таки не опустился, хотя лапша «Доширак» стала казаться мне вполне приемлемым ужином, я даже научился в ней разбираться. Та, что со «вкусом говядины», редкостная мерзость, зато грибной вариант вполне ничего. Интересно, какой предпочитает Нора? Пару раз, услыхав, как я вхожу в кабинет, она быстро прятала в стол знакомые белые лоточки.

Но одно дело помогать приятельницам выпутываться из неприятных историй, а другое — давать объявление в газету. И потом, я не собираюсь вновь носиться по улицам и копаться в чужом грязном белье, кроме того, на занятия частным сыском требуется лицензия.

Все эти соображения вихрем пронеслись в моей голове, но сказать я ничего не успел, потому что в холле повеяло ароматом «Миракль», духов, которые обожает Нора, а следом за облаком парфюма в гостиную вкатилась и хозяйка, как всегда, безукоризненно причесанная, намакияженная, одетая и при брильянтовых серьгах, в общем, типичный российский инвалид.

— Вас хотят убить? — резким голосом спросила она. — Очень хорошо! Ступайте за мной.

Гостья посеменила за инвалидной коляской, я двинулся следом. «Вас хотят убить? Очень хорошо...» Не хочу показаться занудой, но люди никогда не вслушиваются в то, что говорят. Когда я заканчивал школу, наша директриса отличилась на выпускном вечере. Влезла на сцену, где стояла шеренга девочек в белых платьях и мальчиков, впервые надевших костюмы, схватила микрофон и проорала:

— Сегодня у нас радостный день. Провожаем десятиклассников в последний путь.

Естественно, мы захихикали. Директриса, между прочим, преподавала русский язык и литературу и сообразила, что несет нечто несуразное. Она решила исправить положение:

— Извините, я оговорилась. Итак, сегодня счастливый день, наши дети выходят на большую дорогу!

Сами понимаете, что торжественная часть про-

валилась, от смеха рыдали все: и школьники, и родители, и учителя.

Покачивая головой, я вошел в кабинет и сел за
маленький столик.

— Слушаю, — отрывисто сказала Нора, — рас-
сказывайте все в деталях.

Девушка кивнула:

— Меня зовут Алена Шергина, я работаю в ту-
ристическом бюро «Злата», отправляю людей в
самые разные страны, сама иногда езжу. Хорошая
служба, приятное начальство.

Я слушал ее нежный, мелодичный голосок и
любовался лицом. Фарфорово-белая кожа, огромные голубые глаза, изящный носик, пухлые губки.
Молода и очень хороша собой, в особенности
притягивали взгляд волосы, темно-каштановая
копна блестящих перепутанных кудрей. Создавалось впечатление, что она забыла причесаться, но,
я думаю, романтический беспорядок стоил ей не-
малых денег в дорогом салоне.

Я перевел взгляд на ее руки. Сразу видно, что
Алена ничего тяжелей шариковой ручки не поднимает. Да и затруднительно тоненькими пальчи-
ками с такими длинными, покрытыми нежно-ро-
зовым лаком коготками драить полы или чистить
краны.

Неожиданно Алена подняла правую руку и откинула со лба прядь. Рукав свитера задрался, об-
нажилось запястье. Я вздрогнул. На внутренней
стороне руки виднелся отвратительный толстый
шрам, вернее, келоидный рубец розово-серого
цвета, возвышавшийся над кожей.

Алена мигом перехватила мой взгляд, одернула рукав и продолжила рассказ.

В деньгах она не нуждается. Живет одна, в квартире, доставшейся от отца, известного художника советской поры. К сожалению, Борис Шергин умер, а матери Алена лишилась еще в младенчестве — та попала под машину, когда дочери исполнилось всего несколько месяцев. Девочку воспитывали няньки. Сейчас семьи у нее нет, поэтому Алена пока живет в свое удовольствие. Зиму и осень проводит в городе, весну и лето на даче. Загородный особняк тоже построил папа. Так что до последнего времени Алена существовала без всяких хлопот и забот, но примерно месяц тому назад начались непонятные странности.

В начале января девушка возвращалась домой со службы поздно: около часа ночи. Открыла дверь парадного и отчего-то, повинуясь какому-то порыву, не шагнула сразу вперед, а затормозила на пороге. Через секунду сверху упала старая кастрюля, наполненная серной кислотой. Не задержись Алена у входа, она бы скорей всего погибла. Шапки девушка не носит, и кислота, вероятней всего, попала бы ей на голову. В подъезде нет лифтера, и в час ночи никто из жильцов не шастает туда-сюда. Аленина жизнь могла закончиться в мучениях на грязном полу.

Перепуганная девушка прибежала домой. В тот момент ей не пришло в голову, что кастрюля с адским содержимым поджидала именно ее. Она подумала, что неизвестные подонки решили позабавиться таким варварским образом. В милицию Алена не обращалась, она не верит в то, что сотрудники правоохранительных органов способны хоть кого-нибудь защитить. После жуткого происшествия она приобрела привычку, распахнув дверь в подъезд, стоять по пять минут у входа. Но больше ничего подобного не происходило.

Следующая неприятность ждала ее через пару дней. Когда Шергина вышла из супермаркета «Орион» с продуктами, прямо у ее ног шлепнулся литровый «Домик в деревне». Алена попятилась назад. Упаковка, очевидно, летела с большой высоты, ударившись об асфальт, пакет оставил в нем вмятину. Алена чуть не упала в обморок, поняв, что было бы с ее головой, попади на нее «Домик» с молоком. Подбежавший охранник со злостью сказал:

— Вот падла.

— Кто? — ошарашенно поинтересовалась Алена.

— Да бабка здесь живет, — пояснил секьюрити, — квартира над нашим супермаркетом расположена. Житья от нее нет, все письма писала в санэпидемстанцию. Дескать, на ее жилплощади тараканы, а виноват в этом продуктовый магазин. Хотели миром дело решить, предложили ей скидку, нет, не желает. Требует, чтобы супермаркет закрыли. А когда поняла, что наш хозяин со всеми договорился, сменила тактику. Залезает на последний этаж и швыряет на посетителей что ни попадя!

— Что же вы ей это позволяете? — дрожащим голосом осведомилась Алена. — Так ведь и убить можно.

— Поймать не получается, — вздохнул охранник, — пока до верха доберемся, ее и след простыл, проворная, сука.

Решив больше никогда не заглядывать в «Орион», Алена вернулась домой. Но через два дня снова попала в историю.

У нее есть машина, причем «с иголочки», купленная перед Новым годом не слишком дорогая «Нексия». Алена хорошо водит автомобиль и даже слегка разбирается в моторе. Десятого января она села за руль и покатила в гости к подруге, которая постоянно живет за городом. Тот факт, что подружка имеет дом в Подмосковье, и спас в очередной раз жизнь Алены. Случись неприятность на городской магистрали, от хорошенькой иномарки и ее владелицы не осталось бы ни рожек ни ножек, потому что стоило только Алене выехать на Ново-Рижское шоссе, как педаль тормоза «провалилась». По счастью, случилось это на небольшом подъеме, впереди не было машин, и Шергина не растерялась, переместилась в правый ряд, попыталась, насколько возможно, снизить скорость и потом въехала в большой сугроб, маячивший на обочине. Естественно, Алена предъявила претензии салону, продавшему неисправную «Нексию». Служащие засуетились, быстро провели экспертизу и сообщили: автомобиль в полном порядке, но кто-то надрезал шланги, в которых циркулирует тормозная жидкость. Даже не хочется думать, чем могло закончиться дело, откажи тормоза на Московской кольцевой автодороге, по которой Алена гоняет в крайнем левом ряду со скоростью больше ста километров в час. Для тех, кто никогда не оказывался на МКАД, поясню, по этой магистрали с ревом несутся разнокалиберные транспортные средства, а слева тянется бетонное ограждение. Алена пользуется этим шоссе минимум два раза в день — едет на работу и потом домой, это быстрей, чем пилить через вечно забитую машинами Москву.

Сотрудники салона настоятельно посоветовали своей клиентке обратиться в милицию, но Алена никуда не пошла.

В этот момент из сумочки Шергиной понесся писк. Девушка вытащила мобильный.

— Не волнуйся, со мной все в порядке, просто мы еще разговариваем.

— Вы приехали не одна? — поинтересовалась Нора.

— Да... — ответила Алена. — У подъезда, в машине, сидит мой приятель, Илья Наметкин, может, его тоже позвать?

— Естественно, — хмыкнула Элеонора, — пусть заходит.

Глава 2

Через пять минут в кабинете оказался молодой человек, по виду лет восемнадцати, не больше. Похоже, он сильно нервничал, потому что протянутая мне рука была влажной, а лоб покрывали мелкие капельки пота.

— Глупая затея пришла Аленке в голову, — хриплым баском сказал он, — никто ее убивать не собирается, просто это цепь случайностей.

— Вам не кажется, что их слишком много? —

без тени улыбки спросила Нора. — Кастрюля, пакет, машина... Алена, вы богаты?

Девушка пожала плечами:

— Скажем так, обеспечена. Имею квартиру, машину, впрочем, «Нексию» продала, купила другую, дачу, стабильный заработок. Но особого богатства нет, средний уровень. Хотя кое-кому мое положение может показаться завидным.

— Вы составили завещание?

— Нет, а зачем? — вздернула вверх брови Алена. — И потом, у меня только одна дальняя родственница, она старше меня, из близких подруг одна Варя Арсеньева, я не очень-то скоро схожусь с людьми.

— Та-ак, понятно, — протянула Нора и побарабанила пальцами по столу. — У вас есть враги?

Алена покачала головой:

— Нет.

— Так не бывает, — безапелляционно заявила Элеонора, — вспоминайте, кому наступили на хвост. Увели мужа у приятельницы, подсидели коллегу на работе...

Алена пожала плечами:

— Я никогда не заигрываю с женатыми мужчинами. Считаю, если кавалер имеет штамп в паспорте, то он обязан жить со своей женой. На службе у нас великолепные отношения, в клиентах мы недостатка не испытываем, и потом, в «Злате» люди сидят на окладе, и неважно, сколько туристов ты обслужил — десять или сто, все равно в конце месяца получишь оговоренную контрактом сумму.

— Вспоминайте, — настаивала Нора, — похоже, вас задумал сжить со свету кто-то из близких.

— Отчего вы так решили? — влез в разговор Илья. — Может, это маньяк.

— Для постороннего человека преступник слишком осведомлен, — пустилась в объяснения Нора, — ну подумайте сами. Он знает, что вы придете домой поздно, около часа ночи, и устанавливает кастрюлю с серной кислотой. Кстати, неглупая идея. Обратись вы в милицию, там бы точно сказали, что действует подонок, задумавший убить абы кого. Поставил сверху на дверь емкость и ушел. Мало ли кто потянет ручку. Но на самом деле тут имелся тонкий расчет. Негодяй знал, что вы вернетесь домой около часа, причем был в этом совершенно уверен! Ну-ка, вспоминайте, кто в курсе ваших дел?

— Дай мне закурить, — нервно попросила Алена у спутника, — свои в машине забыла.

Илья вытащил из кармана «Житан».

— У меня же очень крепкие.

— Давай, давай, — отмахнулась Алена.

Затянувшись, она поперхнулась и тут же загасила сигарету.

— Говорил же, — покачал головой Илья, — слишком тяжелые, тебе не по вкусу.

— Хотите мои? — предложил я и вынул «Мальборо».

Алена с сомнением посмотрела на бело-красную пачку:

— Нет, спасибо. Вообще говоря, я мало курю и употребляю только очень слабые, ментоловые сигареты. Лучше потерплю. Какая гадость этот «Житан»!

— Согласна, — кивнула Нора и вытащила свои любимые папиросы «Беломорканал».

Для меня остается загадкой, где моя хозяйка приобретает это жуткое курево, в ларьках и магазинах его нет.

— Так кто знал, что вы пойдете домой около часа ночи? — настаивала Нора.

— Да все, — протянула Алена, — дело в том, что в тот день «Злата» справляла день рождения шефа в ресторане. Хозяин позвал сотрудников, постоянных клиентов, человек сто, не меньше.

— Так, — нахмурилась Нора, — попробуем с другой стороны. Кто был в курсе, что вы отправитесь в «Орион» за продуктами?

Алена принялась теребить рукав свитерка.

— Каждый вечер туда хожу. Супермаркет рядом с моим домом.

— Говорю же, совпадение, — снова засуетился Илья.

Алена глянула на спутника:

— А газ?

— Какой газ? — насторожилась Нора.

— Так почему я сегодня к вам приехала, — воскликнула Шергина, — вы до конца дослушайте.

По мере ее дальнейшего рассказа лицо Элеоноры вытягивалось. Я тоже насторожился. Если происшествия с серной кислотой, пакетом молока и автомобилем еще худо-бедно, но можно было счесть за случайность, то происшедшее сегодня не лезло ни в какие ворота.

Утром Алена, как всегда, отправилась на службу. Приехала в контору, раскрыла портфель с документами и схватилась за голову. Папка с путевками и билетами осталась лежать дома, в кухне на столе. Очевидно, торопясь на работу, девушка попросту забыла ее. Пришлось, чертыхаясь, нестись назад.

Войдя в квартиру, Алена почувствовала резкий неприятный запах. Девушка вбежала в кухню и остолбенела. Самая большая конфорка была открыта, на ней стоял чайник с водой. Быстро перекрыв газ, Алена плюхнулась в кресло. Самые мрачные мысли полезли в голову. Во-первых, она очень хорошо помнила, что выключила плиту и даже завернула кран на трубе. Во-вторых, девушка никогда утром не ставит на огонь чайник, а варит кофе в небольшой джезве, в-третьих, всегда перед уходом открывает форточки, потому что не любит возвращаться в душную квартиру. И было необъяснимо, каким образом вышло так, что плита оказалась включенной, окна крепко закрытыми, а чайник стоял на конфорке?

— Понимаете, — горячилась Алена, — у меня есть привычка, войдя в подъезд, я закуриваю и вхожу в квартиру с зажженной сигаретой.

— Странное какое пристрастие! — не вытерпел я. — Почему вы не закуриваете дома, в кресле? Сами же только что говорили: курите мало.

Алена улыбнулась:

— Детский комплекс. Отец не разрешал мне дымить. Я и курить-то начала в подростковом возрасте, чтобы доказать окружающим свою взрослость. Папа нещадно ругал, один раз даже ремнем выпорол. Странное поведение для человека, который сам курил с двенадцати лет. Но факт остается фактом, отец не мог меня видеть с сигаретой, но в двадцать один год я ему категорически заявила: «Я совершеннолетняя не только по нашим, но даже и по европейским законам и буду курить где и сколько хочу».

Глупо, конечно, да и сигареты мне не слишком нравились, но очень уж хотелось отстоять свою самостоятельность. Вот поэтому-то, входя в подъезд, я специально закуривала и являлась в таком виде перед отцом.

Папа умер, а привычка осталась. Представляете, что бы произошло, не оставь я дома документы?

Из моей груди вырвался вздох. Думаю, ничего хорошего. Газ наполняет квартиру, форточки закрыты, а тут распахивается дверь, и появляется хозяйка с зажженной сигаретой. И ведь никто бы потом не заподозрил злого умысла. Все выглядит до примитивности просто. Алена ушла на работу, забыв на плите чайник. Вода вскипела, перелилась через край, загасила огонь... Сколько таких случаев по Москве? Небось не один и не два.

— Хорошо, — Нора хлопнула рукой по столу, — ясно. Значит, так, сейчас пока прекратим разговор. Время позднее.

— Действительно, — ответила Алена, — я приду завтра, после работы.

— Нет, — покачала головой Нора, — на службу не ходите, скажитесь больной. Жду вас к полудню, станем составлять список ваших знакомых.

— Я знаю, кто преступник, — неожиданно заявил Илья, — Марина Райкова!

— Не пори чушь! — взлетела Алена. — Ты ее просто не любишь!

— Но ведь за дело!

— Кто такая Райкова? — перебила их спор Нора.

— Моя школьная подруга Марина, — пояснила Алена, — мы были очень близки, а потом разошлись.

— Из-за чего?

— Это к делу не относится, да и поссорились мы год назад, даже больше.

— Мужика не поделили, — ухмыльнулся Илья, — из-за чего бабы ругаются.

Шергина рассердилась:

— Глупости.

— Ну-ка, расскажите, — велела Нора.

— Поверьте, Марина ни при чем!

— История такая некрасивая, что вам стыдно ее рассказывать? — резко спросила Нора.

Алена разозлилась:

— Да нет, ерунда просто! В сентябре позапрошлого года я ездила отдыхать в Испанию и познакомилась там с молодым парнем, банкиром, Костей Рябовым.

Финансист оказался молод, хорош собой, приветлив и холост. Тут же начался роман, и в Москву Алена уже летела с твердой уверенностью, что с одинокой жизнью покончено. Отношения продолжились и дома, и Шергина, естественно, познакомила Костю с Мариной.

Лучшая подруга не растерялась и отбила парня. Алена обиделась и порвала с ней. Костя женился на Марине, но в феврале прошлого года приехал к

Алене, стал жаловаться на тяжелую семейную жизнь. Слово за слово они оказались в постели. И тут, словно в дурном анекдоте, в квартиру влетела Марина.

— Что же вы открыли ей дверь? — удивилась Нора.

— У нее хранятся вторые ключи, — пояснила Алена, — на всякий случай, вдруг я свои потеряю, чтобы дверь не ломать!

— И вы не поменяли замок, когда поругались?

— Нет, забыла.

— А что было после неприятной встречи?

Шергина тяжело вздохнула:

— Надо было, конечно, заняться замком. Но у меня железная дверь по спецзаказу, надо вызвать мастера из фирмы, просидеть целый день дома. Было все недосуг.

— А ключи у Марины вы не отобрали?

Алена улыбнулась:

— Я в тот раз, когда она влетела ко мне, босиком со страху на мороз выскочила, вернулась лишь после того, как они уехали. Сами понимаете, не до ключей было, а звонить ей сейчас жутко не хочется.

— Значит, ключи от вашей квартиры имелись у Марины? — уточнила Нора.

— Выходит, так, — кивнула Алена, — она, кстати, присутствовала на вечере, который устроила фирма, Марина наша давняя клиентка.

— И она знает про то, в какой супермаркет ты ходишь и где стоит машина, — кипятился Илья.

Алена замялась и потом с неохотой произнесла:

— Конечно, не слишком приятно так думать, но похоже на то... Марининых рук это дело. Костя-то после того случая от нее ушел и ко мне опять переметнулся, а я его неделю около себя продержала и выставила. Не люблю предателей. Впрочем, все, что ни делается, к лучшему. Я встретила Илью, и мы счастливы.

— Ладно, — кивнула Нора, — теперь слушайте. Домой не ходите, поезжайте к Илье.

Парень покраснел:

— Это невозможно, я живу с родителями, а у них старорежимные взгляды.

Алена рассмеялась:

— Его маменька меня на дух не переносит, потому что я старше Илюши на восемь лет.

— Сколько вам? — бесцеремонно спросила Нора.

— Тридцать пять, — спокойно ответила Алена.

Я поперхнулся. Надо же так великолепно выглядеть, фигура, лицо — все как у девочки. Наверное, она львиную долю времени проводит в косметических клиниках и фитнес-клубах. Странно, однако, что Алена так по-идиотски одета. Словно подслушав мои мысли, посетительница сказала:

— Сама думала, что надо спрятаться. Приехала к вам на машине Илюши, оделась жутким образом, чтобы меня не узнали.

— Правильно, — одобрила Нора.

— Эх, жаль, Варя в командировке, — вздохнула Алена, — это единственный человек на свете, который не предаст. Но, увы, она уехала, будет только завтра. Кстати, вот тут пятьсот долларов — задаток.

— Не надо, — отмахнулась Нора.

— Как же? — удивилась Алена. — Вам ведь понадобятся деньги на расходы.

Я постарался не рассмеяться. Клиентка не знает, что Нора собирается «детективить» исключительно из спортивного интереса. Думаю, ей и в голову не пришло, что сей вид деятельности может принести доход. Интересно, что Элеонора ответит?

Но моя хозяйка решила играть роль до конца. Она кивнула, взяла банкноты, потом открыла ящик письменного стола, вытащила оттуда пачку квитанций и выписала приходный ордер, чем удивила меня до крайности.

Алена и Илья откланялись и ушли. Я проводил пару до двери и подал Алене курточку из синтетической крысы.

— Спасибо, — кивнула она и повернула ко мне лицо, — вот, думала, дождь пойдет.

— Дождь в феврале? — поддержал я разговор. — Вроде обещали мороз.

— Синоптики ошибаются один раз, но каждый день, — улыбнулась Алена.

Я тоже улыбнулся в ответ. Похоже, Шергина в машине слушает «Русское радио», шутка принадлежит Фоменко.

— Только я предсказываю погоду почти со стопроцентной точностью, — продолжила Алена.

— Вы ведьма? — подыграл я ей.

— Начинающая, — кокетливо стрельнула глазами Алена, — но в действительности все проще: видите, у меня на запястье шрам?

— Да.

— Попала в юности в автокатастрофу, легко отделалась, только стеклом очень сильно порезала руку, с тех пор шрам ноет к переменам погоды, вот увидите, идет потепление.

— Давай торопись, — хмуро велел Илья и буквально вытолкал спутницу на лестницу.

Я быстро свернул в кухню и глянул в окно. Парочка стояла у «Жигулей», цвет которых в полумраке уличного фонаря было трудно определить, то ли синие, то ли зеленые, то ли коричневые, одно ясно, машина не светлая.

Несколько минут Илья, размахивая руками, пытался что-то втолковать своей спутнице. Та молча смотрела в землю, потом резко рванула дверцу машины и устроилась на переднем сиденье. Автомобиль подскочил, заглох, потом снова завелся и исчез за поворотом. Я пошел в свою комнату. Похоже, эта Алена — девушка с характером, хорошо знающая, какое впечатление она производит на мужчин. Илье не позавидуешь, хотя лично мне всегда больше нравились стервы, чем уютные, домашние телки, варящие супы. С женщиной, которая знает себе цену, с особой, сделавшей карьеру, с самодостаточной личностью интересней, она не даст вам скучать. Хотя с рачительной хозяйкой намного спокойней и удобней. Но у меня на второй день общения с девушкой, которая ни о чем, кроме кухни и будущих детей, не думает, начинается отчаянная зевота. Хотя, повторюсь, жениться следует именно на такой, но меня, словно магнитом, тянет к противоположностям.

На следующий день Нора напрасно прождала Алену. Та не явилась.

— Может, она все же решила отправиться на работу? — предположил я. — Шергина оставила служебный телефон?

— Нет, — покачала головой Нора, — только номер этой Вари Арсеньевой, сказала, что подруга приедет сегодня рано утром и Алена ей сообщит, где будет пока жить. Вот что, позвони и узнай, что помешало нашей встрече.

Я взял протянутую бумажку и набрал номер. Долго слушал длинные гудки: ту-ту-ту...

— Похоже, там никого нет, — сказал я, не вешая трубку.

— Может, и впрямь на работу пошла, — пробурчала Нора, — тебя вчера в разговоре ничего не смутило?

— Да нет, разве что неподходящая одежда, но ведь она объяснила, отчего так вырядилась.

Элеонора нахмурилась:

— Ты в своем репертуаре, видишь лишь внешнюю сторону. Да не в штанах дело. Вспомни, сначала она с пафосом заявила, что никогда не имела дела с женатыми мужчинами, а через пару минут выяснилось: лучшая подруга застукала ее со своим супругом в постели.

— Бывшая, — уточнил я.

— Что? — не поняла Нора.

— Подруга бывшая, к тому же эта Марина Райкова увела господина Рябова у Алены. Наверное, последняя посчитала, что в этом случае ее порядочность спит.

— Не знаю, не знаю, — протянула Нора, — может, она еще кого обидела! Человек не может прожить, не задев ни одной личности.

— Алло, — прозвучало из трубки, — алло!

Я вздрогнул, совсем забыл, что набрал номер Вари Арсеньевой и не отсоединился.

— Извините, меня зовут Иван Павлович Подушкин. Скажите, Алена Шергина у вас?

Из трубки донеслись сдавленные рыдания. Я неожиданно почувствовал леденящее чувство тревоги и воскликнул:

— Что случилось?

— Алена разбилась на машине насмерть, — кое-как справившись со слезами, сообщила Варя и отсоединилась.

Я уставился на Нору.

— Ну? — нетерпеливо поинтересовалась хозяйка. — Рассказывай быстрей.

— Шергина умерла, погибла в автомобильной катастрофе.

Глава 3

— Где? Когда? Почему? — завопила Нора.

— Не знаю, эта Варя положила трубку.

— Немедленно звони еще раз.

Я попытался сопротивляться:

— Нора, клиентка мертва, следовательно, мы свободны от обязательств!

— А вот и нет! Она внесла залог, а я всегда отрабатываю взятые деньги, — с красным от возбуждения лицом заявила Элеонора. — Алена заплатила мне за поиск того, кто хотел ее убить. Значит, я начну немедленно работать.

— Она отдала лишь залог!

— Нет! Мои услуги стоят полтысячи, — заявила Нора.

Так, понятно. Ненормальная дама желает во что бы то ни стало ввязаться в криминальное приключение, она сейчас того и гляди затопает ногами, как капризный ребенок, которому не дали очередную игрушку. Хотя сравнение плохое, потому что ноги совершенно не слушаются Нору.

— Значит, так, Ваня, — понеслась хозяйка, — звони этой Вере, узнавай ее адрес и отправляйся, уточни все детали.

— Мы не имеем права заниматься расследованиями.

— Почему?

— Для такой деятельности требуется лицензия.

Нора фыркнула, подкатила к письменному столу и вытащила из верхнего ящика бумагу.

— На, убедись! Все оформлено по правилам.

Я не поверил своим глазам. Эта сумасшедшая основала агентство и назвала его «НИРО».

— Это тебе, — сообщила хозяйка и протянула темно-красную книжечку. — Документ, удостоверяющий, что являешься детективом, правда, без права ношения оружия.

— Хоть за это спасибо, — ожил я, — боюсь, мне некомфортно было бы с наганом в кармане.

— Револьвер носят в кобуре, — сообщила Нора.

— Где вы взяли лицензию?

— Купила, — совершенно спокойно пояснила

хозяйка, — поверь, это очень просто, раз-два и готово.

— Но я вовсе не хочу быть детективом, меня вполне устраивает прежняя должность ответственного секретаря фонда «Милосердие».

— Тебя никто и не спрашивает, — заявила Нора, — давай действуй.

Меня неприятно поразила ее бесцеремонность.

— Нет, извините, но...

— Иван Павлович, — отчеканила Нора, — выбирай, либо ты меня слушаешься, либо мы расстаемся.

Я слегка растерялся. Я работаю у Норы не первый год, привык к ней и, честно говоря, совсем не собирался менять место службы, оно устраивает меня со всех сторон, вот если бы только не Норина идиотская страсть к криминальным приключениям!

Не успел я сообразить, что следует ответить, как зазвонил телефон.

— Пока ты еще мой секретарь, изволь ответить, — сердито рявкнула Элеонора.

Я повиновался и вздрогнул. Из наушника понесся высокий капризный голосок моей маменьки Николетты:

— Ваня!!! Мне срочно нужно к врачу!!! К офтальмологу!

Слушая, как она тарахтит, забыв поинтересоваться о моих делах, я постарался не терять присутствия духа. По голосу Николетте можно дать около тридцати, впрочем, со спины примерно столько же. Вечером, при мягком электрическом освещении, она кажется чуть-чуть старше. И только ярким, безжалостно солнечным утром вам станет понятно, что матушка справила пятидесятилетие. Впрочем, если вы вспомните, что мне уже стукнуло сорок и Николетта родила своего единственного ребенка не в юном, двадцатилетнем возрасте, а значительно позже, то живо сообразите, что и пятьдесят лет неправильная цифра.

— И хочу только к Розенкранцу, ни к кому другому, — закончила трещать матушка, — записалась на завтра, на десять утра. Изволь меня отвезти да прихватить тысячи полторы долларов.

— Зачем так много? — безнадежно спросил я.

— Вава! — возмутилась маменька. — Прием у академика стоит три сотни, потом анализы, линзы, ну и всякое прочее. Знаешь, лучше возьми две. Все, целую, завтра в девять у моего подъезда.

Прочирикав последнюю фразу, Николетта бросила трубку. Она всегда так поступает, скажет то, что считает нужным, и прерывает разговор, не собираясь выслушивать собеседника. Николетту не волнует ни чужое мнение, ни чужие проблемы.

— Матушка требует к ноге? — усмехнулась Нора. — Ты слишком почтительный сын. Как-нибудь пошли ее подальше, вот увидишь, она станет шелковой. Разбаловал ее твой отец до неприличия, а ты собираешь ягодки. Ну так как, увольняешься или продолжаем работать? Если решил уходить, тогда поторопись. Жить-то где станешь? Дома, с Николеттой?

Я почувствовал себя мышью, которую загнали в угол две жирные, нагло улыбающиеся кошки. Нора знакома с моей матерью полжизни и очень хорошо понимает, что оказаться с Николеттой в одной квартире для меня смерти подобно. Матушка способна превратить совместное проживание в ад. Уж на что спокоен и незлобив был мой отец, а и то не выдерживал жену, в четверг вечером обязательно уезжал на дачу, объявив:

— Книгу скоро сдавать, на свежем воздухе лучше работается.

В воскресенье ему, правда, приходилось возвращаться, выслушивать крики, упреки и вручать разъяренной жене подарки. Мой отец старательно откупался от Николетты. Материальных проблем у него не было, а колечко с бриллиантом мигом приводило супругу в хорошее расположение духа, правда, ненадолго, дня на два, но мой папенька радовался любой передышке.

Если Николетта узнает, что я лишился работы, а с ней вместе и немаленького заработка, она придет в ярость, и мне мало не покажется.

— Так как? — всепонимающе улыбнулась Нора. — Звать Ленку и велеть ей стаскивать чемодан с антресолей? Или все-таки поедешь к этой Вере Арсеньевой?

Наверное, самое приятное в богатстве — это собственная независимость. Но я, к сожалению, лишен счета в банке и вынужден частенько заниматься такими делами, к которым абсолютно не расположен ни духовно, ни физически.

Ничего не сказав Норе, я вновь набрал номер и произнес:

— Варя, очень прошу, не бросайте трубку.

Договорившись с Арсеньевой о встрече через два часа, я пошел к выходу.

— Ваняша, — крикнула Нора, — погоди, я вчера купила тебе подарочек, возьми-ка!

Я вернулся и получил из рук хозяйки библиографическую редкость — прижизненное издание Брюсова в тяжелом кожаном переплете с золотой застежкой.

— Нравится? — наклонила голову набок Нора.

— Спасибо, — улыбнулся я, — великолепная книга.

— Вот и хорошо, — расцвела Элеонора, — а теперь бери ноги в руки и топай поскорей.

Я отнес Брюсова к себе и пошел к машине. В отличие от Николетты Элеонора тонко чувствует настроение другого человека. Брюсова она явно приобрела в качестве презента к моему предстоящему дню рождения, но сейчас, «сломав» секретаря, решила подсластить горькую пилюлю.

Варя Арсеньева жила в блочной пятиэтажке, причем на первом этаже. Войдя в маленький, узкий и темный коридор, я стукнулся головой о свисающий с потолка шар из пластмассы. С моим ростом нелегко находиться в таких квартирках. И дело даже не в том, что, вытянувшись почти до двух метров, я начинаю задевать макушкой электроприборы. В хрущевках мне очень душно и начинает бить кашель.

Варя выглядела не лучшим образом. Ростом и фигурой она походила на Алену: такая же невысокая, худенькая, но на этом сходство заканчивалось. Шергина была красавицей, а Арсеньева напоминала мышь, которая по недоразумению попала в стиральную машину, прокрутилась пару циклов в барабане и вот теперь вылезла и сидит на полу, плохо понимая, что с ней стряслось.

На голове у Вари топорщились редкие блекло-серые прядки, постриженные короче некуда. Маленькое личико с мелкими чертами не задерживало на себе взгляда. Впрочем, может, если она, собираясь на выход, воспользуется косметикой, то станет выглядеть намного лучше, на моей памяти несколько раз при помощи туши, губной помады и румян совершалось превращение гадкого утенка в лебедя. Но сейчас Варя стояла передо мной в натуральном виде, с красным носом и сильно припухшими от слез веками.

— Входите, — прошептала она, — ничего, если на кухне посидим?

— Очень люблю это место, — улыбнулся я.

Неожиданно Варя тоже улыбнулась и сказала банальность:

— Путь к сердцу мужчины лежит через желудок.

Я не стал спорить, хотя знаю другую, более короткую дорогу.

Усадив меня за маленький столик, такой крохотный, что я ощутил себя Гулливером в стране лилипутов, Варя засуетилась, готовя чай. К слову сказать, заварила она его хорошо, и я с наслаждением отхлебнул темно-коричневый напиток.

— Что случилось с Аленой? — начал я беседу.

Варя схватила посудное полотенце и прижала к глазам.

— Не знаю, — наконец ответила она.

— Но вы сказали, что...

— Мне позвонили утром, около одиннадцати.

Я только-только приехала из командировки, вот чемодан еще не разобрала. — Я проследил глазами за ее рукой и увидел саквояж, на ручке которого болталась бирка «Аэрофлот». — Из больницы, из городка Луковск, — продолжала хозяйка, комкая полотенце, — звонила дежурный врач, а может, медсестра, и сообщила, что Алена умерла, а Илья в тяжелом состоянии.

— Луковск? — удивился я. — Где такой находится?

— В Московской области, — пояснила, шмыгнув носом, Варя, — в принципе, не очень далеко, минут пятнадцать от МКАД.

— Но зачем ее туда понесло? — продолжал изумляться я. — Вчера Алена, правда, не сказала, куда поедет.

Варя снова схватилась за посудное полотенце.

— Господи! Я неделю назад отправилась в командировку. Вчера мне вечером, поздно, позвонила Алена и заявила, что переезжает на дачу, сказав: «Не волнуйся, если по телефону не отвечу, сама знаешь, какая у нас зона. Там, возле Луковска, мобильники отвратительно работают, не знаю, в чем дело». Ну почему меня не было? Господи, что же теперь делать?

И она снова залилась слезами.

— Вы не знаете никаких подробностей катастрофы?

— Нет, — пробормотала Варя, — вот собиралась сейчас ехать в Луковск. У Алены же нет никаких родственников, кроме одной провинциалки, мне придется заниматься похоронами. Сейчас такси вызову. А вы, собственно говоря, кем Алене приходитесь? — неожиданно закончила она. — Что-то мы не встречались раньше.

— Я на машине, давайте отвезу в Луковск, по дороге и поговорим.

— Да, конечно, — закивала Варя и побежала в комнату. Примерно через полчаса мы вырулили со двора. Госпожа Арсеньева побила все рекорды, собралась меньше чем за десять минут. Впрочем, она не стала краситься, просто тщательно умыла заплаканное лицо и надела довольно симпатичный брючный костюм из темно-зеленого твида. Шубка, накинутая сверху, оказалась новой, Варя производила впечатление преуспевающей особы. Если бы она сменила прическу, отпустив вместо экстремального ежика волосы подлиннее, и воспользовалась косметикой, то, очевидно, могла бы сойти за хорошенькую.

— Вы давно знакомы с Аленой? — спросил я, когда «Жигули» прочно вклинились в пробку на Брестской улице.

— Учились в институте, в одной группе, — пояснила Варя. — Алена была мне не подругой...

— Да? — поразился я. — Кем же?

— Сестрой, — грустно ответила Варя, — ближе человека в этом мире для меня не существует.

— Вы знали, что ее хотят убить?

Варя кивнула:

— Честно говоря, до недавнего времени я считала все происходящее дурацким совпадением. Впрочем, насчет кастрюли с кислотой и тормозов еще можно поразмышлять, а бабка, которая швыряет тяжести на головы посетителей супермаркета, существует на самом деле. Я сама боюсь туда ходить.

— Вы тоже пользовались этим магазином?

Варя кивнула:

— Мы ведь с Аленой в одном доме живем, только на разных этажах.

— Правда? И познакомились лишь в студенческие годы? В детстве не общались?

— Я с родителями до восемнадцати лет жила в Германии, — пояснила Варя, — мой отец военный, служил там в Группе советских войск. А когда вернулся на Родину, получил эту квартиру, правда, сразу умер, а мама раньше скончалась.

— Ясно, — пробормотал я, помолчал пару секунд и не утерпел: — Я вчера так понял, что отец Алены был крупным художником.

— Да, Шергин, помните, когда-то в каждом учреждении висела картина «Москва, Первомай», такое большое полотно, изображающее демонстрацию. На переднем плане мужчина в серой куртке и кепке держит на плечах хорошенькую пухлощекую девчушку с косичками.

— Что-то припоминаю. У ребенка в одной руке синий шар, а в другой красный флажок.

— Точно. Это Шергин нарисовал, а девочка — Алена в детстве, но такой я ее не знала.

— Странно, однако... Известный художник, а жил в вашем доме. Вы меня извините, конечно, но здание не выглядит элитным.

Варя покачала головой:

— Все не так просто. У Шергина двухкомнатная квартира на последнем этаже. Ему в свое время предложили сменить жилплощадь, но Борис

Алексеевич отказался, очень не хотел затевать переезд, лень было, у него огромная библиотека, сотни книг. Вот он и придумал, попросил, чтобы ему разрешили использовать чердачное помещение под мастерскую. Если попадете к Алене в квартиру, просто ахнете, насколько все здорово сделано. Внизу перенесли стены, и получилась огромная кухня-гостиная, просторная прихожая и здоровенная ванная. А из чердака Борис Алексеевич сделал жилое помещение. Да таких шикарных апартаментов ни у кого нет!

— Что вы думаете про историю с газом?

Варя нахмурилась:

— Ничего хорошего. Хотите знать мое мнение?

— Конечно, говорите.

— Автор этой затеи Марина Райкова. Уж не знаю, как насчет автомобиля, кастрюли и пакета молока, но газ точно она включила!

— Райкова до такой степени ненавидит Алену?

Варя уставилась в окно, помолчала и ответила:

— Она ее видеть не может. Стойте, мы приехали.

Луковск больше походил на отдаленный район Москвы, чем на самостоятельную административную единицу. Перед глазами расстилался квартал совершенно одинаковых блочных башен.

— Больница здесь, — Варя ткнула пальцем в желтое пятиэтажное здание.

Не успел я спросить, откуда она знает о местонахождении лечебницы, как моя спутница выскочила из машины и побежала ко входу. Я слегка задержался, потому что сначала парковался, а потом запирал «Жигули».

СОДЕРЖАНИЕ

Литературно-художественное издание

Донцова Дарья Аркадьевна
БРИЛЛИАНТ МУТНОЙ ВОДЫ

Ответственный редактор *О. Рубис*
Редактор *Т. Семенова*
Художественный редактор *В. Щербаков*
Художник *Е. Рудько*
Компьютерная обработка *И. Дякина*
Технический редактор *Н. Носова*
Компьютерная верстка *И. Ковалева*
Корректор *З. Харитонова*

ООО «Издательство «Эксмо».
127299, Москва, ул. Клары Цеткин, д. 18, корп. 5. Тел.: 411-68-86, 956-39-21.
Интернет/Home page — www.eksmo.ru
Электронная почта (E-mail) — Info@ eksmo.ru
По вопросам размещения рекламы в книгах издательства «Эксмо»
обращаться в рекламное агентство «Эксмо». Тел. 234-38-00.

Оптовая торговля:
109472, Москва, ул. Академика Скрябина, д. 21, этаж 2.
Тел./факс: (095) 378-84-74, 378-82-61, 745-89-16.
Многоканальный тел. 411-50-74. E-mail: **reception@eksmo-sale.ru**

Мелкооптовая торговля:
117192, Москва, Мичуринский пр-т, д. 12/1. Тел./факс: (095) 411-50-76.

Книжные магазины издательства «Эксмо»:
Супермаркет «Книжная страна». Страстной бульвар, д. 8а. Тел. 783-47-96.
Москва, ул. Маршала Бирюзова, 17 (рядом с м. «Октябрьское Поле»). Тел. 194-97-86.
Москва, Пролетарский пр-т, 20 (м. «Кантемировская»). Тел. 325-47-29.
Москва, Комсомольский пр-т, 28 (в здании МДМ, м. «Фрунзенская»). Тел. 782-88-26.
Москва, ул. Сходненская, д. 52 (м. «Сходненская»). Тел. 492-97-85.
Москва, ул. Митинская, д. 48 (м. «Тушинская»). Тел. 751-70-54.
Москва, Волгоградский пр-т, 78 (м. «Кузьминки»). Тел. 177-22-11.

Северо-Западная Компания представляет весь ассортимент книг издательства «Эксмо».
Санкт-Петербург, пр-т Обуховской Обороны, д. 84Е.
Тел. отдела реализации (812) 265-44-80/81/82.

Сеть книжных магазинов «БУКВОЕД». Крупнейшие магазины сети:
Книжный супермаркет на Загородном, д. 35. Тел. (812) 312-67-34
и Магазин на Невском, д. 13. Тел. (812) 310-22-44.

Сеть магазинов «Книжный клуб «СНАРК» представляет самый широкий ассортимент книг
издательства «Эксмо». Информация о магазинах и книгах в Санкт-Петербурге по тел. 050.

Всегда в ассортименте новинки издательства «Эксмо»:
ТД «Библио-Глобус», ТД «Москва», ТД «Молодая гвардия»,
«Московский дом книги», «Дом книги в Медведково», «Дом книги на Соколе».

Весь ассортимент продукции издательства «Эксмо»
в Нижнем Новгороде и Челябинске:
ООО «Пароль НН», г. Н. Новгород, ул. Деревообделочная, д. 8. Тел. (8312) 77-87-95.
ООО «ИКЦ «ДИС», г. Челябинск, ул. Братская, д. 2а. Тел. (8512) 62-22-18.
ООО «ИнтерСервис ЛТД», г. Челябинск, Свердловский тракт, д. 14. Тел. (3512) 21-35-16.

Книги «Эксмо» в Европе — фирма «Атлант». Тел. + 49 (0) 721-1831212.

Подписано в печать с готовых монтажей 01.08.2003.
Формат 84×108 ¹/₃₂. Гарнитура «Таймс». Печать офсетная.
Бум. газ. Усл. печ. л. 22,68. Уч.-изд. л. 15,6.
Доп. тираж 12 000 экз. Заказ № 0304702.

Отпечатано на MBS в полном соответствии
с качеством предоставленного оригинал-макета
в ОАО «Ярославский полиграфкомбинат».
150049, Ярославль, ул. Свободы, 97.

Галина Куликова –
автор 18 классных романов

Писательница – страстная поклонница детективов, голливудских мелодрам и КВНов! Она считает, что три кита развлекательного чтения – это загадка, любовь и юмор. Если смешать эти ингредиенты, получится не что иное, как

иронический детектив

Самые лучшие книги